MYST: DAS BUCH ATRUS

BASTEI LÜBBE

MYST
DAS BUCH
ATRUS

RAND UND ROBYN MILLER
MIT DAVID WINGROVE

BASTEI
LÜBBE

BASTEI-LÜBBE-BUCH
Band 20900

Erste Auflage:
Mai 1995

Deutsche Lizenzausgabe 1996
Bastei-Verlag Gustav H. Lübbe GmbH & Co., Bergisch Gladbach
Originaltitel: MYST – The Book of Atrus
Lektorat: Michael Schönenbröcher/Stefan Bauer
Illustrationen: William Cone
Titelbild: © 1995 by The Leonhardt Group
Herstellung: Dieter P. Deichmann
Satz: KCS GmbH, Buchholz/Hamburg
Druck und Verarbeitung: Jean Lamour, Maxeville
Printed in France
ISBN 3-404-20900-1

Der Preis dieses Bandes versteht sich einschließlich der
gesetzlichen Mehrwertsteuer

Für Mom und Dad

Danksagung

Obwohl nur unsere Namen auf dem Einband stehen, wäre die Behauptung falsch, daß alleine wir diese Geschichte schrieben; es waren zu viele andere Menschen daran beteiligt.

Vor allem möchten wir Richard Vander Wende danken. Seine Beiträge zur Enwicklung der Geschichte und seine Kreativität sind nicht weniger bedeutsam als unsere eigenen.

Dank gebührt auch Ryan Miller, der die erste Version dieses Buches niederschrieb – er gab uns den Ton an.

Dank auch an John Biggs, Chris Brandkamp, Mark DeForest, Bonnie McDowall, Beth Miller, Josh Staub und Richard Watson für ihren In- und Output.

Und nicht zuletzt Dank auch an Brian DeFiore, unseren Lektor, und David Wingrove, die das Unmögliche möglich machten.

Ein besonderer Dank gilt allen Fans von MYST, die so lange auf dieses Buch gewartet und geholfen haben, es zu verwirklichen. Wir hoffen, es beantwortet viele Fragen – und wirft ein paar neue auf.

MYST: DAS BUCH ATRUS

Prolog

Gehns Stiefel hatten tiefe Abdrücke rund um den kleinen Teich hinterlassen und das saftige, gepflegte Grün in Schlamm verwandelt. Am einen Ende des Gartens, unter einer schmalen Felsnase, hatte er ein flaches Grab ausgehoben. Nun, da das Licht des anbrechenden Tages über den Sand kroch und die Wand der Kluft zwanzig Fuß darüber erreichte, beugte er sich über den Körper des jungen Mädchens. Seine ausgebleichte, cremefarbene Wüstenkleidung zeigte Spuren ihres Blutes und der dunklen Erde der Kluft.

Von der darüberliegenden Treppe aus beobachtete ihn Anna, erschöpft nach der langen Nacht. Sie hatte getan, was in ihrer Macht stand, aber das Mädchen war schon seit einigen Monaten krank gewesen, und die Anstrengungen der Niederkunft hatten das wenige an Kraft, was ihr geblieben war, aufgezehrt. Sie war mit einem Seufzer der Erleichterung gestorben.

Selbst jetzt, in der Stille der Morgendämmerung, konnte Anna noch Gehns Schreie der Qual hören, seinen Schmerz und seinen Zorn; sie hörte noch die Worte der Anklage, mit denen er sie überschüttet hatte. Es sei ihre Schuld. Alles sei ihre Schuld.

So sei es immer gewesen.

Er drehte sich um und schaute schweigend zu ihr hinauf; kein Funken von Liebe in diesem kalten, durchdringenden Blick. Er war neunzehn. Erst neunzehn.

»Wirst du bleiben?« fragte sie leise.

Seine Antwort war ein knappes Kopfschütteln. Ziemlich aggressiv stampfte er durch den Garten und zertrat noch mehr von ihrem kostbaren Platz zum Pflanzenanbau. Es schien, als merkte er nicht mal, was er tat. Sie beobachtete ihn, wie er neben dem Teich kauerte, und innerlich konnte sie nicht böse auf ihn sein – trotz allem, was er getan und gesagt hatte, denn sie wußte, wie er sich fühlen mußte. Sie hatte selbst erlebt, was es hieß, den Sinn des eigenen Lebens zu verlieren, die Bedeutung …

Sie schaute auf ihre ungewaschenen Hände und schüttelte langsam den Kopf. Warum war er gekommen, wenn sie nichts tun konnte, um zu helfen?

Aber sie kannte die Antwort. Er war nur gekommen, weil er sich an niemanden sonst wenden konnte. Verzweiflung hatte seinen Weg bestimmt. Als er erkannt hatte, daß seine Frau krank war, hatte er sich an die Heilkräfte seiner Mutter erinnert. Aber er war zu spät gekommen. Zu spät zumindest für sie.

Anna hob die Hand, hörte die Schreie des Babys. Sie stand auf, streckte sich, ging dann die schmalen Stufen hinunter, duckte sich unter den Steinsturz und gelangte so ins Innere. Das Baby war in dem kleinen Innengemach. Sie durchquerte den Raum und kroch hinein, als es lauter schrie. Sie stand einen Moment lang über das Kind gebeugt da, schaute in seine hellblauen Augen, dann nahm sie es auf und wiegte es in den Armen.

»Du armes Ding«, flüsterte sie und küßte es auf den Hals; dabei spürte sie, wie es sich an sie kuschelte. »Du armes, armes Ding.«

Sie ging hinaus und lehnte sich gegen das Geländer; sie sah, wie Gehn sich über den Teich beugte und sich wusch. Sie registrierte, wie der Teich aufgewühlt, sein kostbares Wasser verschmutzt wurde. Wieder war es die Sorglosigkeit in dem, was er tat, die sie aufbrachte. Er war gedankenlos. Gehn war immer gedankenlos gewesen. Aber sie hielt ihre Zunge im Zaum, denn sie wußte, daß jetzt nicht der Zeitpunkt war, derartige Dinge anzusprechen.

»Möchtest du, daß ich das Kind für die Reise anziehe?«

Gehn antwortete nicht, und einen Augenblick lang dachte sie, er habe sie vielleicht nicht gehört, aber als sie ihn erneut ansprechen wollte, drehte er sich um und richtete seinen Blick auf sie.

»Behalte es. Begrab es mit seiner Mutter, wenn es sein muß. Aber belästige mich nicht damit. Du hast es gerettet, du bist für es verantwortlich.«

Sie wurde wütend, dann hielt sie das Kind hoch – über die Geröllspalte.

»Das ist dein Sohn, Gehn. Dein *Sohn*! Du hast ihm das Leben gegeben. Du bist verantwortlich für ihn. So läuft das hier in dieser Welt.«

Gehn wandte sich ab.

Sie drückte das Kind wieder an sich. Es begann erneut zu weinen. Unter ihr stampfte Gehn über den aufgewühlten Boden, stieg mit schnellen Schritten die Stufen hinauf und stieß sie dabei fast zur Seite, um ins Innere zu gehen. Einen Moment später war er wieder da und trug seine Brille. Anna schaute ihn an und bemerkte, daß er seinen Umhang abgeworfen hatte.

»Dein Umhang, Gehn ... Du wirst dort deinen Umhang brauchen.«

Er wandte sich von ihr ab und schaute zum Ausgang des Vulkans, der von dort, wo er stand, kaum einsehbar war. »Behalte ihn«, sagte er, und sein Blick glitt über ihr Gesicht. »Ich werde ihn nicht mehr brauchen!«

Seine Worte machten ihr angst. Nach allem, was geschehen war, bangte sie um seine geistige Verfassung. Er konnte dort draußen ohne seinen Umhang erfrieren! Sie schaute das Kind an und wußte in dem Moment, was die beste Lösung war. Trotzdem wollte sie unbedingt, daß er das Kind einmal in den Arm nehmen sollte, bevor er ging.

Sie machte Anstalten, ihm das Kind zu geben, aber er ging brüsk an ihr vorbei und trat hinaus auf die Seilbrücke. Im nächsten Augenblick war er verschwunden.

»Aber du hast ihm keinen Namen gegeben«, sagte sie leise und drückte das Baby fest an sich. »Du hast ihm nicht einmal einen Namen gegeben.«

Im langen Schatten des Vulkans war der harte Wüstenboden aufgebrochen. Dort, in einem Spalt von ungefähr zweieinhalb mal eineinhalb Quadratmetern, war die Dunkelheit vollkommen. Jemand, der nur flüchtig dort hinsähe, würde wohl weitergehen und es für ein Naturphänomen halten, wenn da nicht diese seltsame Öffnung gewesen wäre – eine Art Steinwand von etwa eineinhalb oder zwei Meter Höhe, die um diesen Spalt herum ging.

Einige Minuten war alles still, dann stieg eine menschliche Gestalt ohne Umhang durch die Öffnung in der Wand der Kluft ins Licht des anbrechenden Morgens.

Es herrschte Stille, eine Stille, wie sie nur solche Orte mitten in der Wüste haben. In der Kühle des werdenden Wüstentages stieg ein Nebel aus dem warmen Inneren des Vulkans auf und hüllte den Mann in einen hauchfeinen, geheimnisvollen Schleier. Während Gehn den Hang des Vulkans hinanstieg, wirbelte der Nebel um ihn her; bald verbarg er ihn, bald tauchte er wieder aus Nebelschleiern auf. Die große Brille, die er trug, verlieh seinem Kopf eine seltsam klare Form.

Einen Augenblick lang stand er dort, den Kopf gewandt, und schaute zurück auf die dunkle Spalte der Kluft, die nun eine Meile unter ihm lag. Die Sonne, die durch die tanzenden Nebelschleier brach, umriß seine Gestalt – eine große, mächtige Silhouette. Dann, ganz langsam, wie ein Traumbild, das zerfließt, wandte er sich um und verschwand.

1

Der Sandsturm hatte den schmalen Felsvorsprung sauber gefegt. Nun warfen die Schatten entlang des gezackten, wie geklöppelte Spitzen geformten Grats Tausende von gefrorenen Formen. Das Gesicht des Felsens schien Augen und Münder zu haben, ausgestreckte Arme und geneigte Köpfe, als wären Myriaden von seltsamen, schönen Wesen aus der dunklen Sicherheit des weit geöffneten Vulkanschlundes herausgetreten, um von den durchdringenden Strahlen der Sonne kristallisiert zu werden.

Über diesen bizarren Gestalten, im Schatten des Vulkanrandes, lag der Knabe und schaute hinaus auf das riesige Sandmeer, das sich bis zu den Hochplateaus erstreckte, die sich verschwommen am Horizont abzeichneten. Endloser als diese immense Landschaft war nur der klare blaue Himmel darüber.

Der Junge war vor Beobachtern geschützt, seine Anwesenheit vor den Händlern geheimgehalten, die in diesem Augenblick ihre Karawane in einer Meile Entfernung angehalten hatten, um der alten, verrückten Frau die Reverenz zu erweisen. Die geflickten, schmutzigen Kleidungsstücke, die er trug, waren von der Farbe der Wüste, und er schien nur Bestandteil dieser trockenen Landschaft zu sein.

Ganz still lag der Junge und beobachtete. Die schwere Brille, die er trug, war auf Fernsicht eingestellt; seine lichtempfindlichen Augen nahmen jede Einzelheit der Karawane auf.

Wegen des Sturms war die Karawane mit zwei Tagen Verspätung eingetroffen, und während zwei Tage unbedeutend waren an diesem der Zeit entrückten Ort, war es dem Jungen wie eine kleine Ewigkeit vorgekommen. – Denn schon Wochen, bevor die Karawane erwartet wurde, träumte er Tag und Nacht von ihr und beschwor sie in Gedanken herauf. Er stellte sich dann vor, daß er selbst mit Kapuzenumhang auf dem Rücken eines der großen Tiere säße und mit ihnen zöge. Fort in eine größere Welt …

Von diesen Träumen sagte er seiner Großmutter nichts. Nein. Denn er wußte, wie sie im stillen litt. Sie fürchtete, daß einer der skrupelloseren Händler eines Nachts kommen und ihn rauben könnte, um ihn dann auf einem der Sklavenmärkte des Südens zu verkaufen. Und deshalb versteckte er sich, wenn sie es von ihm verlangte, und schwieg über seine Träume, damit sie sich nicht noch mehr Sorgen machte.

Gerade in diesem Augenblick waren die Augen des Knaben auf das Gesicht eines der acht Männer gerichtet – ein Mann, den er oft anschaute: Ein dunkler Mann mit schmalem Gesicht. Seine Gesichtszüge traten scharf aus der Kapuze seines tiefschwarzen Umhangs hervor; er trug einen Backenbart.

Wie er die Karawane so betrachtete, bemerkte er die Veränderungen, die sich seit ihrem letzten Durchzug ereignet hatten. Sie hatten jetzt neunzehn Kamele, zwei mehr als beim letztenmal. Dies und andere, kleinere Anzeichen – neue Halsbänder für einige der Kamele, kleinere Schmuckstücke um die Handgelenke und am Hals einiger der Männer, die Tatsache, daß die Kamele schwerer beladen waren – zeigten an, daß die Geschäfte gut liefen. Nicht nur dies – auch die Fröhlichkeit der Männer sprach Bände. Während sie mit seiner Großmutter feilschten, fiel dem Knaben auf, wie sie lachten und dabei ihre kleinen, verfärbten Zähne sehen ließen, Zähne, die deutlich machten, wie abhängig sie von den Süßigkeiten waren, die sie verkauften.

Er beobachtete, nahm alles in sich auf, denn er wußte, daß seine Großmutter ihn später danach fragen würde:

Was hast du gesehen, Atrus?

Ich habe gesehen, wie …

Er sah, wie sich ein Mann mit einem Gesicht wie ein Messer zu seinem Kamel umwandte, unter die reich verzierte, ausgebeulte Satteltasche griff und einen kleinen Jutesack aus einem seltsamen, halbrunden Weidenkorb nahm. Der Sack schien sich zuerst zu bewegen …

Atrus stellte seine Brille neu ein – er war überzeugt, daß er sich diese Bewegung nur eingebildet hatte –, dann schaute er noch einmal hin und sah, wie seine Großmutter den Sack auf einen Haufen anderer Dinge legte, die sie eingetauscht hatte. Er beobachtete den Sack noch eine kleine Weile – dann, als sich keinerlei Bewegung zeigte, schaute er seine Großmutter an.

Anna stand vor dem ältesten der Händler; ihr hageres und dennoch hübsches Gesicht war einige Schattierungen heller als das seine. Ihr feines graues Haar war zu einem Knoten im Nacken gebunden. Die Kapuze ihres Umhangs war ebenso wie seine heruntergezogen, so daß ihr Kopf der glühenden Nachmittagshitze ausgesetzt war, aber das schien ihr nichts auszumachen. Sie tat dies absichtlich, um den Händlern ihre Stärke und ihr Selbstbewußtsein zu demonstrieren. Sie mußte dies mit Schmerz bezahlen, denn selbst eine einzige Stunde dort draußen in der brennenden Sonne war mehr als genug, ganz zu schweigen von dem langen Weg zurück, beladen mit schweren Säcken mit Salz und Mehl und Tuchrollen sowie anderen Dingen, die sie im Tauschgeschäft erstanden hatte.

Und da war er, verborgen, nicht in der Lage zu helfen.

Es war natürlich leichter, da er ihr jetzt im Garten und bei den Ausbesserungsarbeiten der Wände helfen konnte, und doch fühlte er sich in Augenblicken wie diesen hin und her gerissen zwischen dem Verlangen, die Karawane zu sehen, und dem Wunsch, daß seine Großmutter nicht so hart arbeiten müßte, um die Dinge zu bekommen, die sie zum Überleben brauchten.

Sie war jetzt fast fertig. Er sah, wie sie die Dinge übergab, die sie angebaut oder selbst gemacht hatte – die kostbaren Kräuter und seltenen Mineralien, die fein gemeißelten Steinfiguren und die seltsamen Zeichnungen, die in ihrer Farbintensität an Ikonen erinnerten – all die Dinge, die für die Händler attraktiv genug waren, daß sie immer wieder kamen. Er staunte darüber, wie erfinderisch Großmutter war. Seit sieben Jahren lebte er nun bei ihr; sieben Jahre an diesem trockenen, trostlosen Ort, und niemals hatte er Hunger leiden müssen.

Dies allein war schon wie ein Wunder, das wußte er. Nicht, weil sie es ihm gesagt hätte, sondern weil er mit seinen eigenen Augen – und mit seiner Spezialbrille – gesehen hatte, wie die Welt beschaffen war, in der er lebte; er hatte gesehen, wie gnadenlos die Wüste war. An jedem Abend dankten sie dafür, daß sie überlebt hatten.

Er beobachtete nun, daß seine Großmutter ihre Einkäufe zusammenschob, und sah, wie einer der jüngeren Handelsleute den Versuch machte, ihr zu helfen. Er bot an, ihr einen der Säcke auf die Schulter zu laden, doch Anna schüttelte den Kopf und lächelte. Sofort trat der Mann zurück, erwiderte ihr Lächeln und respektierte damit ihren Wunsch nach Unabhängigkeit.

Als alles aufgeladen war, schaute sie zu den Händlern zurück, gab jedem ein leichtes Kopfnicken, bevor sie sich umwandte und den langen Weg zur Kluft antrat.

Atrus lag da; es drängte ihn, hinunterzuklettern und zu helfen, aber er wußte, er mußte bleiben und warten, bis die Karawane außer Sichtweite war. Er justierte die Brille nach und sah die Reihe der Männer und erkannte jeden einzelnen an den ihm eigenen Gesten; er sah, wie einer einen Schluck aus seiner Flasche nahm, während ein anderer das Geschirr seines Kamels überprüfte. Dann – nach einem unbestimmten Signal – setzte sich die Karawane in Bewegung, die Kamele zunächst widerstrebend; einige von ihnen brauchten einen anspornenden Peitschenschlag, bevor sie sich mit einem grellen, heiserklagenden Laut in Gang setzten.

Atrus?

Ja, Großmutter?

Was hast du gesehen?

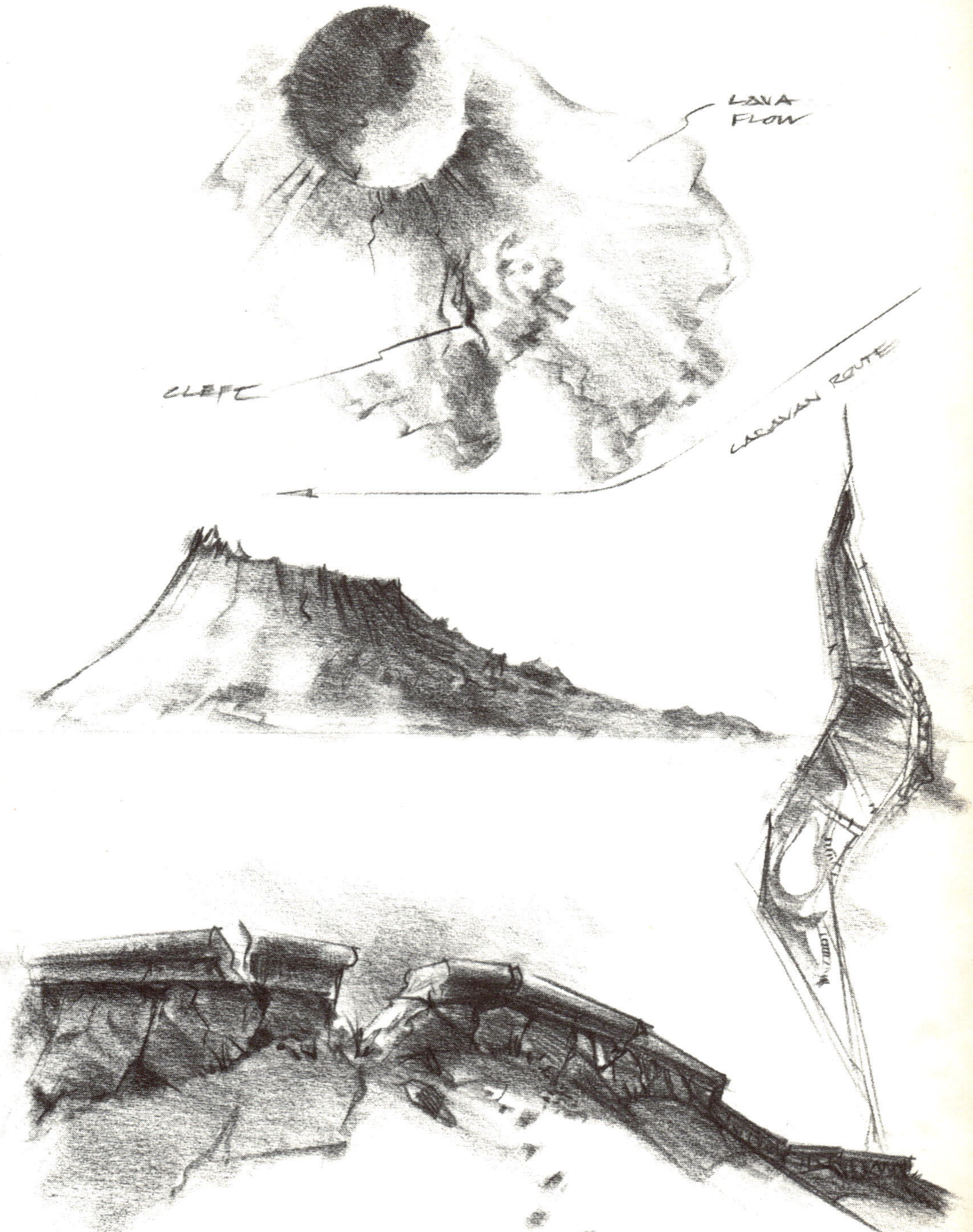
LAVA FLOW
CLEFT
CARAVAN ROUTE

Ich habe große Städte im Süden gesehen, Großmutter, und Menschen, so viele Menschen …

Er machte sich an den Abstieg, denn er wußte, daß Anna ihn erwartete.

Als Anna um den großen Felsblock und damit in das Blickfeld der Kluft kam, ging Atrus ihr entgegen. Den Augen der Händler an dieser Stelle verborgen, konnte sie normalerweise hier Halt machen und sich von Atrus einige Säcke abnehmen lassen, aber an diesem Tag ging sie weiter und lächelte bloß auf seine unausgesprochene Frage.

An der nördlichen Öffnung der Kluft hielt sie an und nahm mit einer seltsamen, fast übertriebenen Behutsamkeit die Last von der Schulter.

»Hier«, sagte sie leise, wohl wissend, wie weit Stimmen in diesem offenen Terrain hörbar waren. »Trag das Salz und das Mehl runter in den Lagerraum.«

Atrus tat es schweigend. Er zog seine Sandalen aus und hängte sie an den schmalen Vorsprung an der oberen Öffnung der Kluftwand. Kreidezeichen von der Unterrichtsstunde am Vormittag bedeckten die äußere Wand, während dicht daneben einige kleine Tontöpfe von seinem letzten Experiment halb im Sand vergraben waren.

Atrus schwang einen der drei elfenbeinfarbenen Säcke auf die Schulter; die rauhe Jute scheuerte ihm Hals und Kinn. Der Geruch von Salz drang kräftig durch den Stoff. Dann stieg er die Schräge empor, drehte sich, bückte sich, tastete mit dem linken Fuß nach der oberen Sprosse der Seilleiter. Mit instinktiver Vorsicht kletterte Atrus hinunter in den kühlen Schatten der Kluft.

Der starke Duft der Kräuter war wie berauschend nach dem Nichts der Wüste. Hier unten war alles bepflanzt. Jeder Quadratzentimeter wurde genutzt. Zwischen den verschiedenen

Steinen und ungebrannten Ziegeln an den Mauern sahen die steilen Wände der Kluft aus wie ein Mosaik aus Rotbraun und lebhaftem Smaragdgrün, während der abgeschrägte Boden um den winzigen Teich in saftigem Grün prangte. Es war kein Raum verschwendet, nicht mal für einen schmalen Pfad. Statt dessen schwang sich eine Seilbrücke im Zickzack über die Kluft, so daß überall dort eine Verbindung bestand, wo sich keine schmalen Stufen anschlossen, die in Jahrtausenden in den Fels gehauen worden waren. Anna hatte im Laufe der Jahre etliche lange, trogartige Regale in die festen Wände der Kluft gemeißelt, sie mit Erde gefüllt und geduldig begossen, bis sie sich langsam in einen Garten verwandelt hatten.

Der Lagerraum befand sich am äußersten Ende, in der Nähe des Kluftbodens. Atrus war am Ende der Seilbrücke angelangt und verlangsamte seinen Schritt. Hier sprudelte Wasser von der Quelle unter der Erde herauf und sickerte durch eine schräge Schicht porösen Gesteins, wodurch die alten Stufen feucht und schlüpfrig wurden. Weiter unten war ein Kanal in den Fels gegraben worden, durch den der spärliche, aber kostbare Wasserfluß über den undurchdringlichen Stein am Boden der Kluft in die natürliche Mulde des Teichs geleitet wurde. Hier war auch der Platz, an dem seine Mutter begraben war. An einem Ende des Grabes wuchsen – wie ein kleiner Teppich – zarte blaue Blumen. Ihre Blütenblätter sahen aus wie winzige Sterne, ihre Staubgefäße waren wie dunkler Samt.

Nach der brennenden Hitze des Wüstensandes war die Kühle des feuchten Gesteins unter seinen Füßen einfach herrlich. Dort unten, fast sechzig Meter tief in der Erde, war die Luft frisch und kühl, der süße Duft erfrischend nach der Trockenheit der Wüste draußen. Ganz schwach hörte man Wasser tropfen und das sanfte Surren einer Wüstenwespe. Atrus hielt einen Moment inne und zog die schweren Augengläser bis zu den Brauen herauf, damit sich seine Augen an den Schatten gewöhnen konnten, dann setzte er seinen Abstieg fort und kauerte sich unter den Felsvorsprung, bevor er sich zur Tür

PAH-KET
FLOWER FOUND
NEAR STEAM VENT

des Lagerraums wandte, die in den Fels der Kluftwand eingebaut war.

Diese niedrige, schwere Tür war einfach unglaublich: Sie war mit Hunderten von feinen, kunstvollen Schnitzereien verziert; mit Fischen, Vögeln und anderen Tieren, die alle durch ein Muster von Blättern und Blumen miteinander verbunden waren. Dies, wie so vieles andere in der Kluft, war das Werk seiner Großmutter; wo auch immer sie eine glatte Fläche vorfand, mußte sie sie verzieren, als sei die ganze Schöpfung ihre Leinwand.

Atrus hob den Fuß an und stieß die Tür auf, dann ging er hinein in den dunklen engen Raum. Noch ein Jahr, und er würde nicht mehr aufrecht unter der niedrigen Steindecke stehen können. Jetzt aber durchquerte er den winzigen Raum in drei Schritten, ließ den Sack von der Schulter gleiten und stellte ihn bei einem breiten Steinregal neben zwei andere.

Für einen Augenblick stand er so da und schaute auf das einzige blutrote Symbol, das auf das Sackleinen aufgedruckt war. Das komplizierte Gebilde von runden Linien und Schnörkeln kam ihm bekannt vor, und er war sich nicht sicher, ob es ein Wort oder einfach nur eine Zeichnung war, aber es hatte eine Schönheit, war von einer Eleganz, die er bezaubernd fand. Manchmal erinnerte es ihn an das Gesicht irgendeines fremden, exotischen Tieres; und manchmal glaubte er, eine Bedeutung darin entdecken zu können.

Atrus drehte sich um und sah nach oben. Ihm wurde plötzlich bewußt, daß seine Großmutter ihn an der Wand der Schlucht erwartete, und er tadelte sich selbst für seine Gedankenlosigkeit. Er beeilte sich nun und hielt nur inne, um seine Brille wieder aufzusetzen. Er stieg unbeholfen die Stufen hinauf, tastete sich seinen Weg über die schwankende Brücke und sah, wie Anna ihren Umhang öffnete und ein langes Messer mit perlengeschmücktem Griff aus dem breiten Ledergürtel holte, den sie um die Taille trug. Sie beugte sich hinunter und schnitt einen der restlichen Säcke auf.

»Das ist hübsch«, sagte er und blieb neben ihr stehen, um

seine Brille zu justieren, den Blick auf das lebhafte Gold- und Kobaltmuster gerichtet, das im Sonnenlicht schimmerte wie ein See des herrlichsten Farbenspiels.

»Ja«, entgegnete sie und lächelte ihm zu, bevor sie ihr Messer wieder in die Scheide steckte. »Es ist Seide.«

»Seide?«

Als Antwort hob sie den Stoff an und ihm hin. »Fühl.«

Er berührte den Stoff und war überrascht, wie kühl und sanft er sich anfühlte.

Sie schaute ihn immer noch an; ein geheimnisvolles Lächeln umspielte ihre Lippen. »Ich möchte dir einen Wandbehang für dein Zimmer machen. Etwas, um dich aufzuheitern.«

Er erwiderte ihren Blick überrascht, dann bückte er sich und hob einen der übrigen Säcke auf die Schulter.

Als er seinen Weg nach unten in den Lagerraum antrat, sah er das reiche Muster des Stoffes im Geiste vor sich und lächelte. In den Stoff war ein feiner Goldfaden eingewebt, erinnerte er sich, und er rief sich zurück, wie er sich angefühlt hatte: sanft und glatt wie die Unterseite eines Blattes.

Er lud auch den zweiten Sack ab und trat den Rückweg an. In seiner Abwesenheit hatte Anna die beiden Säcke mit Stoff auf die Rinne in der Kluftwand gestellt, neben den letzten der Salz- und Mehlsäcke. Da stand auch ein kleiner grüner Jutesack, der für Samen benutzt wurde und der mit einem blutroten Bindfaden verschlossen war. Von dem letzten Sack, jenem, von dem er angenommen hatte, daß er sich bewegt hätte, fehlte jede Spur.

Er runzelte die Brauen und schaute seine Großmutter an, aber wenn sie seinen Blick deuten konnte, so zeigte sie es zumindest nicht.

»Bring die Samen in die Küche«, sagte sie leise und hob den Seidenballen auf die Schulter. »Wir werden sie morgen pflanzen. Dann komm zurück und hilf mir mit dem Rest der Stoffballen.«

Als er aus dem Lagerraum zurückkam, wartete Anna auf dem breiten Felsvorsprung am äußersten Ende des Gartens auf ihn. Selbst auf die Entfernung, die zwischen ihnen lag, konnte er sehen, wie müde sie war. Er überquerte die Seilbrücke zum Haupthaus und stieg dann schnell die schmalen Stufen dicht an der Wand hinab. Er hielt sich vorsichtig an die glatten, vorspringenden Felsabschnitte, welche die westliche Abgrenzung des Teichs bildeten, hockte sich nieder, nahm die Schöpfkelle vom Haken und senkte sie in das stille, spiegelglatte Wasser.

Dann richtete er sich auf, ging am Rand des Teichs entlang, seine Füße dicht am Felsgestein, vorsichtig, damit er nicht einen Tropfen des kostbaren Wassers verschüttete, und gelangte schließlich beim Vorsprung an, auf dem Anna saß.

Sie sah auf und lächelte, ein müdes, liebevolles Lächeln.

»Danke«, sagte sie und nahm ihm die Schöpfkelle ab, um daraus zu trinken; dann bot sie ihm davon an.

»Nein«, sagte er leise und schüttelte den Kopf, »trink ganz aus.«

Lächelnd leerte sie die Schöpfkelle und gab sie zurück.

»Nun, Atrus«, sagte sie, jetzt ganz entspannt, als hätte das Wasser die Müdigkeit fortgespült, »was hast du gesehen?«

Er zögerte zunächst, dann sagte er: »Ich habe einen braunen Jutesack gesehen, und der Sack hat sich bewegt.«

Sie antwortete mit einem lauten Lachen, das ihn überraschte. Atrus verzog das Gesicht, grinste dann aber, als sie den Sack aus den Falten ihres Umhangs zog. Es war seltsam, denn es schien, als wäre gar nichts darin. Nicht nur das – auch die Struktur des Sacks war seltsam, viel grober gewebt als die Säcke, welche die Händler normalerweise benutzten. Wenn er Salz enthalten hätte, so wäre es durch die Löcher im Gewebe hindurchgesickert, und doch *war* etwas darin.

»Na«, sagte sie, belustigt über seine Reaktion, »nimmst du ihn?«

Er schaute sie verblüfft an. »Für mich?«

»Ja«, sagte sie, »für dich.«

Vorsichtig nahm er ihr den Sack ab und bemerkte, daß dieser mit dem gleichen roten Bindfaden geschlossen war wie der Sack mit den Samen.

»Was ist drin?«

»Sieh nach«, sagte sie, nahm ihr Messer und hielt es ihm am Griff hin. »Sei vorsichtig. Es könnte beißen.«

Er stand wie erstarrt und schaute sie an; seine Verblüffung war vollkommen.

»Mach weiter«, sagte sie und lachte leicht. »Das war nicht ernst gemeint, Atrus. Mach ihn auf.«

Langsam, wie widerstrebend, ließ er die Messerklinge unter den Bindfaden gleiten und zog. Der Sack war offen.

Er legte das Messer auf dem Fels ab, hob die Brille über die Stirn an, dann tastete er vorsichtig in den Sack hinein und schaute in das dunkle Innere.

Es war etwas darin. Etwas Kleines, Rundes und …

Das Geräusch, das er hörte, erschreckte ihn so, daß ihm der Sack aus der Hand glitt. Er fuhr zurück, seine Nackenhaare gesträubt vor Entsetzen.

»Sachte …«, sagte Anna, bückte sich und hob den Sack auf.

Atrus sah ihr staunend zu, wie sie etwas Kleines, etwas mit zartem Fell, herauszog. Einen Augenblick lang verstand er gar nichts, und dann, schlagartig, war ihm klar, was es war: ein Kätzchen! Anna hatte ihm ein Kätzchen gekauft!

Er stieß einen Überraschungsschrei aus, stand auf, machte einen Schritt auf sie zu und beugte sich über den Sack, um das winzige Etwas darin anzuschauen.

Es war entzückend. Sein Fell hatte die Farbe des Wüstensandes bei Sonnenuntergang, während seine Augen wie große grüne Untertassen aussahen; es blinzelte zweimal, dann betrachtete es ihn neugierig. Es war nicht größer als eine von Annas Händen.

»Wie heißt es?« fragte er.

»Sie heißt Pahket.«

»Pahket?« Atrus schaute seine Großmutter zweifelnd an, dann streichelte er sanft das Kätzchen im Genick.

»Das ist ein alter Name. Der Älteste der Händler sagte, es sei ein Name, der Glück bringt.«

»Kann sein«, sagte Atrus unsicher, »aber irgendwie ist es

nicht der richtige Name. Schau sie mal an. Sie sieht aus wie eine winzige Flamme.« Er sah lächelnd zu, wie sich das Kätzchen in seine Hand schmiegte und laut zu schnurren anfing.

»Dann solltest du sie vielleicht so nennen.«

»Flamme?«

Anna nickte. Sie beobachtete ihren Enkel eine Weile, dann sagte sie: »In der Küche ist eine kleine Tonschale ...«

Atrus schaute auf. »Die blaue?«

»Ja. Die kann Flamme haben. Sie könnte jetzt schon etwas Wasser brauchen, nachdem sie so lange in dem Sack war.«

Atrus lächelte, dann hob er das Kätzchen mit einer Hand auf, als hätte er in seinem ganzen jungen Kinderleben nichts anderes getan, drückte es an sich und sprang in langen Sätzen in die Küche, wo er sich bücken mußte, um hineinzukommen. Eine Sekunde später tauchte er wieder auf, die Schale in der anderen Hand.

»Komm, Flamme«, sagte er und sprach so sanft auf das Kätzchen ein, als wäre es ein Kind. Mit dem Daumen streichelte er den winzigen Kopf, »jetzt gibt es etwas zu trinken für dich.«

Als die Dunkelheit anbrach, saß Atrus auf dem kleinen Balkon, welcher der Schlafkammer vorgelagert war; das Kätzchen hatte sich an ihn gekuschelt und schlief – so saß er auf dem kühlen Felsvorsprung und sah zum Mond auf. Es war ein wunderbarer Tag gewesen, aber wie jeder Tag ging er zu Ende. Unten, rechts von ihm, sah er seine Großmutter am hellerleuchteten Fenster. Eine kleine Öllampe warf ihr sanftes gelbes Licht über ihr Gesicht und auf ihre Arme, während sie damit beschäftigt war, ein Blech mit Kuchen zu belegen. Wie das Kätzchen, war auch der Kuchen etwas Besonderes, um seinen siebenten Geburtstag in zwei Tagen zu feiern.

Als er daran dachte, lächelte er glücklich, und doch mischte sich in seine Freude eine gewisse Unruhe. So glücklich er auch hier mit seiner Großmutter war – in ihm war ein unbestimmbares Sehnen nach etwas, das mehr war als nur dies.

Sein Blick glitt vom Mond zu einer Konstellation von Sternen, bis er den Gürtel des Orion fand; sein Blick folgte der Form des Bogens des Jägers – Orions –, wie es ihn seine Großmutter gelehrt hatte.

Und wenn ich all das gelernt habe, Großmutter?

Er erinnerte sich, wie sie darüber gelacht und sich dann zu ihm geneigt hatte:

Man lernt nie aus, Atrus. Es gibt mehr Dinge in diesem Universum – ja, und mehr Universen – als daß wir jemals auch nur hoffen könnten, sie alle zu erfassen.

Und obwohl er nicht genau verstanden hatte, was sie damit gemeint hatte, gab ihm allein schon der Anblick des endlosen Nachthimmels eine Ahnung dieses ganzen Fragenkomplexes. Und dabei war er begierig darauf, alles zu wissen, was nur möglich war – er war so wißbegierig wie das schlafende Kätzchen neben ihm träge war.

Er wandte den Blick von der unendlichen Weite des Himmels ab und schaute nach unten. Alles um ihn herum in der Kluft war wie gepunktet mit winzigen Lichtern, die warm in der Dunkelheit glühten.

»Atrus?«

Er wandte sich um und sah auf, als Anna kam und sich neben ihn auf den schmalen Vorsprung setzte. »Ja, Großmutter?«

»Du hast heute viel Stoff für dein Tagebuch.«

Atrus lächelte, streichelte dann das Kätzchen, kraulte es zwischen den Ohren und fühlte, wie es sich an seine Finger schmiegte.

»Ich habe schon geschrieben, während du im Lagerraum warst.«

»Aha.« Sie streckte die Hand nach dem Kätzchen aus und streichelte seine Seite mit dem Handrücken. »Und wie läuft dein Experiment?«

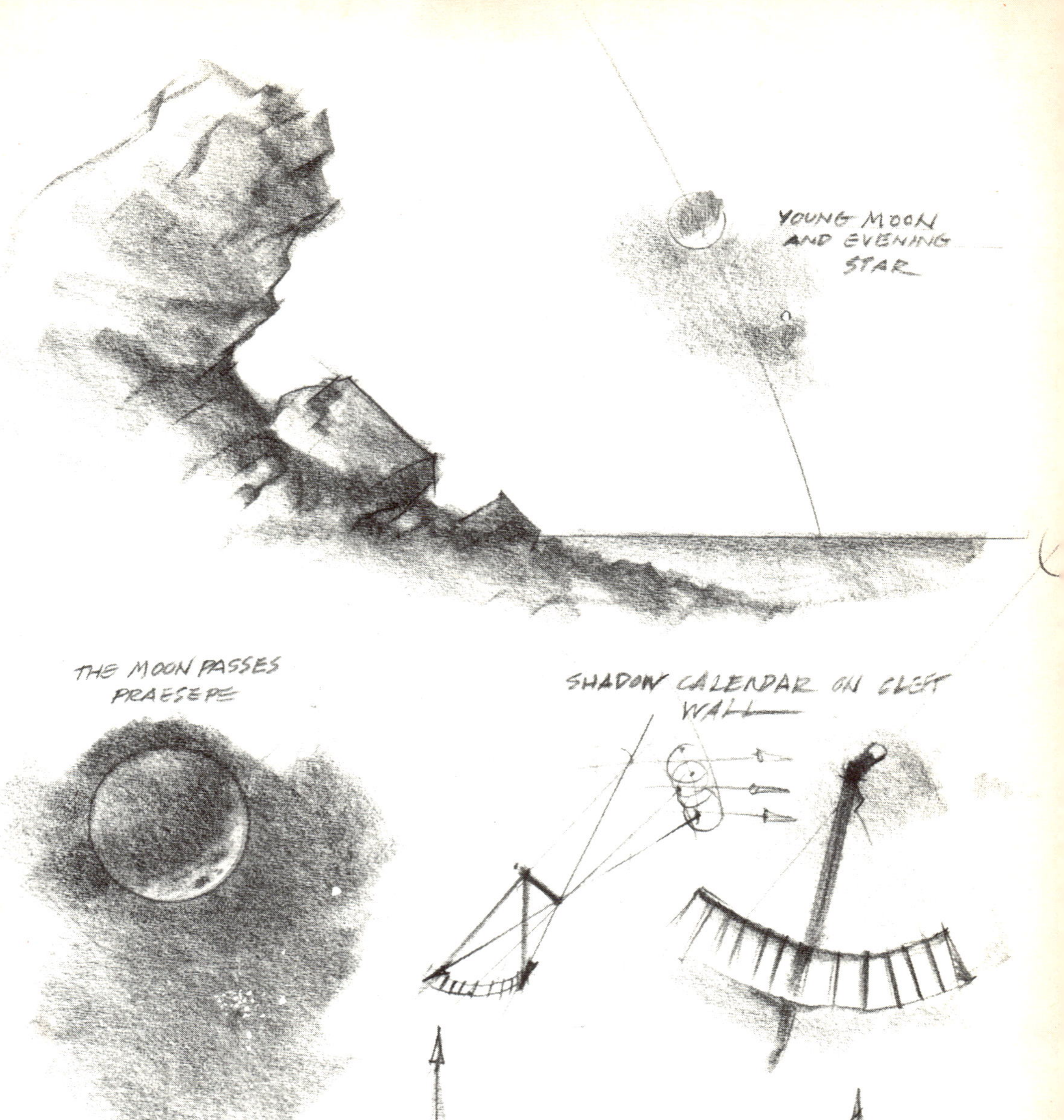
YOUNG MOON
AND EVENING
STAR
THE MOON PASSES
PRAESEPE
SHADOW CALENDAR ON CLEFT
WALL
SEASONAL SUNRISE
SHIFT

»Welches?« fragte er eifrig.

»Deine Messungen. Ich habe dich dort draußen gesehen.«

Seit fast sechs Monaten studierte Atrus die Bewegung der Dünen am anderen Ende des Vulkans. Er hatte eine Reihe langer Pfähle längs der Dünenkante tief in den Sand gesetzt; die Pfähle dienten ihm als Basislinie, dann trug er diese Messungen in eine Tabelle am Ende seines Tagebuchs ein.

»Ich bin fast fertig«, sagte er, und seine Augen glänzten hell im Mondlicht. »Noch ein paar Wochen, und ich habe meine Ergebnisse.«

Anna lächelte dazu, belustigt, aber auch stolz auf die Sorgfalt, mit der er an die Sache heranging. Kein Zweifel, Atrus war ein kluger Kopf; er besaß alle Qualitäten des Forschers – und die Neugier, die dazu gehörte.

»Und hast du eine Theorie?« fragte sie und registrierte, wie er den Rücken straffte, um zu antworten.

»Sie bewegen sich«, sagte er.

»Aha – ein bißchen oder gewaltig?«

Er lächelte. »Das kommt darauf an.«

»Worauf?«

»Was du ein bißchen oder gewaltig nennst.«

Sie lachte und hatte Spaß an seiner Antwort. »Ein bißchen wäre, na sagen wir, einige Zentimeter pro Jahr, gewaltig wäre eine Meile.«

»Dann ist es weder noch«, gab er zur Antwort und schaute wieder auf Flamme hinunter. Das Kätzchen schien zu träumen; es hatte den Kopf zwischen die Pfoten gekuschelt, und sein behagliches Schnurren war der einzige Laut in der Dunkelheit.

Anna strich Atrus das Haar aus den Augen. In gewisser Weise war er ein linkisches Kind, und doch hatte er etwas Majestätisches an sich. Seine Güte, die hellwache Intelligenz seiner Augen – das zeichnete ihn aus und strafte seine körperliche Unbeholfenheit Lügen.

»Es schwankt«, sagte er, und ihre Blicke begegneten sich wieder.

»Es schwankt?«

»Die Geschwindigkeit, mit der die Düne wandert. Manchmal bewegt sie sich kaum, aber wenn es Sturm gibt ...«

»Daraus folgt?« fragte sie leise.

»Der Wind macht es«, sagte er. »Er treibt die kleineren Sandkörner an der Windseite der Düne, am Luv, hinauf. Von da fallen sie über den Kamm auf die Leeseite. Daraus ergibt sich die Form der Düne. Die größeren, gröberen Sandkörner bewegen sich nicht so viel, deshalb ist die Luvseite so gezackt. Die Sandkörner werden dicht zusammengepreßt. Man kann auf ihnen wie auf einem Felsen gehen. Aber auf der Leeseite ...«

»Ja?« fragte sie ermutigend.

Er verzog das Gesicht und rümpfte die Nase dabei, während er darüber nachdachte: »Also, die Leeseite, die dem Wind abgewandt ist, ändert sich ständig. Die feinen Sandkörner werden aufgetürmt und bilden eine steile Steigung, bis alles wieder in sich zusammenfällt. Wenn man versucht, dort zu laufen, sinkt man ein. Da ist der Sand nicht so dicht wie auf der Windseite.«

Anna lächelte und ließ ihn nicht aus den Augen. »Du sagst, die Sandkörner fallen über den Kamm. Weißt du, warum?«

Atrus nickte so eifrig, daß sich Flamme in seinem Schoß bewegte. »Das hängt davon ab, wie die Sandkörner in der Balance bleiben. Bis zu einem bestimmten Winkel bleiben sie übereinander, aber wenn der Winkel größer wird ...«

»Und hast du den Winkel gemessen?« fragte sie, zufrieden mit seinen Beobachtungen.

Wieder nickte er. »Fünfunddreißig Grad. Das ist der steilste Winkel, bevor die Sandkörner zu rutschen beginnen.«

»Gut«, sagte sie und legte die Hände auf die Knie, »es scheint, du hast an alles gedacht, Atrus. Du hast versucht, den großen Zusammenhang zu finden.«

Atrus hatte den Blick gesenkt und das schlafende Kätzchen angeschaut; jetzt sah er wieder auf. *»Den großen Zusammenhang?«*

Sie lächelte sanft. »Das ist etwas, das mein Vater immer

gesagt hat. Was ich damit meine, ist, daß du das Problem von vielen Perspektiven aus betrachtest und dir überlegt hast, wie die einzelnen Teile zusammenpassen. Du hast alle Fragen gestellt, die wichtig waren, und dann die Antworten gefunden. Und jetzt hast du eine Erkenntnis gewonnen.« Sie lächelte wieder und legte ihm leicht die Hand auf die Schulter. »Das scheint nur etwas Unbedeutendes zu sein, Atrus, schließlich ist eine Düne nur eine Düne, aber das Prinzip ist wichtig und wird dir bei allem, was du tust, helfen, ganz gleich, wie schwierig die Zusammenhänge sind, die du untersuchst. Betrachte immer den großen Zusammenhang, Atrus. Suche immer danach, wie die Dinge miteinander verbunden sind, und denke daran, daß das, was für viele Teile ›das Ganze‹ ist, immer ein kleiner Teil von etwas anderem, etwas Größerem ist.«

Atrus schaute sie gebannt an, nickte langsam, und in diesem Blick lag der ganze Glaube seiner sieben Kinderjahre. Anna war das nicht entgangen, und sie seufzte innerlich. Manchmal war sie so stolz auf ihn. Was für schöne, klare Augen er hatte. Augen, die sie gelehrt hatte zu sehen, Augen, die beobachten wollten, Augen, die voller Fragen waren.

»Großmutter?«

»Ja, Atrus?«

»Kann ich ein Bild von Flamme malen?«

»Nein«, sagte sie und sah lächelnd zu ihm hin, »nicht jetzt. Es ist Schlafenszeit. Möchtest du, daß Flamme bei dir schläft?«

Er strahlte und nickte.

»Dann nimm sie mit. Sie kann heute nacht am Fußende schlafen. Morgen machen wir einen Korb für sie.«

»Großmutter?«

»Ja, Atrus?«

»Kann ich noch ein bißchen lesen?«

Sie lächelte und zerzauste ihm die Haare. »Nein. Aber ich erzähle dir noch eine Geschichte, wenn du willst.«

Seine Augen glänzten vor Freude. »Ja, bitte. Und – Omi …«

»Ja?« fragte sie, überrascht, daß er sie mit diesem Kosenamen anredete.

»Danke für Flamme. Sie ist wunderschön. Ich werde gut auf sie aufpassen.«

»Das weiß ich. Jetzt komm rein. Es ist spät.«

Atrus' Bett war ein Steinregal, das in die Rückwand der inneren Schlafkammer gemeißelt war, wie eine winzige Katakombe. Eine schöne gewebte Decke fungierte als Matratze, während ein großes, doppellagiges Tuch, das Anna an den Ecken mit feinen Stichen zusammengenäht hatte und das mit einem Muster gestickter goldener Sterne versehen war, als Bettdecke diente. In einer Nische im Felsen, oben auf dem Regal, stand eine kleine Öllampe, die oben und unten durch schmale Metallstäbe gesichert war.

Anna griff in die Lampe, hob das seltsam gravierte Glas, zündete den Docht an, trat dann zurück und ließ Atrus in sein Bettchen steigen. Bald würde er zu groß sein für das »Schlafregal«, aber noch reichte es.

Sie schaute ihren Enkel an und fühlte dabei eine gewisse Traurigkeit; Traurigkeit darüber, daß die Zeit der Unschuld vergänglich war, und sie wußte, daß sie solche Momente wie diesen genießen sollte, denn sie würden nicht ewig so bleiben. Nichts blieb, wie es war. Nicht das Leben einzelner, nicht Königreiche.

»So«, sagte sie und kuschelte ihn ein. Dann legte sie das halb schlafende Kätzchen zu ihm, damit er es noch ein Weilchen streicheln konnte. »Was soll ich dir erzählen?«

Er wandte kurz den Blick von ihr ab, seine hellen Augen schienen in den flackernden Schatten im Regal zu lesen, dann trafen sich ihre Blicke wieder; sie lächelten beide.

»Wie wäre es mit der Geschichte von Kerath?«

»Aber die hast du doch schon oft gehört, Atrus.«

»Ich weiß, aber ich möchte sie gerne noch einmal hören. Bitte, Großmutter.«

Sie lächelte und legte ihm die Hand auf die Stirn, dann schloß sie die Augen und begann mit der uralten Sage …

Sie spielte im Lande der D'ni und geschah, so hieß es, zu der Zeit, vor Tausenden von Jahren, da ihre Heimat das erste der großen Erdbeben erlebt hatte, die schließlich dazu geführt hatten, daß sie geflohen und hierhergekommen waren.

Kerath war der letzte der Großen Könige gewesen, der letzte nicht, weil er abgesetzt worden war, sondern weil er – als er alles erreicht hatte, was er hatte erreichen wollen – zurückgetreten war und einen Ältestenrat eingesetzt hatte, der die D'ni-Länder führen sollte. Aber die »Sage von Kerath« war die Geschichte der Jugendjahre des jungen Prinzen und wie er sie in der großen unterirdischen Wüste von Tre'Merktee, dem Ort der Vergifteten Gewässer, verbracht hatte.

Und als Atrus die Sage hörte, was dachte er? Sah er sich selbst als den jungen Prinzen, war er wie Kerath vom Bruder seines toten Vaters ins Exil verbannt? Oder war etwas anderes an der Sage, was ihn in Bann zog, denn es konnte keinen Zweifel daran geben, daß dies seine Lieblingsgeschichte war.

Als Anna ans Ende der Geschichte kam und von den letzten Ereignissen erzählte, wie Kerath die große Eidechse zähmte und auf ihr in die Hauptstadt von D'ni zurückritt, spürte sie förmlich, wie Atrus jedem ihrer Worte, jedem einzelnen Satz, jedem unerwarteten Ereignis in der Geschichte wie gebannt lauschte.

In Gedanken versunken schloß sie das Buch sacht und stellte es zur Seite, so wie sie es schon einmal für einen anderen kleinen Jungen in einer anderen Zeit an einem Ort, der sich erheblich von diesem unterschied, getan hatte. Sie öffnete die Augen und bemerkte, wie Atrus sie unverwandt anschaute.

»Gibt es *viele Geschichten*, Großmutter?«

Sie lachte. »Oh, Tausende …«

»Und kennst du sie alle?«

Sie schüttelte den Kopf. »Nein, das wäre unmöglich, Atrus. D'ni war ein großes Reich, und seine Büchereien waren selbst kleine Städte. Wenn ich mich an all die Sagen von D'ni erinnern sollte, würde ich mehrere Leben dafür brauchen, und selbst dann hätte ich nur einen Bruchteil davon gelernt.«

»Und sind die Geschichten wahr?« fragte Atrus gähnend und drehte das Gesicht zur Wand.

»Glaubst *du* sie?«

Er dachte kurz nach, dann, mit einem müden Seufzer: »Ich glaube, ja.«

Sie spürte irgendwie, daß sie seine Frage nicht richtig beantwortet hatte. Sie kuschelte ihn in seine Decke ein, bis nur noch der Kopf herausschaute, dann beugte sie sich über ihn und küßte ihn auf die Stirn.

»Soll ich Flamme dalassen?«

»Hmmmm …«, murmelte er, schon halb im Schlaf. Sie lächelte, löschte die Lampe, stand auf und verließ den Raum.

Die Lampe in ihrem Arbeitsraum am äußeren Ende der Kluft brannte noch. Die halbvollendete Skulptur lag so auf dem Arbeitstisch, wie sie sie hatte liegenlassen, daneben der offene Werkzeugkasten; die feinen Instrumente lagen auf den jeweiligen Tabletts. Einen Augenblick stand sie da, schaute auf die Skulptur, wog ab, was zu tun war, dann holte sie einen kleinen, mit Perlen besetzten Kasten aus dem Regal, in dem ihre Bücher standen. Sie drückte auf den Verschluß, öffnete das Kästchen und sah ihr Spiegelbild darin; sie schob eine Strähne grauen Haares zurück.

»Was siehst du, Anna?«

Das Gesicht, das sie aus dem Spiegel ansah, war stark und fest, die Konturen der Wangenknochen waren zart, ohne zerbrechlich zu wirken; es war ein feines Gesicht ohne jegliche Grobheit in den Zügen. Zu ihrer Zeit war sie eine gefeierte Schönheit gewesen. Nun aber hatte sich die Zeit gegen sie gewandt.

Bei diesem Gedanken mußte sie lächeln. Sie war niemals eitel gewesen, und doch hatte sie sich immer – wirklich immer – gefragt, wieviel von ihr selbst tatsächlich in ihrem Gesicht lag. Wieviel das Mienenspiel ihrer Augen und ihres Mundes preisgaben. Und auch, wieviel diese feinen Gesichtszüge verbergen konnten. Da war zum Beispiel Atrus. Wenn er lächelte, dann lächelte er nicht einfach nur mit den Lippen, sondern mit seinem ganzen Gesicht, mit ganzer Seele: ein strahlendes Lächeln, das sein Antlitz erhellte. Ebenso war es, wenn er nachdachte: Es war dann, als könnte man durch ihn hindurchsehen wie durch Glas und beobachten, wie die Gedanken in seinem Kopf aufblitzten.

Und wie war es mit *ihrem* Gesicht?

Sie legte den Kopf leicht zur Seite und schaute sich wieder prüfend an, dabei nahm sie diesmal auch die winzigen blauen Perlen wahr, die sie in ihr Haar geflochten hatte, und das leuchtende, feingewebte Band um ihren Hals.

Das Gesicht, das sie gespiegelt sah, war blaß und straff, fast asketisch; die tiefen grünen Augen zeugten von Intelligenz, der Mund von Empfindsamkeit. Und doch war es das Drumherum – die Perlen, das Band –, was ihre wahre Natur zeigte: den Teil ihres »Ich«, der schöne Dinge liebte. So war sie seit ihrer Kindheit gewesen: Man mochte ihr ein leeres Blatt Papier geben, sie schrieb ein Gedicht darauf oder eine kleine Geschichte oder malte ein Bild. Man mochte ihr eine leere Wand geben, und sie würde sie immer – jederzeit – bemalen.

Und wenn man ihr ein Kind anvertraute …

Sie schloß das Kästchen und schob es ins Regal zurück.

Wenn man ihr ein Kind anvertraute, sie würde ihm wunderbare Dinge zeigen. Würde ihm Geschichten und Gedanken und wahre Begebenheiten nahebringen, die über jedes vorstellbare Maß hinausgingen.

Was siehst du, Anna?

Sie gähnte, löschte das Licht und beantwortete dann die stumme Frage: »Ich sehe eine müde alte Frau, die ihren Schlaf braucht. Vielleicht«, ergänzte sie nach einer Weile und erinnerte sich an das Mädchen, das sie einmal gewesen war. Dann ertastete sie mit den Füßen die Stufen in der Kluftwand und ging zu Bett.

2

Das erste Zeichen war, daß sich bis weit in östliche Richtung der Himmel verdüsterte, dort, wo man eigentlich keinen Sandsturm vermuten würde. Atrus war dabei, den der Sonne zugewandten Hang des Vulkans zu erkunden – er suchte nach seltenen Steinen und Kristallen für seine Sammlung –, als er aufschaute und einen winzigen Fleck Dunkelheit am klaren blauen Himmel bemerkte. Zuerst war er sich nicht ganz sicher, was es sein konnte. Er hob den Kopf, denn er dachte, es sei ein Fehler in der Linse seiner Brille, aber das war es nicht.

Aus einem anderen Winkel betrachtet war der Fleck immer noch da. Und nicht nur das: Er wurde größer. Noch während Atrus hinsah, schien er sich zu verdunkeln.

Atrus fühlte ein leichtes Unbehagen in sich aufsteigen.

Der zehnjährige Junge wandte sich um und trat den Rückweg an, den Hang hinunter, dann eilte er über den offenen Sandplatz, der zum nächstgelegenen Vorsprung der Kluft führte. Die Hitze machte das Atmen schwierig; er keuchte. Er hielt nur inne, um seine Sandalen in den Spalt unterhalb der Öffnung der Kluftwand zu stecken, dann stieg er die Seilleiter hinunter, während die Sprossen der Leiter gegen die Wand schlugen.

Dieses Geräusch ließ Anna auffahren. Am äußeren Ende der Kluft schwang die obere Hälfte der eingehängten Tür zu ihrem Arbeitsraum auf. Sie schaute hinaus.

»Atrus?«

»Da kommt was.«

»Du meinst jemand?«

Er schüttelte den Kopf. »Nein, etwas Großes am Himmel, hoch oben. Etwas Schwarzes.«

»Ein Sandsturm?«

»Nein … der ganze Himmel wird schwarz.«

Ihr Lachen verwirrte ihn. »Also dann«, sagte sie, als hätte sie es so erwartet, was auch immer es sein mochte, »wir müssen Vorsichtsmaßnahmen ergreifen.«

Atrus schaute seine Großmutter verdutzt an. »Vorsichtsmaßnahmen?«

»Ja«, sagte sie, nun fast heiter. »Wenn es das ist, was ich glaube, ist es am besten, daß wir jetzt etwas tun, solange noch Zeit ist. Eine solche Chance ist selten genug.«

Wieder sah er sie ungläubig an, als spräche sie in Rätseln.

»Komm«, sagte sie, »hilf mir. Geh und hol die Samen aus dem Lagerraum. Und Schalen. Hol so viele Schalen wie du kannst aus der Küche und stell sie alle auf die Mauer der Kluft.«

Immer noch sah er sie an, den Mund offen vor Staunen.

Sie lächelte verschmitzt. »Wenn du's schon am Horizont sehen konntest, wird's bald hier sein. Wir müssen alle Vorbereitungen treffen.«

Obwohl er nichts von dem verstand, was sie sagte, tat Atrus, worum sie ihn gebeten hatte, ging über die Seilbrücke, um die Samen zu holen, lief hin und kam zurück. Er holte vorsichtig alle Schalen, die er tragen konnte, und stellte sie auf den schmalen Mauervorsprung. Als er damit fertig war, schaute er sie fragend an.

Anna stand auf der Mauer, hatte die Hand an die Stirn gelegt, um sie vor der glühenden Hitze zu schützen, und hielt Ausschau. Atrus stieg zu ihr hinauf und stellte sich neben sie.

Was auch immer es war, es füllte nun ein Drittel des Horizonts: ein großer schwarzer Schleier, der Himmel und Erde verband. Von hier aus erschien es wie ein Stück Nacht, die vor der vereinbarten Zeit hereinbrach.

»Was ist das?« fragte Atrus. In den ganzen zehn Jahren seines Lebens hatte er nichts dergleichen gesehen.

»Es ist ein Sturm, Atrus«, sagte Anna und wandte sich ihm lächelnd zu. »Das Schwarze ist eine riesige Wolke. Und wenn wir Glück haben – wenn wir sehr, sehr viel Glück haben –, dann gibt es Regen.«

»Regen?«

»Wasser«, erläuterte sie und lachte, »Wasser, das vom Himmel fällt.«

Er sah von ihr zu dem großen Flecken Dunkelheit, seinen Mund vor Erstaunen geöffnet. »Vom Himmel?«

»Ja«, erklärte sie und hob die Arme empor, als wollte sie die näher kommende Dunkelheit umarmen. »Ich habe davon geträumt, Atrus. So viele Nächte habe ich davon geträumt.«

Es war das erstemal, daß sie ihre Träume erwähnte, und wieder starrte er sie an, als habe sie sich verwandelt. Wasser vom

Himmel. Träume. Tag, der zur Nacht wird. Er kniff sich fester in den Arm.

»Ja, du bist wach, Atrus.« Anna lachte, belustigt über seine Reaktion. »Und du mußt auch wach bleiben und zusehen, denn du wirst etwas zu sehen bekommen, was du vielleicht nie wieder sehen wirst.« Wieder lachte sie. »Schau gut hin, mein Junge. Schau genau hin!«

Langsam, ganz langsam rückte die Dunkelheit näher, und in dem Maße, wie sie sich näherte, schien sich die Luft allmählich abzukühlen. Jetzt spürte man eine leichte Brise, als wäre dies ein Vorbote der wachsenden Dunkelheit.

»Also dann«, sagte sie und wandte sich nach längerem Schweigen entschlossen ihm zu. »An die Arbeit. Wir müssen die Samen in der Kluft verteilen. Nimm alle Säcke außer einem. So ein Glück wird nie wieder kommen. Viele Jahre nicht.«

Er tat, was sie ihm aufgetragen hatte. Er bewegte sich wie in Trance, und die ganze Zeit über war er sich der Dunkelheit bewußt, die nun den ganzen Horizont ausfüllte. Von Zeit zu Zeit sah er ängstlich auf, dann senkte er wieder den Kopf.

Als er mit allem fertig war, steckte er den kleinen Tuchbeutel in die Tasche und stieg auf die Mauer.

Flamme hatte sich unter dem Sims auf dem Boden der Kluft in Sicherheit gebracht. Als Anna sie dort sah, rief sie ihm zu: »Atrus, du bringst Flamme besser in dein Zimmer! Wenn sie da bleibt, wo sie jetzt ist, ist sie in Gefahr!«

Atrus zog die Stirn in Falten; ihm war nicht klar, inwiefern sie in Gefahr sein sollte. Die Schlucht war doch der denkbar sicherste Ort? Aber er verzichtete darauf, zu argumentieren, und holte Flamme, brachte sie in den Lagerraum und schloß sie ein.

Als er an die Öffnung der Kluftmauer zurückkehrte, stellte er fest, daß der Sturm fast über ihnen war. Er stieg hinaus in den Sand, hielt nach Anna Ausschau und fragte sie, was sie tun und wo sie sich verstecken würden, aber seine Großmutter schien ganz sorglos zu sein. Sie stand einfach da und beobachtete die näher kommende Finsternis mit lachendem Gesicht. Als sie sich umdrehte, rief sie ihm etwas zu, mit lauter Stimme, um in dem aufkommenden Sturm noch verstanden zu werden.

»Nimm deine Brille ab, Atrus, dann siehst du besser!«

Wieder tat er, was sie ihm gesagt hatte, und steckte die schwere Brille mit dem soliden Lederriemen in die tiefe Tasche seines Umhangs.

Die Sturmfront war wie eine massive, glänzende Wand aus Schwarz und Silber, ein festes Gebilde, das den ganzen Himmel ausfüllte, und mit ihm kam der Wüstensand. Seltsame, feurige Blitze schienen in der Dunkelheit zu tanzen und zu flackern, begleitet von einem tiefen, drohenden Grollen, das plötzlich mit einem lauten Donnerschlag endete.

Atrus zitterte, schloß die Augen, biß die Zähne zusammen, sein Körper verkrampfte sich wie vor einem erwarteten Angriff, und dann prasselte der Regen nieder, durchweichte ihn im Nu, trommelte auf seinen Kopf, seine Schultern und Arme – mit einer solchen Heftigkeit, daß er einen Augenblick lang dachte, er würde ihn zu Boden drücken. Er hielt voller Schrecken die Luft an, schwankte und drehte sich, um über dem lauten Prasseln des Regens Annas Lachen zu hören.

Er schaute auf die Erde nieder, verwundert über das, was sich dort getan hatte. Noch vor einem Augenblick hatte er auf Sand gestanden – nun waren seine Füße in einer feuchten, beweglichen Masse versunken, die ihn festhielt, als er versuchte, sich davon zu befreien.

»Anna!« gellte sein Schrei, und er fuchtelte verzweifelt mit den Armen

Sie eilte zu ihm hinüber, und dabei kicherte sie wie ein junges Mädchen. Der Regen hatte ihre Haare wie eine Haube auf ihren Kopf gedrückt, und ihre Kleider wirkten wie eine zweite Haut, die auf ihren hageren Leib gemalt war.

»Ist es nicht herrlich?« rief sie und hob ihr Gesicht in den Regen, die Augen wie in Ekstase geschlossen. »Mach die Augen zu, Atrus, und fühl den Regen im Gesicht.«

Wieder tat er, was sie ihm geraten hatte, und kämpfte gegen

den instinktiven Wunsch, zu fliehen, an. Er spürte den peitschenden Regen auf den Wangen und am Hals. Nach kurzer Zeit fühlte sich sein Gesicht taub an. Und dann fand er dieses Gefühl plötzlich herrlich, ohne zu wissen, warum.

Er senkte den Kopf und musterte Anna mit einem Seitenblick: Da hüpfte seine Großmutter auf einem Bein, die Hände über dem Kopf ausgestreckt, als wollte sie den Himmel grüßen. Zögernd tat er es ihr nach. Sogleich überkam ihn eine unbändige Freude, er fing an, wie wild herumzuwirbeln, und der Regen fiel, fiel, fiel ... fiel so laut wie der große Sandsturm, so laut, daß in seinem Kopf völlige Stille herrschte.

Und dann, mit einer Plötzlichkeit, die atemberaubend war, war alles vorbei. Er wandte sich um, blinzelte mit den Augen, sah, wie der Regen zur Vulkanwand hin zog wie ein fester Vorhang fallenden Wassers, das den Wüstenboden dunkel und flach hinter sich ließ.

Atrus schaute sich um. Er sah, daß jede Schale bis zum Rand gefüllt war, eine Reihe zitternder Spiegel, die das plötzlich wieder sichtbare Blau des Himmels widerspiegelten. Er wollte etwas sagen, drehte sich dann aber, überrascht von einem plötzlichen pfeifenden Ton, zur Vulkanöffnung um. Als er hinsah, stiegen große Dampfwogen von dort auf – es war, als sei ein schlafender Riese wieder zum Leben erwacht.

»Es ist alles in Ordnung«, sagte Anna, trat neben ihn und legte ihm die Hand auf die Schulter. »Das ist der Regen, der in die tiefen Öffnungen eingedrungen ist.«

Atrus schmiegte sich eng an seine Großmutter. Aber er hatte keine Angst mehr. Jetzt, da es vorüber war – jetzt, da er es *überlebt* hatte –, fühlte er Begeisterung, Erregung.

»Nun?« fragte sie leise. »Wie hat es dir gefallen?«

»Woher ist es gekommen?« fragte er und beobachtete fasziniert, wie sich die massive dunkle Wand langsam in der Ferne verlor.

»Vom großen Ozean«, antwortete sie. »Es reist Hunderte von Meilen, ehe es hier ankommt.«

Er nickte, aber in Gedanken beobachtete er noch einmal

den großen silber-schwarzen Vorhang, der auf ihn zugewandert war und in dem er sich wie verschluckt gefühlt hatte, spürte das Trommeln des Regens auf der Haut wie Tausende stumpfer Nadeln.

Atrus sah seine Großmutter an und lachte. »Du dampfst ja, Großmutter!«

Sie lachte und kniff ihn leicht. »Du auch, Atrus. Komm, laß uns reingehen, bevor uns die Sonne wieder austrocknet.«

Er nickte und stieg die Mauer empor. Er wollte Flamme aus dem Lagerraum holen, aber als er den Kopf über die Mauer hob, hielt er überrascht inne.

Unter ihm lag die Kluft da wie ein gigantischer blauschwarzer Spiegel; der Schatten der schrägen Wände teilte sie in zwei Hälften, wie einen zackigen Schild.

Anna war an seiner Seite, lächelte und sah ihn an.

»Möchtest du schwimmen lernen, kleiner Sandwurm?«

Anna weckte Atrus in der Morgendämmerung und schüttelte ihn sanft, dann trat sie zurück, die Lampe hochgehoben. Gelbes Licht fiel in das Schlafregal, wo er lag.

»Komm«, sagte sie einfach, »ich möchte dir etwas zeigen.«

Atrus setzte sich auf, plötzlich hellwach. Etwas war geschehen. Irgend etwas. Er schaute sie an. »Ist es wahr, Großmutter, ist das alles wirklich passiert? Oder habe ich es geträumt?«

»Es ist wirklich passiert«, sagte sie zärtlich. Dann nahm sie ihn bei der Hand und führte ihn hinaus, durch ihr eigenes schattiges Zimmer und auf den schmalen Balkon.

In zwei Tagen würde Vollmond sein, und obwohl er nicht mehr im Zenit stand, tauchte er doch das äußere Ende des Teichs in sein Silberlicht.

Atrus stand da, fast atemlos vor Staunen. Fasziniert von dem Anblick, der sich ihm bot, schaute er auf den ebenholzschwarzen Wasserspiegel des Teichs. Das war nicht der Teich, den er seit seiner frühesten Kindheit kannte, das war ein viel größerer, wunderbarer Teich, ein Teich, der von einem Ende der Kluft bis zum anderen reichte. Er konnte den Blick nicht lösen von diesem Anblick.

»Die Sterne ...«

Anna lächelte und lehnte sich an ihn, dabei zeigte sie auf die Figur des Orion im Wasser. »Und schau«, sagte sie, »da ist Rigel.«

Er blickte fasziniert auf den leuchtenden blauen Stern, der sich im Wasser widerspiegelte, und sah dann hinauf zu dessen Ebenbild am Himmel.

»War es das, was du mir zeigen wolltest?« fragte er nach einer Weile und schaute sie an.

Sie schüttelte den Kopf. »Nein. Komm mit.«

In dem Moment, bevor er aus der Kluft heraustrat – in dem Augenblick, bevor er das sah, weswegen seine Großmutter ihn geweckt hatte –, hielt Atrus auf der zweiten Sprosse oben auf der Leiter inne und schaute nach unten.

Weit unter ihm, so schien es – so weit, daß es ihm fast vorkam, als stünde er auf dem Kopf und schwebte im Raum –, lag der sternenübersäte Himmel. Einen Augenblick lang war die Täuschung so vollkommen, daß er sicher war, ins endlose Nichts zu fallen, wenn er die Leiter losließe.

Dann wurde ihm bewußt, daß seine Großmutter geduldig am anderen Ende der Öffnung auf ihn wartete, und er stieg weiter hinauf.

Ganz still stand er da, mit offenem Mund. Der Anblick, der sich ihm bot, war unglaublich und traumhaft.

Zwischen der Kluft und der Öffnung der Caldera war die ganze Seite des Vulkans mit Blumen übersät. Selbst im Mondlicht konnte er die leuchtenden Farben erkennen: violett und blau, dunkelgrün und lavendelfarben, kräftiges Rot und intensives Orange.

Er traute seinen Augen nicht. Das war doch unmöglich!

»Sie heißen ›Ephemeral‹, das heißt ›vergänglich‹«, erklärte Anna. »Ihre Samen – Tausende von winzigen Samen – liegen jahrelang in der trockenen Erde. Und dann, wenn der Regen endlich fällt, blühen sie. Und dann …«

Sie seufzte. Es war das traurigste Seufzen, das Atrus je gehört hatte. Er schaute sie überrascht an. Ihre Stimme hatte so heiter geklungen, so begeistert.

»Was ist, Großmutter?«

Sie lächelte wehmütig und streichelte ihm über das Haar. »Es ist nichts, Atrus. Ich habe an deinen Großvater gedacht, das ist alles. Ich habe daran gedacht, wie sehr ihm das gefallen hätte.«

Atrus sprang hinunter. An den Füßen spürte er das üppige, kühle Gras. Die Erde unter ihm war feucht und kühl. Er konnte sie zwischen den Zehen spüren.

Er beugte sich nieder und betastete die zarten Blüten, fühlte, wie weich, wie fein sie waren. Dann pflückte er eine der winzigen Blumen; der »kleine Gelehrte« in ihm analysierte, was er sah. Sie hatte fünf winzige rosafarbene Blütenblätter und zarte Staubgefäße in der Farbe des Sandsteins. Er ließ sie fallen.

Einen Augenblick kniete er am Boden, seine Augen tranken die ganze Pracht. Dann kam ihm ein neuer Gedanke. Er schaute fragend zu Anna hoch.

»Die Samen!«

Atrus stand auf, ertastete sich seinen Weg auf der Mauer, bückte sich hier und da – überall dort, wo er die kostbaren Samen ausgestreut hatte, bevor der Sturm losbrach.

Nach einer Weile schaute er Anna an und lachte. »Es hat funktioniert! Die Samen sind aufgegangen! Schau, Großmama, schau!«

Sie stand da und erwiderte sein Grinsen. »Dann können wir ja Ernte halten, Atrus. Bevor die Sonne rauskommt. Bevor sich die Wüste das zurückholt, was sie uns geschenkt hat.«

Alle Arbeit war getan. Jetzt konnte es ans »Erforschen« gehen. Als das Licht der Morgensonne lange Schatten über den Sand warf, stieg Atrus die Seitenwand des Vulkans hinauf, Flamme im Schlepptau. Die Katze schien wie betäubt von dieser plötzlichen Fülle von Blumen zu sein. Sie tollte und tobte, als hätte sich die Zeit rückwärts bewegt und sie wäre wieder ein winziges Kätzchen.

Atrus sah ihr zu und lachte vergnügt. Er hatte die Brille aufgesetzt, den Sonnenfilter auf »niedrig« und die Vergrößerung auf »hoch« eingestellt. Jetzt hatte er Zeit, seine Neugier zu befriedigen, bevor die Sonne zu hoch stand und die Hitze zu unerträglich wurde. Und bevor – wie Anna es ihm gesagt hatte – die Blumen vertrocknen und verschwinden würden.

Eine Zeitlang wanderte er ziellos umher, fast so ziellos wie die kleine dürre Katze, die seine ständige Begleiterin war. Dann stellte er fest, daß er unbewußt nach etwas Bestimmten Ausschau hielt – oder vielmehr versuchte, etwas zu finden, was er gesehen, aber nicht verstanden hatte.

Er verhielt den Schritt, drehte nur den Kopf und versuchte festzustellen, was er gesehen hatte. Zuerst sah er gar nichts. Dann plötzlich entdeckte er es. Da! Ja, da in der flachen Ausbuchtung, die von einem der kleinen inaktiven Krater des Vulkans nach unten verlief.

Atrus ging hinüber und nickte. Kein Zweifel, der Pflanzenwuchs hier war üppiger, die Blumen größer, ihre Blätter dicker und breiter. Warum?

Er beugte sich hinunter, zog eine der Pflanzen am Stiel heraus und prüfte ihre flachen Wurzeln. Es hing Erde daran. Er hob sie an und roch an ihr. Sie hatte einen seltsamen, fast metallischen Geruch. Mineralien. Irgendwie hatten die Mineralien – besondere Mineralien? – bewirkt, daß die Pflanzen hier größer wurden.

Er strich eine kleine Fläche mit der Hand glatt, dann nahm er eine Handvoll Erde und verstaute sie sorgfältig in einer der Taschen seines Umhangs. Er stand wieder auf und schaute zu der Böschung, wo Flamme auf dem Rücken in einem weichen Teppich leuchtend gelber Blumen lag und die Pfoten gen Himmel streckte.

»Komm weiter!« sagte er aufgeregt, denn er wollte seine Theorie prüfen.

Fast drei Monate waren nun seit dem Tag des Wüstenregens vergangen. Seitdem hatte der Zehnjährige jeden Abend gearbeitet. Er stand an seinem Arbeitsplatz, eine Öllampe am Haken an der Wand neben ihm, Flamme friedlich schlafend auf dem Fußboden, während er geduldig all die chemischen Bestandteile untersuchte, die zu dem schnellen Pflanzenwachstum geführt hatten.

Sein Arbeitsraum war ein kleiner, erst kürzlich ausgemeißelter Alkoven an der Rückseite von Annas Raum. In mühevoller Kleinarbeit hatte er selbst mit den Steinwerkzeugen seiner Großmutter im Laufe eines Jahres den schmalen Raum aus dem Felsen freigehauen, sorgfältig darauf bedacht, jedesmal so wenig Stein wie möglich zu entfernen, ganz so, wie sie es ihn gelehrt hatte, und dabei stets die Struktur des Felsens zu untersuchen, denn wenn der Fels splitterte, könnte die ganze Mauer über ihnen zusammenstürzen.

Es gab einen Vorsprung – eine Arbeitsfläche, die er so lange geglättet und poliert hatte, bis sie glatt und glänzend wie Glas war. Jetzt standen absonderliche technische Instrumente darauf. Über dem Vorsprung hatte er drei kleine Regale in den Fels gehauen, wo seine Sachen untergebracht waren: kleine tassenförmige Töpfe aus Stein und Lehm, winzige handgewebte Körbe mit verschiedenen Pulvern und Chemikalien, gebleichte Knochen verschiedener Wüstentiere – und ganz oben war seine Sammlung seltener Steine und Kristalle: polierter Achat, der aussah wie die schmollenden Lippen seltsamer Tiere; ein großes Stück Zeolit, das ihn an den Backenbart eines exotischen Schneetieres denken ließ; Klumpen blauen Malachits neben einem traubenförmigen, hellgelben Schwefelkristall; ein langer, abgeflachter Quarz, der aussah wie ein Eiszapfen – und in einem kleinen durchsichtigen Kästchen ein einziges Tigerauge. All diese Kristalle hatte er nach ihren geometrischen Formen geordnet: würfelförmig, fünfeckig, monoklinal, orthorhombisch, triklinal, sechseckig und dreieckig; er hatte in den Büchern seiner Großmutter darüber gelesen.

An der Wand hinter seinem Arbeitsplatz hing der Wandbehang, den seine Großmutter ihm aus der roten und blauen Seide genäht hatte, die sie seinerzeit von den Händlern gekauft hatte; das ausgefranste Ende war mit Quasten aus Goldfaden verziert. An den anderen Wänden hingen Bilder und Diagramme, einige von ihm, einige von Anna gemalt.

Seine Aufgabe war nicht leicht gewesen mit der spärlichen Ausrüstung, die er zur Verfügung hatte. Atrus hatte zunächst angenommen, es würde leicht sein. Er hatte erwartet, höchstens drei, vielleicht auch vier verschiedene chemische Bestandteile in der Erdprobe zu finden, aber zu seiner Überraschung – und zu seiner Bestürzung – war es keineswegs so einfach. Nach Wochen des Herumexperimentierens hatte er mehr als dreißig verschiedene Elemente in der Erdprobe entdeckt. Die Krater, so schien es, waren ein regelrechtes Füllhorn organischen Lebens. Und es war auch keineswegs so einfach, Wege zu finden, um seine Theorie zu testen. In den Büchern seiner Großmutter gab es viele Kapitel über Formen und Verwendung von Steinen und Metallen, aber nur wenig über Landwirtschaft. Er sah sich gezwungen, zu improvisieren.

Als Atrus das Gefühl hatte, daß die Pflanzen geerntet werden könnten, steckte er einige der größeren Triebe – ein paar von jeder Pflanzenart – in Annas besten Korb und trug sie in die Küche.

Er stand an der Steinspüle neben dem Fenster und schaute über die Kluft hin, während er die Triebe sorgfältig reinigte und darauf achtete, daß er ihre Wurzeln völlig von der Erde befreite. Dort unten war Flamme zu dem Platz gegangen, wo er Triebe herausgezogen hatte, und wühlte die Erde vorsichtig mit der Pfote auf.

Atrus sah ihr eine Weile zu und grinste breit über ihre Possen, dann schüttelte er die Triebe aus, bis die letzten Wassertropfen heraus waren, legte sie auf das Schneidebrett und holte eines von Annas Messern vom Gestell.

Während er die Triebe kleinschnitt, sah er, wie sich Flamme streckte, sich dann zwischen die restlichen Triebe setzte und sich putzte; ihre kleine rosa Zunge leckte über die Pfoten, bevor sie sich ihrem kurzen orangefarbenen Fell widmete.

»Hallo, du da!« rief er und lachte. Es war schlimm genug, daß sie die grüne Minze am äußeren Ende des Teichs verschlang, mußte sie nun auch noch seine »Spezialecke« als Bett benutzen?

Er gab die kleingehackten Triebe in eine Tonschale. Sie rochen frisch und sauber, wie Minze, aber nicht so süß. Er schnupperte daran, dann nahm er eine Prise davon und steckte sie in den Mund.

Es schmeckte auch gut. Frisch und …

Atrus verzog das Gesicht. Da war ein scharfer Nachgeschmack, bitter und unangenehm. Er fuhr sich mit der Zungenspitze über den Gaumen, dann schüttelte er sich.

»Iiiäää!«

»Atrus?«

Er wandte sich um; da stand Anna und sah ihn fragend an.

»Was ist?«

»Nichts«, sagte er, nahm die Schale und trug sie zurück zur Spüle. Vielleicht hatte er die Triebe nicht gründlich genug gewaschen. Es wäre schade, wenn sie nicht gut schmecken würden.

Anna streichelte leicht seinen Rücken, als er an ihr vorbei in die Küche ging, dann spürte er ihren Atem im Nacken, als sie sich über ihn beugte.

»Die sehen gut aus«, meinte sie und lächelte ihn an. »Soll ich uns Reis dazu kochen?«

Er schüttelte den Kopf. »Nein, ich mach' das. Und ich mache eine besondere Sauce.«

Sie nickte, drückte leicht seinen Arm und ging zu den Stufen.

Atrus sah ihr nach, dann schaute er wieder zur Kluft. Flamme hatte sich zur Ruhe gebettet: eine winzige orangefarbene Kugel mitten unter den leuchtend grünen Trieben. Er lächelte, dann goß er frisches Wasser aus dem Krug und machte sich daran, die Triebe noch einmal zu reinigen.

Atrus war dabei, die Steine am äußeren Ende der Mauer auszubessern, als die Schmerzen anfingen. Zuerst dachte er, es sei nur ein Krampf, und streckte den linken Arm aus, um die Muskeln zu entspannen, damit er weitermachen könnte. Aber als er sich streckte, um die Maurerkelle wieder aufzunehmen, durchfuhr ihn ein so stechender Schmerz, daß er zusammensackte.

»Atrus?« Anna war sofort bei ihm. »Atrus? Was ist los?«

Er wollte zu ihr sprechen, aber ein neuer Schmerz nahm ihm den Atem. Er stöhnte. Es war, als führe ein Dolch durch seinen Leib.

»Atrus?«

Er sah auf zu ihr, nahm sie aber nur undeutlich wahr, wie durch einen Schleier. Dann erbrach er sich.

Nach einer Weile hob er den Kopf. Er fühlte sich wie leergesaugt, erschöpft; auf seiner Stirn standen Schweißperlen. Anna kniete neben ihm, hatte ihm den Arm um die Schultern gelegt und flüsterte etwas.

»Ja?«

»Die Triebe«, wiederholte sie. »Es müssen die Triebe sein. Hast du welche gegessen?«

Atrus wollte schon den Kopf schütteln, dann erinnerte er sich: »Ja, ein kleines bißchen. Ich …«

In seinem Magen war ein Zittern, ein kurzer Schmerz. Er schluckte, dann schaute er sie wieder an.

»Es muß etwas darin sein«, meinte Anna und wischte ihm den Schweiß von der Stirn. »Was hast du genommen?«

»Genommen?« fragte er verwirrt. Sein Kopf schien ganz leer zu sein, orientierungslos. »Ich habe nichts …«

Dann fiel es ihm plötzlich ein. Die Chemikalien. Der Nachgeschmack. Der bittere Geschmack – nicht stark, aber so unangenehm, daß es ihm aufgefallen war.

Er stöhnte: »Ich habe dich enttäuscht!«

»Nein«, widersprach Anna. »Du kannst es nicht jedesmal richtig hinkriegen. Wenn …«

Er schaute sie an, wütend auf sich selbst. »Ich hätte dich umbringen können. Uns beide!«

Anna zuckte zusammen und wollte ihm widersprechen, aber er machte eine abwehrende Geste.

»Nein, Atrus«, sagte sie schließlich, »du hast mich nicht enttäuscht. Du wirst daraus lernen.«

Aber Atrus ließ sich nicht überzeugen. »Ich hätte uns beinahe umgebracht«, wiederholte er und schüttelte den Kopf. »Beinahe …«

Sie drückte ihn an sich, bis er still war, entspannt. Dann half sie ihm auf die Beine, führte ihn hinüber zum Teich, kniete sich neben ihn, nahm Wasser in beide Hände und wusch ihm Gesicht und Nacken.

»So«, sagte sie schließlich und lächelte ihm zu, »jetzt ist es besser.«

Langsam, erschöpft, stellte er sich auf. »Ich vergrabe es besser. Ich …«

Mitten im Satz hielt er inne. »Flamme?«

Anna trat neben ihn, beugte sich dann über das winzige orangefarbene Bündel. Sie preßte das Ohr an seine Seite, lauschte, dann, mit einer Langsamkeit, die Atrus bestätigte, was er am meisten befürchtet hatte, erhob sie sich.

»Es tut mir leid«, sagte sie, »ich …«

Atrus kniete sich neben sie. Schweigend schaute er auf das kleine Tier hinab. Dann nahm er es vorsichtig auf, als würde es nur schlafen, drückte es an sich und trug es zu dem kleinen Teppich blauer Blumen an der einen Seite der Kluft.

Annas Blick folgte ihm, sie registrierte, wie würdevoll er sich in diesem Augenblick verhielt, wie erwachsen, wie er seine Gefühle beherrschte. Und sie wußte mit Sicherheit, daß er in diesem Augenblick etwas von seinem Kindsein abgelegt und einen weiteren Schritt hinaus in die Welt der Erwachsenen getan hatte. Hinaus – und fort von ihr.

3

In der glühenden Hitze der Spätnachmittagssonne stiegen hauchfeine Nebelschleier aus winzigen Fumarolen in der Öffnung des Vulkans auf – tanzende Schleier in dem schattigen Dunkel unterhalb der Kante –, bevor sie in der Gluthitze, die über allem lag, verschwanden.

Atrus stand auf der Mündung des Vulkans und schaute in die Tiefe der Caldera. Die Brille – die größere der beiden, die im Arbeitsraum seiner Großmutter hingen – hatte er sich aufgesetzt; der kompakte Lederriemen lag eng am Kopf an, darüber trug er eine weiße Kapuze. Über Mund und Nase hatte er die Tuchmaske gezogen, die Anna für ihn gemacht hatte – sie bestand darauf, daß er sie trug –, und um seine Taille lag ein breiter Gürtel mit Werkzeugen, genau wie der Gürtel, den seine Großmutter trug.

Atrus war jetzt vierzehn. Im letzten Jahr war er sehr schnell gewachsen, er war fast ein Mann – aber seine Schultern waren noch knabenhaft schmal. Auch sein Gesicht hatte sich verändert, es war härter, kantiger, männlicher geworden; Nase und Kinn hatten die weichen, kindhaften Züge verloren. Er war nicht schwach, ganz und gar nicht, und doch fiel Anna, die ihm von der Mauer der Kluft aus zusah, auf, wie dünn er war. Wenn die Wüstenwinde wehten, fürchtete sie fast, sie würden ihn mit sich reißen, so wenig kraftvoll kam er ihr vor.

In den vergangenen Wochen hatte er alle Vorbereitungen für sein Experiment getroffen. Jetzt war er so weit, daß er anfangen konnte.

Atrus wandte sich um und stieg – nur raus aus dem sengenden Licht – in den tiefen, um so vieles kühleren Schatten unterhalb der Vulkanmündung. Hier, auf einem schmalen Vorsprung, hatte er den größten Teil seiner Ausrüstung ausgelegt. Direkt vor ihm fiel die Vulkanwand steil ab, während zu seiner Rechten, unter einem eigenartig rund geformten Felsblock, der aussah, als sei er aus feuchtem Lehm von Hand geformt, ein schmaler Krater war. Darüber hatte er eine Haube aus getriebenem Metall gelegt. Sie war nur unzulängliche Handwerksarbeit, aber wirkungsvoll, und er hatte sie mit vier stabilen Bolzen auf dem Felsblock befestigt. Auf der Haube war ein kleiner Metallzylinder angebracht.

Atrus, die Hände in Handschuhen, drehte vorsichtig an den winzigen Knöpfen an jedem Brillenglas und justierte die Lichtdurchlässigkeit, um besser zu sehen. Dann blies er eine feine Staubschicht von der Metallhaube, beugte sich vor und examinierte das fingerlange Silberventil. Wohl zum zwölftenmal prüfte er, wie es verschweißt war, dann kontrollierte er die beiden nicht allzu genau geeichten Kaliber, die links und rechts am Ventil befestigt waren. Genau über jeder dieser Skalen war ein Metallknopf in Daumengröße; durch die Oberseite jeder dieser Skalen war ein kleines Loch gebohrt.

Atrus erhob sich und atmete tief aus. Er hatte jetzt nur eine einzige Chance, deshalb mußte es einfach klappen. Wenn es schiefging, wenn es nicht funktionierte, müßte er ein Jahr lang warten, bis er alle Teile, die er brauchte, von den Händlern bekommen könnte.

Er wandte sich um und schaute prüfend zu den beiden großen, gespulten Drähten – Drähte, die er selbst unter Annas Anleitung gefertigt hatte. Die Drähte hingen über der Kraterkante. Genau darüber ragte ein langer, pechschwarzer Stein über das Gefälle hinaus. Dort, wo er über dem Vulkan hing, waren zwei kleine Räder befestigt. Zwischen den Rädern lief ein handgemachtes Seil – so hatte er sich eine Winde geschaffen. Wie die Haube war es kein Meisterwerk der Handwerkskunst; sie wirkte unfertig, aber sie würde ihren Zweck hervorragend erfüllen. Um sie auszuprobieren, hatte Atrus mehrere Nachmittage damit verbracht, Steine auf und ab zu transportieren – Steine, die viel schwerer waren als die Last, die sie nun transportieren mußte.

Auf der anderen Seite der Krateröffnung, dort, wo der Felsarm mit einem Haufen schwerer Steine beladen war, war sein ganzer Stolz in einem tragbaren Zelt aufbewahrt: seine Batterie. Er langte hinauf, nahm einen der Drähte und zog soviel von der Spule, bis er zur Metallhaube reichte. Er befestigte ihn auf einem der Metallknöpfe, dann wiederholte er dies mit dem nächsten Draht am nächsten Metallknopf.

Wieder justierte er seine Brille und kletterte zurück, hinaus ins brennende Sonnenlicht.

Einen Augenblick stand er da und rang nach Luft. Jedesmal, wenn er aus dem Schatten heraustrat, war es, als stiege er in einen Brennofen. Man hätte meinen sollen, daß er sich im Laufe der Zeit an den Wechsel von kalt und heiß gewöhnt hätte, doch jedesmal war es wieder wie ein physischer Schmerz.

Atrus hockte sich unter das dichte Tuchzelt und lächelte. Diesmal hatte er alles darangesetzt, alle Aspekte zu untersuchen, sicherzustellen, daß er den »Großen Zusammenhang« in seine Berechnungen einbezog.

Die Batterie stand in einer Ecke des Zeltes an einem Felsvorsprung. Als er das massive Gerät anschaute, fühlte Atrus berechtigten Stolz. Er hatte den Stein selbst geschnitten und mit Annas feinsten Steinwerkzeugen ausgehöhlt, wobei er eine Zeichnung in dem alten D'ni-Buch als Vorlage benutzt hatte. Das Fertigen der Platten für die Batterie war vergleichsweise leicht gewesen. Chemische Substanzen gab es reichlich in dem trockenen Boden um den Vulkan, und er hatte das Glück gehabt, unweit der Kluft sehr viel Grauerz zu finden – das Erz, das eine Mischung aus Schwefel und Blei enthielt. Und was die Schwefelsäure anging: Wenn es etwas in reichlichem Maße am Vulkan gab, dann war es Schwefel. Das einzige, was ihn daran gehindert hatte, eine riesengroße Batterie zu bauen, war das Gewicht.

Wieder justierte Atrus seine Brille, kniete nieder und studierte die Batterie voller Stolz. Viele Abende hatte er damit zugebracht, den Stein zu glätten und zu polieren. Dann hatte er aus einem spontanen Impuls heraus drei alte D'ni-Wörter an der Seite eingraviert; die komplizierten Schriftzeichen waren ein kleines Kunstwerk für sich.

Licht. Macht. Kraft.

Die Batterie sah aus wie ein winziges Steinhaus; der metallische Glanz ihrer Anschlüsse verlieh ihr etwas Fremdartiges, Exotisches.

Daneben, von ganz anderer Art, lag ein zweiter, sehr viel kleinerer Kasten – die Explosionsvorrichtung. Dieses Teil war aus unglasiertem rotem Lehm gemacht und im Brennofen seiner Großmutter gehärtet worden. Ohne jede Verzierung war die einzige kreisrunde Öffnung mit einem harten Wachsstöpsel ausgefüllt, der an einer dicken Schnur hing, die er mit einer Lösung verschiedener hochreaktiver Chemikalien behandelt hatte. Vorne an dem Kasten war ein breiter Tongriff.

Vorsichtig hob er ihn hoch, wickelte ihn in seinen Umhang und trug ihn hinaus. Er ging noch einmal über die Krateröffnung, zwang sich zur Ruhe, tastete sich mit der Hand an der rauhen, brüchigen Wand entlang und ließ sich auf den Vorsprung hinab. Hier stellte er den Kasten ab, drehte sich, stellte sich auf die Zehenspitzen, langte hinauf und griff nach dem dicken Metallhaken am Ende des Seils; er zog vorsichtig, hörte den Bremsmechanismus wieder und wieder mit einem »Klick« anschlagen.

Auch dies war seine eigene Erfindung.

Bei seinen ersten Versuchen mit der Winde hatte er festgestellt, daß die Schwere der transportierten Steine das Seil viel zu schnell heruntergezogen hatte, und als er versucht hatte, den Verlauf zu verlangsamen, hatte ihm das Seil in den Händen gebrannt. Nach vielem Herumexperimentieren hatte er eine Möglichkeit gefunden, wie er das Laufrad nach jeder Umdrehung anhalten konnte, so daß die Winde nur in einer Reihe leichter Zugbewegungen betrieben wurde.

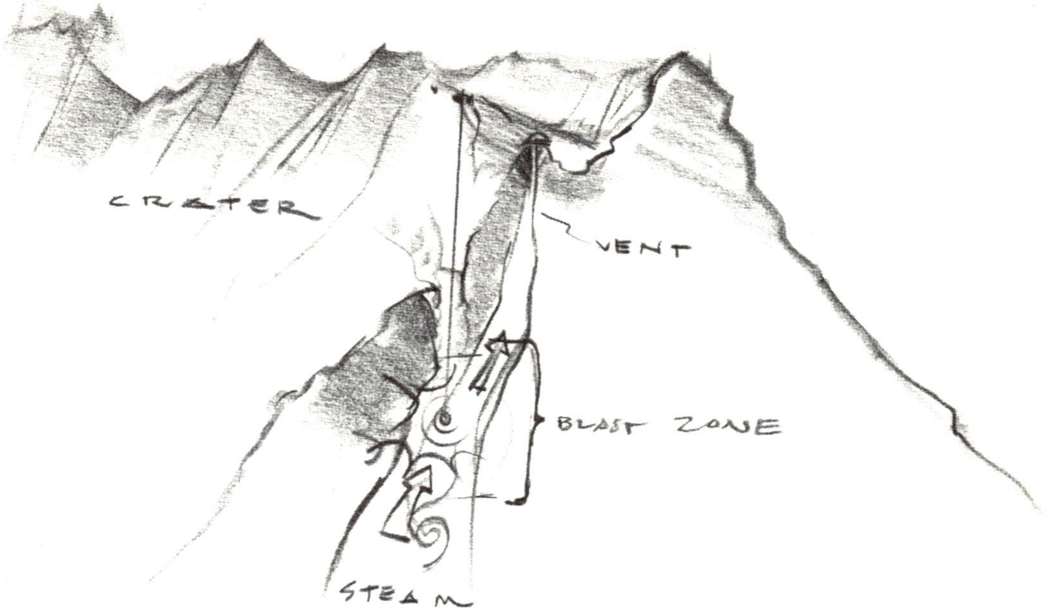
CRATER
VENT
BLAST ZONE
STEAM

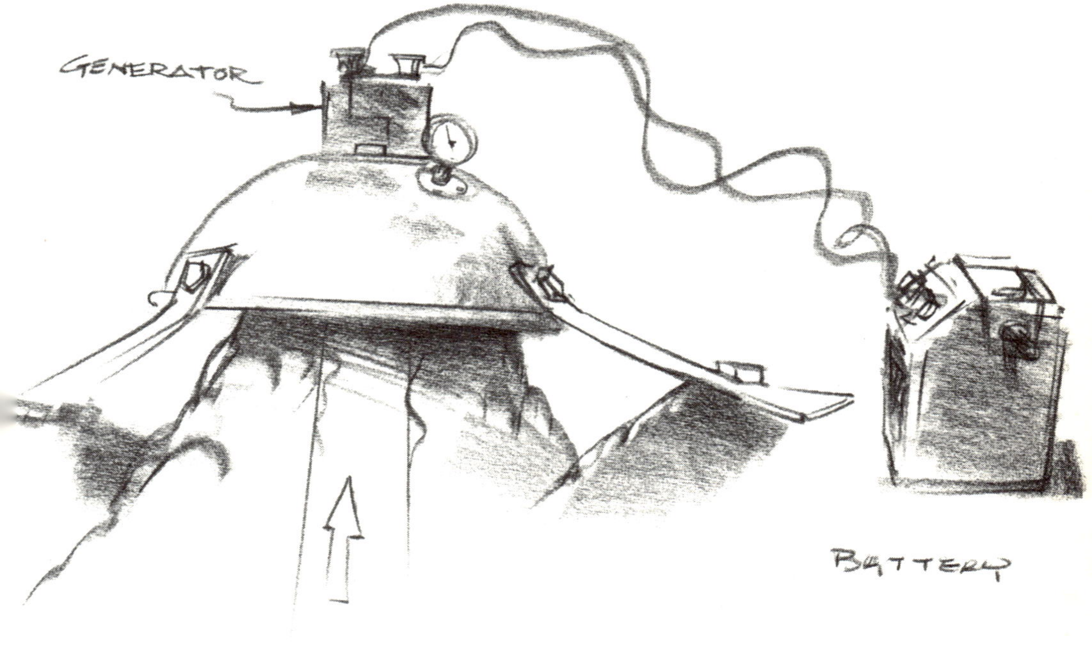
GENERATOR
BATTERY

Er bückte sich, nahm den Kasten wieder auf und führte den schlaufenförmigen Haken durch den Griff, dann wandte er sich um, ließ das Seil los und senkte es über das abfallende Terrain. Als das Seil sich straffte, trat er zurück.

Es gab jetzt nur noch eines zu tun: Er griff in die Innentasche seines Umhangs und holte die alte D'ni-Zunderbüchse hervor.

Er beugte sich vor. Mit einer Hand stützte er sich auf den Felsarm und hielt die Flamme ans Ende der aus dem hängenden Kasten baumelnden Lunte. Als sie Feuer fing, ließ er den Anschlag los und trat zurück.

Zunächst fürchtete er, die Flamme sei erloschen, dann, mit einem zischenden Laut, brannte die Lunte lichterloh.

Atrus wirbelte herum, lief zum Schräghang, kletterte über den Rand und ging zu der Winde.

Jetzt kam der schwierigste Teil. Wenn die Lunte zu schnell brannte oder wenn aus einem unerklärlichen Grund die Winde blockiert war, würde alles schiefgehen.

Er kniete sich neben das Bremsrad, begann es langsam zu drehen, hörte das »Klick-Klick-Klick«; dabei war ihm gleichzeitig bewußt, daß jeden Augenblick die Detonation erfolgen würde.

Fast mechanisch zählte er in Gedanken bis zwanzig, warf sich dann hinter den aufgetürmten Steinen flach auf den Boden und preßte die Hände auf die Ohren.

… vierundzwanzig, fünfundzwanzig, sechsundzwanzig …

Die Explosion erschütterte die ganze Vulkanseite. Sie kam vier Sekunden zu früh, aber das machte nichts, der Kasten stand am richtigen Platz, gegenüber der Verwerfung.

Atrus lachte auf, erhob sich und klopfte den Staub aus dem Umhang. Als die Echos verklungen waren, konnte er – durch den Nachklang, den er noch im Ohr hatte – das hören, was er gehofft hatte: das starke, zischende Geräusch von Dampf, der durch die Haube entwich, und einen hohen, mechanisch gleichförmigen Pfeifton.

Immer noch lachend, stieg er auf die Vulkanöffnung hinauf

und schaute nach unten. Der Arm der Winde war verschwunden, ebenso wie ein großes Stück des Vorsprungs, aber der Krater – durch den riesigen runden Stein geschützt – war intakt. Dampf strömte zischend aus der Haube.

Atrus wandte sich um und sah Anna auf der Mauer der Kluft; er hob die Arme und winkte ihr aufgeregt zu, dabei glitt ein triumphierendes Lachen über sein Gesicht.

»Es funktioniert!« rief er und nahm sich die Maske von Nase und Mund. »Es funktioniert!«

Von unten winkte Anna zurück, dann hielt sie die Hände vor den Mund und rief etwas, aber er konnte es kaum verstehen, denn in seinen Ohren dröhnte es noch. Außerdem schien das laute Zischen des Dampfes – dieser hohe Pfeifton – von Minute zu Minute stärker zu werden. *Geh zurück,* hatte sie gerufen oder etwas Ähnliches. Er nickte, winkte noch einmal und wandte sich dann wieder der zischenden Haube zu.

»Es hat funktioniert«, sagte er leise und bemerkte, wie die Haube jetzt vibrierte und gegen die vier Haltebolzen schlug. »Es hat wirklich funktioniert.«

Er stieg hinunter, paßte auf, daß er nicht zu nahe heranging, und blieb stehen, als er die Kaliber im Blickfeld hatte.

Ja! Die Aufregung vibrierte in ihm, als er sah, daß beide Pfeiler auf »Rot« standen: *Es hat eine Ladung stattgefunden!*

Eben noch hatte er voller Freude gelacht; plötzlich überlief es ihn kalt: Vor seinen Augen löste sich einer der Metallbolzen, als zöge ihn eine unsichtbare, aber mächtige Hand aus dem Stein heraus.

Atrus bewegte sich langsam rückwärts. Das Geräusch aus der Haube wurde anders; es stieg um eine volle Oktave, als hätte jemand eine Orgelpfeife gezogen.

Atrus drehte sich um, kletterte über den Schräghang und über die Kante und begann, die Hitze ignorierend, zu rennen … aber es war, als liefe er durch eine dicke, klebrige Masse. Er hatte kaum zehn Schritte getan, als er schwankte, dorthin, von wo er gekommen war. Der schmale Pfad, auf dem er sich befand, schien nach oben zu schweben.

Als Atrus wieder zur Besinnung kam, schaute er auf, überrascht von seiner Umgebung. Er war von den hohen Wänden des Vulkans umgeben, die einen gezackten Kreis bildeten, durch den das klare Himmelsblau zu sehen war.

Er befand sich im Krater – der Rand mußte weggebrochen sein.

Langsam stand er auf. Dampf entwich durch den felsigen Boden des Vulkans und ließ sein äußeres Ende verschwimmen. Die Dampfwolken schlossen sich zu Figuren zusammen, fließende, kristalline Formen von bizarrer Schönheit.

Er sah die Batterie gleich. Er ging hinüber, beugte sich über sie, dann schüttelte er staunend den Kopf, überrascht, in welch gutem Zustand sie war: Sie hatte keinen Schaden genommen. Das polierte Steingehäuse hatte ein paar Schrammen und Kratzer abbekommen, aber die Batterie selbst war intakt. Und die Skala zeigte an, daß sie voll geladen war.

Atrus lachte erleichtert. Fast zärtlich strich er über die Oberfläche. Zumindest wußte er nun, daß das Prinzip korrekt war. Wenn er nur den geeigneten Krater finden, wenn er nur den Druck richtig bestimmen könnte, dann würde es funktionieren und …

… und sie würden Strom haben, soviel sie nur wollten. Ihr ganzes Leben würde sich ändern. Die Kluft würde eine Quelle des Lichts sein wie die Augen einer Katze in der Wüstennacht.

Atrus hob froh den Kopf und schaute nach oben. Für einen Augenblick nahm ihm eine Dampfwolke die Sicht. Dann, als sie sich verzogen hatte, schaute er ins Dunkel.

Es war eine Höhle. Oder eine Art Tunnel.

Er stand unentschlossen, dann tat er einen Schritt nach vorn.

Seltsam. Es schien, als wäre der Tunnel in den Fels gehauen.

Der Dampf wirbelte zurück und entzog den Tunnel wieder seinem Blick.

»Atrus!«

Er drehte sich um und sah Annas Silhouette über sich, die sich gegen die Öffnung des Kraters abzeichnete.

»Komm herauf! Komm sofort herauf!«

Atrus verzog das Gesicht. »Aber meine Batterie ...«

»Komm jetzt!«

Auf dem Rückweg war sie ungewöhnlich still. Dann hielt sie plötzlich inne und wandte ihm das Gesicht zu.

»Atrus, was hast du gesehen?«

»Ich habe ...« Er zögerte, überrumpelt von ihrer Frage.

»Atrus. Gib mir eine Antwort. Was hast du gesehen?«

»Meine Batterie. Meine Batterie war geladen.«

Sie atmete auf. »War das alles?«

»Da war Dampf. Sehr viel Dampf.« Er zog die Stirn in Falten. »Meine Batterie. Ich muß meine Batterie holen.«

Er machte Anstalten, sich umzudrehen, aber sie legte ihm leicht die Hand auf den Arm. »Vergiß die Batterie. Das ist zu gefährlich. Jetzt komm, du mußt dich waschen.«

4

Der Mond war kaum aufgegangen, als Atrus hinausschlich, ganz leise, um seine Großmutter nicht zu wecken. Er nahm ein Seil und einen großen Sack aus dem Lagerraum und wagte sich auf den Schräghang des Vulkans.

Auf halber Höhe hielt er inne; die veränderte Silhouette des Caldera-Randes kam wie ein zweiter Schock über ihn. Diese äußerlich sichtbare Änderung schien irgendwie mit einer anderen, tiefergehenden Veränderung in ihm selbst zusammenzuhängen.

Atrus stand am Rand und schaute auf den schmalen Pfad hinab, der an dem Hang innerhalb des Vulkans entlangführte. Als er so in die Dunkelheit hineinschaute, fühlte er eine Bedrohung – ein Gefühl, das er nie zuvor erlebt hatte.

Er stieg über den Rand, bewegte sich in das Dunkel hinein, beunruhigt von dem ungewohnten Grollen, das aus der Tiefe zu ihm aufstieg. Ein kalter Schauer lief ihm über den Rücken bis an den Nacken hinauf.

Auf dem Vulkangrund war es seltsam warm und feucht. Atrus sah sich um, dann ging er weiter; sein Herz klopfte laut, sein Blick suchte nach der nächsten Felsnase. Dampf wirbelte auf, zischte, umhüllte alle Konturen und gab ihnen ganz neue Gestalten, die unwirklich aussahen in dem feinen Silberlicht des Mondes.

Die Batterie war dort, wo er sie zurückgelassen hatte. Er bückte sich hinunter und ließ seine linke Hand leicht über das vertraute Gehäuse gleiten. Aber sein Blick wurde wie magisch von der Tunnelöffnung angezogen. Wie unter Zwang ging er dorthin. Dann nahm er die Zunderbüchse aus seiner Innentasche, drückte den Verschluß und ging in den Tunnel hinein.

In dem glimmenden Licht des Zunders sah er, wie sich der Tunnel weit in der Dunkelheit verlor, sich leicht nach unten neigte – wie ein Loch, das ein Riesenwurm durch festes Gestein gefressen hatte. Es war kühl. Überraschend kühl. Als käme ein Lufthauch aus dem Tunnel.

Er ging weiter, zählte seine Schritte. Bei fünfzig blieb er stehen und schaute zurück. Von hier aus, wo er jetzt stand, konnte er den Eingang nicht mehr sehen, die Windung des Tunnels entzog ihm dem Blick. Er ging weiter, immer noch wie unter Zwang; er mußte sehen, wohin dieser Weg führte.

Der Schwefelgeruch war sehr viel schwächer als vorher. Andere, stärkere Gerüche erfüllten die Luft. Modrige, fremde Gerüche.

Atrus drehte sich um, ging zur Tunnelwand hinüber und legte die Hand daran. Sie war kühl und glatt und trocken. Er war im Begriff, weiterzugehen, als ihm eine gewisse Unregelmäßigkeit in der Struktur der Wand auffiel. Er hielt die Zunderbüchse hoch und schaute auf die erhellte Fläche. Ein Wort war in die Wand geritzt worden – die Schriftzüge waren halb so groß wie er selbst und doppelt so breit:

D'ni! Kein Zweifel, es war ein D'ni-Wort!

Atrus kannte das Wort nicht, aber er prägte es sich ein.

Bisher hatte er die Dinge, die ihm seine Großmutter erzählt hatte, nur halb geglaubt. Es hatte tatsächlich Tage gegeben, da er gedacht hatte, daß sie die Bücher in ihren Regalen selbst geschrieben hatte, genauso wie sie ihre Bilder aus dem Nichts zu schaffen schien, oder wie sie ein Stück Gestein in eine fein gemeißelte Figur verwandeln konnte.

Solche Gedanken hatten ihn beunruhigt, denn seine Großmutter hatte ihn nie angelogen. Und doch waren die Geschichten so fremdartig, so phantastisch, daß er sich nur schwer vorstellen konnte, daß diese Dinge wirklich geschehen waren.

Atrus trat den Rückweg an, zum Tunneleingang zurück.

Dabei rutschte er fast auf etwas unter seinen Füßen aus. Es rollte fort, leuchtete zunächst schwach auf, dann hell – warmes rotes Licht füllte den Tunnel.

Er beugte sich hinunter und streckte vorsichtig die Hand danach aus, um zu sehen, ob es heiß wäre. Es war kühl; er nahm es auf und hielt es zwischen Daumen und Zeigefinger, um es zu studieren.

»Es« war ein kleiner, absolut runder Stein – eine Art Murmel. Er sammelte seit fast zehn Jahren Steine und Kristalle, aber niemals hatte er einen ähnlichen gesehen. Er nahm ihn in die rechte Hand, überrascht, daß er nicht warm war.

Er löschte den Zunder, steckte ihn die Tasche, dann reckte er sich und hielt die Murmel hoch, um zu sehen, ob er noch mehr davon fand, aber nach einigen Minuten gab er die Suche als erfolglos auf.

Er wußte, daß er sich beeilen mußte, so hastete er hinaus, um die Batterie aufzunehmen, bevor Anna aufwachte und sich fragte, wo er war.

Er brauchte fast eine Stunde, um die Batterie zurück an den Rand zu bringen. Anna kam und half bei den letzten hundert Metern mit; sie stand auf der Öffnung über ihm und zog an dem Seil, während er kniete und die Batterie von unten anschob.

Schweigend schafften sie sie an den Schräghang der Kluft.

Anna verschwand über die Mauer der Kluft und kehrte einen Augenblick später mit einer Schale Wasser zurück. Atrus saß da, schaute auf seine Hände, die er im Schoß gefaltet hatte, und wartete darauf, daß sie ihn schelten würde, weil er ungehorsam gewesen war, aber sie schwieg.

»Es war meine Schuld«, sagte er schließlich und schaute sie an, verunsichert, weil sie nichts sagte. »Ich wollte, daß alles seine Ordnung hat.«

Wortlos reichte sie ihm die Schale. »Trink, und dann komm. Ich mache dir Frühstück. Ich glaube, es ist an der Zeit, daß ich dir etwas sage.«

Atrus saß auf dem Vorsprung neben dem Küchenfenster, die leere Schale stand neben ihm, während er fasziniert der Erzählung seiner Großmutter lauschte.

Er hatte im Laufe der Jahre alle möglichen Geschichten von ihr gehört, aber diese war anders, denn diesmal gab es keine großen Heldentaten, da war kein Held, der zur rechten Stunde auftauchte. Und doch zitterte Annas Stimme vor Erregung.

»… und als dann Veovis schließlich zurückkehrte, war das Schicksal der D'ni besiegelt. An einem Tag war das Werk von Jahrtausenden zerstört, in den großen Höhlen der D'ni gab es kein Leben mehr. Und all dies, weil Ti'ana die Lage falsch eingeschätzt hatte.«

Atrus schwieg lange, dann sah er Anna an. »Du gibst also Ti'ana die Schuld?«

Sie nickte.

»Aber sie konnte es doch nicht besser wissen. Außerdem hat sie getan, was sie für richtig hielt.«

»Vielleicht, um ihrem eigenen Gewissen zu folgen. Aber war es das Beste für die D'ni? Es gab andere, die wollten, daß Veovis nach dem ersten Aufstand hingerichtet würde. Wenn man auf sie gehört hätte … wenn nur Ti'ana vor dem Großen Rat nicht so wortgewandt gewesen wäre …«

Anna schwieg wieder, den Kopf gesenkt.

Atrus zog die Stirn in Falten, dann schüttelte er den Kopf. »Ich weiß nicht …«

»Nein.« Anna schaute noch auf ihre Hände, dann sah sie lächelnd auf. »Und es ist ja jetzt auch egal. All das ist gewesen. Die D'ni gibt es nicht mehr. Nur die Geschichten um sie sind geblieben.«

Er nahm die immer noch leuchtende Steinkugel aus der Tasche und hielt sie ihr hin. »Das habe ich am Boden des Vulkans gefunden.«

Beim Anblick der Murmel saß sie wie erstarrt. »Wo, sagst du, hast du sie gefunden?«

»Im Vulkan«, gab er Auskunft, seine Stimme weniger fest als zuvor, »nahe der Stelle, wo die Batterie hinabgefallen ist.«

Sie erwiderte seinen Blick. »Im Tunnel?«

»Ja.«

Anna nahm ihm mit langsamer Bewegung die leuchtende Kugel aus der Hand, hielt sie empor, dann ließ sie sie plötzlich in die Wasserschale neben sich fallen. Ihr Licht war sofort erloschen.

»Du darfst nicht mehr dort hingehen, Atrus. Es ist sehr gefährlich dort unten.«

»Aber Großmutter …«

Sie schaute ihn an; ihr sonst so sanftes Gesicht war härter, als er es je gesehen hatte. »Du darfst nicht mehr dort hingehen, Atrus. Du bist noch nicht soweit. Versprich es mir, Atrus, bitte.«

»Ich verspreche es.«

»Gut«, sagte sie besänftigt und legte ihm die Hand auf die Schulter.

Jeden Nachmittag, wenn die Sonne unterging und die Schatten am Fuß der Kluft länger wurden, saßen Anna und Atrus im kühlen Schatten auf dem schmalen Vorsprung neben dem Teich und unterhielten sich.

An diesem Tag hatte Atrus sein Tagebuch mit herausgebracht, neben ihm stand das Tintenfaß, und er schrieb das Wort, das Anna gezeichnet hatte, auf ein loses Blatt. Eine ganze Weile schwieg er, konzentrierte sich; mit hellwachen Augen verglich er Annas Zeichnung mit seiner eigenen, um sicherzugehen, daß er die schwierige Struktur richtig erfaßt hatte. Dann schaute er auf.

»Großmutter?«

Anna saß da, hatte den Kopf gegen die kühle Steinwand gelehnt, die Augen hielt sie geschlossen. Sie antwortete leise: »Ja, Atrus?«

»Ich verstehe es immer noch nicht. Du sagst, es gibt für dieses Wort keinen Begriff in unserer Sprache. Aber ich sehe nicht ein, warum nicht. Die D'ni hatten doch dieselben Dinge wie wir.«

Sie öffnete die Augen und lehnte sich vor, reckte ihre nackten braunen Zehen, dann legte sie die Hände auf die Knie und wandte ihm den Blick zu.

»Wörter sind nicht nur Wörter, Atrus. Wörter sind ... also, ich will versuchen, es einfach zu sagen. Ein Wort kann in seiner einfachsten Bedeutung so etwas wie ein Etikett sein: Baum. Sand. Stein. Wenn wir solche Wörter benutzen, wissen wir in etwa, was sie bedeuten. Wir haben ein Bild vor Augen. Aber welche *Art* von Baum oder Sand oder Stein, dafür brauchen wir wieder Wörter, die wiederum Etiketten sind. Ein großer Baum. Oder vielleicht ein Tannenbaum. Roter Sand oder feiner Sand. Gezackter Stein. Kalkstein. Das zweite Wort ändert unser Verständnis auf recht fest umrissene Art.

Auf einer anderen Ebene können Wörter für Vorstellungen stehen. Liebe. Intelligenz. Treue. Du wirst sofort einsehen, daß es damit nicht mehr so einfach ist. Wir können nicht einfach ein weiteres Wort hinzufügen, um zu erklären, was wir sagen wollen, insbesondere dann, wenn die Vorstellungen nicht so einfach sind. Um die wirkliche Bedeutung solcher Begriffe zu verstehen, müssen wir sie auf unterschiedliche Art definieren. Liebe zum Beispiel könnte mit Stolz und Hoffnung einhergehen oder vielleicht auch mit Eifersucht und Angst. Intelligenz kann auf die instinktive Intelligenz einer Ameise bezogen werden oder die tiefere, mehr gefühlsgeprägte Intelligenz des Menschen. Und selbst beim Menschen kann Intelligenz in verschiedenen Formen auftreten – sie kann langsam und tief sein oder schnell und sprühend. Und Treue … Treue kann der blinde Gehorsam seinem Vorgesetzten gegenüber sein oder die träge Treue einer Ehefrau ihrem Mann gegenüber, der ihr unrecht getan hat, oder …«

Sie sah, daß er lächelte. »Was ist?«

Er gab ihr das lose Blatt zurück. »Ich glaube, ich verstehe. Zumindest glaube ich zu verstehen, was du sagen willst.«

Anna freute sich über seine schnelle Auffassungsgabe. Selten mußte man Atrus etwas zweimal sagen, und oft – wie jetzt – war er ihr sogar um einen Schritt voraus.

»Sprich weiter«, forderte sie ihn auf.

Atrus zögerte, beugte leicht den Kopf, wie er es immer tat, wenn er nachdachte. Dann sagte er, jedes Wort sorgfältig abwägend: »Nun, so wie die Wörter, die Ideen vermitteln, um eine Stufe über den Wörtern liegen, die wie Etiketten sind, gibt es darüber eine noch kompliziertere Stufe. Und auf dieser Stufe ist dieses D'ni-Wort angesiedelt.«

»Ja, und?«

»Ich verstehe das, aber …« Er zog die Stirn in Falten, schüttelte dann den Kopf. »Was ich nicht verstehe, ist, was schwieriger sein könnte als Vorstellungen. Ich kann mir nicht vorstellen, was diese noch höhere Ebene ist.«

»Und genau deshalb gibt es keine Entsprechung für dieses Wort in unserer Sprache.«

»Ja, aber … was bedeutet es?«

»Dieses Wort – dieses spezielle D'ni-Wort – hat mit der Luftzirkulation zu tun. Mit Windfiguren und Feuchtigkeit.«

Atrus sah sie mit gerunzelten Brauen an. »Aber … aber so ein Wort wäre doch dann auch ein Etikett.«

»Nein. Dieses Wort nicht. Dieses Wort ist mehr als eine einfache Beschreibung.«

»Dann …«, begann er, konnte aber immer noch nicht sehen, worauf sie hinauswollte. Seine Augen baten um eine Erklärung.

Anna lachte. »Du mußt einfach akzeptieren, daß es eine solche höhere Sprachebene gibt, Atrus.«

»Aber du hast gesagt …«

»Ich weiß, was ich gesagt habe, und das meine ich auch. Du mußt alles in Frage stellen und die Wahrheit suchen. Aber für diesmal mußt du einfach hinnehmen, was ich dir sage. Es gibt etwas, das über Etiketten und Vorstellungen hinausgeht. Etwas, das eine Synthese aus beidem ist. Etwas, das die D'ni vor vielen, vielen Jahren entdeckten und in Worte kleiden lernten. Eines Tages wirst du das besser verstehen, aber für heute …«

Sie sah, wie unglücklich Atrus war. Er hatte gelernt, alles in Frage zu stellen, mit eigenen Augen zu sehen, abzuwägen, zu prüfen. Er hatte gelernt, Dinge nicht einfach so hinzunehmen, weil man ihm gesagt hatte, daß sie wahr seien. Und jetzt … jetzt bat sie ihn, das Gelernte zu vergessen.

Ich hätte es nicht zulassen sollen, daß er das Wort zeichnet, dachte sie und fragte sich, warum sie es ihm erlaubt hatte. *Er ist noch nicht soweit für die Garo-hevtee.* Doch verließ sie sich im allgemeinen auf ihren Instinkt. Meistens hatte sie recht damit.

Obwohl er den Kopf abgewandt hatte, spürte sie, wie es in ihm noch arbeitete: daß eine Vorstellung auch ein Etikett, wie etwas ganz allgemeines auch spezifisch und beschreibend sein konnte – und etwas in ihr hätte ihn gerne von seinen Zweifeln befreit und ihm alles erklärt. Aber er war noch nicht soweit.

Anna stand auf und reckte sich, dann blickte sie sich in der wohlgeordneten Kluft um. Manchmal sah sie die Kluft und den Verstand ihres Enkels als Allegorie, als sei das eine ein sichtbares Bild des anderen. Aber in diesem Augenblick verstand sie, wie unzureichend dieser Vergleich war, denn so wie er eines Tages diesem winzigen Lebensraum entwachsen und sich hinaus in die Welt wagen würde, würden seine Gedanken und Rückschlüsse eines Tages über ihre elementare Erziehung hinauswachsen.

Als sie ihn so anschaute, wußte sie, daß er größer werden würde als sie. Weiser, von kühnerem Verstand. Aber dieser Gedanke machte ihr weder angst, noch weckte er Neid. Er stimmte sie traurig, denn sie hatte große Freude daran, ihn zu unterweisen, und wenn sie daran dachte, daß sie diese Freude verlieren könnte …

Anna seufzte, dann ging sie durch die Kluft und stieg die Stufen empor. Es war Zeit für das Abendessen.

Ein ganzer Monat verging, und als wieder Vollmond war, machte sich Atrus müßig auf den Weg zum Schräghang, dabei pfiff er eines der Lieder, die Anna ihn in seiner Kindheit gelehrt hatte: ein D'ni-Lied mit einer ganz einfachen Melodie. Und als er so pfiff, hörte er im Geiste Annas Stimme, wie sie leise den Refrain sang.

Plötzlich hielt er jäh inne und schaute mit offenem Mund auf die Szene, die sich ihm bot.

Vor ihm war das ganze obere Ende des Hanges in eine dichte Wolke brillantweißen Dampfes gehüllt. Der Nebel stieg nicht, er fiel nicht, und doch bewegte er sich ständig.

Dieser Anblick war so seltsam, so unwirklich und so wenig vergleichbar mit allem, was Atrus jemals gesehen hatte, daß er zurücktrat, von plötzlicher Angst gepackt. Und während er einen Schritt zurückwich, trat ein Mann aus dem gleißenden Weiß heraus; einen Augenblick schien er ein Teil dieses Nebelgebildes zu sein – eine große, unirdische Figur mit hoher Stirn und langer, gerader Nase, auf der er eine Brille trug, wie auch Atrus sie hatte. Ein weißer Umhang umwehte den Fremden und verlieh ihm das Aussehen eines großen Sagenkönigs.

Atrus blieb wie festgenagelt stehen und beobachtete, wie der Fremde den Abhang hinunterkam, gerade auf ihn zu. Seine Angst wandelte sich zu ehrfürchtiger Scheu angesichts der Stärke und Energie, der geballten Kraft und eisigen Selbstsicherheit des Wesens, das sich näherte.

In höchster Verwunderung taumelte Atrus zurück. Über ihm verhielt der Mann den Schritt, hob die dicken Augengläser und sah zu Atrus hinunter.

»Du hast also meine Brille.«

Atrus starrte wie gebannt, unfähig zu sprechen. Der Mann, der über ihm stand, war so bleich wie der Mond, sein Haar so weiß wie gebleichter Marmor, und seine Augen waren groß, sie sahen aus wie feinumrissene grüne Kreise. Seine Wangenknochen waren fein geformt und dennoch stark, seine Hände wirkten fein und waren trotzdem kräftig. Alles an ihm, vom Schnitt seines Umhangs bis zu seinem aristokratischen Gebaren, zeugte von angeborener Stärke und müheloser Eleganz. Er schien alt zu sein, das wohl, aber auf eine zeitlose Art, die Atrus an seine Großmutter erinnerte.

Er betrachtete Atrus, wie ein Adler schaut, dann ergriff er wieder das Wort: »Nun, mein Junge? Hast du keinen Gruß für deinen Vater?«

»Mein ...« Die plötzliche Erkenntnis durchfuhr Atrus wie ein Schlag. Er schüttelte den Kopf. »Ich ...«

»Wie heißt du?«

»Atrus ...«

»Atrus ... Natürlich ...« Der Mann streckte die Hand aus und legte sie Atrus auf den Kopf; die Berührung war wie ein elektrischer Schlag. »Und ich bin Gehn, Sohn des Atrus.«

Atrus schluckte. Er träumte. Sicher träumte er. Er fuhr sich aufgeregt mit der Zunge über die Oberlippe, fühlte die harte Form, den salzigen Geschmack eines Sandkorns.

Nein. Kein Traum.

»Gehn«, sagte Atrus leise und wiederholte den Namen wie ein Echo.

Der Fremde nickte, dann nahm er die Hand von Atrus' Kopf. »Gut. Jetzt geh und sag deiner Großmutter, daß sie einen Gast hat.«

Atrus lief den vom Mond erleuchteten Schräghang hinunter und rief nach Anna; hinter ihm wirbelte Staub auf. Als er zur Mauer der Kluft kam, wäre er fast gestürzt, da er vergessen hatte, die Sandalen auszuziehen.

»Großmutter, Großmutter!«

Sie schaute besorgt aus dem Küchenfenster. »Was ist passiert?«

Atrus stand atemlos auf der schwankenden Brücke und keuchte: »Ein Fremder ist gekommen! Er hat mich vorausgeschickt!«

Anna sagte: »Gehn ...« Fast flüsterte sie es. Dann nahm sie sich zusammen und ging vom Fenster weg. Man hörte eine Metallschale auf den Steinboden fallen, dann flog die Außentür auf. Barfuß eilte sie die Stufen hinunter, dann an der Mauer entlang. Ihre Eile verwunderte Atrus.

»Großmutter?«

Aber sie schien ihn kaum wahrzunehmen, als sie um die enge Kante der Innenmauer herumging und die Sprossenleiter hinaufstieg.

Atrus schaute sich um und sah zu, wie sie auf die Mauer der Kluft stieg, gerade als der Fremde mit dem aschweißen Haar – der Mann, der sich sein Vater nannte – herüberkam und knapp dreißig Meter vor der Kluft innehielt.

»Mutter?« fragte er leise und neigte leicht den Kopf.

»Gehn«, wiederholte sie und zögerte. Dann trat sie zu ihm und umarmte ihn. »Wo bist du gewesen, mein Sohn? Warum, im Namen des Schöpfers, bist du nicht zurückgekommen?«

Atrus, der abwartend dastand, fiel auf, daß die Herzlichkeit ihrer Umarmung nicht erwidert wurde, wie die Hände des Fremden nur leicht ihre Schultern berührten, wie distanziert er war, als er zurücktrat, ganz so wie ein großer Herrscher aus einer der Geschichten.

»Ich bin gekommen, um das Kind zu sehen«, sagte er, als hätte er ihre Fragen nicht gehört. »Ich wollte meinen Sohn sehen.«

Atrus lag auf dem Bauch oben auf der Mauer der Kluft und schaute hinüber zu dem Rechteck im Schatten, das die Küche war, und zu dem erhellten Viereck des Fensters, an dem sich die Gestalten Annas und des Fremden schattenhaft abzeichneten. Obwohl die beiden bereits seit einer ganzen Weile miteinander gesprochen hatten, war bisher wenig wirklich Bedeutendes gesagt worden. Und dennoch herrschte zwischen ihnen eine seltsame Spannung. Besonders Anna schien sich wie auf Eierschalen zu bewegen, als fürchtete sie, zuviel zu sagen, aber gleichzeitig wollte sie wissen, wo Gehn gewesen war und was er erlebt hatte. Gehn war vergleichsweise schweigsam; er überhörte ihre Fragen, wenn er es für richtiger hielt, sie nicht zu beantworten.

Jetzt saß Gehn auf dem polierten Mauervorsprung rechts von der winzigen Küche, neben der Tür. Seine Füße, die in Stiefeln steckten, hielt er gespreizt, die langen, feingeformten Hände lagen auf seinen Knien; so sah er zu Anna auf. Er hatte seinen Umhang abgenommen. Darunter trug er einen enganliegenden Anzug in Mitternachtsblau; das Jackett war mit Scharlachrot abgesetzt und mit einem Muster wiederkehrender Symbole in Rot, Grün und Gelb verziert. Aber es gab noch weitere phantastische Dinge zu sehen, darunter nicht zuletzt die Pfeife, die neben ihm auf dem Vorsprung lag.

Das Ende der Pfeife bestand aus einem ausgehöhlten, schalenförmigen Pfeifenkopf aus Holz, von dem aus ein Glasschaft, mit Silber besetzt, zu einem geschwungenen Mundstück aus Kupfer führte. Auf dem Mundstück saß ein kleiner gebogener Verschluß, während sich in dem Mundstück selbst eine Silberspindel befand.

Atrus sah, wie Gehn eine kleine Glaskugel aus einem Beutel zog, der in dem kompakten Ledergürtel steckte, den er trug. Er drehte sie nach unten und schüttelte sie leicht; langsam floß eine klare, zähe Flüssigkeit – wie Öl – heraus, die das gelbe Lampenlicht widerspiegelte.

Gehn legte die Kugel auf sein Knie, schraubte den Deckel der Spindel ab und legte ihn zur Seite, dann füllte er ein wenig von der Flüssigkeit in den Schaft und setzte den Deckel wieder darauf. Danach entnahm er seiner Jackentasche einen kleinen Lederbeutel und holte etwas heraus.

Atrus hielt die Luft an – es sah aus wie die Murmel, die er gefunden hatte. Gehn legte sie in den gebogenen Pfeifenschaft.

Anna wandte den Blick Gehn zu. »Wirst du lange bleiben?«

Gehn erwiderte ihren Blick, setzte dann den Deckel wieder auf den Pfeifenschaft. »Nein, ich muß morgen wieder fort«, antwortete er scharf.

»Ach ...« Aus Annas Stimme klang Bedauern; Schmerz stand in ihren dunklen, vertrauten Augen. »Es ist nur ... also, ich dachte, du würdest eine Zeit mit Atrus zusammensein. Ihn vielleicht kennenlernen. Er ist ein guter Junge. Du wärest stolz auf ihn. Und schließlich ...«

Gehn schraubte den Verschluß zu und schaute sie ausdruckslos an. »Ich gedenke ihn mitzunehmen.«

Anna schaute ihn erschrocken an. »Mitnehmen?«

Atrus – stummer Beobachter in der Dunkelheit – fühlte, wie sein Puls schneller ging, sein Mund trocken wurde. Sein Herz schlug laut.

Gehn hob die Pfeife, schaute sie prüfend an, dann nahm er sie in beide Hände und drückte mit dem Daumen auf die Silberspindel. Es gab ein schnappendes Geräusch, und die Pfeife schien zum Leben zu erwachen: Ein helles blaues Licht flammte kurz auf. Wenig später füllte dieses Licht den ganzen Pfeifenschaft und ließ die seltsame ölige Flüssigkeit leicht sprudeln.

In diesem eigenartigen, unirdischen Licht erschien Gehns Gesicht völlig anders; die Schatten hatten sich verkehrt.

»Ja«, antwortete er und schaute Anna gerade in die Augen. »Hast du Probleme damit?«

»Aber Atrus gehört hierher ...«

»Hierher?« Unglauben klang aus Gehns scharfer Stimme. »Und wo ist das – *hier*? Es ist nirgendwo, ein Loch in der Erde, mehr ist es doch nicht. Ja, und mehr wird es auch nie sein. Dies ist kein Ort für meinen Sohn. Absolut nicht.«

Anna schwieg. Sie beobachtete, wie Gehn das Kupfermundstück in den Mund nahm und inhalierte; ihre Wangenmuskeln zuckten. Dann ergriff sie wieder das Wort, weniger heftig als vorher, aber dennoch mit einer Entschlossenheit, die Atrus gut kannte: »Aber er ist noch nicht soweit. Er ist zu jung. Es gibt noch so vieles, was er lernen muß ...«

Gehn nahm die Pfeife aus dem Mund und unterbrach sie: »Natürlich ist Atrus soweit. Er ist genauso alt wie ich damals, als ich zum erstenmal von hier fortging. Und was seine Erziehung angeht, genau das ist der Grund, warum ich zurückgekommen bin. Ich werde ihn unterweisen.«

»Du?«

Annas Ton war skeptisch, aber Gehn schien ihre kritische Haltung gleichgültig zu sein. »Wer könnte das besser tun? Ich habe schließlich das nötige Wissen. Und ich bin sein Vater.« Gehn legte die Pfeife ab und beugte sich stirnrunzelnd zu Anna hinab. »Du hast ihm doch wohl von mir erzählt?«

Sie wandte sich ab; ihr Gesicht wirkte wie eine Maske.

Gehn sprang verärgert auf. »Heißt das, daß du ihm *nichts* gesagt hast? Kerath verdamme dich, Weib. Wie *konntest* du so handeln?«

Annas Antwort klang leise; sie wußte, daß Atrus draußen lauschte: »Und was hätte ich ihm sagen sollen? Daß sein Vater zu der Stunde fortging, als er geboren wurde? Daß er sich nicht einmal die Mühe gemacht hat, ihm einen Namen zu geben?«

»Ich hätte ihn Atrus genannt, das weißt du.«

Sie wandte den Kopf und sah zu ihm hin; plötzlich flammte Ärger in ihrem Blick auf. »Ja, aber du hast es nicht getan. *Ich* habe es getan. Und *ich* habe ihn großgezogen. *Ich*, Gehn, nicht du. Und jetzt willst du ihn zurückhaben, als wäre er ein Paket, das du mir zum Aufbewahren gegeben hast. Aber Kinder sind keine Pakete, Gehn! Sie sind lebendige Wesen, die wachsen. Und Atrus ist noch nicht ausgewachsen.«

»Die Entscheidung mußt du schon mir überlassen«, knurrte er. »Außerdem kann er mir bei meiner Forschungsarbeit helfen. Mein Assistent werden.«

»Dein Assistent?«

»Bei meinen Forschungen. Ich brauche einen fleißigen Helfer, und der Junge scheint fleißig zu sein.«

»Was für Forschungen?«

»Über die D'ni-Kultur.«

»Die D'ni?« Anna lachte bitter. »All das ist vorbei. Hast du das immer noch nicht verstanden?«

»Nein«, antwortete er und straffte den Rücken, Stolz klang aus seiner Stimme. »Du hast unrecht. Da bin ich in den vergangenen vierzehn Jahren gewesen. In D'ni. Ich habe geforscht und studiert und nach den großen und mächtigen Geheimnissen der D'ni-Kultur gesucht.« Er unterstrich seine Worte mit einem würdevollen Kopfnicken. »Ich versichere dir, nichts davon ist verlorengegangen. Es ist alles noch da.«

Atrus überlief ein Schauer; einen Augenblick lang glaubte er zu träumen. *Alles noch da? Aber das war doch unmöglich, oder?*

Anna schüttelte wegwerfend den Kopf. »Nein, Gehn. Du hast vergessen, daß ich es mit eigenen Augen gesehen habe: Es ist vorbei. Zerstört. Kannst du das nicht akzeptieren? Kannst du die Vergangenheit nicht vergessen?«

Gehn sah sie kalt an, herrschsüchtig; er akzeptierte gar nichts. »O ja, ich kann mir gut vorstellen, daß du es gerne vergessen würdest!«

Sie sah ihn schweigend an.

»Dir hat es nie etwas bedeutet, stimmt's?« fuhr er unerbittlich fort. »Dir hat es nie soviel bedeutet wie mir. Aber das kann ich im Interesse meines Sohnes nicht so hinnehmen. Ich will, daß er über die Vergangenheit Bescheid weiß. Ich möchte, daß er stolz darauf ist, so wie ich es bin.« Seine Stimme klang entrüstet. »Ich werde *ihm* nichts vorenthalten, wie es *mir* vorenthalten wurde.«

»Gehn! Wie kannst du so etwas sagen? Ich habe mein Bestes für dich getan!«

»Dein Bestes? Und wie gut war dein Bestes? Dieses Loch in der Erde, das du dein Zuhause nennst? Ist *das* dein Bestes?«

Anna schaute weg. »Atrus sollte entscheiden. Du kannst ihn nicht einfach mitnehmen.«

Gehn lehnte sich so nah zu ihr, daß sein Gesicht fast das ihre berührte. »Natürlich kann ich das. Ich bin der Vater des Jungen. Es ist mein Recht.«

»Dann laß mich mitkommen. Laß mich für den Jungen sorgen, während du ihn unterrichtest.«

Gehn schüttelte den Kopf. »Das wäre nicht richtig. Es wäre nicht im Sinne der D'ni-Philosophie. Oder vergißt du das auch? Hast du vergessen, wie du mich der Gilde übergeben hast, als ich erst vier Jahre alt war?«

»Aber …«

Er fiel ihr hart ins Wort: »Nichts aber. Er kommt mit mir, punktum! Wenn du wirklich etwas Nützliches tun willst, kannst du ihm einen Rucksack für die Reise packen. Allerdings wird er nicht viel brauchen.«

»Aber Gehn …« Sie wollte seinen Arm berühren, aber er wich ihr aus. Er nahm seine Pfeife, zog die Tür auf und trat ins Freie hinaus.

Einen Augenblick stand er bewegungslos, schaute in die entgegengesetzte Richtung von Atrus' »Beobachtungsposten«, und zog an seiner Pfeife; das Küchenlicht zeichnete nur seine Konturen nach. Dann drehte er sich um. Seine Gestalt war in das schwache blaue Licht seiner Pfeife getaucht.

»Atrus?« rief er in die Richtung, wo Atrus bäuchlings auf der Kluftmauer lag. »Geh zu Bett und schlaf ein wenig. Wir werden morgen früh aufbrechen.«

5

Atrus kniete am Grab seiner Mutter, beugte sich darüber und pflückte vorsichtig eine der zarten blauen Blumen. Er legte sie in das Tagebuch, das offen auf seinen Knien ruhte, dann schob er es in den kleinen Lederrucksack, der neben ihm stand.

Einen Augenblick verharrte er schweigend und prägte sich ein, was er sah. Im Dämmerlicht konnte er die wirkliche Farbe der Blumen nicht erkennen, aber er brauchte nur die Augen zu schließen, um die Blumen im Sonnenlicht zu sehen, wie eine Decke von Fliederblüten, die auf der reichen dunklen Erde lag.

Leb wohl, sagte er im stillen.

Um ehrlich zu sein: Atrus wußte selbst nicht, wie er sich fühlte. War er aufgeregt? Sicher. Die Aussicht, zu reisen – das D'ni-Land zu sehen –, erschien ihm verlockend, aber der Gedanke, fort zu müssen, Anna zu verlassen, machte ihm angst. Zu vieles war zu schnell auf ihn eingestürmt.

»Atrus! Komm jetzt. Wir müssen gehen.«

Er wandte sich um, sah die Silhouette in der Morgendämmerung am äußeren Ende der Kluftmauer und nickte.

Anna wartete auf ihn. Er umarmte sie und fühlte, wie panische Furcht in ihm aufstieg – die Furcht, sie nie wieder zu sehen. Sie mußte es fühlen, denn sie drückte ihn leicht an sich, dann hielt sie seinen Arm und lächelte ihn an.

»Mach dir keine Sorgen«, sagte sie sanft, »mir wird es gutgehen. Der Lagerraum ist voller Vorräte, und mit all den Verbesserungen, die du für mich gemacht hast, werde ich die Hälfte der Zeit gar nicht wissen, was ich tun soll.«

Ein Lächeln erhellte ihr gütiges Gesicht. »Außerdem hat mir dein Vater versprochen, daß er mich in drei Monaten mit dir besucht.«

»In drei Monaten?« Diese Nachricht heiterte ihn erheblich auf.

»Ja. Mach dir also keine Sorgen.«

Sie beugte sich hinunter und übergab ihm seinen Rucksack. Er hatte sie beobachtet, wie sie verschiedene Dinge aus ihren kleinen Lagerbeständen genommen und in sein Reisegepäck gesteckt hatte, einschließlich all der kleinen Kuchen, die sie erst am Tag zuvor gebacken hatte. Atrus schaute auf den Rucksack, seine Finger glitten leicht über das in leuchtenden Farben bestickte Tuch; er war gerührt über die Sorgfalt, mit der sie an alles heranging, und er wußte, daß ihm dies fehlen würde.

»Jetzt hör mir zu, Atrus.«

Atrus schaute auf, überrascht, wie ernst ihre Stimme plötzlich klang.

»Ja, Großmutter?«

Ihre dunklen, wachen Augen suchten seinen Blick. »Du mußt an das denken, was du hier gelernt hast, Atrus. Ich habe versucht, dich die Gesetzmäßigkeiten der Erde und der Sterne zu lehren, die Gesetze der Wissenschaft und der Natur; das, was gut ist und Achtung verdient; Wahrheiten, die unerschütterlich und unvergänglich sind. Dieses Wissen stammt vom Schöpfer. Trage es in dir und wäge es gegen alles ab, was dein Vater dich gegen diese Wahrheiten lehrt.«

Anna hielt inne, dann beugte sie sich leicht zu ihm und senkte die Stimme: »Ich kenne ihn nicht mehr, aber ich kenne dich, Atrus. Miß deine eigenen Handlungen an den Wahrheiten, die ich dich gelehrt habe. Wenn du frei von Eigennutz handelst, dann handelst du gut im Sinne aller und brauchst keine Angst zu haben.« Sie trat zurück und lächelte aufmunternd. »Die Reise wird lang und beschwerlich sein, aber ich möchte, daß du tapfer bist, Atrus. Mehr noch, ich möchte, daß du aufrichtig bist. Sei deinem Vater ein besserer Sohn, als er es seinem Vater sein konnte.«

»Ich verstehe nicht …«, setzte er an, aber sie schüttelte den Kopf, als sei es nicht von Bedeutung.

»Tu, was dein Vater von dir verlangt. Aber vor allem, Atrus, geh nicht gegen deine Natur an. Verstehst du mich?«

»Ich glaube ja, Großmutter.«

»Dann habe ich keine Angst um dich.«

Er umarmte sie noch einmal, drückte sich eng an sie und küßte sie auf den Hals. Dann wandte er sich ab, stieg die Stufen hinauf und überquerte die Seilbrücke.

An der Kluftmauer drehte er sich um und schaute zu ihr zurück. Er sah noch einmal die vertraute Kluft; ihre Form war wie eine Narbe in seiner Erinnerung. Anna war die Stufen hinaufgestiegen und stand nun auf dem schmalen Balkon vor ihrem Zimmer. Sie winkte ihm zu.

»Paß gut auf dich auf. Ich sehe dich in drei Monaten.«

Atrus winkte zurück, dann seufzte er tief, drehte sich um, sprang die Mauer hinunter und folgte seinem Vater den Schräghang des Vulkans hinauf.

Sie waren im Tunnel.

»Vater?«

Gehn wandte sich um, hielt die Laterne hoch und schaute Atrus an. »Was ist, Junge?«

Atrus hob seine eigene Lampe und zeigte auf das D'ni-Symbol, das in die Tunnelwand eingeritzt war; das Symbol, das er an dem Morgen nach dem Experiment entdeckt hatte. »Dieses Zeichen, Vater. Was bedeutet es?«

Gehn machte eine ungeduldige Geste. »Komm weiter, Atrus. Wir haben schon genug Zeit vertrödelt. Für Erklärungen ist später Zeit.«

Atrus schaute noch einmal auf das rätselhafte Zeichen und verbarg seine Enttäuschung. Dann wandte er sich ab und beeilte sich, um seinen Vater wieder einzuholen.

»Wir müssen Zeit gewinnen«, sagte Gehn, als Atrus ihn eingeholt hatte. »Die Reise ist lang, und es laufen einige Experimente. Ich muß rechtzeitig zurück sein, um zu sehen, was daraus geworden ist.«

»Experimente?« fragte Atrus aufgeregt. »Was für Experimente?«

»Wichtige«, antwortete Gehn, als reiche diese Antwort aus, um Atrus' Neugierde zufriedenzustellen. »Jetzt komm. Wir haben Zeit zum Reden, wenn wir die erste Eder Tomahn erreicht haben.«

Atrus sah seinen Vater an. »Eder Tomahn?«

Gehn sah seinen Sohn an, ging aber weiter. »Die Eder Tomahn sind Stationen auf unserem Weg. Man könnte sie als Raststätten bezeichnen. Zur Zeit des versunkenen Reiches gab es Pläne, mit der Menschenwelt Handel zu treiben. Zum Glück konnten diese Pläne nicht verwirklicht werden, aber es wurden Wege durch die Erde gegraben und Raststätten für die D'ni-Abgesandten gebaut, die sich hinausgewagt hätten.«

Atrus sah erstaunt zu seinem Vater auf. »Und dieser Tunnel? Ist der von den D'ni?«

Gehn schüttelte den Kopf. »Nein, den hat sich nur die ausströmende Lava gebahnt. Vor Tausenden von Jahren, als der Vulkan noch aktiv war, strömte heiße Lava durch diesen Kanal und gelangte so ins Freie.«

Wieder stieg Enttäuschung in Atrus auf. Die Wände des Tunnels waren so glatt, seine Form so vollständig rund gewesen, daß er sicher gewesen war, daß dies ein Werk der D'ni sein müsse.

»Du wirst auf dieser Reise noch Dinge sehen«, fuhr Gehn fort, »die dich dieses winzige Wurmloch vergessen lassen. Jetzt komm nach links herüber und folge mir. Der Tunnel fällt hier steil ab.«

Atrus hielt sich gehorsam dicht hinter seinem Vater und paßte auf, daß er nicht ausglitt. Mit der Linken hielt er das Gleichgewicht gegen die abzweigende Wand der Lavaöffnung, seine Sandalen suchten auf dem trockenen, harten Boden Halt.

Alles ging gut, bis er zum Tunnel zurückblickte. Da wurde ihm plötzlich bewußt, wo er sich befand. Die Dunkelheit hinter ihm erschien ihm plötzlich bedrückend, und ihn schauderte. Wie konnte er wissen, was ihn dort erwartete, wo der Lichtschimmer der Laterne aufhörte?

Er schaute nach vorn, und ihm wurde klar, wie sehr er von seinem Vater abhängig war. Wenn er sich hier verirrte …

Vor ihm hielt Gehn an. »Langsam jetzt«, sagte er und sah zu Atrus zurück. »Der Weg endet hier. Jetzt geht es den Brunnen hinunter.«

Atrus blinzelte, als er sah, daß der Tunnel in einer Kreisform vor ihnen endete. Dahinter war einfach nur Schwärze. Er ging weiter und stand neben seinem Vater auf dem schmalen, halbmondförmigen Vorsprung, überwältigt von dem Anblick, der sich ihm bot.

Vor ihnen lag ein riesiges schwarzes Oval … eine Schlucht, die so groß schien, als könnte man einen ganzen Vulkan darin unterbringen.

Der Brunnen.

Gehn hob seine Laterne, so daß ihr Licht die äußere Wand des großen Schafts erreichte. Sie sahen massive Schliffe des Felsgesteins, dann zeigte Gehn nach links.

»Genau da. Siehst du, Atrus? Siehst du die Stufen?«

Atrus sah sie. Die Stufen waren wie das Gewinde einer Schraube in die unebenen Wände der großen Öffnung eingelassen, aber der Gedanke daran, auf ihnen hinabzusteigen, nur mit den Mitteln, die ihnen zur Verfügung standen, machte ihm angst.

Gehn sah ihn an. »Willst du vorangehen, Atrus, oder soll ich als erster gehen?«

Atrus schluckte, dann bemühte er sich, seiner Angst Herr zu werden, und sagte: »Geh du lieber vor. Du kennst den Weg.«

»Ja«, sagte Gehn und lächelte seinen Sohn verständnisvoll an. »Ich kenne ja den Weg, nicht?«

Die ersten hundert Stufen führten durch einen schmalen Gang, der in die Schluchtkante gegraben worden war, aber dann schien sich plötzlich die rechte Wand in Nichts aufzulösen, und Atrus fand sich auf freiem Gelände wieder und sah in den bodenlosen Brunnen der Dunkelheit tief unter sich hinab. Geschockt von dem Anblick stolperte er, seine rechte Sandale löste sich und fiel über die Kante und in die Dunkelheit hinein …

Er stand einen Moment benommen da, den Rücken an die Wand gepreßt, und versuchte, seine Nerven zu beruhigen. Aber plötzlich hatte er die Zwangsvorstellung, in die Dunkelheit hineinzufallen – und nicht nur zu fallen, sondern sich bewußt hineinzuwerfen. Dieser Zwang war so stark und überwältigend, daß sich ihm die Nackenhaare sträubten.

Unter ihm, fast gegenüber in dem großen Schaft, setzte Gehn seinen Abstieg fort. Es hatte den Anschein, als sei ihm die immense Gefahr überhaupt nicht bewußt; er trat leicht auf und fand fast mühelos seinen Weg die spiralförmige Windung hinunter. Das Licht seiner Laterne warf flackernde Schatten an den gerippten und geschichteten Fels, bevor er in einem weiteren engen Tunnel verschwand.

Ich muß weitergehen, sagte sich Atrus und löste seine linke Sandale vom Boden, aber die Angst, die er spürte, lähmte ihm die Muskeln. Es war wie ein Traum, ein schlimmer Traum. Trotzdem zwang er sich, weiterzugehen, Stufe um Stufe, jede Stufe ein Akt großer Willensanstrengung.

Wenn ich falle, sterbe ich. Wenn ich falle …

Die Stimme seines Vaters hallte über den weiten offenen Platz: »Atrus?«

Er verhielt den Schritt, preßte sich mit der Schulter an die Wand und schloß die Augen. »J … ja, Vater?«

»Soll ich zu dir zurückkommen? Soll ich dich vielleicht an die Hand nehmen?«

Er wollte ja sagen, aber etwas in Gehns Stimme – ein leichter Anklang von Kritik – hinderte ihn daran. Er öffnete die Augen, sprach sich Mut zu und antwortete: »Nein … ich bin gleich da.«

»Gut. Aber nicht so langsam, hm? Wir können uns hier

nicht lange aufhalten. Nicht, wenn ich rechtzeitig zurück sein will.«

Atrus bezwang seine Angst und setzte den Abstieg fort.

Stell dir vor, du bist auf einem Baum, redete er sich ein, *stell dir das vor.*

Und plötzlich stand dieses Bild so klar vor seinen Augen, als wäre es eine Illustration in einem der Bücher seiner Großmutter. Er sah gleißendes Sonnenlicht, die Äste des Baumes erstreckten sich bis zum Horizont, und das Gras um seinen Stamm war viel höher als ein Mensch!

Auf halbem Wege abwärts war eine Vertiefung an der Schaftseite, eine Art Höhle. Atrus wußte nicht, ob es eine echte Höhle oder ein Werk der D'ni war, aber Gehn wartete dort unten auf ihn; er saß auf einem ausgehauenen Steinvorsprung und rauchte ruhig seine Pfeife.

»Alles in Ordnung, Atrus?« fragte er beiläufig.

»Mir geht's jetzt prima«, antwortete Atrus wahrheitsgetreu. »Für einen Moment …«

Er schwieg, weil er merkte, daß sein Vater nicht zuhörte. Gehn hatte ein winziges Notizbuch mit gegerbtem Ledereinband herausgezogen und las darin, während er rauchte. Atrus sah ein Diagramm von Pfaden und Tunneln.

Mit einem leichten Knurren schloß Gehn das Buch und steckte es wieder ein. Dann sah er Atrus an.

»Geh du vor. Ich rauche meine Pfeife zu Ende, dann hole ich dich ein.«

Viele Stunden lang ging es mühsam durch ein Labyrinth abzweigender Tunnel, bis sie schließlich zur Eder Tomahn kamen. Diese D'ni-Raststätte war in die Nische einer großen Höhle eingebaut; der schwarze, vollendet geglättete Marmor stand in starkem Kontrast zum natürlichen Kalkstein der Höhle. Atrus schritt darin herum, hielt die Laterne hoch und ließ seine Finger über die samtweiche Oberfläche gleiten, verwundert darüber, daß zwischen den Marmorblöcken keine Verbindungsstellen waren, und über sein eigenes Spiegelbild im Marmor. Es war, als wäre der Marmor wie Teer erhitzt, dann ausgelegt und spiegelglatt poliert worden.

Wirklich, dachte Atrus fasziniert.

Gehn war mittlerweile zu einer Tür gegangen, die tief in den Fels eingelassen war. Er griff sich unter seinem Umhang an den Hals und holte eine herrliche Goldkette hervor, die bislang vor Blicken verborgen gewesen war. Daran hing ein abgeschrägter Schlüssel, massiv, schwarz, mit roten Streifen. Er legte ihn in eine gleichgeformte Vertiefungen, die in die Tür eingearbeitet war, und drückte solange dagegen, bis ein Klicken zu hören war. Einen Augenblick lang herrschte Stille, dann folgten ein seltsames ›Klank-Klank-Klank‹ und das Geräusch eines Metallgitters, das zurückglitt.

Er zog den Schlüssel ab und trat zurück. Gleichzeitig öffnete sich die Tür und gab den Blick auf das spärlich beleuchtete Innere frei.

Gehn ging hinein. Atrus folgte und trat in den Raum, überrascht von dessen Größe. Da gab es niedrige Schlafkojen an beiden Seiten, und am Ende des Saals führte eine Tür – wie Atrus vermutete – entweder in die Küche oder eine Art Badezimmer. Er sah seinen Vater an.

»Warum machen wir hier halt?«

Zu seiner Überraschung gähnte Gehn. »Weil es spät ist«, antwortete er, »und weil ich müde bin.«

»Aber ich dachte …«

Gehn hob die Hand, um weitere Einwände abzuwehren. Dann deutete er auf einen großen Rucksack auf der Koje zur Rechten.

»Das ist deiner«, sagte er beiläufig. »Du kannst dich jetzt oder später umziehen, ganz wie du willst.«

Atrus ging hinüber, löste den Ledergurt und schaute hinein. Er kippte den Rucksack und breitete alles auf der Matratze aus. Er lachte überrascht und drehte sich zu Gehn um, der auf der

Kante einer der gegenüberliegenden Kojen saß und seine Stiefel auszog.

»Danke«, sagte er. »Ich ziehe mich später um, wenn's recht ist.«

Gehn knurrte: »Ganz wie du willst, Junge. Aber ich würde an deiner Stelle nicht in den Stiefeln schlafen. Ich weiß nicht, ob sie passen. Ich konnte die Größe nur ungefähr schätzen.«

Atrus strich mit den Fingerspitzen über einen der Stiefel, hob ihn hoch, drückte ihn an sich und genoß den starken Ledergeruch. Die Stiefel waren herrlich. Er bemerkte, daß sie nie zuvor getragen worden waren.

Außer den kniehohen Stiefeln war da ein Umhang – eine kleinere Ausgabe des Umhangs, den sein Vater trug –, ein schwarzes Hemd mit einem fremdartigen Büchersymbol, eine runde Kappe aus einer Art Metall – sie schien weich zu sein, bis man sie wirklich fest in die Hand nahm –, und ein kleiner Beutel aus Leder und Metall.

Atrus legte sich auf die Kante der Koje, um den Beutel zu untersuchen; er zog den Spanndraht auf und schaute hinein. Zunächst verstand er nicht, was er sah, dann ließ er entzückt einige der winzigen Gegenstände in seine Handfläche gleiten.

Feuermurmeln! Ein ganzer Beutel voll Feuermurmeln! Es mußten fünfzig oder sechzig sein!

Er sah zu seinem Vater hin, um ihm noch einmal zu danken, aber Gehn lag auf seinem Bett und schlief fest.

Atrus ging zu ihm hinüber und schaute ihn eine Weile an. Im Schlaf sah man, wie ähnlich er Anna war, insbesondere die Form seines Kinns und des Mundes. Beide hatten sie auffallende, edle Gesichtszüge. Beide hatten die gleiche Mischung aus Stärke und Feinheit. Nun, da er die Gelegenheit hatte, seinen Vater wirklich länger zu betrachten, sah er, daß es nur die Blässe von Gehns Haut war, und die Tatsache, daß sein Haar völlig weiß war, was ihn so anders aussehen ließ. Das und die würdevolle Strenge seines Verhaltens.

Atrus bemerkte, daß Gehn nur einen seiner Stiefel abgelegt hatte, zog ihm vorsichtig auch den anderen aus und stellte beide nebeneinander ans Kopfende der Koje. Dann nahm er die Decke von der Schlafkoje daneben und deckte seinen Vater damit zu.

Er wollte schon zurückgehen, als etwas seine Aufmerksamkeit weckte. Er bückte sich und hob die Pfeife auf. Einen Augenblick lang hielt er sie hoch und studierte die Eingravierungen der Silberstreifen am Schaft, verblüfft über die sorgfältige Arbeit bis in alle Einzelheiten. Er hielt sie sich unter die Nase und roch daran. Es war ein eigenartiger, süßer Geruch; derselbe Geruch, den auch der Atem seines Vaters hatte.

Seufzend legte Atrus die Pfeife neben die Stiefel, dann ging er zu seiner eigenen Koje. Er saß noch eine Weile da und spielte gedankenverloren mit den Feuermurmeln; dabei fiel ihm auf, wie unterschiedlich in Farbe und Größe jede einzelne war. Er tat sie beiseite, legte den Lederbeutel auf den Boden neben der Koje, streckte sich aus und verschränkte die Hände hinter den Kopf. Er schlief sofort ein.

Artus wachte davon auf, daß Gehn ihn schüttelte.

»Komm, Junge. Wir haben heute einen weiten Weg vor uns. Zieh dich an, damit wir wegkommen.«

Atrus setzte sich langsam auf und wußte im ersten Augenblick nicht, wo er war; er war erstaunt, sich nicht auf dem Vorsprung in seinem eigenen Zimmer auf seiner Matratze zu befinden, nicht den Duft aus der Küche seiner Großmutter zu riechen.

Er rieb sich die Augen und setzte die Füße auf den Boden, unangenehm berührt davon, wie kalt er war und wie feucht die Luft.

Atrus fühlte sich schwer und bedrückt, als er aufstand und sich anzuziehen begann. Die neuen Sachen rochen anders und fühlten sich auch anders an; das weiche Gewebe gab ihm, gewohnt an seine rauhe Kleidung, ein eigenartiges Gefühl. Als er die Stiefel anzog, fühlte er sich ganz besonders eigenartig, fast wie verwandelt, als ob diese äußere Veränderung weit mehr war – symbolisch auch für eine innere Wandlung.

Atrus sah sich um; ihm schien, als würde er jeden Augenblick aufwachen, aber er konnte sich nicht selbst täuschen: Er *war* wach, und er reiste mit seinem Vater – hinunter in die Tiefen der Erde.

Dieser Gedanke erregte ihn jetzt. Er schaute Gehn an. »Werden wir heute D'ni erreichen, Vater?«

»Nein. Nicht heute.«

Enttäuscht wandte Atrus sich ab und begann, seine Sachen einzupacken, doch als Gehn sah, was er tat, kam er zu ihm herüber, zog sie aus dem Rucksack und warf sie zu Boden. »Du brauchst diese Lumpen nicht mehr, Atrus. Du bist jetzt ein D'ni. Von nun an sollst du nur noch D'ni-Kleidung tragen.«

Atrus schaute die ausrangierten Kleidungsstücke an. Nur unwillig trennte er sich von ihnen. Sie waren eine Verbindung zur Vergangenheit, zu Anna und der Kluft. Sie hier zu lassen erschien ihm … *unmöglich*.

»Na, mein Junge? Worauf wartest du?«

Atrus schaute auf, betroffen von der Schärfe in der Stimme seines Vaters, dann erinnerte er sich an das Versprechen, das er Anna gegeben hatte, und nickte gehorsam. Er packte seinen Lederbeutel mit den Feuermurmeln und den seltsamen Schutzhelm in den Rucksack.

»Gut«, sagte Gehn und nickte entschlossen, als er sich seinen Rucksack auf die Schultern schwang. »Wir werden unterwegs essen.«

Atrus blinzelte, verwundert darüber, was sein Vater vorhatte, aber es war offensichtlich, daß Gehn nicht in der Stimmung war, Erklärungen abzugeben. Atrus schnallte seinen Rucksack zu, nahm ihn auf die Schultern und folgte seinem Vater hinaus.

Sie stiegen ein Gewirr von feuchten, schmalen Tunneln hinunter, kompliziert angelegt wie Ameisensiedlungen; mitunter erweiterten sich diese Tunnel zu kleinen Höhlen, bevor sie weiter in den Felsen hineinführten.

Am Ende eines besonders steilen, engen Tunnels gelangten sie in die größte Höhle, die sie bisher gesehen hatten. Die Decke war hundertzwanzig, vielleicht sogar hundertfünfzig Meter über ihnen; das Licht ihrer Laternen erfaßte nur ein Ende des Tunnels, das andere blieb in Dunkelheit getaucht. Links vor ihnen war ein kleiner Teich am Felsen, eng ans Gestein angeschmiegt, zu ihrer Rechten blockierten Hindernisse in Gestalt unterschiedlich hoch aufgetürmter Felsblöcke den Weg.

Gehn hielt an, setzte den Rucksack ab und nahm einen Gegenstand heraus, der aussah wie eine Art Topf oder Büchse. Er stellte ihn auf den Boden, dann setzte er seinen Helm auf und bedeutete Atrus, dasselbe zu tun.

»Der Weg wird von jetzt an schwierig«, sagte er. »Du wirst bald dankbar für die Stiefel sein.«

Aber Atrus war sich da nicht so sicher. Die Stiefel mochten wunderschön aussehen und herrlich riechen, aber schon jetzt taten ihm beide Fersen und der große Zeh seines rechten Fußes entsetzlich weh.

Er nahm seinen Rucksack ab, fand den D'ni-Helm und setzte ihn auf, dann sah er zu seinem Vater hin. Gehn nahm den »Topf« vom Boden.

»Vorwärts«, sagte er und lächelte Atrus an. »Ich glaube, was jetzt kommt, wird dir gefallen.«

Atrus nickte, dann bückte er sich, um seinen Rucksack wieder aufzunehmen. Als er wieder aufsah, war die ganze Höhle hell erleuchtet, als wäre plötzlich die Decke aufgebrochen und das Sonnenlicht ströme herein. Er schaute sich überrascht um und sah, daß das helle Licht aus dem »Topf« kam; ein breiter, mächtiger Strahl, der die Höhle bis ans Ende ausleuchtete und einen Anblick bot, der so unerwartet war, daß Atrus blinzelte und sich mit dem Handrücken über die Augen fuhr.

Es war wie ein Wasserfall aus Kristall, der sich von der Decke zum Boden ergoß. Seine wie geschmolzenen, fließenden Formen waren so völlig anders als alles, was Atrus jemals gesehen hatte.

»Was ist das?« fragte Atrus; in seiner Stimme schwang Scheu mit. Er folgte seinem Vater zu dem großen Haufen von Felsbrocken, aber er schaute immer noch wie gebannt auf die glänzende Kristallkaskade.

»Das ist Tropfstein«, sagte Gehn sachlich und ging näher mit dem Lichtstrahler heran. »Er wird aus Mineralablagerungen im Wasser gebildet, die im Laufe von Tausenden und Abertausenden von Jahren durch das Dach der Höhle eindringen. Solche Ablagerungen können viele Formen annehmen: Fließstein und Tropfstein, Stalaktiten und Stalagmiten, Schelfstein und Heliktiten. Einige sind so fein wie geklöppelte Spitze, andere so hart wie Fels.« Gehn lachte. »Hab keine Angst, Atrus. Du wirst in den nächsten Stunden noch viele solcher Wunder sehen.«

Als sie näher kamen, verhielt Atrus seinen Schritt. Der Mund stand ihm offen vor Staunen – einen solchen Anblick hätte er sich niemals träumen lassen, in tausend Jahren nicht –, aber Gehn ging schon weiter, den Hang hinab zum Eingang eines weiteren Tunnels. Atrus schaute noch einmal zurück, dann kletterte er den Felsblock hinunter und beeilte sich, um seinen Vater einzuholen.

Gehn hatte die Wahrheit gesagt. In den nächsten Stunden sah Atrus Dutzende solcher Wunder: Höhlen mit langen, feinen Säulen, nicht dicker als sein Arm, die wie umgekehrte Bäume aus Kristall von der Decke hingen oder aussahen wie kleine, feinziselierte Kerzen, Myriaden winziger gefrorener Zapfen, von denen es ständig auf den Fels hinuntertropfte. Aber die Stiefel hatten ihm auch die Füße wundgescheuert. Aus einem anfänglichen Unbehagen wurde leichter, dann starker Schmerz, so daß Atrus bald keinen Schritt tun konnte, ohne vor Schmerz zusammenzuzucken.

Als sie endlich in einer langen, niedrigen Höhle anhielten,

in der es kleine Teiche gab, war das erste, was Atrus tat, sich die Stiefel auszuziehen.

Gehn trat zu ihm und kniete sich neben ihn. »Zeig mal.« Er nahm seinen Fuß vorsichtig am Gelenk und sah ihn sich an. Die Haut war an drei Stellen wundgescheuert. Aus der Ferse und zwischen den Zehen kam Blut.

Gehn sah Atrus forschend an. »Ich habe eine Salbe im Gepäck. Die dürfte das beheben.«

Atrus trug die Salbe schnell auf und zog dann die Stiefel wieder an.

»Gut«, sagte Gehn, zufrieden mit seiner Haltung, »dann laß uns weitergehen. Der Weg ist da vorne.«

Atrus stand langsam auf und bewegte vorsichtig die Zehen. »Der Weg?«

»Nach D'ni«, sagte Gehn und nahm den Rucksack wieder auf.

Diese Worte weckten Atrus' Lebensgeister und ließen ihn seine Schmerzen schnell vergessen.

D'ni! dachte er und hatte Dutzende farbenprächtiger Bilder aus den Erzählungen seiner Großmutter im Laufe vieler Jahre vor Augen. *D'ni!*

Atrus schaute auf den reich verzierten Stein- und Metallbogen, der den Eingang zum Tunnel bildete, und drehte sich dann zu seinem Vater um.

»Sind wir da?«

»Nein«, antwortete Gehn, »aber hier beginnt der Weg.«

Unmittelbar unter dem großen Torbogen war der Boden des Tunnels glatt, ausgelegt in schwierigen, abstrakten Spiralformen verschiedenfarbiger Steine und Metalle, die ineinander überzugehen, miteinander zu verschmelzen schienen, ohne sich jemals zu wiederholen. Der Weg führte pfeilgerade in den Tunnel hinein, weder ansteigend noch abfallend, was vermuten ließ, daß er von den D'ni und nicht von Naturkräften geschaffen worden war.

Atrus folgte Gehn durch den Torbogen; ihre Stiefel hallten auf dem Marmorboden wider, das Echo lief durch den ganzen Tunnel – vor und zurück. Atrus humpelte; er versuchte, seinen rechten Fuß nicht zu sehr zu belasten, aber er wollte nicht jammern.

Wann sind wir da? hätte er gern gefragt, so aufgeregt war er bei dem Gedanken, endlich D'ni zu schauen, aber er sah, daß Gehn mit seinen eigenen Gedanken beschäftigt war, und er wollte ihn nicht stören.

Als sie eine Weile durch den Tunnel gegangen waren, schien sich die Luft zu verändern: Sie wurde wärmer, stickiger, und plötzlich hatte er einen vertrauten Geruch in der Nase: Schwefel! Es war der scharfe Geruch des Schwefels, der die Augen brennen ließ.

Gehn drehte sich zu ihm um und machte ihm Zeichen. »Du setzt besser deine Brille auf, Junge.«

Atrus tat es, dann langte er in die Tasche seines Umhangs und zog das einzige Kleidungsstück heraus, das er hatte retten können: die Maske, die Anna für ihn gemacht hatte. Er zog sie über Nase und Mund. Er verzog das Gesicht vor Schmerz, humpelte aber hinter seinem Vater her.

Allmählich wurde der Tunnel heller, wärmer, die Luft stickiger. Steil abfallend, endete der Tunnel jäh. Vor ihnen ging der D'ni-Pfad weiter, glatt, ununterbrochen, wie es schien, auf riesigen Steinsäulen ruhend. Darunter – nicht mehr als zweihundertfünfzig Meter unter Atrus' Standort – war ein sprudelnder Lavasee, außen schwarz, innen in flammendem Goldgelb.

Die Hitze war beträchtlich, die Dämpfe raubten den Atem. Atrus sah, daß auch Gehn jetzt eine Maske über Mund und Nase trug, und einen Augenblick lang fragte er sich, was sein Vater vorgehabt hatte – ob es seine Absicht gewesen sei, daß sich sein Sohn ohne Schutz in die Nähe dieses Sees begeben sollte.

Der Gedanke beunruhigte ihn.

Gehn wandte sich um und winkte ihm zu, ihm zu folgen. »Geh schnell und halte nicht an. Auf der anderen Seite ist es viel kühler.«

Atrus zögerte, dann folgte er seinem Vater auf die Brücke. Die Hitze, die aufstieg, war noch durch die dicken Sohlen seiner Stiefel zu spüren. Zehn Schritte weiter, und er rannte und versuchte dabei, die Füße so wenig wie möglich auf den brennendheißen Boden zu setzen.

Plötzlich sah er, daß die Brücke, die er für durchgängig gehalten hatte, eine Bruchstelle aufwies: Ein einziger Brückenbogen war zerbrochen und hatte eine gezackte Lücke hinterlassen; darüber war ein schmaler Steg aus D'ni-Stein verlegt.

Er sah, wie sein Vater diesen schmalen Steg mühelos überquerte, ohne einzubrechen, aber als die Reihe an ihm war, konnte er einfach nicht weitergehen.

Genau unter ihm schien die rote Hitze wie etwas Lebendiges zu wogen. Eine große Blase überhitzter Luft stieg hier und da auf und fiel mit einem lauten »Plopp« in sich zusammen. Die Luft war plötzlich mit Dampf und stechendem Schwefelgeruch erfüllt.

Atrus hustete. Seine Füße schienen buchstäblich zu brennen, seine Brust fühlte sich an, als wollte sie zerspringen. Wenn er den Steg jetzt nicht überschritt, würde er gleich zusammenbrechen.

»Komm!« feuerte ihn Gehn von der anderen Seite an. »Halt nicht an, Junge! Geh weiter. Du bist gleich da.«

Atrus' Kopf schien zu schwimmen, und er hatte das Gefühl, daß er jeden Augenblick fallen würde. Und wenn er fiele …

Er machte drei Schritte auf dem Steg und fühlte, wie die kolossale Hitze durch das dicke Leder der Stiefel hindurchbrannte.

»Komm!« trieb ihn sein Vater an, aber er konnte sich nicht bewegen. Es war, als wäre er in Stein verwandelt worden.

»Nun komm schon!«

Der Steg schlingerte unter seinem Gewicht, und einen Augenblick lang dachte er, er würde fallen, aber sein Instinkt leitete ihn. Als der schmale Pfad nachzugeben drohte, sprang er – und war plötzlich mit beiden Beinen auf der anderen Seite, hatte sicheren Boden unter den Füßen.

Er konnte nicht mehr klar sehen. Er konnte nicht atmen. Er taumelte und tat einen Schritt zurück …

6

Atrus erwachte in einer kühlen, hellerleuchteten Höhle; verglichen mit der Lava-Höhle war die Luft hier frisch und mild. Er war mit einer Decke zugedeckt, und in der Nähe hörte man Wasser tropfen: »Tap-Tap-Tap«, klang das Echo. Ihn schauderte, und er setzte sich auf, ohne jegliche Ahnung, wo er war. Dann sah er seinen Vater, der in weniger als hundert Metern Entfernung neben einem Teich stand, dessen Oberfläche den Eindruck erweckte, als würde sie von unten angestrahlt.

Atrus' Füße und Beine schmerzten, und sein Kopf war immer noch eigenartig schwer, aber ansonsten fühlte er sich gut. Er dachte angestrengt nach, fügte Detail an Detail und verstand allmählich. Er wäre fast von der Brücke hinabgestürzt. Sein Vater mußte ihn gerettet haben.

Als er daran dachte, lächelte er. Anna hätte genauso gehandelt. Und er selbst auch, wenn er an der Stelle seines Vaters gewesen wäre.

Atrus schaute wieder zu seinem Vater, diesem Fremden, und versuchte ein genaues Bild von dem Mann zu gewinnen, der so plötzlich in sein Leben getreten war und es verändert hatte. Er war ihm fremd, daran bestand kein Zweifel, und er war abrupt in seiner Art, fast grob, aber vielleicht gab es einen Grund dafür. Vielleicht war er einfach nicht daran gewöhnt, mit Menschen umzugehen; genauso ungewohnt war ihm vielleicht die Vorstellung eines Sohnes. So wie ihm, Atrus, die Vorstellung eines Vaters fremd war. Wenn es so war, mußte er einfach

Zugeständnisse machen, bis sie einander besser kannten. Bis die sich Blutsverwandtschaft in Freundschaft gewandelt hatte.

Diese Gedanken heiterten ihn ein wenig auf. Er warf die Decke ab, stand auf und humpelte zu seinem Vater. Schweigend stand er neben ihm und schaute auf den seltsam erhellten Teich.

»Woher kommt das Licht?« fragte er und wies auf das Wasser.

Gehn wandte sich ihm zu. Er war in Gedanken vertieft gewesen. »Ach, Atrus … du bist auf.«

»Ich … ich glaube, ich muß mich bei dir bedanken.«

Gehn zuckte mit den Achseln, dann sah er wieder zu dem Teich hin. »Es tut gut, wieder zu sprechen«, sagte er und reckte das Kinn vor. »Es war ein wenig einsam hier für mich allein. Ich habe mich so lange nach einem Gefährten gesehnt. Das heißt, nach einem intelligenten Gefährten. Als ich wußte, daß du am Leben warst … na ja …« Er wandte sich ab. »Um ehrlich zu dir zu sein, Atrus, ich war überrascht. Ich hatte nicht erwartet, daß du überleben würdest. Aber ich habe mich gefreut. Ich glaube, wir können miteinander auskommen. Schließlich …«

Atrus lächelte zaghaft. »Ich hoffe das auch. Ich möchte lernen.«

»Gut. Das ist ein guter Vorsatz.« Dann: »Kannst du weitergehen? Ich weiß, ich habe dich zur Eile angetrieben, aber es gibt einen Grund dafür.«

»Ich bin in Ordnung«, sagte Atrus und fühlte ein warmes Gefühl für seinen Vater. »Es ist nur alles so … seltsam.«

Gehn sah ihn nachdenklich an. »Ja. Ich glaube, so muß es dir nach deinem Leben in der Kluft erscheinen. Aber das beste kommt noch, Atrus. Und ich meine wirklich das beste: D'ni. Heute abend erreichen wir D'ni.«

Atrus' Gesicht leuchtete vor Freude auf. »Heute abend?« Dann zeichnete sich Zweifel in seinem Gesicht ab. »Aber was ist jetzt? Morgen? Nachmittag? Ich habe jedes Zeitgefühl verloren. Hier scheint Zeit nichts zu bedeuten.«

Gehn holte seinen D'ni-Zeitmesser heraus und reichte ihn Atrus.

»Schau«, sagte er und deutete auf die fünf Sektoren in verschiedenen Farbschattierungen – drei waren hell, zwei dunkel – auf dem runden Anzeigeblatt. Eine feine Silberspirale verlief von der Mitte aus genau auf den zweiten der Sektoren. »Jetzt ist D'ni-Mittag. Wir D'ni messen die Zeit anders als die Leute oben. Die stellen ihre Uhren nach dem Verlauf der Sonne. Wir hingegen stellen unsere Uhren nach dem Lebensrhythmus unserer Umgebung. Jeder dieser Sektoren steht für mehr als sechs Stunden der Zeit auf der Erde.«

»Dann ist also der D'ni-Tag länger?«

»Sehr gut, Atrus. Du lernst schnell.«

Gehn nahm den Zeitmesser wieder an sich, schüttelte ihn und hielt ihn sich ans Ohr, fast, als wollte er prüfen, ob er noch funktionierte. Dann steckte er ihn zufrieden wieder in die Tasche und schaute Atrus an.

»Wenn du soweit bist … ?«

Atrus' Hoffnungen erfüllten sich leider nicht; der Weg wurde beschwerlicher. Herabgefallene Felsblöcke blockierten den Pfad an mehreren Stellen, und sie mußten über Haufen von gezackten Steinen klettern oder sich durch schmale Öffnungen zwängen. Auch die Tunnel schienen kleiner und dunkler zu werden, und obwohl er sich dessen nicht sicher sein konnte, hatte Atrus das Gefühl, daß sie von dem geraden Weg abgekommen waren, der direkt nach D'ni führte. Mit Sicherheit war dieser wunderbare Stein- und Metallweg der D'ni nicht der, auf dem sie jetzt gingen.

Trotz allem war er aber voller Erwartungen, ganz erfüllt von Vorfreude, die wie ein berauschendes Gift in seinen Adern wirkte.

D'ni! Bald würde er in D'ni sein! Selbst der dumpfe

Schmerz in seinen Füßen schien bedeutungslos neben dieser Tatsache zu sein.

Sie waren erst etwa eine Stunde unterwegs, als Gehn ihm zurief, er solle nach rechts hinübergehen. Vor ihnen war ein Teil des Tunnelbodens durchgebrochen und bildete eine Art Graben. Als er um diesen Graben herumging, sah er unten ein Tal, durch das – so schien es – ein breiter, dunkler Fluß strömte. Er lauschte und glaubte ganz schwach sein Rauschen zu hören, ein dröhnendes Rauschen, aber er war sich nicht sicher.

Als sie weitergingen, wuchs dieses Rauschen an, von dem er zunächst gedacht hatte, es sei nur in seinem eigenen Kopf vorhanden. Endlich gelangten sie aus dem Tunnel heraus und zu einer massiven Öffnung, von der aus sie in der Dunkelheit aber nichts weiter erkennen konnten. Das Rauschen erfüllte die Luft, es schien die Tunnelwände zu beiden Seiten zum Vibrieren zu bringen. Die Luft war feucht und kalt; feine Partikel glänzender Nebelwolken tanzten im Licht ihrer Laternen.

Atrus hielt sich dicht an der Tunnelwand. Dann, als Gehn die große Lampe aufleuchten ließ, sah er, was es war:

Wasser strömte wie eine feste Masse von einem Felsvorsprung sechshundert Meter über ihnen und donnerte bis in eine Tiefe von dreitausend Metern unter ihnen in einen See. Im Strahl der Lampe sah das Wasser aus wie fester Kristall.

Atrus sah, wie Gehn das Notizbuch in seine Innentasche zurücksteckte. Er gab Atrus ein Zeichen mit der Lampe; der Lichtstrahl leuchtete einen breiten Felsvorsprung aus, der um eine große Höhle herum verlief.

Als sie in die kleinere Höhle am Ende des Wasserfalls gelangt waren, hielt Gehn an und rief Atrus zu sich. Er hielt seine Laterne über ein Felsschelf, das mit kristallklarem Wasser gefüllt war.

Atrus betrachtete es aus der Nähe, dann hielt er vor Staunen die Luft an: Im Wasser gab es eine große Anzahl langer, farbloser Fische, die wie Würmer aussahen. Sie hatten gekräuselte durchsichtige Kiemen und Flossen. Während er sie beobachtete, huschten sie an ihm vorbei, schlüpften durch eine Öffnung im Fels und schienen in den Teich darunter zu springen – mit einem »Plip-Plop-Plip«, das in der Höhle widerhallte.

»Was sind das für Fische?« fragte Atrus und schaute seinem Vater in die Augen.

»Salamander«, antwortete Gehn. »Sie leben hier unten, genauso wie Grillen, Spinnen, Tausendfüßler und Fische. Sie sind troglodyt, Atrus, das heißt, sie verlassen diese Höhlen niemals. Und sie sind außerdem blind. Hast du das bemerkt?«

Gehn marschierte weiter; seine Stiefel knarzten über den bewachsenen Boden der Höhle.

Lange waren sie bergab gestiegen; nun begann ein Aufstieg. Der Weg wurde leichter, bis der Tunnel plötzlich nach rechts abzweigte und in einen zweiten, größeren Gang mündete.

Als sie diesen Tunnel betraten, stieß Atrus einen kurzen Überraschungsschrei aus: Es war der D'ni-Pfad! Er erstreckte sich vor und hinter ihnen, gerade und vollständig zylindrisch, in die Dunkelheit des Felsens.

Als er auf den Weg zurückschaute, den sie gekommen waren, verstand er, was passiert sein mußte: Aus irgendeinem Grund – vielleicht ein Einbruch einer Höhle – war der gerade Weg blockiert, und sie waren einen Ausweichweg gegangen.

Er erinnerte sich daran, wie sein Vater die Diagramme in seinem Notizbuch studiert und wie ein leichtes Aufflackern von Angst in seinem Blick gelegen hatte, und er fragte sich, woher er von diesen Ausweichrouten gewußt hatte; ob es vielleicht nur eine Frage des »Sich-im-Dunkeln-Vortastens« gewesen war, so lange, bis sie einen Weg gefunden hatten.

»Atrus?«

Er sah auf. Gehn war schon hundertfünfzig Meter vor ihm im Tunnel.

»Ich komme!« rief er zurück und humpelte eilig hinter seinem Vater her. Dabei stellte er sich in Gedanken seinen Vater vor, wie er das erste Mal nach D'ni zurückgekehrt war und sich durch die Dunkelheit unter der Erde hindurchgekämpft hatte – allein, ganz und gar verzweifelt allein –, und er fühlte tiefe Bewunderung für den Mut, der ihn dazu getrieben hatte.

Sind wir bald da?«

»Nicht mehr lange«, antwortete Gehn. »Das Tor ist da vorn.«

Diese Nachricht wirkte wie elektrisierend auf Atrus. Nicht mehr weit! Es hatte Augenblicke gegeben, in denen er gedacht hatte, sie würden ewig so weiter marschieren und niemals ankommen; aber nun waren sie fast da. Das Land, von dem er sein Leben lang geträumt hatte, lag vor ihnen. Ein Land voller Wunder und Geheimnisse.

Atrus trieb sich zur Eile an, holte seinen Vater ein und hielt mit ihm Schritt. So erreichten sie das Ende des Tunnels. Er konnte es jetzt sehen, genau vor ihnen, und dahinter, am äußersten Ende eines Marmorplatzes …

»Ist dies das Tor?« fragte er, seine Stimme zu einem ehrfürchtigen Flüstern gesenkt.

»Das ist es«, sagte Gehn und lachte stolz. »Es ist die Südgrenze des D'ni-Reiches. Alles, was hinter diesem Tor liegt, hundert Meilen weit, gehört zu D'ni.«

Atrus schaute seinen Vater überrascht an; er sprach von den D'ni, als ob sie immer noch existierten. Dann wandte er sich um und betrachtete das gewaltige Steintor, das man am Ende des Tunnels sah.

Als sie nahe davor standen, schaute er daran empor, immer höher hinauf. Obwohl es an einigen Stellen Risse aufwies und Teile auf den Marmorboden herabgefallen waren, war es immer noch großartig. Es füllte eine riesige Höhle, verlief von einer Wand zur anderen. Es war mit unendlich vielen, ineinander verlaufenden Formen verziert: mit Menschen, Maschinen und Tieren, mit Blumen und Schilden und Gesichtern, mit D'ni-Wörtern, von denen er einige erkannte. All dies war in pechschwarzen Granit gemeißelt, der im Licht von Gehns Laterne zu funkelndem Leben zu erwachen schien.

Das Tor gab ihnen das Gefühl, zwergenhaft klein zu sein; es übertraf alles, was sie bisher gesehen hatten. Atrus ging ganz nahe heran, und ein kalter Schauer lief ihm über den Rücken. Was auch immer er sich in Gedanken vorgestellt hatte, wenn er Annas Geschichten gelauscht hatte, die Wirklichkeit übertraf es bei weitem.

Er stellte sich unter den Torbogen, beeindruckt von dem mächtigen Steingefüge. Wie hatten die D'ni ein solches Bauwerk geschaffen? Wie hatten sie die Felsblöcke geschnitten und bearbeitet? Aus seiner eigenen begrenzten Erfahrung wußte er um die Schwierigkeiten der Steinbearbeitung, aber die D'ni hatten mühelos ein solches gewaltiges Werk entstehen lassen.

Ein Stück weiter endete der Marmorfußboden. Die Höhle verlief noch weiter, mit vielen Tunneleingängen. Hunderte. Tausende vielleicht.

Es war plötzlich sehr warm, die Luft viel dichter als zuvor. Gehn schaute wieder in sein Notizbuch, dann ging er weiter.

Er wählte einen der größeren Tunnel und gab Atrus ein Zeichen, ihm zu folgen, bevor er sich umwandte und im Tunnel verschwand. Dieser Gang war viel größer als alle anderen, in denen sie gewesen waren. Unzählige weitere Tunnel und kleine Höhlen, die eindeutig von Menschenhand geschaffen waren, zweigten von ihm ab.

Atrus folgte seinem Vater, betrachtete ständig, was sich seinen Blicken bot, und bemerkte immer wieder etwas Neues: große Räder und Portale, Fabriken und Lagerhäuser, Hügel aus losem Gestein und riesige Gräben, über denen massive Kräne wie Wachtposten standen – vieles von dem, was er sah, konnte er auf den ersten Blick nicht einordnen.

Große Maschinen standen überall still, wohin er auch schaute, als wären sie nur Stunden zuvor abgeschaltet worden. Ihre öligen, lackierten Oberflächen glänzten dunkel im Licht der Laternen. Riesige Fördertürme standen auf großen Druckluftplattformen neben den gähnenden Öffnungen von Schäften, die in die Wände der Höhlenwände gebohrt waren, wie massive Insekten, die auf Nahrungssuche waren, ihre niedrigen dunklen Formen regungslos.

Dampf wallte aus großen Fissuren an beiden Seiten auf; Dampf, der einmal die Industriemacht von D'ni gespeist hatte.

Anderswo standen einfache Steinhäuser leer, ohne Dächer, Häuser im D'ni-Stil. Ihre dünnen Tuchschirme, hinter die man sich hatte zurückziehen können, um allein zu sein, waren von derselben Macht zerstört, welche die Steintürme der Fabriken vernichtet hatte. Atrus sah all dies und fragte sich, wie diese Ära hatte zu Ende gehen können. Es war alles so mächtig, so außergewöhnlich.

Gelegentlich kreuzten andere Wege ihren Pfad; Atrus wurde bewußt, daß dies kein »D'ni-Weg« war, sondern ein endloses Labyrinth von Pfaden, die durch die dunkle Erde führten.

Plötzlich, ohne Vorankündigung, begann Gehn, die Tunnelwand emporzusteigen, und duckte sich in einen sehr viel kleineren Schaft. Atrus holte ihn ein, sah zur Rechten und stellte fest, daß der Tunnel etwa sechs Meter vor ihnen blockiert war: zusammengebrochen. Atrus fürchtete, Gehn aus dem Blickfeld zu verlieren, stieg schnell die Tunnelwand hinauf und folgte ihm in den Schaft.

Stundenlang waren sie unterwegs gewesen, und ständig war der Weg schmaler geworden. Die Luft wurde heißer, stickiger. Gehn hielt nun das Notizbuch offen in der Hand und zog es ständig zu Rate. Der Pfad hatte so viele Abzweigungen und Kurven, daß Atrus sich wie benommen fühlte, aber immer noch ging Gehn weiter, offensichtlich voller Vertrauen darauf, daß er irgendwohin führen würde.

Dann plötzlich veränderte sich das Licht. Atrus blinzelte; die plötzliche Veränderung weckte aufs neue seine Lebensgeister. Es wehte eine leichte Brise, die Luft war etwas kühler geworden. Als sie um die nächste Ecke bogen, war das Licht deutlich intensiver. Vor ihnen leuchtete ein helles Orange auf. Die Luft war nun kühl und klar, und es roch nach Pflanzen. Der Weg führte bergauf.

Vor ihnen lag eine Öffnung, ein Kreis hellen orangefarbenen Lichts. Als Atrus darauf zuging, genoß er den bisher herrlichsten Ausblick seines Lebens.

Er sah in ein riesiges Tal hinein. Es mochte sechs Meilen lang und zehn Meilen breit sein. Die Steilküsten fielen zu einem glutrot getönten See ab, der gut die halbe Fläche des Tals ausfüllte. In der Mitte des Sees war eine Insel, eine Meile oder mehr breit; zwei gewundene Felssäulen ragten mehr als eine Meile auf ihr empor. Dahinter gab es große Felswände, seltsam gestreift, wie regelmäßig abgestufte Reliefs farbigen Steins, die sich in den Schatten darüber verloren, über die Ebene hinaus, auf der Atrus sich befand. In diesen Abstufungen schimmerte orangefarbenes Wasser.

Atrus schaute nach oben; er dachte, er würde Wolken oder vielleicht Sterne stehen, aber über ihm war alles tiefschwarz. Er setzte seine Brille auf, stellte sie auf »Vergrößern« und studierte das äußere Ende des Sees. Häuser! Es waren Häuser! Häuser, die sich an den großen Felsabgrund schmiegten und die sich der Schwerkraft zu widersetzen schienen!

Atrus reckte den Hals und schaute die Felswände nach oben hinauf. Er verstand: Sie waren im Inneren einer riesigen, unerkennbar weiten Höhle.

Wie gebannt ließ er die erhabene Schönheit dieses Panoramas auf sich wirken. Unter ihm ging es steil bergab, hinunter zu dem See, wo in einem kleinen Hafen ein Boot vertäut war. Rechts, nahe am Ufer, schien der See wie gesprenkelt mit winzigen Inseln, die aussahen wie dunkle Tupfen in dem orangefarbenen Wasserspiegel.

»Sieh dir das an«, sagte Gehn, der neben ihn getreten war. »Jetzt verstehst du vielleicht, warum ich dich nicht in dem lächerlichen Erdspalt lassen konnte. Ist das nicht der großartigste Anblick deines Lebens, Atrus?«

Atrus mußte ihm beipflichten, und er verstand tatsächlich, warum sein Vater ihn mitgenommen hatte, aber die Erinnerung warf einen Schatten über sein Gefühl der Freude. Plötzlich wünschte er, Anna wäre jetzt hier bei ihm; er wollte dies alles mit ihr teilen – mit ihr darüber reden und ihr Fragen stellen.

»Komm«, sagte Gehn und machte sich an den Abstieg, »noch eine Stunde, und wir sind zu Hause.«

Atrus stand auf dem Vorderdeck und hielt sich mit der rechten Hand an der Reling fest, während Gehn das seltsame Boot hinaus auf das spiegelglatte Wasser manövrierte. Er stakte tief, und seine Muskeln waren angespannt.

Atrus sah sich interessiert um. Ihm wurde bewußt, daß es in

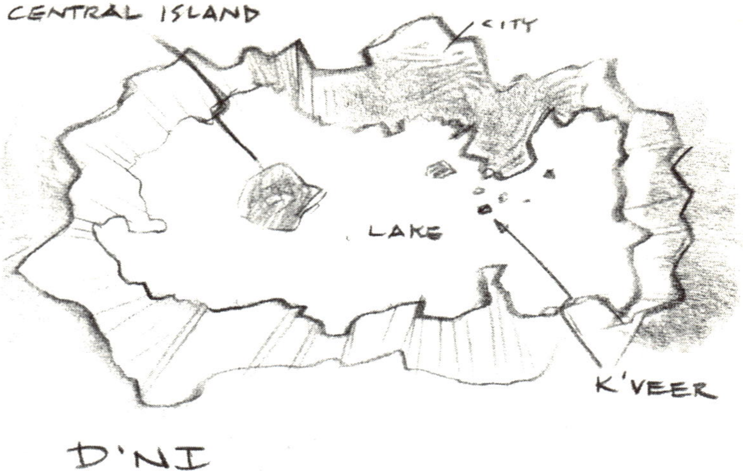
CENTRAL ISLAND
CITY
LAKE
K'VEER
D'NI

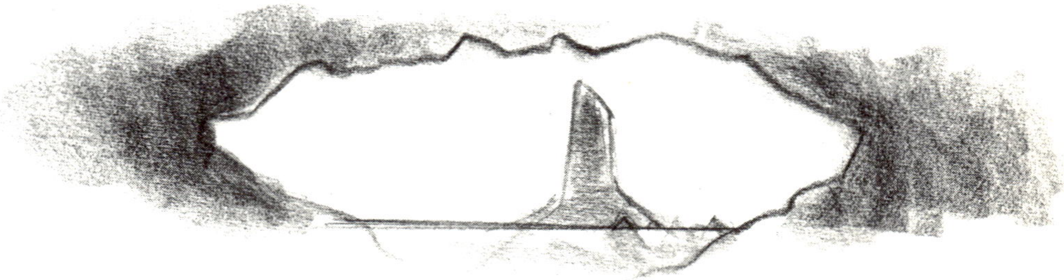

dieser riesigen Höhle kein Echo gab, welches das Geräusch wiedergab, das Gehn produzierte, wenn er die Stake ins Wasser gleiten ließ. So riesig war die Höhle, daß es fast so schien, als wären sie im Freien und in einer mondlosen Nacht auf dem See – wäre da nicht das orangefarbene Licht, das von unten heraufschien.

Als der stumpfe, keilförmige Bug des Bootes beidrehte, erblickte Atrus in der Ferne wieder die Stadt. Von hier aus wirkte sie wie aus einem Bilderbuch: wunderschön – eine riesige Schale von Türmen und Spitzen, so als wäre sie der Zerstörung entgangen, die er anderswo gesehen hatte. Aber sie fuhren nicht in die Stadt. Auf jeden Fall nicht jetzt. »Zuhause«, so schien es, war eine der kleinen Inseln, die im rechten Teil des Sees lagen.

Atrus seufzte. Nun, da sie nicht mehr zu Fuß unterwegs waren, verkrampften sich seine Muskeln. Sein ganzer Körper schmerzte, und seine Augenlider waren wie Bleigewichte. Das leichte Schaukeln des Bootes erleichterte seine Lage nicht. Es lullte ihn ein wie eine Stimme, die in seinem Kopf sang. Er blinzelte, er versuchte, die Augen offenzuhalten, wachzubleiben, aber es war schwer. Er hatte das Gefühl, tausend Meilen marschiert zu sein.

Für einen Moment nickte Atrus im Stehen ein, dann fuhr er auf, schaute nach oben und war auf den gewohnten Sternenhimmel über der Wüste gefaßt.

»Wo … ?«

Er blickte sich um und sah seinen Vater im Boot, wie er langsam zur Insel ruderte. Atrus schüttelte den Kopf, um klar denken zu können, überzeugt, er sei in einem eigenartigen Traum gefangen.

Vor ihm zeichneten sich die Konturen der Insel ab; ihre gewundene, konische Form kontrastierte als schwarze Silhouette gegen den erleuchteten See. Dann bemerkte er, daß das Wasser am äußeren Ende der Insel dunkel war, und konnte sich das nicht erklären.

Zuhause, dachte er und sah die eingefallenen Mauern, den

gestürzten Turm des großen Herrenhauses, das auf dem Gipfel der Insel thronte wie eine riesige Platte aus Vulkanfels. *Zuhause …*

Aber noch während er all dies registrierte, überkam ihn plötzlich der Schlaf. Er konnte sich nicht mehr auf den Beinen halten, fiel auf die Knie, dann sank er auf das Deck, wie bewußtlos. Er sah nicht mehr, wie das Boot an der Insel vorüberzog in eine hell erleuchtete Höhle. Und er sah auch nicht, daß jemand am unteren Absatz der spiralförmigen Treppe stand, die nach oben in den Fels führte.

»Atrus? Bist du wach?«

Atrus lag still da, die Augen geschlossen, und erinnerte sich an den Traum.

Die Stimme kam näher. »Atrus?«

Er drehte sich auf den Rücken, reckte sich. Der Raum war warm, die Matratze unter ihm sehr weich.

»Was ist?« fragte er schläfrig, noch unsicher, ob er überhaupt wach sei.

»Es ist Abend«, sagte die Stimme – die Stimme seines Vaters. »Du hast einen ganzen Tag geschlafen, Atrus. Das Abendessen ist fertig, wenn du essen möchtest.«

Atrus öffnete die Augen und versuchte, seinen Blick auf Gehn zu konzentrieren. Der stand zwei Schritte vom Bett entfernt und hielt eine Laterne. In ihrem flackernden Licht erschien der Raum riesengroß und voller Schatten.

»Wo sind wir?« fragte Atrus, und langsam tauchten Teile seines Traums wieder in ihm auf, als er sich an die lange Reise durch die Höhlen erinnerte.

»Wir sind auf K'veer«, sagte Gehn und trat näher; sein bleiches, gutgeschnittenes Gesicht tauchte aus den Schatten auf. »Dies ist dein Zimmer, Atrus. In den Schränken da drüben sind Kleidungsstücke, wenn du dich umziehen möchtest, aber das ist eigentlich nicht nötig. Wenn du soweit bist, gehst du nach links, zur Tür hinaus und auf das Licht zu.«

Atrus nickte, dann wurde ihm plötzlich bewußt, daß seine Füße nicht mehr weh taten. Es war auch kein Verband mehr darum. »Meine Füße …«

Gehn sah auf ihn herab. »Ich habe sie behandelt, während du geschlafen hast. Sie werden noch ein paar Tage wund sein, aber du kannst dich jetzt ausruhen.«

»Und deine Experimente? Sind wir rechtzeitig gekommen?«

Gehn wandte sich ab, als hätte er die Frage nicht gehört, ging durch den Raum und zog die schweren Vorhänge zurück. Durch ein massives Gitterfenster fiel orangefarbenes Licht. Von einem breiten Steinbalkon aus hatte man einen Ausblick auf die entfernt gelegene Stadt.

»Ich lass' dich jetzt allein«, sagte Gehn und stellte die Laterne auf den Tisch neben dem Bett. »Aber beeil dich, Atrus. Es gibt Dinge, über die wir reden müssen.«

Atrus wartete, bis sein Vater das Zimmer verlassen hatte, dann setzte er sich auf und betrachtete seine Füße im Laternenlicht. Dort, wo die wunden Stellen am schlimmsten gewesen waren, an den Fersen, den Gelenken und den Ballen, hatte Gehn eine Salbe aufgetragen, die dunkel in die Haut eingezogen war. Atrus berührte vorsichtig eine dieser dunklen Stellen, dann roch er an den Fingern. Es war die gleiche Salbe, die seine Großmutter immer benutzt hatte, wenn er sich die Knie oder das Schienbein oder die Ellbogen am Fels wundgescheuert hatte.

Atrus?

Ja, Großmutter?

Was siehst du, Atrus?

Ich sehe die D'ni-Stadt, Großmutter – ich sehe …

Atrus trat auf den Balkon hinaus, schaute nach der Stadt und versuchte sich alles einzuprägen, so daß er es ihr bei ihrem Wiedersehen erzählen konnte.

Weit draußen bewegte sich ein Schatten auf dem Wasser.

Atrus verengte die Augen zu Schlitzen und beobachtete ihn eine Weile, dann zuckte er mit den Achseln und schaute noch einmal zur Stadt hin. *Ja*, dachte er, *ich sehe das Unglaublichste, was ich je gesehen habe.*

»Ach, Atrus, komm setz dich zu mir.«

Atrus blieb zögernd im Türrahmen stehen, dann trat er in das blaue Licht der Küche. Sein Vater saß links an einem Tisch, vor sich einen vollen Teller.

Die Küche war groß und V-förmig mit zwei großen Fenstern, die auf einen mit Steinen ausgelegten Terrassengarten gingen, der über den orangefarbenen See hinausragte. Das Licht von draußen schien dunkler geworden zu sein, und Gehn hatte mehrere Laternen in Nischen über den Raum verteilt.

Atrus sah sich um. Die Schränke, der Tisch, die Bänke, selbst Spüle und Herd waren aus einem eigenartigen, glatten Gneis, der – wie der Pfad, der sie nach D'ni gebracht hatte – erhitzt und dann wie Ton geformt worden zu sein schien. Winzige Metallfäden, in komplizierten Mustern, waren in den schwarzweiß gestreiften Stein gewirkt – wie, das konnte sich Atrus nicht erklären. Obwohl alles aus Stein war, fühlte es sich warm an; auch das war etwas, das unerwartet für Atrus kam. Das Geheimnis, wie die D'ni all dies geschaffen hatten, erschloß sich ihm nicht, aber ihm war klar, daß sie Verfahren gekannt hatten, die denen der Menschen weit voraus waren.

»Wie fühlst du dich jetzt?« fragte Gehn und lud ihn mit einer Handbewegung ein, sich ihm gegenüber zu setzen.

Wie fühlte er sich? Er hatte Heimweh, aber nun, da der Schlaf ganz verflogen war, erwachte gleichzeitig eine ungeheure Neugier in ihm. Was wollte sein Vater von ihm? Gehn hatte Anna gesagt, er wolle ihn unterrichten. Aber worin?

»Ich habe Hunger«, antwortete er schließlich; es schien ihm die neutralste Antwort zu sein.

»Gut«, sagte Gehn. Dann drehte er sich zur Seite, nahm eine kleine Klingel vom Tisch und läutete.

Sofort tauchte jemand im Türrahmen auf, blieb eine Weile im Schatten, bevor er in die Küche trat.

»Atrus, dies ist Rijus, mein Diener.«

Der Mann stand da und hielt einen großen flachen Korb, der mit Obst gefüllt war; er war groß, noch größer als Gehn, und hatte einen großen gewölbten Kopf, der aussah, als wäre er aus poliertem Elfenbein. Er trug einen ausgeleierten dunkelblauen Overall, der in der Taille mit einer langen, ebenfalls dunkelblauen Kordel zusammengehalten wurde, aber das Bemerkenswerteste an ihm waren die Augen: lidlose Augen, die wie gefleckte Kreise in einem sonst unbewegten Gesicht wirkten.

Atrus sah seinen Vater an, unsicher, wie er sich verhalten sollte; dann, als Gehn ihm nicht half, wandte er sich um, deutete eine leichte Verbeugung an und sagte: »Ich freue mich, Sie kennenzulernen, Rijus.«

»Es hat keinen Zweck, mit Rijus ein Gespräch anzufangen, Atrus. Rijus ist stumm. Er wurde stumm geboren und wird stumm sterben. Aber er versteht Befehle. Wenn du etwas brauchst, bittest du einfach Rijus darum.«

Atrus nickte zögernd.

»Na und, mein Junge? Worauf wartest du? Hast du nun Hunger oder nicht?«

Gehn trat zur Seite. Atrus stand auf und ging unter Rijus' seltsam starrem Blick zu dem Diener hinüber. Ein Dutzend verschiedener Früchte lag in dem Korb, Atrus kannte nur einige davon vom Warensortiment der Händler. Winzige Feuchtigkeitsperlen schimmerten auf den farbenprächtigen Früchten und unterstrichen noch ihre exotischen, perfekten Formen.

Er schaute Gehn an. »Hast du die angepflanzt, Vater?«

»In gewisser Weise.«

Atrus wußte nicht, welche Früchte er nehmen sollte; fast hatte er Angst, sie nur zu berühren, so perfekt erschienen sie ihm. Dann nahm er eine längliche gelbe Frucht, fasziniert von ihrer eigenartigen, fünfrippigen Form.

Sie war verdorben. Sie fiel auseinander, als er sie aufnahm; übrig blieb ihr dunkelbraunes Inneres. Überrascht schaute er seinen Vater an.

Gehn wies Rijus mit ungeduldiger Handbewegung hinaus. »Nimm das fort.« Dann wandte er sich Atrus zu. »Komm, Atrus, ich glaube, es ist Zeit, daß wir miteinander reden. Es ist Zeit, daß du erfährst, warum ich dich hierher nach D'ni geholt habe.«

Eine geschwungene Treppe führte zu einem Korridor mit hoher Decke hinauf, an dessen Ende direkt über der Terrasse ein Balkon lag. Am äußeren Ende des Balkons, fest in den Fels eingearbeitet, war eine massige Metalltür, deren tiefschwarze Fläche mit den gleichen kunstvollen Mustern verziert war, die Atrus bereits am Innentor wahrgenommen hatte. Gehn blieb davor stehen, griff in seinen Umhang und zog einen großen Schlüssel heraus, steckte ihn ins Schlüsselloch und drehte ihn zweimal herum, bevor er ihn wieder herauszog.

Er trat zurück. Es gab ein leicht vibrierendes Geräusch, dann hob sich die Tür und glitt leicht und leise in den Fels. Vor ihnen lag eine dunkle, keilförmige Öffnung. Sechs Stufen führten in einen weiten Raum hinunter, der von der Decke her von einer massiven sternförmigen Lampe erhellt wurde.

Mitten im Raum stand ein Podium mit drei stufenförmigen Leisten und darauf fünf große Granitsockel. Alles, was Atrus sah, machte einen starken Eindruck auf ihn. An den Wänden waren gewaltige Regale aus dicken Steintafeln angebracht, und in diesen Regalen standen Hunderte, vielleicht auch Tausende von Büchern in Ledereinbänden, ähnlich denen, die seine Großmutter in ihrem Regal in der Kluft hatte.

Gehn wandte sich zu seinem Sohn um. »Dies ist, wie du

siehst, die Bibliothek. Hierher wirst du jeden Tag zum Unterricht kommen.« Er deutete auf einen niedrigen Steintisch in einer Ecke. »Das ist dein Pult. Aber bevor wir beginnen, möchte ich dir zeigen, warum ich dich hierher mitgenommen habe und warum es so wichtig ist, daß du die Lebensart der D'ni kennenlernst.«

Er hob die rechte Hand und winkte Atrus zu sich; dann, als der junge Mann neben ihm stand, nahm er ihn beim Ellbogen und führte ihn die Stufen zum Podium hinauf.

In der Mitte des Podiums war ein kleiner runder Teich in den elfenbeinweißen Marmorboden eingelassen, um den herum die fünf Marmorsockel standen.

Gehn baute sich vor ihm auf. »Nimm dir ein Buch, irgendein Buch aus den Regalen.«

»Wie bitte?«

»Nimm ein Buch.«

Atrus ging zu den Regalen hinüber und ließ den Blick über die sorgfältig eingebundenen Buchrücken gleiten. Es standen keine Titel darauf. Einige waren mit Symbolen versehen, aber Atrus verstand sie nicht.

Er wandte sich fragend seinem Vater zu.

»Nimm dir ein Buch.«

Atrus nahm eins herunter; der Geruch, der von dem hellgrünen Einband ausströmte, war seltsam berauschend.

Gehn nahm es ihm aus der Hand. Er öffnete es, blätterte schnell darin und nickte dann. Er legte es ehrfurchtsvoll auf einen der Sockel und ließ dabei Atrus nicht aus den Augen.

Atrus trat näher und schaute auf die offenen Seiten. Die linke Seite war leer, aber die rechte …

Er hielt die Luft an, überwältigt davon, wie deutlich das kleine Bild auf der rechten Seite war – es war, als schaute er durch ein Fenster!

Den Vordergrund füllte ein rostbrauner konischer Hügel aus, der Atrus an ein riesiges Termitennest erinnerte. Dahinter war eine Landschaft in kräftigen Grüntönen, die fast wie Smaragd wirkte, und darüber sah man einen wolkenlosen Himmel.

Während Atrus das Bild anschaute, veränderte es sich langsam, schien weiter nach rechts zu rücken, wie ein Auge, das etwas verfolgt, das aus dem Blickfeld tritt. Der Hügel verschwand allmählich, und an seine Stelle trat ein schnell dahinfließender Strom, der sich in ungeheurer Geschwindigkeit zwischen den Felsen sein Bett grub und dann in einen kristallklaren See hinabfiel.

Aber kaum hatte sich Atrus sich auf dieses Bild konzentriert, als der Blick nach oben gelenkt wurde, zu einer schmalen Schlucht und zu einem Tal, das dahinter lag. Ein Tal mit kleinen, eher buschartigen Bäumen, an denen Früchte in leuchtenden Farben hingen. Ein länglicher, klarer Teich war umgeben von grasbewachsenen Hängen, und in der Ferne sah man schneebedeckte Berge – dann kehrte das Bild zu dem rostbraunen Hügel zurück.

Gehn trat zu Atrus. »Gib mir die Hand. Jetzt bist du in D'ni. Das ist es, wofür du geboren wurdest.«

Atrus hatte ein Gefühl in der Handfläche, als wäre ein schwacher elektrischer Strom hindurchgegangen. Es schien ihm, als würde seine Hand zu dem Bild hingezogen, förmlich *hinein*gezogen. Einen Augenblick lang geschah nichts. Dann, mit einem plötzlichen, schmerzhaften Ruck, fühlte er, wie ihn das Bild geradezu aufsaugte. Oder vielmehr war es, als würde die Buchseite plötzlich riesengroß und er in die Papierstruktur einbezogen. Gleichzeitig entstand in ihm selbst Bewegung. Er hatte das Gefühl zu schmelzen, etwas wie eine Außenschale um ihn herum sprang auf, brach in sich zusammen – und dann war da nichts als schwarzes Dunkel.

Als die Dunkelheit von ihm abfiel, hatte er wieder das Gefühl, in seinem Körper zu sein. Er stand im Gras genau vor dem Hügel. Eine frische Brise strich ihm durchs Gesicht, unter ihm lagen der Strom, der Wasserfall und das Tal dahinter.

Verschwunden waren die Marmorsockel, die Wände mit den Büchern, die feste Felsdecke über ihm! Atrus streckte die Hand aus, als wollte er die Decke anfassen, aber da war nichts.

Atrus sah sich um, völlig verwirrt von dieser Veränderung. Riesige weiße Wolken segelten an einem Himmel, der so blau war, als stamme er aus einer Kinderzeichnung. Die Luft war erfüllt vom Summen winziger Insekten, während der schwere Geruch von Früchten und Blumen seine Sinne betäubte.

Er ließ sich auf die Knie fallen, überwältigt von Staunen. Dies war mit Sicherheit Magie!

Hinter ihm tauchte Gehns Gestalt auf.

»Steh auf, Junge«, sagte Gehn ruhig, aber bestimmt.

Atrus erhob sich und schaute ungläubig seinen Vater an. Er konnte es nicht fassen, was da soeben mit ihm geschehen war.

»Wo … wo sind wir?«

Gehn trat hinter ihn, stand nun dicht an der Kante eines steilen Gefälles, das auf den Wasserfall hinunter führte. Er blickte zu Atrus, und seine Brust war stolzgeschwellt.

»Einst beherrschten die D'ni eine Million Welten«, sprach er. »Was dort wuchs, verwandten sie für Kleidung, Nahrung und als Rohstoffe für sich. Das war zu der Zeit, als die D'ni auf der Höhe ihrer Macht standen.« Er schüttelte den Kopf. »Aber all das ist vorüber. Jetzt gibt es nur noch dich und mich, Atrus. Uns beide. Und die Welten, die wir schaffen werden.«

»*Schaffen*, Vater?«

Gehn schaute auf das Land hinaus, das sich vor ihnen erstreckte, und nickte; in seinem Gesicht lag ein glühender Stolz, als er weitersprach: »Ja, Atrus. Ich habe diese Welt geschaffen. Ich schuf den Fels, auf dem wir stehen, und sogar die Luft, die wir atmen. Ich schuf das Gras und die Bäume, die Insekten und die Vögel. Ich schuf die Berge und Ströme. Alles, was du siehst, ist meine Schöpfung.«

Gehn legte Atrus die Hände auf die Schultern; in seinen Augen glomm nun ein heftiges Feuer.

»Ich möchte dich zu meinem Lehrling machen, Atrus, und dich über die Bücher belehren. Würde dir das gefallen?«

Als Atrus jetzt seinen Vater ansah, fiel ihm plötzlich wieder ein, wie Gehn aus dem großen weißen Nebelschleier am Rand des Vulkans herausgetreten war, und er fühlte Respekt vor der Macht des Mannes, dessen Blick auf ihm ruhte.

»Ja, Vater«, antwortete er entschlossen, »das würde mir sehr gefallen.«

7

»Dieser Satz … wo habe ich diesen Satz schon gelesen?«

Gehn tauchte den Federhalter in das Tintenfaß aus Marmor, dann lehnte er sich vor und nahm das zweite der dicken, ledergebundenen Bücher vom Stapel. Er legte das Buch, in dem er geschrieben hatte, zur Seite, zog den altertümlichen Band zu sich heran, öffnete ihn und blätterte schnell weiter, bis er an eine Passage kam, die er mit einem dünnen blauen Papierstreifen markiert hatte.

»Ach ja, das ist's. Das dürfte funktionieren.«

Er sah zerstreut auf, schien zu überlegen, was sie sonst noch brauchen würden. Es war gerade Mittag, aber hier in seinem Arbeitszimmer war immer Nacht. Die Schatten des Höhlenraums wurden von einer kleinen Steinlampe zurückgedrängt, die an der Kante des massiven Holzschreibtisches stand.

Gehn las die Zeile noch einmal, fuhr mit dem Zeigefinger daran entlang, dann glitt sein Blick über die ganze Seite.

»Vielleicht ein wenig zu kunstvoll – diese beiden beschreibenden Wörter können weggelassen werden … sie sind nichts als Zierat.«

Er nickte, zufrieden mit sich selbst, schob das Buch beiseite, an dem er gearbeitet hatte, bis es neben dem alten Text lag, und begann den D'ni-Satz abzuschreiben, wobei er aufpaßte, daß er die beiden Wörter ausließ, die seiner Meinung nach überflüssig waren.

»So«, sagte er leise und schaute wieder auf; er schien seine Umgebung zum erstenmal seit über drei Stunden bewußt wahrzunehmen.

Jeder freie Fleck in dem riesigen, gewölbeartigen Raum war mit Büchern angefüllt. Regale liefen an allen Wänden entlang, vom Boden bis zur Decke. Für andere Dinge war kaum Platz. Gegenüber von Gehns Tisch befand sich ein altertümlicher Kamin. Und dann war da natürlich noch die Tür. Selbst auf dem Boden waren Bücher aufgestapelt – einige neu, einige alt –; ein paar der Stapel waren umgekippt und einfach so liegengelassen worden, und auf ihren modrigen Einbänden lagen dicke Staubschichten wie Asche an einem Vulkanhang.

Zwischen zwei Standregalen, die Gehns eigene Tagebücher enthielten, befand sich ein kleinerer Schreibtisch, auf dem Federhalter, Tinte und ein Stapel Schreibhefte bereitlagen wie die, in die sein Sohn schrieb.

Gehn schaute gedankenverloren darauf, dann schien er mit einem Ruck wachzuwerden und sah auf den Zeitmesser links neben sich auf dem Schreibtisch.

»Kerath bewahre mich!« murmelte er, stand auf und steckte den Zeitmesser ein; ihm war bewußt geworden, wie spät es schon war.

Er durchquerte den Raum, nahm den langen Silberschlüssel von dem Bund, den er um die Taille trug, schloß die Tür auf und ging hinaus. Dabei achtete er darauf, daß er die Tür wieder schloß, bevor er sich umwandte und die enge Steintreppe hinuntereilte.

Am unteren Treppenabsatz lag die Bibliothek. Als Gehn sie betrat, sah er, daß Atrus am anderen Ende an seinem Schreibpult saß, die Arme verschränkt, bereit.

»Vater?«

Gehn entschuldigte sich nicht für seine Verspätung. Er ging zu Atrus hin, nahm ein langes weißes Kreidestück aus dem Kreidehalter, wandte sich zu der großen Schiefertafel und begann ein D'ni-Wort zu schreiben; dabei verwandte er große Sorgfalt darauf, jede Strichführung deutlich zu demonstrieren.

Als er sich umwandte, bemerkte er, wie aufmerksam sein Sohn ihn beobachtete. Wie er ihn so sah, fühlte er eine kurze Enttäuschung über die angeborene Ergebenheit des Jungen in sich aufsteigen. O ja, das war eine gute Charaktereigenschaft für einen Diener oder für Herdenmenschen, aber für einen D'ni war sie absurd. Einen Augenblick lang hatte Gehn das Gefühl, daß die Aufgabe, die er sich gestellt hatte, aussichtslos wäre.

Atrus wußte nicht, was sein Vater dachte; er arbeitete weiter und schrieb langsam die Figur von der Tafel ab. Die Zunge hatte er zwischen den Zähnen, als er mit großer Sorgfalt die Formen kopierte, mit denen sein Vater die Striche und Rundungen des D'ni-Wortes gezeichnet hatte.

»Atrus!«

Der Junge sah auf. »Ja, Vater?«

»Du mußt lernen, dich zu konzentrieren. Das ist nicht leicht, ich weiß. Ich habe fast dreißig Jahre gebraucht, um diese Kunst zu beherrschen. Aber du mußt alles daran setzen, Atrus. Du erreichst nichts, wenn du dich nicht bereitwillig dem Joch des Lernens unterordnest.«

Atrus hielt den Kopf gesenkt, sein Blick ruhte auf dem Schreibpult. Er nickte. »Ja, Vater.«

»Gut«, sagte Gehn, besänftigt von der unterwürfigen Haltung des Jungen, von seiner Bereitwilligkeit, auf die Anweisungen seines Vaters zu hören, von seiner angeborenen schnellen Auffassungsgabe. Dann fiel ihm eine Möglichkeit ein, seine Didaktik zu verbessern, und er nahm ein besonders dickes Buch aus einem der Regale.

»Hier«, sagte er und legte es neben Atrus' offenes Arbeitsbuch. »Es ist klar, daß du Extrastunden brauchst, und da meine eigene Zeit jetzt von vielen Experimenten in Anspruch genommen ist, müssen wir, glaube ich, ein Experiment ganz anderer Art probieren.«

Atrus sah zu ihm auf; in seinen Augen lag plötzlich großer Lerneifer.

»Ja, Atrus. Dies ist ein ganz besonderes Buch. Es heißt das *Rehevkor*. Früher hatte man mehrere Ausgaben dieses Buches in jeder Schule in D'ni. Daraus lernten die Schüler, wie man die fundamentalen D'ni-Wörter schreibt, die der Grundwortschatz unserer Rasse waren. Ich glaube, was dem am ehesten entspräche, wäre ein Lexikon, aber dies hier ist sehr viel komplizierter.«

Gehn öffnete das Buch und wies auf die detaillierten Diagramme, welche die beiden ersten Seiten bedeckten.

»Wie du siehst, behandelt jede Doppelseite ein einziges D'ni-Wort und zeigt deutlich, wie die Feder geführt werden muß und in welcher Reihenfolge. Was ich möchte, Atrus, ist, daß du das *Rehevkor* von der ersten bis zur letzten Seite durcharbeitest und dich zunächst auf zwanzig Wörter pro Abend konzentrierst. Ich werde dir Schreibhefte besorgen, aber du mußt mir versprechen, diese Figuren so lange wieder und wieder zu üben, bis sie dir zur zweiten Natur werden, bis du sie im Schlaf beherrschst. Du verstehst mich, Atrus?«

»Ich verstehe dich.«

»Gut.« Gehn schloß das Buch, dann wollte er sich umwenden.

»Vater?«

»Ja, Atrus?«

»Wie alt ist der Text?«

»Das *Rehevkor*?« Gehn wandte sich zu ihm um. »Zehntausend Jahre alt, vielleicht noch älter.« Er sah die Ehrfurcht in den Augen seines Sohnes und mußte innerlich lächeln. Atrus' Eifer – sein klares Verständnis für die erhabene D'ni-Kultur – war etwas, das er, Gehn, sich zunutze machen konnte.

»Vater?«

Gehn seufzte; einen kurzen Augenblick lang war er versucht, den Jungen anzuschreien und ihm zu bedeuten, mit den endlosen Fragen aufzuhören. Dann wurde ihm bewußt, daß er Geduld haben mußte, wenn er all den Schaden wiedergutmachen wollte, den Anna dem Kind angetan hatte, und er antwortete: »Ja, Atrus?«

»Ich frage mich nur, warum der See jetzt dunkler ist als vorher, das ist alles.«

Gehn lehnte sich entspannt zurück. »Das ist leicht zu erklären. Die Algen haben einen Dreißigstundenzyklus, der mit dem Zeitmaß der D'ni übereinstimmt. Sie schlafen, wenn wir schlafen, und sind am aktivsten, wenn wir am aktivsten sind. So haben wir Tag und Nacht hier unten. Schwarz für die Nacht, orange für den Tag.«

Wenn das ein Witz sein sollte, war es entweder ein schlechter Scherz oder etwas, das Atrus nicht verstand, doch Gehn schien Spaß daran zu haben, denn sein Gelächter erschallte noch eine ganze Weile, und Atrus, der sich freute, daß sein Vater doch so etwas wie Sinn für Humor zu besitzen schien, lachte mit ihm.

Später, als Atrus in sein Zimmer zurückgekehrt war, erklomm Gehn das Podium in der Bibliothek und schaute zu den großen Büchern hinüber, die in ihren Regalen ruhten.

Als er vorhin mit Atrus geredet hatte, war ihm plötzlich bewußt geworden, wie sehr er es in den vergangenen Jahren vermißt hatte, sich einfach nur mit jemandem unterhalten zu können.

Allein. Er war so allein gewesen. Nicht gefühlsmäßig – denn er war sich sicher, daß er für Gefühle niemanden brauchte –, aber auf intellektueller Ebene. Er hatte die Möglichkeit vermißt, an einer Debatte innerlich zu wachsen, ja, und auch mit seinem ganzen Wissen glänzen zu können. Und wenn der Junge auch jetzt nur wenig mehr war als der Resonanzboden seiner eigenen Gedanken, so steckte doch ein immenses Potential in ihm.

Aber wie hatte er denn auch sicher sein können, daß der Junge überhaupt noch lebte? Es hatten genügend Möglichkeiten für seinen Tod bestanden. Schließlich war es schwer, sich vorzustellen, daß überhaupt irgend jemand in einem kargen kleinen Erdspalt überleben konnte!

»Geduld. Ich muß Geduld mit dem Jungen haben, und dann, zur rechten Zeit …«

Aber genau das war es, was ihm jetzt fehlte: Zeit. In den vergangenen Wochen war nicht nur eines, sondern etliche seiner Experimente waren plötzlich völlig schiefgegangen, und er sah sich gezwungen, mehr und mehr Zeit für die Suche nach Lösungen für die aufgetretenen Probleme aufzuwenden. Daneben Atrus ausreichend viel Zeit zu widmen, war einfach unmöglich.

Und doch war Atrus ein gehorsames Kind. Gehn sah, daß der Junge sein Bestes gab. Und vielleicht würden ihn einige Übungsstunden mit dem *Rehevkor* voranbringen. Das würde sich mit der Zeit zeigen.

Jetzt aber waren andere Dinge wichtig. Gehn beugte sich über eines der offenen Bücher und blickte auf das Schaubild. Dann legte er die Hand darauf. Eine Sekunde später war er verschwunden.

8

In den folgenden Wochen spürte Atrus den Einfluß seines Vaters besonders stark. Morgens arbeitete er schwer und reparierte die Mauern und Pfade der Insel, die sich über viele Ebenen erstreckten. Dann, am Nachmittag, nachdem er gebadet und gegessen hatte, saß er an seinem Pult in der großen Bibliothek, wo ihn Gehn in dem unterwies, was von der D'ni-Kultur geblieben war.

Vieles von dem, was Gehn ihn lehrte, war ihm aus seiner eigenen Lektüre und aus dem bekannt, was Anna ihm im Laufe der Jahre erzählt hatte, aber es gab auch vieles, wovon er nie zuvor gehört hatte, und so lauschte er still. Außerdem erschienen ihm sogar bekannte Dinge irgendwie verändert, seit er wußte, daß sie sich tatsächlich zugetragen hatten, einfach, weil sie Wirklichkeit gewesen waren.

Seit Tagen hatte ihn die Frage beschäftigt, warum das Wasser an der Nordseite der Insel frei von lebenspendendem Plankton war, dann war ihm aufgegangen, daß es an einem alten Rohr lag, das aus dem Arbeitszimmer seines Vaters ins Wasser führte. Er hatte Proben der aus dem Rohr strömenden Flüssigkeit genommen und Spuren von Blei und Cadmium darin gefunden – Elemente, die eindeutig das Plankton vergifteten. Da er nichts hatte, um einen richtigen Filter zu bauen, entschied er – da die ausfließende Flüssigkeit ohnehin nur tropfenweise aussickerte –, daß es das beste sei, das Rohr vollständig zu blockieren. Damit war er eines Morgens beschäftigt – er stand auf der Treppe unterhalb der Kaimauer und beugte sich hinab, um die winzige Steinkappe anzubringen, die er angefertigt hatte, um das Rohrende abzudichten –, als Gehn herauskam und ihn sah.

»Atrus?«

Er wandte sich um. Sein Vater stand auf der obersten Treppenstufe. Er trug seinen Umhang und Stiefel, als wolle er auf Reisen gehen, und schaute über den See zu dem großen Felsen und der Stadt dahinter.

»Ja, Vater?«

»Ich habe eine neue Aufgabe für dich.«

Atrus erhob sich, warf das Stahl-Meißelwerkzeug, das er benutzt hatte, in den Sack, der neben ihm stand, und wartete, daß sein Vater fortfuhr.

Gehn wandte sich um, strich sich mit den Fingern durch das aschweiße Haar, dann sah er ihn an. »Ich möchte, daß du mit mir in die Stadt kommst, Atrus. Ich möchte, daß du mir hilfst, einige Bücher zu finden.«

»Die Stadt? Wir gehen in die Stadt?«

Gehn nickte. »Ja, du ziehst dich besser um. Du wirst deine Stiefel brauchen. Und bring auch deinen Rucksack mit.«

Atrus zögerte einen Moment, dann nahm er mit einer leichten Verbeugung zu seinem Vater seine Werkzeuge auf und eilte die Stufen hinauf.

»Ich gehe runter zum Dock und bereite das Boot vor«, sagte Gehn und trat zur Seite, um seinen Sohn vorbeizulassen. »Wir treffen uns dort. Und beeil dich. Ich möchte vor Einbruch der Nacht zurück sein.«

Gehn stand im Heck des Bootes und hielt das Tau, bereit, das Boot loszubinden, als Atrus um die Biegung der Treppe eilte und in die niedrige Höhle trat, in der sich die Mole befand.

Seit dem Abend, an dem sie auf K'veer gelandet waren, hatte Atrus die Insel kein einziges Mal verlassen. Aber es war auch kein Tag vergangen, an dem er nicht zur weit entfernten D'ni-Stadt hinübergeschaut und davon geträumt hatte, dorthin zu fahren.

Er stieg an Bord und wartete auf Anweisungen seines Vaters.

»Setz dich da hin«, sagte Gehn und wies auf eine niedrige Bank, die das flache Boot teilte. »Und lehn dich nicht zu weit über Bord. Ich habe keine Lust, dich aus dem Wasser zu ziehen.«

Atrus nickte; die Worte seines Vaters stimmten ihn nachdenklich.

Gehn löste das Tau, stieß das Boot vom Kai ab und stakte es durch die schmale Öffnung ins Freie. Atrus sah auf den weiten orangefarbenen See hinaus, registrierte die kleinen, verstreut liegenden Inseln. Sein Blick ging zur D'ni-Hauptstadt. Wieder erkannte er, wie ihre verschiedenen bebauten Ebenen die Höhlenmauer hinauf verliefen und sich im Dunkeln verloren.

Eine uralte Stadt. So alt, daß man sich ihr Alter nicht mehr vorstellen konnte.

Als sie ins offene Wasser gelangten, schaute Atrus zurück zu Gehns Insel, die in seinem Blickfeld lag. An dem Tag, als sie die Insel erreicht hatten, war er zu erschöpft gewesen, um sich alle Einzelheiten einzuprägen, aber nun schaute er genau hin und war fasziniert von K'veer, das er zum erstenmal richtig sah.

Inzwischen kannte er jeden Raum und Korridor, jede Treppe und Terrasse des weitläufigen, mehrstöckigen Herrenhauses, aber nun aus der Ferne sah er es zum erstenmal in den richtigen Dimensionen; er sah, wie die Spiralform von der Felsstruktur vorgegeben war, auf dem es stand.

Aus einer Entfernung von einer Viertelmeile glänzten die dunklen Steinwände – hier eingefallen, da gestützt – fast metallisch im Widerschein des Lichts aus dem See.

Es war ein seltsamer, unirdischer Anblick, aber eigentlich nicht ungewöhnlicher als andere Dinge auch, die er hier unten sah. Außerdem war die Empfindlichkeit seiner Augen, die er vor der hellen Wüstensonne hatte schützen müssen, hier ein Vorteil. Er fand, daß das Licht seinen Augen guttat; es schien, als wären sie gerade für dieses Licht gemacht. Vielleicht war die Tatsache, daß er teilweise ein D'ni war, der Grund für seine schwachen Augen. Jedenfalls wußte er mit Sicherheit, daß er hier unten seine Brille nicht tragen mußte, außer für Vergrößerungen.

Atrus sah seinen Vater an, und zum erstenmal wurde ihm bewußt, wie zerstreut dieser wirkte. Als er ihn ansah, zog Gehn ein Gesicht, als wäre ihm etwas Schreckliches in den Sinn gekommen, dann zog er hart an den Riemen und bewegte diese durchs Wasser.

Atrus widmete sich wieder dem Ausblick auf die Stadt. Hier und da gab es winzige Inseln, jede bebaut mit dunklen, riesigen Herrenhäusern. Jedes dieser alten Gebäude war in seiner Form einmalig – und alle lagen in Trümmern.

Auf einer der größeren Inseln ragte ein seltsames, eckiges Fort auf, das in ein massives Kliff eingebaut war, eins mit dem Fels zu sein schien – ein Gebilde von Spitzen und Türmen und Mauern mit Pfeilern. Darunter fiel das Kliff mehr als tausend Meter tief ab – in die unendliche Tiefe des Sees.

Atrus atmete tief; mehr als je zuvor wurde ihm die verlassene Größe dieser Landschaft bewußt.

Als sie durch den letzten engen Kanal steuerten und hinaus in den offenen See, sah er zu seiner Rechten, etwa eine Meile entfernt, Wasserturbulenzen. Über dem Wasser lag eine Art Dunst, wie vom Wind dorthin getriebener Sand, der einen seltsamen Schatten auf die orangefarbene Wasserfläche warf. Noch während er hinschaute, kam »es« näher, vielleicht von dem Boot angezogen, das sich langsam durch das planktonreiche Wasser bewegte.

Als es bis auf fünfzig Meter herangekommen war, stand er auf, sprachlos vor Staunen, dann schaute er Gehn an, aber sein Vater schien es nicht bemerkt zu haben.

»Was ist das?« fragte er neugierig, als er winzige glänzende Schatten in der Wolke erkannte.

Gehn sah hinüber. »Ach die … Das sind so eine Art Seejungfern. Sie ernähren sich von kleinen Insekten, die im Plankton leben.«

K'VEER

Atrus nickte, dann sah er zurück und staunte über die Wolke von Insekten, die im Kielwasser ihres Bootes trieben, aber mit seinem Tempo nicht mithalten konnten. Er wollte den Blick gerade abwenden, als sich plötzlich das Wasser unter der Insektenwolke heftig bewegte und eine lange dünne Schnauze herausragte, die in die Luft schnellte. Einen Augenblick später wirbelte das Wasser unter den Seejungfern auf und sprudelte, als eine Traube bunter Fische ihr »Festmahl« hielt.

In weniger als dreißig Sekunden war die Wolke verschwunden, das Wasser wieder klar.

»Und was war das?« fragte Atrus fast flüsternd.

»Fische«, antwortete Gehn, anscheinend leicht angewidert. »Das Wasser ist hier, weit weg von den Inseln, viel tiefer. Normalerweise leben sie in der Tiefe, aber ab und zu steigen sie zur Nahrungsaufnahme an die Oberfläche.«

»Aha«, sagte Atrus leise; das stille Wasser um sie herum machte ihn plötzlich argwöhnisch, als er in dem durchscheinend klaren See weit größere, huschende Schatten bemerkte. Verstört wandte er den Blick ab und versuchte, an etwas anderes zu denken.

Bücher … Sein Vater hatte gesagt, sie suchten einige Bücher. Aber Gehn hatte so viele Bücher. Wofür brauchte er noch mehr?

»Wie lange dauert es noch, bis wir da sind?« fragte er.

»Nicht lange«, antwortete Gehn geduldig und bewegte die Riemen mit unermüdlich gleichmäßigem Schlag.

Atrus nickte. Eine Weile spielte er an seinem Rucksack herum, dann schaute er wieder seinen Vater an.

Gehn beobachtete ihn, seine großen Augen halb unter der Kapuze verborgen. »Was ist jetzt schon wieder, Atrus?«

Atrus schluckte, dann sprach er seine Gedanken aus: »Die Bücher … Was ist so besonders daran? Du hast gesagt, daß man sie nicht mehr machen kann. Ich verstehe das nicht.«

Gehns Gesichtsausdruck war undurchdringlich, wie eine Maske. »Alles zu seiner Zeit. Jetzt mußt du dich nur darum kümmern, sie für mich zu finden.«

Atrus schlief kurz ein, dann wachte er mit einem Ruck auf und war überrascht, daß er im Boot saß, das immer noch über den See glitt. Er gähnte und streckte sich, dann sah er seinen Vater an.

Gehn lächelte. »Du bist also endlich wach. Sieh mal nach hinten. Du hättest es fast verpaßt.«

Atrus wandte sich um – und sah, daß direkt vor ihnen die Stadt lag, die bis zum Himmel zu reichen schien. Ihre alten Gebäude waren – Ebene über Ebene – fast bis zu der gewaltigen Decke der Höhle emporgebaut. Und direkt vor ihm war ein Torbogen, größer als alle Bögen, die er auf seiner Reise nach D'ni gesehen hatte. Im Vergleich zu anderen Artefakten der D'ni Architektur, die Atrus gesehen hatte, erschien es ihm unfertig, aus unverzierten Blöcken gemacht, aber jeder einzelne Block hatte die Größe eines riesigen Gebäudes, das Ganze war zehn Blöcke hoch und der Eingang so groß, daß man bequem die größte der Inseln hindurchbekommen hätte.

»Der Kerath-Torbogen«, sagte Gehn stolz und schaute ihn an.

»Kerath«, flüsterte Atrus. Die bloße Erwähnung des Namens seines Helden war genug, um ihn mit ehrfürchtigem Schauer zu erfüllen.

»Alle D'ni-Könige sind durch dieses Tor gesegelt«, erklärte Gehn. »Sie wurden in die südlichen Länder geschickt, um dort die königlichen Künste zu lernen. Dann, nach einem Jahr, kehrten sie zur Krönung heim, hier an der Hafenseite, vor dem Haus des Verwalters. Eine Million Bürger pflegte bei der Zeremonie zugegen zu sein, und danach gab es ein Fest, das einen ganzen Monat dauerte.«

Aber der Torbogen wurde nach Kerath benannt, dachte Atrus, *weil er der Größte von allen war.*

Als sie darunter hindurchglitten, sah Atrus, wie fleckig und voller Einschläge der Stein war. Und verwittert. Nicht so, wie die Felsen in der Wüste verwittert waren, von Sand und Wind, sondern wie eine Haut, die ledern und trocken geworden ist.

D'NI
AREA OF GREATEST DAMAGE
HARBOR

Seit Tausenden von Jahren steht dieser Torbogen, sagte er sich, und er dachte dabei an die Geschichte von Kerath, der auf dem Rücken einer großen Echse nach D'ni zurückgekehrt war. Jetzt mußte er natürlich das innere Bild ändern – Kerath kam nicht durch die Wüste, sondern über diesen großen, offenen See; die Echse blieb vielleicht friedlich unter ihm in einem Schiff.

Dieser Gedanke rief die Frage in ihm wach, wie vieles er sich sonst noch falsch vorgestellt hatte. Tre'Merktee zum Beispiel, der Ort der Giftigen Gewässer – gab es ihn noch? Er wollte seinen Vater danach fragen, aber Gehn kam ihm zuvor: »Du mußt jetzt beim ersten Besuch ganz in meiner Nähe bleiben, Atrus, und darfst nicht deine eigenen Wege gehen. Heute müssen wir unsere Erkundigungen auf einen einzigen Teil der Stadt beschränken.«

Gehn wies nach rechts auf einen Teil der Stadt, der nicht weit vom Haupthafen entfernt war.

»Da machen wir uns auf die Suche, im Stadtteil J'Taeri. Wenn wir Glück haben, finden wir das, was wir suchen, dort in der Öffentlichen Bibliothek.«

Atrus nickte, dann trat er zum Bug und beobachtete, wie die Stadt unter dem Torbogen allmählich ins Blickfeld kam. Unmittelbar vor ihnen waren massive Mauern aus brüchigem weißem Marmor in drei Schichten am Hafen übereinandergebaut wie eine Treppe für Riesen.

In bestimmten Abständen, dem Torbogen zugewandt, hatte einst eine Anzahl großer Statuen gestanden, jede um vieles größer als ein Mensch, aber nur zwei standen noch, und auch sie waren brüchig und schadhaft. Die übrigen waren von ihren Sockeln gefallen und lagen nun entweder in Stücken auf den Marmorplatten oder auf dem Hafengrund selbst; zerbrochene Glieder in der Größe von Säulen ragten aus der leuchtenden Wasserfläche heraus.

Hinter den Statuen, am äußeren Ende eines imposanten großen Platzes, stand ein Gebilde, das aussah wie ein Tempel mit einer Säulenhalle; fünfzehn weiße Steinsäulen trugen die Reste einer massiven Kuppel. Dahinter erhob sich die Stadt,

Ebene um Ebene, mit Straßen und Häusern, überdachten Gehwegen und feinen Torbogen; keine einzige Ebene sah aus wie die andere.

Von weitem hatte die Stadt wie eine amorphe Masse von Steinen gewirkt. Aus der Nähe betrachtet zeigte sich jedoch eine künstlerische Vollendung und Vielfalt, die überwältigend war. Selbst die Farben der Steine veränderten sich mit jedem Blick, den man auf dieses architektonische Wunderwerk verschiedener Baustile warf. Die unterste Ebene war schiefergrau oder in mattem Rotbraun, die höheren Ebenen wiesen das gleiche Schwarz mit Streifen von Rot auf, das für die Insel-Herrenhäuser und das innere Tor verwendet worden war.

Aus der Nähe erkannte man auch das ganze Ausmaß der Zerstörung, welche die D'ni-Hauptstadt erlitten hatte. Wohin Atrus sich auch wandte, sah er Zeugnisse des Ruins und Zusammenbruchs. Es gab wirklich kaum ein Gebäude, das nicht auf irgendeine Weise beschädigt war.

Er senkte den Blick und schaute ins klare Wasser. Ganz tief unten – so tief, daß man eher Schatten als tatsächliche Gegenstände wahrnehmen konnte – entdeckte er die Überreste der großen Handelsflotte, die einst hier geankert hatte.

»Hat das Erdbeben die Menschen getötet?« fragte Atrus und sah zu seinem Vater zurück.

Gehn überhörte seine Frage und konzentrierte sich darauf, das Boot an einer der großen Säulen an der Mole zu vertäuen. Eine Seilleiter hing von der Mole herab und schlug leicht gegen einen der geborstenen Steine.

Gehn bedeutete Atrus, auf die Leiter zu steigen. Dabei hielt er sie von unten straff, während Atrus die Sprossen hinaufstieg. Als Atrus oben angelangt war, befestigte Gehn das Tau unten an der Leiter und begann selbst hinaufzusteigen.

Atrus trat auf die Mole. Nun, da er tatsächlich ›da‹ war, war er noch überwältigter von dem Anblick als während der Fahrt durch den Hafen. Er schaute zurück auf die hartgezeichneten Konturen des Kerath-Bogens, der das ganze natürliche Hafenbecken beherrschte, dann drehte er sich langsam um.

Gehn trat neben ihn. »Komm, Atrus, wir müssen Zeit gewinnen«, sagte er und deutete über den Platz auf die geborstene Kuppel. »Wir müssen da drüben hin.«

Der große Platz war früher sicher sehr sauber gewesen, aber jetzt lagen große Steine herum, die von der Stadt am Hang heruntergefallen waren. An einigen Stellen verliefen große Risse zickzackförmig über den Marmorboden, während an anderen der Boden winzige Löcher aufwies.

Das Haus des Verwalters selbst war ein Musterbeispiel der Verwüstung. Die große Kuppel war zu zwei Dritteln zerstört, nur drei der fünfzehn großen gebogenen Dachspannen waren noch intakt, und die großen Türen waren aus den Angeln geglitten. Drinnen gab es Beweise genug, daß die Räume und Korridore ein Opfer der Flammen geworden waren, vielleicht schon lange bevor sich die endgültige Tragödie ereignet hatte. Über ihnen zeichneten sich verkohlte Balken gegen die Steinsilhouetten der Stadt ab.

Atrus sah seinen Vater fragend an; er wunderte sich, was sie hier in diesem verfallenen Gebäude zu suchen hatten. Aber Gehn hatte nur Augen für seine Umgebung und ging den Hauptkorridor hinunter, bevor er nach rechts in einen kleinen Raum an der Rückseite des Gebäudes abbog.

Es war eine Art Speisekammer. Atrus sah, wie Gehn zu einem der Regale ging, hineinfaßte und an etwas zog. Es gab einen tiefen, scheppernden Laut, als würde unter ihren Füßen etwas bewegt.

Ein leichtes Lächeln erhellte Gehns Gesicht, dann zwängte er sich hinter eine lange steinerne Werkbank, legte seine Hände flach gegen die Wand und strich daran entlang, als suche er etwas Bestimmtes.

Er gab ein zufriedenes »Hm« von sich, beugte die Schultern und schob. Mit einemmal schwang ein ganzer Wandabschnitt zurück und glitt zur Seite, verschwand in einer Nische im Fels dahinter.

Vor ihnen lag eine dunkle Passage, die in den Fels führte.

All dies war so mühelos, so leise vor sich gegangen, daß

Atrus einen Moment dastand und ungläubig auf das blickte, was vor ihm lag.

Gehn wandte sich ihm zu und gab Zeichen, ihm zu folgen. »Nun komm schon, mein Junge! Worauf wartest du noch?«

Atrus ging hinein und duckte sich, dann hielt er inne, denn er konnte nur einige Meter weit sehen.

»Hier«, sagte Gehn und drückte ihm eine Laterne in die eine, eine Feuer-Murmel in die andere Hand.

Atrus beugte sich nieder und hielt die Laterne zwischen den Knien, während er die Feuerkugel einpaßte. Als sie zu glühen begann, stand er auf. Er sah, daß auch sein Vater seine Laterne anzündete. In dem blauen Licht sahen Gehns Augen riesig und unnatürlich aus. Als Atrus ihn so anschaute, wurde ihm bewußt, daß sein Vater immer noch ein Fremder für ihn war, auch noch nach all diesen gemeinsam verbrachten Wochen. Er wußte so wenig über ihn …

»Ich gehe vor«, sagte Gehn, dem die prüfenden Blicke seines Sohnes nicht bewußt zu sein schienen. »Aber bleib in meiner Nähe, Atrus. Diese Tunnel sind wie ein Labyrinth. Wenn du mir nicht auf den Fersen bleibst und mich aus den Augen verlierst, findest du wahrscheinlich nie wieder hinaus.«

Atrus nickte irritiert, und als sein Vater sich an ihm vorbeidrückte und den Abstieg in den Tunnel hinein begann, beeilte er sich, dicht hinter ihm zu bleiben.

Hinter Atrus schloß sich das Steingitter der Mauer wieder. Ein dumpfer, dröhnender Laut hallte im Tunnel wider.

Wege bogen links und rechts ab, einige führten bergan, andere tief in die Erde hinab, aber Gehn ging weiter geradeaus. Erst zehn Minuten später hielt er inne, drehte sich um, um sicherzugehen, daß Atrus ihm noch folgte, und wies auf eine schmale Treppe.

»Das ist ein mühsamer Aufstieg«, sagte er, »aber es geht schneller als durch die kleinen Gassen.«

Es ging hinauf-hinauf-hinauf, dann nach rechts und wieder nach links, als würde die Treppe natürliche Gesteinsverwerfungen umgehen. Einmal kamen sie in eine winzige Kammer mit einem Balkon darüber und mit Steinbänken, die in den Fels gearbeitet waren, aber die Treppe führte noch höher hinauf, wurde noch steiler.

»Jetzt ist's nicht mehr weit«, sagte Gehn endlich, als die Stufen endeten und sie in einem relativ niedrigen Tunnelabschnitt heraustraten.

»Wer hat diese Pfade angelegt?« fragte Atrus und bemerkte, daß Wörter und Figuren in die Wand eingeritzt waren.

»Das«, antwortete Gehn, »ist ein Geheimnis. Denn wenn Menschen so lange an einem Ort gewesen sind, wie die D'ni hier waren, dann werden viele Dinge hergestellt, deren Gründe entweder unbekannt sind oder vom Schleier der Zeit verhüllt werden. Unter diesen Voraussetzungen könnte ich mir vorstellen, daß es seit Urzeiten Tunnel hier gab. Einige Gelehrte – unter ihnen der große Jevasi – haben behauptet, daß die Höhlenmauern so viele Tunnelöffnungen aufweisen, daß – würde man noch weitere bohren – die ganze Höhle zusammenbrechen würde.«

Atrus konnte es sich vorstellen.

Vor ihnen war ein Schimmer orangefarbenen Lichts. Es wurde größer, bis sie schließlich den Ausgang des Tunnels erkennen konnten.

Sie traten in einen engen, leeren Raum. Die Decke war oben offen. Sie konnten bis zur Decke der großen Höhle sehen. Dies war, wie Atrus wußte, der Baustil der D'ni. Nur sehr wenige der Gebäude – offizielle Residenzen wie das Haus des Verwalters – hatten Dächer, die übrigen waren nach oben hin offen. Wofür brauchte man schließlich Dächer, wenn es niemals Regen oder Temperaturschwankungen gab? Höchstens robuste Markisen gab es in einem typischen D'ni-Wohnhaus, die sich über das oberste Stockwerk erstreckten, und einige der zwei- oder dreigeschössigen Häuser hatten nicht einmal die, denn ihre Bewohner hatten in den unteren Etagen geschlafen und gebadet.

Der Raum hatte einen kleinen Balkon. Rechts führte eine Treppe in eine schmale Gasse. Atrus ging zur Brüstung und schaute hinunter, fasziniert von dem Gewirr grauer Steinhäuser, dem Labyrinth von Gassen, Treppen und ausgelegten Pfaden.

Sie gingen weiter, ihre Schritte hallten auf dem abgetretenen Stein. Die Gasse bog nach links ab und stieg allmählich zwischen hohen Mauern an, die teilweise brüchig und eingestürzt waren. Hinter diesen Mauern lagen einige imposante Herrenhäuser, von denen nur überraschend wenige verfallen waren, was Atrus vermuten ließ, daß man sie erdbebensicher gebaut hatte.

Alles hier war seltsam und faszinierend, und während er marschierte, hörte er eine vertraute Stimme, die ihm die übliche Frage stellte: *Atrus, was siehst du?*

Er zögerte, dann: Ich sehe abgeblätterte Farbe an den Wänden. Ich sehe Fensterbänke und Schutt, um den sich seit Jahrzehnten niemand gekümmert hat. Ich sehe … baufällige Häuser und Verfall. Anzeichen dafür, daß all dies bewohnt war. Verlassene Sänften und zerlumpte Wäsche, die auf fadenscheinigen Leinen hängt.

Gut. Und was schließt du daraus?

Er sah sich noch einmal um, dann antwortete er Anna in Gedanken: Die Herrenhäuser sind alt und großartig; sie stammen aus einer Zeit, als es respektabel, vielleicht sogar modern war, in solchen Häusern zu leben, aber in späteren Zeiten muß es eine arme Gegend gewesen sein – eine Wohngegend, die schon erheblich heruntergekommen war, bevor das große Erdbeben noch schlimmere Schäden anrichtete.

Gut. Und was glaubst du dann, weshalb dein Vater hierhergekommen ist? Was kann er wohl an so einem Ort wollen?

Bücher, antwortete er tonlos, aber das schien kaum ein hinreichender Grund. Wozu brauchte sein Vater mehr Bücher?

9

Am Ende der breiten, einst mit Bäumen bestandenen Allee, an der zu beiden Seiten massive Häuser aufgeragt hatten, befand sich das D'ni-Torhaus. Es war ein langgestrecktes, niedriges, viereckiges Gebäude mit Doppeltürmen und zwei massiven geschlossenen Toren mit Ziernägeln. Auf der großen Tafel eines Sturzes über den Toren waren zwei D'ni-Wörter tief in den alten Stein eingeritzt. Atrus übersetzte sie in Gedanken:

J'Taeri-Stadtteil.

Gehn trat zum Tor links, holte tief Luft und stemmte sich dagegen, aber trotz seiner Anstrengungen bewegte es sich nicht. Gehn sah sich suchend um und bahnte sich dann einen Weg in den Garten eines Hauses nebenan, um einen Augenblick später mit einem schweren Metallstück wieder aufzutauchen, das eindeutig ein Speirohr – das Zierstück eines Springbrunnens – gewesen war.

Wieder vor dem Tor stehend, hievte Gehn den massiven Metallstab hoch und wuchtete ihn gegen das Holz, wobei er auf das Schloß zielte. Es gab ein knackendes Geräusch, Splitter flogen zur Seite, aber das Tor gab nicht nach. Gehn brummte und schlug wieder und wieder mit dem Rohr gegen das Tor, und jedesmal splitterten mehr Holzteilchen ab. Schließlich, beim siebenten oder achten Schlag, fiel das Schloß zu Boden.

Gehn warf das Speirohr beiseite, lehnte sich gegen das Tor, reckte sich auf die Zehen; sein ganzer Körper war angespannt, seine Nackenmuskeln schwollen an. Ganz allmählich schwang das massive Tor auf.

Sie gingen hindurch, nach J'Taeri hinein.

Die Häuser hier waren kleiner, aber weit besser erhalten als in dem Stadtteil, den sie verlassen hatten, aber beide Stadtteile strahlten die Aura des Uralten, antiker Geschichte aus, die sich Schicht um Schicht dem geologischen Stratum mitgeteilt hatte. An einigen Stellen, wo der Steinboden der Gassen nicht erneuert worden war, war er so abgetreten von den Millionen von Füßen, die im Laufe von Jahrtausenden darüber geschritten waren, daß er deutlich zur Mitte hin abgeflacht war; er erschien wie flüssig, wie Wachs, das geschmolzen und sich neu formiert hatte – eine Ähnlichkeit, die durch das dunkle Rot des Steins noch verstärkt wurde.

Als sie an eine breite Straße kamen, wo überdachte Gänge zu beiden Seiten abzweigten und Tunnel tief hinunter in die Erde tauchten, hielt Gehn an, nahm das ledergebundene Notizbuch aus der Tasche und zog es eingehend zu Rate.

Atrus hatte oft gesehen, daß Gehn sein Notizbuch studierte, das wohl Informationen über alles Mögliche enthielt, aber er schien komischerweise nie etwas einzutragen.

Vielleicht macht er das nachts, wenn ich nicht dabei bin, dachte Atrus, und sein eigenes Tagebuch fiel ihm ein. *Oder vielleicht muß er gar nichts eintragen. Vielleicht hat er schon alles über die Stadt notiert.*

Um ehrlich zu sein, er war sehr beeindruckt von den Kenntnissen seines Vaters über die Hauptstadt. Gehn schien jede Straße, jedes wichtige Gebäude in D'ni zu kennen. Und wenn er es nicht kannte, konnte er sicher sein, daß es im Notizbuch verzeichnet war.

Gehn schloß das Buch und wies zu der Allee zur Linken.

»Wir müssen da langgehen. Der Hauptplatz ist zehn Minuten entfernt.«

Atrus wartete, bis Gehn das Notizbuch wieder verstaut hatte, dann ging er schweigend seinem Vater nach und schaute sich dabei immer wieder um.

Die Häuser in J'Taeri waren reich ausgestattet, aber darüber hinaus gab es riesige fünfeckige, mit Symbolen verzierte Steinschilde. Die Zeichen glichen denen auf der Tunika, die Gehn getragen hatte, als er damals in die Kluft gekommen war, um Atrus mitzunehmen.

Atrus hatte Gehn wißbegierig gefragt, was die Symbole bedeuteten, und erfahren, daß es Gilden-Abzeichen waren, und daß alle, die in Häusern mit diesen Zeichen lebten, ehrwürdige Gildemitglieder waren.

In J'Taeri, soviel war klar, hatten die Gilden gewohnt, und seltsam war, daß die Familien, die einst hier gelebt hatten, nicht aus der Gegend stammten, sondern berufen wurden, um die Aktivitäten der Gilden in den unteren Bezirken zu überwachen.

Die Häuser in J'Taeri waren anders, kunstvoller von der Architektur her. Einige erinnerten Atrus an die Formen der Höhlen, auf die er einen flüchtigen Blick bei der Hinreise hatte werfen können. Sie schienen Nachbildungen der Tropfsteine und Fließsteine zu sein: Schmale Türme erhoben sich aus den Mauern wie gigantische Stalagmiten, und immense Draperien von Steinen, die zart wie Spitze geformt waren, zierten die Frontbögen. Andere – weitaus häufiger anzutreffen – waren gebaut wie große Felstafeln: drei oder vier Stockwerke, eines über dem anderen, wie Schichten geglätteten Schiefers, und kein Anzeichen von Türen oder Fenstern.

Zwei der größeren Häuser stachen von den anderen ab, nicht nur wegen ihrer imposanten Architektur, sondern auch, weil sie aus pechschwarzem Stein mit roten Streifen gebaut waren, der, wie Atrus gesehen hatte, hauptsächlich in den oberen Ebenen der Stadt anzutreffen war. Wieder fragte er Gehn, ob dies eine tiefere Bedeutung habe, und wenn ja, welche.

»Das waren die Häuser bedeutender Männer«, antwortete Gehn zerstreut. »Nur die sehr Reichen konnten es sich leisten, mit solchen Materialien zu bauen.«

Die Allee führte auf einen großen Platz, der von hohen Steinwällen umschlossen war und an dessen äußerem Ende ein

Gebäude lag, das dem Haus des Verwalters glich. Sechs breite weiße Marmorstufen führten auf eine schattige Säulenhalle. Ihre Fassade war fast unberührt vom Erdbeben geblieben.

Auf der obersten Stufe drehte sich Atrus um und schaute über das Labyrinth von Mauern und Dächern zum Hafen hinunter, dessen großer Torbogen die Silhouette beherrschte und dessen oberes Ende fast mit ihnen auf einer Höhe lag. Dann trat Atrus in die schattige Vorhalle der Öffentlichen Bibliothek.

Drinnen erwartete ihn, auf fünf zerbrochenen Säulen ruhend, eine kleine Eingangshalle, deren Boden mit einem Mosaik ausgelegt war. Ein dunkler, zackiger Riß verlief durch seine Mitte, aber das Bild war noch deutlich zu erkennen. Es stellte einen Mann dar, der neben einem Pult stand, auf dem ein offenes Buch lag. Ein Buch, das genau den Büchern glich, die auf den Sockeln in der Bibliothek seines Vaters auf K'veer standen. Die Hand des Mannes lag leicht auf dem Bild auf der rechten Buchseite.

Am äußeren Ende der Halle waren zwei Türen, eine links, eine rechts. In den Sockel über der linken Tür war das D'ni-Symbol für »Eingang« eingraviert, während auf dem Sockel rechts das gleiche Symbol, aber mit einem Kreis darum, von dem sieben kurze, keilförmige Strahlen sternförmig ausgingen, dargestellt war. Von Annas Lektionen wußte Atrus, daß es das negative D'ni-Symbol war. Das Schild bedeutete: ›Kein Zutritt‹.

Sie gingen zur linken Tür. Dahinter lag eine langgestreckte, überdachte Passage mit kunstvollen Verzierungen aus Bronze und Eisen. Diese Passage führte direkt zu einem weit größeren, abwärts verlaufenden Korridor, dessen geborstene Wände mit Bildern von offenen Feldern und glühenden Sonnen ausgeschmückt waren, mit Frauen und Männern, die auf diesen Feldern standen, eigenartige Brillen trugen – Brillen, wie auch Atrus eine hatte, wie er überrascht bemerkte – und zum endlos scheinenden, ihnen fremden Himmel aufschauten.

Am Ende des überdachten Korridors war eine Barriere. Gehn übersprang sie mühelos und setzte seinen Weg in eine große Galerie mit hoher Decke fort, an deren äußerem Ende sich ein mächtiger Steinschirm befand. Dahinter sah man drei hohe, schwarzgestrichene Türen.

Atrus überstieg ebenfalls die Schranke und trat zu seinem Vater.

»Da, hinter diesen Türen, ist die Bibliothek«, erklärte Gehn. »Von dort aus konnten alle Menschen die D'ni-Zeitalter bereisen.« Stolz auf die Errungenschaften seiner Vorfahren sprach aus seinem Blick.

»Kam *jeder* in diese Bibliothek?«

Gehn schüttelte den Kopf. »Nein. Deshalb heißt es ›Öffentliche Bibliothek‹. Orte wie diese waren für die kleinen Leute von D'ni bestimmt. Die bedeutenden Familien hatten ihre eigenen Bücher, ihre eigenen Zeitalter. Sie wurden sorgfältig von den Gilden geführt, genau wie die jeweiligen Zeitalter, aber sie waren exklusiv. Nur wer von den bedeutenden Familien zugelassen war, durfte hinein.«

Atrus dachte nach. »Und die sogenannten Ernte-Welten?«

»Das waren Welten der Gilden. Die Bücher, die sie dafür verwendeten, waren ganz besondere Bücher. Bücher, bei denen es weniger Quantitätsbegrenzungen gab als bei den gewöhnlichen Büchern. Und so mußte es auch sein, damit man die großen Lasten transportieren konnte, die man regelmäßig aus diesen Zeitaltern holte.« Gehn wies auf die Tür. »Laß uns reingehen.«

Atrus folgte seinem Vater um den Schirm herum und durch die Tür in einen großen, langgestreckten Raum, der viele Sockel aufwies. Eine Passage in der Mitte teilte ihn in zwei Hälften. Sie führte zu einem riesigen Podest aus weißem Marmor. Kaum die Hälfte der Sockel stand mehr aufrecht, und auch das Podest selbst wies Risse auf. Es gab keine Decke, aber darüber lag ein eingefaßter Balkon, von dem Teile herabgefallen waren. Aber auch so konnte sich Atrus vorstellen, wie die Mitglieder der Gilde dort in ihren Umhängen gestanden hatten wie Götter und das bewegte Treiben dort unten in feierlicher Stille überwacht hatten.

Er trat neben seinen Vater. Auf dem nächstgelegenen Sockel lag ein offenes Buch, dessen dicker Ledereinband mit einer schweren Goldkette am Pult befestigt war.

»Hier sind die Bücher«, sagte Atrus.

Gehn sah ihn an. »Nein, die können wir nicht brauchen.«

Atrus schaute verständnislos drein, aber Gehn hatte sich niedergekauert und prüfte einen der kunstvoll verzierten Sockel, tastete mit den Fingern unter die abgeschrägte Kante. Mit einem enttäuschten Seufzen stand er wieder auf, bewegte sich zum nächsten hin und prüfte auch ihn, wieder mit demselben Ergebnis.

Währenddessen trat Atrus auf einen der Sockel zu und betrachtete das Bild auf der rechten Buchseite.

Er verzog unwillig das Gesicht: Das Bild war dunkel, nur verschwommene Konturen waren sichtbar. Dann ging es ihm auf: Eine dicke Staubschicht lag auf dem ›Fenster‹ der Buchseite. Er wollte den Staub fortwischen, aber plötzlich war Gehn neben ihm, ergriff seine Hand und zog sie fort, hielt sie fest und schüttelte sie.

»Das darfst du nie machen, Atrus. *Nie!* Verstehst du? Vielleicht ist das Zeitalter tot, von irgendeiner Katastrophe zerstört. Du würdest in ein Nichts ohne Luft hineingezogen.«

»Es tut mir leid«, sagte Atrus kläglich.

Gehn seufzte und ließ seine Hand los.

»Diese Kunst kann gefährlich sein, Atrus. Deshalb trafen die D'ni große Vorsichtsmaßnahmen, um diese Bücher zu schützen und sicherzustellen, daß sie nicht mißbraucht wurden.«

»Mißbraucht?«

Aber Gehn war schon weitergegangen, immer noch auf der Suche. Er hockte da und examinierte die Kante eines Sockels in der zweiten Reihe.

»Atrus. Komm mal her.«

Atrus trat neben seinen Vater.

»Ich möchte, daß du all diese Sockel untersuchst, ob ein Haken oder ein Schalter oder etwas in der Art daran ist.« Gehn wies auf die Tür am anderen Ende. »Wir müssen da rein. Irgendwo hier muß ein Schalter oder ein Hebel sein, der uns Zutritt verschafft.«

Atrus machte sich an die Arbeit und untersuchte einen Sockel nach dem anderen, bis er – mit einem leisen Überraschungsschrei – einen winzigen runden Messingknopf fand, der an der Rückseite eines der großen Steinpulte angebracht war.

Er drückte darauf. Augenblicklich glitt die Tür am Ende des Raumes auf.

»Gut«, sagte Gehn, stand auf und ging darauf zu.

»Ist das die richtige?« fragte Atrus. Er stand im Türrahmen und blickte enttäuscht in einen völlig leeren Gang, von dem keine Türen weiterführten.

»Nein«, sagte Gehn und schaute zurück in die Hauptgalerie. »Die eigentliche Bibliothek ist darunter. Ich hatte gehofft, daß die Falltür offen wäre, aber es scheint, als müßten wir uns unseren Weg mit Gewalt bahnen.«

Atrus folgte ihm und bemerkte erst jetzt die große viereckige Steinplatte, die wie ein Bild an der linken Wand hing.

Atrus stand stirnrunzelnd davor. Auf ihrer glatten Oberfläche zeichneten sich deutlich geometrische Symbole ab – Sterne und Halbkreise, Dreiecke und Rechtecke und einige andere Figuren, die wie willkürlich angeordnet wirkten.

Atrus schaute sie prüfend an; er wollte herausfinden, was er da entdeckt hatte. Es war ein bestimmtes Muster. Nein … kein Muster, eher eine mathematische Progression. Jedes Symbol entsprach einem mathematischen Wert, und wenn man diese Werte …

Ein Plan. Es war ein Plan!

Gehn kehrte zurück und trug einen der gefallenen Sockel. Seine Muskel waren angespannt. Er hielt das massive Marmorstück gegen seine Brust und Schulter.

»Aus dem Weg«, keuchte er, dann hob er den riesigen Stein mit beiden Händen an, wuchtete ihn mitten durch die Tafel und setzte ihn in die Wand ein.

»Aber Vater …«

»Zurück, Junge!« schrie Gehn, packte den Sockel wieder und ruckte so lange daran, bis er ihn herausgezogen hatte.

Aber ich hätte das Rätsel lösen können, dachte Atrus, als sein Vater den Sockel zur Seite warf. Hinter der Tafel wurde eine Matrize aus Rollen und Drähten sichtbar.

Atrus sah zu, wie sein Vater an den Drähten zog und schob, um den Mechanismus zu ergründen, der die Falltür in Gang setzte. Eine ganze Weile passierte gar nichts, dann gab es ein helles Klicken, als hätten Kontakte gegriffen.

»Stell dich an die Tür, Atrus«, wies Gehn ihn mit einer Hand an, während die andere mit dem Mechanismus beschäftigt war.

Atrus sah seinem Vater zu, wie er eine leichte Schulterbewegung machte.

Da war ein Zischen hydraulischer Vorrichtungen, dann ein quietschendes Geräusch. Einen Augenblick später senkte sich ein viereckiger Abschnitt des Bodens neben ihnen mit lautem Zischton. Eine Treppe wurde sichtbar.

Atrus folgte seinem Vater hinunter in einen hellerleuchteten Raum, in dem lange Werkbänke und Regale standen, auf denen alle möglichen Utensilien hoch aufgetürmt waren.

Acht Skelette mit Umhängen saßen auf Sesseln, über ihre Arbeit gebeugt. Ein weiterer – ihr Aufseher? – lag noch so da, wie er gegen die äußere Wand gefallen war.

»Wo sind wir?« fragte Atrus und atmete die modrige Luft ein. Dabei bemerkte er, daß die sitzenden Skelette an ihre Pulte gekettet waren.

»Das ist der Hauptraum der Öffentlichen Bibliothek«, erklärte Gehn. Aber es waren nirgends Bücher zu sehen. In den Regalen standen alle möglichen Dinge: Schachteln und Flaschen, Papiere und Akten, Schreibfedern und Steinwerkzeuge – aber keine Bücher. Nirgendwo waren Bücher.

Atrus war verwirrt. Gehn schaute sich gründlich um, untersuchte die Regale, als könnte er dort wahre Schätze zutage fördern.

»Wonach soll ich suchen?« fragte Atrus zaghaft.

Gehn sah ihn an, als hätte er vergessen, daß er überhaupt da war, dann wies er auf eine Tür am Ende des Raums, hinter der Treppe, die sie hinuntergestiegen waren.

»Sieh dich dort um, Atrus. Da muß eine schmale Passage sein, an der vier oder fünf Räume liegen. Einer dieser Räume ist das Buchlager. Wenn es verschlossen ist, ruf mich. Aber es müßte offen sein. Sie hatten keine Zeit, es abzuschließen.«

Atrus pflichtete ihm in Gedanken bei. Er begann zu verstehen, wie plötzlich die Katastrophe D'ni heimgesucht hatte. Nachts, hatte sein Vater gesagt, als die meisten anständigen Menschen geschlafen hatten.

Gehn wühlte weiter in den Regalen, hielt inne, um eine seltsam aussehende Glasflasche zu betrachten, schüttelte sie und warf sie dann zur Seite.

Atrus sah ihm noch einen Augenblick lang zu, dann ging er durch die Passage und fand alles, wie Gehn es beschrieben hatte. Der Durchgang war acht Schritte lang. Zwei Türen waren links, zwei rechts, eine geradeaus. Er versuchte die Tür vor ihm zuerst, denn er sah das »Buch«-Symbol der D'ni in der Mitte eines kunstvoll geschnitzten Musters auf der blankpolierten Holztür.

Die Tür gab bei seiner leisesten Berührung nach und sprang auf. Dahinter lag ein winziger Raum, kaum größer als ein Wandschrank, mit breiten Regalen an allen drei Wänden, die bis zur Decke hinauf reichten.

Die meisten der Regale waren leer, aber auf einem der höheren Borde lagen sieben – nein, acht – der großen, ledergebundenen Bücher …

Atrus reckte sich und zog eines herunter, ein Buch mit rotem Einband. Er war überrascht, wie schwer es war; als wäre es nicht aus Papier. Dann kniete er sich hin, legte es auf den Boden und öffnete es.

Nichts! Die Seiten waren leer. Er schloß es enttäuscht, stellte es an seinen Platz zurück und nahm ein anderes, mit grünem Ledereinband. Auch dieses war leer. Ein Buch nach dem anderen holte er hervor in der Gewißheit, wenigstens eins zu finden, in dem etwas geschrieben stand, aber es war bei allen dasselbe, soweit er sehen konnte.

Resignierend nahm er ein Buch unter den Arm und ging niedergeschlagen durch die Passage zurück.

Gehn hatte eine der Werkbänke ganz leergeräumt und saß über ein Holztablett gebeugt, auf dem mehr als ein Dutzend großer bernsteinfarbener Tintenfässer standen. Kurz darauf setzte er sich auf und hielt eines der fünfkantigen Kristallfässer ans Auge; das helle Bernstein gab Gehns blassem Gesicht etwas Farbe. Dann bemerkte er Atrus.

»Na? Hast du Bücher gefunden?«

»Es hat keinen Sinn«, sagte Atrus und wappnete sich im stillen gegen den Zorn seines Vaters. »Da steht nichts drin.«

Gehn stellte das Tintenfaß auf das Tablett zurück und nahm Atrus das Buch aus der Hand. »Laß mal sehen.«

Er öffnete es und durchblätterte einige Seiten, dann sah er auf. »Das ist wunderbar. Genau das, was ich suche. Sind noch mehr da?«

Atrus war so verwirrt, daß er nicht wußte, ob er die Frage bejahen oder verneinen sollte. »Aber ich dachte … ich dachte, du wolltest eins mit Zeitaltern drin. Diese hier, das sind einfach nur Bücher«, stammelte er.

Gehn lachte. »Nein, Atrus. Das sind nicht einfach nur Bücher. Das sind Kortee'nea. Leere Bücher, die darauf warten, geschrieben zu werden.«

Geschrieben … Atrus sah seinen Vater verständnislos an.

Gehn öffnete seinen Rucksack und ließ das Buch hineingleiten, dann wandte er sich wieder an Atrus. »Wie viele Bücher sind im Lager?«

»Acht.«

»Gut. Dann bring sie hierher. Hier ist Tinte«, sagte er und deutete auf das Tablett mit den bernsteinfarbenen Fässern, »und auch Schreibfedern. Wir haben also alles, was wir brauchen. Schnell, mein Junge. Wir können zum Abendessen zu Hause sein.«

10

»Atrus?«

Atrus sah von seinem Schreibtisch zum anderen Ende der Bibliothek, wo Gehn stand.

»Ja, Vater?« fragte er und legte den Federhalter zur Seite, wobei er darauf achtete, daß er keine Tinte aufs Papier kleckste.

»Komm mit.«

Atrus stand auf, ging um das Podium in der Mitte des Raumes herum und trat zu seinem Vater am Treppenabsatz.

Zwei Wochen waren seit ihrer Exkursion in die Stadt vergangen, und Atrus hatte schon gedacht, daß sein Vater sein Versprechen vergessen haben könnte, aber jetzt lächelte Gehn.

»Bist du bereit, Atrus?«

»Bereit?«

»Mit deiner Arbeit anzufangen. Es ist an der Zeit, daß du schreiben lernst.«

Er folgte Gehn in einen Raum, der trotz seiner Größe einen merkwürdig einengenden Eindruck machte. Zunächst verstand er den Grund dafür nicht, dann fiel ihm auf, daß er direkt aus dem Fels herausgeschnitten war, deshalb war vielleicht die Decke so niedrig – eine Höhle in einer Höhle.

Bücher lehnten an den unverputzten Steinwänden und waren überall auf dem Boden aufgestapelt, während in der Mitte des Raumes ein großer Schreibtisch stand, der von einer seltsam geformten Lampe erhellt war, der einzigen Lichtquelle in dem dämmerigen und modrigen Raum. Gegenüber dem massiven Schreibtisch stand ein weiterer, kleinerer, der leer war.

Gehn führte ihn hinüber, setzte sich in seinen Schreibtischsessel und wies Atrus an, sich neben ihn zu stellen. Aus einer der Schubladen holte er ein flaches Metalltablett, auf dem ein großer Federhalter und einige der bernsteinfarbenen Tintenfässer waren, die sie bei ihrer Exkursion in die Öffentliche Bibliothek gefunden hatten.

Gehn stellte das Tablett zur Seite und zog eines der dicken, ledergebundenen Bücher heran, dessen brauner Einband mit Weiß gesprenkelt war. Er öffnete es auf der ersten Seite.

Die Seite war leer.

Er sah Atrus prüfend an. »Du hast jetzt sechs Wochen damit verbracht, zu lernen, wie man eine Reihe von D'ni-Wörtern des Grundwortschatzes abschreibt, und du hast entdeckt, wie schwierig und schön die Schrift ist. Aber diese Zeichen haben auch eine *Bedeutung*, Atrus. Und zwar mehr, als du bisher verstanden hast. Und sie haben ihre Bedeutung nicht nur in dieser Welt. Sie wurden im Laufe von Jahrtausenden für einen ganz bestimmten Zweck entwickelt: Zeitalter zu beschreiben … andere Welten zu *schaffen*.

Sie sind nicht wie die Sprache, die wir so nachlässig sprechen, und so dürfen sie auch nicht in den Büchern verwendet werden. Das Schreiben – das Schreiben in der D'ni-Schrift – ist nicht nur eine Kunst, es ist eine Wissenschaft. Die Wissenschaft der exakten Beschreibung.«

Er schaute wieder auf die leere Seite. »Wenn wir beginnen, ist nichts da. Es ist *ungeschaffen*. Aber sobald das erste Wort geschrieben ist, sobald der erste Buchstabe dasteht, bis zum letzten Strich sichtbar auf der Buchseite, ist eine Verbindung zu der neu geschaffenen Welt entstanden, eine Brücke gebaut.«

»Aber wohin führt diese Brücke?«

»Überall hin«, antwortete Gehn und sah ihn an, während er den Deckel von dem bernsteinfarbenen Tintenfaß schraubte. »Die D'ni nannten es Terokh Jeruth, das Reich der Möglichkeiten.«

Atrus lachte. »Das klingt wie Magie.«

»Das ist es auch. Aber du und ich, wir sind D'ni, und deshalb werde ich das Geheimnis mit dir teilen. Wir sind keine gewöhnlichen Menschen, Atrus, wir sind *Götter*!«

»Götter?« Atrus schaute seinen Vater fassungslos an.

»Ja«, fuhr Gehn leidenschaftlich fort; in seinen Augen brannte eine Begeisterung, die Atrus nie zuvor gesehen hatte. »Gewöhnliche Menschen kennen nur Träumen oder Wachen. Aber wir können unsere Träume leben. Mit bestimmten Einschränkungen – Einschränkungen, die von den D'ni über die Jahrtausende aufs Genaueste definiert wurden – können wir alles schaffen, was man sich nur vorstellen kann. Wir benutzen Worte, um Welten heraufzubeschwören.«

Atrus war zu perplex, um etwas zu sagen.

»Ich könnte dir Welten zeigen, die so reich, so lebendig bis ins kleinste Detail sind, daß du ihren Schöpfern am liebsten auf den Knien danken würdest. Welten von einem solchen Glanz, einer solchen Größe, daß daneben diese wunderbare Welt recht gewöhnlich aussähe.« Gehn lachte, dann ließ er Atrus in das Tintenfaß schauen. Eine feine schwarze Flüssigkeit war in dem dickwandigen gelben Glasbehälter.

»Was siehst du, Atrus?«

Atrus fuhr auf, für einen Augenblick verwirrt, daß sein Vater die Worte benutzte, die er von Anna kannte.

»Tinte.«

»Ja, aber nicht irgendeine Tinte. Sie hat besondere Kraft, die normale Tinte nicht aufweist. So ist es auch mit den Buchseiten. Sie sind aus einem Spezialpapier, dessen Zusammensetzung von der Gilde geheimgehalten wurde.«

»Und der Federhalter?« fragte Atrus. »Ist der auch etwas Besonderes?«

Gehn lächelte. »Nein. Der Federhalter ist nichts als ein Federhalter. Aber wenn jemand versuchen würde, damit das zu schreiben, was wir schreiben – das heißt, jemand, der kein D'ni ist –, dann würde es nicht funktionieren. Es wäre unmöglich.«

Gehn stellte das Tintenfaß ab, tauchte die Metallspitze der Schreibfeder hinein, hob den Federhalter aufs Papier und begann zu schreiben.

Langsam bildete sich ein D'ni-Symbol – das Wort »Insel«, wie Atrus feststellte. Die schwarze Schrift wurde fast mit dem Federhalter in das Weiß der Seite hineingebrannt.

Gehn schrieb weitere zwölf Zeichen, dann hob er den Federhalter und sah Atrus an.

»Hast du fertig geschrieben?« fragte Atrus, überrascht, daß das alles war. Er hatte ein regelrechtes Feuerwerk erwartet, oder daß sich der Himmel öffnen würde. »Hast du ein neues Zeitalter geschaffen?«

Gehn lachte. »Es ist da, ja ... aber noch sehr unfertig. Es gehört sehr viel Arbeit dazu, ein Zeitalter zu schaffen. Da gibt es bestimmte Formeln, die man beachten, genaue Gesetze, die man befolgen muß. Wie gesagt, es ist nicht nur eine Kunst, es ist eine Wissenschaft – die Wissenschaft der exakten Beschreibung.«

Er deutete auf das offene Buch. »Bisher habe ich lediglich die Grundelemente meiner neuen Welt entworfen. Die harte Arbeit bleibt noch zu tun. Jeder Aspekt des Zeitalters muß beschrieben, jedes neue Element eingepaßt werden. Aber das ist noch nicht alles.«

Gehn langte nach einem anderen, kleineren Buch von einem Stapel neben ihm und zeigte es Atrus. »Sowie ein Zeitalter fertig ist, muß man immer – *immer* – ein Verbindungsbuch machen.«

Atrus nahm das kleine Buch und öffnete es; er bemerkte, daß es nur wenige Seiten enthielt, die alle leer waren.

»Ja«, fuhr Gehn fort, »immer, wenn du in ein neu geschriebenes Zeitalter reist, mußt du das Verbindungsbuch bei dir tragen. Wenn du es nicht hättest, würdest du dort festsitzen, ohne die Möglichkeit, zurückzukehren.«

Atrus schaute seinen Vater mit großen Augen an. »Aber was ist denn in diesen Verbindungsbüchern?«

Gehn nahm das Buch wieder an sich. »Jedes Verbindungsbuch gehört zu einem der größeren beschreibenden Bücher, zu einem ganz bestimmten Buch. Man könnte sagen, daß es die Essenz des größeren Buchs enthält – bestimmte Sätze und

Worte, die es mit diesem einen Buch – und keinem anderen – verbinden. Aber das ist noch nicht alles. Damit ein Verbindungsbuch richtig funktioniert, muß es auch eine genaue Beschreibung des Ortes enthalten, den man mit diesem bestimmten Zeitalter verknüpfen will, und das beschreibt man mit einem besonderen D'ni-Symbol, einem Garo-hertee. Ja, und ein Verbindungsbuch muß auch im Stil des Zeitalters und Ortes geschrieben sein, mit dem es verbunden werden soll. In gewisser Weise ist also ein Verbindungsbuch das praktische Werkzeug für ein beschreibendes Buch.«

Atrus dachte einen Moment nach, dann fragte er: »Und kann es dann nur ein Verbindungsbuch für jedes beschreibende Buch geben?«

»Keineswegs«, antwortete Gehn, begeistert von der Auffassungsgabe seines Sohnes. Er legte den schmalen Band auf den Stapel zurück und fügte hinzu: »Du kannst so viele Verbindungsbücher machen, wie du willst. Aber du mußt mindestens eins anfertigen. Das ist die erste Grundregel. Eine, die du nicht vergessen darfst.«

Atrus nickte. »Aber was ist, wenn du das Zeitalter änderst? Was, wenn du mehr in das beschreibende Buch einfügen möchtest? Würde dann das Verbindungsbuch nicht mehr funktionieren?«

»Doch. Wenn das beschreibende Buch geändert wird, werden alle Verbindungsbücher, die damit in Zusammenhang stehen, eine Verbindung zu der geänderten Welt schaffen.«

Atrus schloß die Augen und stellte es sich im Geiste vor; erst jetzt wurde ihm klar, wie kompliziert und mächtig diese Art des Schreibens war. »Es klingt erstaunlich.«

»Ja«, sagte Gehn, und wie er Atrus so anschaute, sah er gottgleich und weise aus – über alles Menschenmaß hinausgehend. »Das ist es auch, Atrus. Das ist es.«

An diesem Abend beschloß Atrus, mit seinem Vater zu sprechen – ihn daran zu erinnern, daß es an der Zeit war, Anna zu besuchen.

Ermutigt von Gehns guter Laune beim Abendessen wartete Atrus, bis er seine Pfeife angezündet und sich in seinen Sessel in der Ecke der Küche zurückgelehnt hatte, bevor er das Thema anschnitt.

»Vater?«

Gehn streckte die Beine aus und schaute auf seine Stiefel; die gleichmäßig brennende Pfeife lag in seinem Schoß. »Ja?«

»Wann gehen wir zurück?«

Gehn schaute ihn gelangweilt an. »Zurück? Wohin zurück?«

»Zur Kluft.«

Gehn lachte unvermittelt. »Dahin? Möchtest du dahin zurück?«

»Ja«, sagte Atrus leise. »Du hast gesagt …«

»Ich habe gesagt, ich würde versuchen … Ich habe gesagt …« Gehn setzte sich gerade hin und legte die Pfeife zur Seite, dann beugte er sich zu Atrus vor. »Ich habe das gesagt, um deine Großmutter zu beruhigen. Ich wollte nie …« Er zuckte mit den Achseln, dann fuhr er fort: »Sieh mal, Atrus, es würde mindestens vier Tage dauern, dorthin zu kommen, und wieder vier Tage für den Rückweg. Und wozu?«

»Könntest du nicht ein Buch für die Kluft schreiben?«

»Und wie sollte man so ein Buch schreiben? Diese Welt ist doch schon geschaffen.«

»Kannst du dann nicht ein Verbindungsbuch schreiben?«

Atrus verstummte, als ihm bewußt wurde, daß man natürlich kein Verbindungsbuch schreiben konnte. Das war an ein bestimmtes beschreibendes Buch gekoppelt, und ein solches Buch gab es nicht. Nicht hier in D'ni.

Gehn beobachtete ihn und merkte, daß er die Zusammenhänge begriff, dann sagte er sanft: »Ich hätte dir das vielleicht sagen müssen. Du kannst keine Orte in dem Zeitalter miteinander verbinden, in dem du bist. Das ist unmöglich.«

Atrus schwieg eine Weile. Dann sagte er: »Aber du hast gesagt, daß du mich zurückbringen würdest.«

»Ach, Atrus. Werde erwachsen! Da ist doch nichts.«

Atrus senkte den Blick. »Aber du hast es *versprochen*. Du hast gesagt …«

Gehn stand auf. »Ich habe einfach keine Zeit dazu, und selbst wenn ich sie hätte, würde ich sie kaum damit verschwenden, dorthin zu gehen. Das ist doch buchstäblich nur ein schmutziges Erdloch, Atrus. Außerdem ist die Frau ein Drachen. Hast du das noch nicht begriffen? Ich *mußte* dich von ihr wegholen.«

»Du hast unrecht«, sagte Atrus ruhig.

Aber Gehn schüttelte nur den Kopf und wies auf den Sessel. »Setz dich. Ich werde dir eine Geschichte erzählen. Dann kannst du mir sagen, ob ich unrecht habe oder nicht.«

Atrus setzte sich. Immer noch verärgert und verstimmt, wich er den Blicken seines Vaters aus.

»Vor mehr als dreißig Jahren, als ich noch ein Kind von vier Jahren war, gab es Krieg. Ein junger Mann namens Veovis fing ihn an. Er war der Sohn eines Adeligen und der einzige Erbe eines gewaltigen Besitzes. Bald wäre er ein Regierender Rat geworden, ein Gesetzgeber. Aber er war weder mit dem zufrieden, was er hatte, noch mit dem, was er noch erreichen konnte. Veovis brach das D'ni-Gesetz. Er mißbrauchte seine privilegierte Stellung.«

»Inwiefern?«

»Seine Verbrechen waren abscheulich, unaussprechbar. Er war ein Krebsgeschwür, das aus der D'ni-Kultur herausgeschnitten werden mußte. Schließlich wurde er gefaßt und trotz der Fürsprache seines Vaters vor das Gericht der Fünf Weisen gebracht. Mehr als zwanzig Tage lang wurden Zeugen angehört. Dann verkündeten die Fünf ihren Urteilsspruch. Veovis wurde zu Gefängnis verurteilt. Er sollte an einen Ort gebracht werden, von dem es kein Entkommen gab. Aber bevor der Schuldspruch der Fünf vollstreckt werden konnte, verhalfen einige von Veovis' jungen Freunden ihm zur Flucht aus D'ni.

Sechs Monate lang hörte man nichts von Veovis, und man nahm an, daß sich das Problem von selbst erledigt hätte. Aber dann gab es Gerüchte: daß Veovis einen neuen Namen angenommen habe und in den Tavernen der unteren Stadt anzutreffen sei, wo er Unzufriedenheit gegen die regierende Klasse schüre.

Zunächst geschah nichts. Gerüchte seien nur Gerüchte, argumentierte man. Aber dann kam es zu einer Reihe von Vorfällen: Ein führender Angehöriger einer der Gilden wurde erstochen. Eine Bombe in einer der wichtigsten Tintenfabriken. Die Entweihung eines Buches.«

Atrus zog verständnislos die Stirn kraus, aber der Blick seines Vaters war in eine ferne Zeit gerichtet, die in seiner Erinnerung lebendig war.

»Nach diesem letzten Vorfall wurde eine Ratssitzung einberufen. Schließlich entschied man sich dafür, zu handeln. Aber es war bereits zu spät. Veovis war tatsächlich in der unteren Stadt gewesen. Er hatte dort wirklich Unfrieden bei den niederen Klassen gestiftet. Aber was niemand in der herrschenden Klasse wissen konnte, war, wie tief die Unzufriedenheit saß und an welch empfindlichen Stellen Veovis die Leute getroffen hatte.

Nur zwei Tage nach der Ratsversammlung brachen in einem der Bezirke in der unteren Stadt Aufstände aus. Vor der Sperrstunde an diesem Abend war die ganze untere Stadt ein einziges Chaos; der Mob raste durch die Straßen und metzelte jeden nieder, der es wagte, sich diesem Treiben entgegenzustellen.«

Gehn machte eine Pause und sah Atrus gedankenverloren an. Dann fuhr er fort: »Wie gesagt, ich war damals noch ein Kind. Ich war in einem der großen Gildehäuser in den oberen Bezirken. Mein Zuhause war mehrere Meilen fort auf einem großen Felsenkliff, das ich von den Fenstern des Refektoriums aus sehen konnte. Ich erinnere mich daran, wie ich den ganzen Nachmittag da stand und das Brüllen des Mobs und die schrecklichen Angstschreie der Sterbenden von dort unten hörte und mich fragte, ob dies das Ende sei.

Es war schrecklich, und noch schlimmer war, daß ich Angst um meine eigene Familie hatte. Wir waren natürlich im Haus der Gilde sicher. Beim ersten Anzeichen von Unruhen hatte der Rat die Tore zur oberen Stadt gesperrt und die Wachen verdreifacht. Aber viele in den umliegenden Häusern starben an diesem Tag als Opfer ihrer eigenen Diener – Männer und Frauen, denen sie ihr Leben lang vertraut hatten.

Es dauerte ganze sechs Wochen, bis der letzte der Rebellen unterworfen und Veovis selbst, der versucht hatte, durch die unteren Tunnel zu entkommen, gefaßt war. Als die Fünf Richter diesesmal zusammenkamen, war ihr Urteilsspruch einstimmig: Sie verhängten die Todesstrafe. Veovis sollte auf den Stufen der Großen Bibliothek hingerichtet werden.«

Gehn wandte den Blick; man sah ihm an, daß der weitere Verlauf der Geschichte schmerzvoll für ihn war. »Es war ein weiser Urteilsspruch. Aber bevor er besiegelt werden und Gesetzeskraft erhalten konnte, trat eine letzte Zeugin vor und bat, für den jungen Mann sprechen zu dürfen.«

Ti'ana, dachte Atrus und erinnerte sich an Annas Erzählungen.

Gehn hielt wieder inne und sah an Atrus vorbei. »Diese Zeugin war Ti'ana.«

Atrus wollte schon den Mund auftun; es drängte ihn, die Geschichte zu Ende zu erzählen, seinem Vater zu zeigen, was er wußte. Aber Gehn schien sich seiner Gegenwart gar nicht mehr bewußt zu sein. Ganz im Bann der Geschichte, setzte er sie fort, und seine Stimme klang plötzlich bitter: »Ti'ana war bei den Fünf Richtern hoch angesehen, und so ließ man sie sprechen. Ihrer Ansicht nach war die Gefahr vorüber. Veovis hatte so viel Unheil angerichtet, wie er nur konnte, und D'ni hatte es überlebt. Außerdem, argumentierte sie, wenn es nicht Veovis gewesen wäre, hätte irgendein anderer Volksverhetzer den Plebs aufgestachelt, denn dies sei nicht die Unzufriedenheit eines einzelnen gewesen, sondern die einer ganzen Gesellschaftsschicht. Unter diesen Umständen, sagte sie – und ihre Beredsamkeit ließ die ehrenwerten Richter schwankend werden –, sollte da nicht der erste Richterspruch vollstreckt werden?«

Gehn stand nun auf den Treppenstufen, schaute seinen Sohn an und seufzte tief. »Und so geschah es, Atrus. Veovis wurde ins Gefängnis gesteckt. In ein Gefängnis, aus dem er nicht entkommen konnte.« Er schüttelte leicht den Kopf. »Drei Tage später passierte es. Sie hatten ihn natürlich Tag und Nacht unter Aufsicht. Aber am Abend des dritten Tages kehrte der Aufseher, der zu ihm geschickt worden war, nicht zurück. Zwei weitere wurden hingeschickt, und als sie zurückkamen, berichteten sie, daß das Gefängnis leer sei. Von Veovis und dem ersten Wachtposten fehlte jede Spur.

Sie hätten wissen müssen, daß etwas nicht stimmte, aber sie hatten nicht aus ihren Fehlern gelernt. Und als Veovis nicht wieder auftauchte, nahmen sie an, daß alles in bester Ordnung sei; er war geflohen – niemand wußte, wohin – und würde nie wieder gesehen werden. Aber Veovis war ein rachsüchtiger junger Mann, dessen Hoffnungen im Laufe eines Jahres zweimal durchkreuzt worden waren. Nur ein Dummkopf konnte annehmen, daß er einfach verschwinden und sich die Wunden lecken würde. Nur ein Dummkopf …«

Atrus war überrascht von dem plötzlichen Zorn in der Stimme seines Vaters.

»Natürlich kehrte Veovis zurück. Und diesmal nicht in Gesellschaft ungewaschenen, unberechenbaren Lumpenpacks, sondern als Anführer einer kleinen, aber gut ausgebildeten Streitmacht von Fanatikern, die nur eines im Sinn hatten: D'ni zu zerstören. Ti'ana hatte unrecht, wie du siehst. Die Gefahr war weder vorüber, noch hatte Veovis das schlimmste Unheil schon angerichtet.«

»Aber das konnte sie doch sicher nicht wissen?«

»Nicht?« Gehn schüttelte den Kopf; sein Gesicht drückte Enttäuschung aus. »Die Frau war eine Närrin. Und mein Vater war nicht weniger närrisch, daß er ihr Gehör schenkte.«

»Dein Vater?«

»Ja«, sagte Gehn und ging ans andere Ende des Raums; dort

stand er und schaute auf das verwüstete Land hinaus. »Oder ist das wieder etwas, das sie dir nicht gesagt hat?«

»Sie?«

»Anna. Deine Großmutter.«

»Ich … ich verstehe nicht. Was hat sie damit zu tun?«

Gehn lachte rauh. »Begreifst du immer noch nicht?«

»Was?«

Jetzt wandte ihm Gehn voll den Blick zu; sein Gesicht war hart. »Daß *sie* Ti'ana war. Das war ihr D'ni-Name, den mein Vater – dein Großvater – ihr gab, als sie heirateten.«

Atrus sah ihn ungläubig an. »Nein. Nein. Das ist unmöglich. Sie hätte es mir gesagt.«

»Es *ist* wahr«, sagte Gehn bitter. »Ihre Worte haben D'ni zerstört. Ihre Einmischung. Es wäre alles gutgegangen. Veovis wäre tot gewesen, die Bedrohung vorüber, aber nein … sie mußte sich einmischen. Sie konnte ja nicht anders. Als hätte sie stets für alles die beste Lösung. Sie hörte auf niemanden. Nie.«

Atrus schüttelte den Kopf. Er konnte das nicht glauben.

»Hat sie dir jemals etwas über mich erzählt, Atrus? Ja oder nein? Natürlich nicht! Dann frag dich selbst, was sie dir sonst noch verschwiegen hat.«

»Aber das ist doch unmöglich. Ganz und gar unmöglich.«

»Ist es das?« Gehn sah ihn an, als prüfte er ein Testobjekt unter einem Mikroskop. »Du solltest dich nicht von Gefühlen blenden lassen, Atrus. Die Welt, in der wir leben, ist hart, und Gefühle können genauso tödlich sein wie herunterfallende Felsblöcke. Das war etwas, das deine Großmutter nie gelernt hat. Und deshalb möchte ich nicht, daß du zu ihr zurückgehst. Zu deinem eigenen Besten.«

Atrus sah schweigend auf seine Hände, die er im Schoß gefaltet hielt. Dann sagte er ruhig, ohne den trotzigen Ton, den er eben noch gehabt hatte: »Anna war gut zu mir. Sie hat für mich gesorgt. Sie hat mich nie hungern lassen. Ja, und sie hat mich unterrichtet.«

»Dich unterrichtet?« Gehn lachte höhnisch. »Was hast du

bei ihr gelernt? Wie man in einem Erdloch überlebt? Ich wette, du hast gelernt, wie man Staub ißt und vom Regen träumt!«

»Nein!« schrie Atrus verletzt, verwirrt, zornig – zorniger, als er je gewesen war. Aber auf wen? »Sie hat mich mehr gelehrt als du!«

Gehns Lachen verstummte. Er machte einige Schritte, stand über Atrus gebeugt und sah kalt, bedrohend, auf ihn hinunter. »Was sagst du da?«

Atrus senkte den Blick, eingeschüchtert von der bloßen Gegenwart seines Vaters.

»Ich habe gesagt, sie hat mich mehr gelehrt als du.«

Gehn griff Atrus ans Kinn und zwang ihn so, zu ihm aufzusehen. »Sag mal, mein Junge, was hast du bei der Frau gelernt, was dir jemals von Nutzen sein kann?«

Er wehrte Gehns Hand ab und ließ den Kopf wieder sinken. »Sie hat mich D'ni gelehrt, zum Beispiel.«

Gehn schüttelte den Kopf. »Sie hat dich Lügen gelehrt!«

Atrus sah seinen Vater an, dann sprach er langsam und ruhig in fließendem D'ni: *»Sie hat mich gelehrt, was gut ist und geachtet werden muß. Wahrheiten, die man nicht verleugnen oder verändern kann.«*

Langsam, wie die Sonne, die am Ende eines Tages am Horizont untergeht, verschwand das spöttische Lächeln von Gehns Lippen.

»Willst du damit sagen, daß du alles gekonnt hast?« fragte er kalt. »Die ganze Zeit über?« Sein Gesicht war hart, seine Augen blickten kalt. Wieder war etwas Gefährliches, etwas Beängstigendes an ihm. »Und du hast die ganze Zeit dagesessen und so getan, als wüßtest du nichts? Hast dich über mich lustig gemacht?«

»Nein«, wehrte Atrus ab; er wollte alles erklären, aber Gehn hörte nicht zu. Er riß Atrus vom Sessel hoch und schüttelte ihn.

»Du unehrlicher, undankbarer kleiner Junge! Es geschähe dir ganz recht, wenn ich dich zurückbrächte und dich in dem pathetischen kleinen Erdloch verrotten ließe. Aber das würde ihr gefallen, oder? Und genau deshalb gehst du *nicht* zurück. Nicht jetzt und nicht später. Nie!«

»Aber du *mußt* mich zurückbringen!«, schrie Atrus, entsetzt bei dem Gedanken, für immer hierbleiben zu müssen. »Sie macht sich Sorgen. Wenn sie nichts von mir hört ...«

Gehn packte Atrus im Nacken, zerrte ihn in sein Zimmer und warf ihn hinein, dann knallte er die Tür zu und schloß sie ab.

»Warte!« rief Atrus, stand auf und warf sich gegen die Tür. »Vater! Bitte ... Du mußt mich anhören!«

Drei Tage lang ließ sich Gehn nicht mehr blicken. Als er zurückkehrte, kündigte er sich mit lautem Klopfen an die Tür zu Atrus' Zimmer an.

»Atrus?«

Atrus saß in seiner Nische in dem großen Wandschrank und las ein D'ni-Buch, in der Hand einen halb aufgegessenen Apfel. Das plötzliche Klopfen ließ ihn auffahren. Er versteckte den Apfel und das Buch, schloß schnell die Schranktür, huschte hinüber zu seinem Bett und schlüpfte unter die Seidendecke.

»Atrus?« Gehns Stimme klang ruhig. Er sprach jetzt in D'ni. »Bist du wach? Ich muß mit dir reden.«

Er wollte ihm eigentlich sagen, daß er gehen solle, aber die Wut, die er zuerst gefühlt hatte, war jetzt verflogen. Außerdem wollte er hören, was sein Vater ihm zu sagen hatte.

»In Ordnung!«, rief er zurück und stellte sich gleichgültig.

Er hörte, wie sich der Schlüssel im Schloß drehte. Eine Sekunde später trat Gehn in den Raum. Er sah ungeheuer erschöpft aus; um seine hellen Augen lagen tiefe Ringe schlafloser Nächte, seine Kleidung schien ungewaschen – er trug dieselben Sachen wie an dem Abend, an dem er und Atrus aneinandergeraten waren.

Atrus setzte sich auf und lehnte den Rücken an das massive geschnitzte Kopfteil des Bettes; er schaute zu Gehn hin, von dem nur die Konturen im Licht des Türrahmens zu sehen waren. »Ich habe nachgedacht«, fing er an.

Gehn hob die Hand. »Von nun an sprechen wir nur noch D'ni.«

Atrus wiederholte: »Ich habe nachgedacht. Ich habe versucht, deinen Standpunkt zu verstehen. Und ich glaube, ich verstehe ihn.«

Gehn trat interessiert näher. »Und zu welchem Schluß bist du gelangt?«

Atrus zögerte, dann sagte er: »Ich verstehe, warum du so über Anna denkst. Warum du sie so sehr haßt.«

Gehn lachte überrascht, aber in seinem Gesicht war ein seltsam schmerzhafter Ausdruck. »Nein, Atrus. Ich hasse sie nicht. Es wäre leicht, wenn es so einfach wäre. Aber ich gebe ihr die Schuld. Ich gebe ihr die Schuld an allem, was sie gegen D'ni getan hat. Und dafür, daß sie meinen Vater hiergelassen hat, obwohl sie wußte, daß er sterben würde.«

»Ich sehe den Unterschied nicht.«

»Nicht?« Gehn trat näher, stand über ihn gebeugt. »Es ist schwer zu erklären, was ich manchmal fühle. Sie ist meine Mutter, und deshalb muß sie mich lieben. Es ist ihre Pflicht. Ich habe es sogar das letztemal in ihren Augen gesehen. Aber sie mag mich nicht. Um ehrlich zu sein, sie mochte mich nie.«

Er schüttelte den Kopf, dann fuhr er fort: »So war es auch mit Veovis. Auch ihn mochte sie nie. Sie fand ihn verabscheuenswürdig; er hatte schlechte Manieren und ein hitziges Temperament. Aber wenn man der Sache auf den Grund ging, dann merkte man, daß sie das Gefühl hatte, es sei ihre Pflicht, ihn zu lieben, ihn vor sich selbst zu bewahren.« Gehn seufzte schwer. »Sie war eine Heuchlerin. Sie handelte nicht so, wie es der Wahrheit entsprochen hätte. Es war eine Charakterschwäche, die ein Geschlecht von Göttern zerstörte!«

»Aber ihr beide habt überlebt«, sagte Atrus ruhig. »Sie hat dich gerettet. Hat dich aus D'ni herausgebracht.«

»Ja«, sagte Gehn und sah zu den Schatten am anderen Ende des Raumes. »Manchmal frage ich mich, warum. Manchmal frage ich mich, ob das nicht auch eine Art von Schwäche war. Ob es nicht besser für uns beide gewesen wäre, dort einfach zu sterben. Wie es jetzt ist …«

Atrus sah in dem langen Schweigen, das folgte, zu seinem Vater hinüber, und zum erstenmal sah er ihn wirklich. Es war etwas Bewundernswertes an seiner Haltung, an der Entschlossenheit, mit der er ganz allein versuchte, die D'ni-Kultur wiederherzustellen und neu zu schöpfen. Bewundernswert, aber sinnlos.

»Kann ich also Anna wiedersehen?«

Gehn wich seinem Blick aus. »Nein, Atrus. Mein Entschluß steht fest. Es wäre zu störend, und Störungen kann ich nicht brauchen.«

»Aber sie wird traurig sein, wenn ich nicht zurückkomme …«

»Schweig jetzt, mein Junge! Ich habe nein gesagt, und ich meine nein! Mehr ist über die Sache nicht zu sagen! Ich werde Rijus mit einem Brief hinschicken, in dem ich ihr mitteile, daß es dir gutgeht und warum sie dich nicht mehr sehen kann. Aber darüber hinaus kann ich keine weiteren Kontakte zwischen euch zulassen.«

Atrus senkte den Blick. Es war, als hätte sein Vater ihn geschlagen. Sie nicht wiedersehen? Der Gedanke entsetzte ihn.

»Und was deine Enttäuschung angeht«, fuhr Gehn fort, scheinbar ungerührt von dem Schatten der Trauer, der Atrus' Stimmung verfinsterte, »da muß ich dir sagen, daß ich auch von dir schwer enttäuscht worden bin, Atrus. Jetzt, da ich es ausgesprochen habe, will ich es für diesmal so hinnehmen. Es kann sich langfristig sogar als vorteilhaft erweisen. Es wird mir sicher viel Zeit und harte Arbeit ersparen, und es bedeutet auch, daß ich schneller vorankommen kann als vorgesehen. Es ist sogar möglich, daß du selbst ein eigenes Buch anfängst.«

Atrus schaute auf. »Ein Buch?«

»Ja. Aber du mußt mir etwas versprechen.«

Gehn schaute auf ihn nieder; seine Haltung war fast drohend, kompromißlos. »Du mußt mir versprechen, daß du nie mehr – und ich meine nie mehr – an meinen Worten zweifelst oder etwas hinter meinem Rücken tust. Darüber mußt du dir absolut im klaren sein, Atrus: Hier bin ich der Herr, und mein Wort ist Gesetz.«

Atrus sah seinen Vater an, und in diesem Augenblick kannte er ihn besser, als er ihn je gekannt hatte. Ihm war klar, daß er keine andere Wahl hatte, und er neigte den Kopf.

»Ich verspreche es.«

»Gut. Dann komm und iß etwas. Du mußt ja halb verhungert sein.«

11

»Wo sind wir?« fragte Atrus und schaute sich in der Höhle um, in der sie sich manifestiert hatten. Seine Augen brauchten eine Weile, um sich an die Dunkelheit zu gewöhnen.

Gehn drückte sich an ihm vorbei. Er stand auf Zehenspitzen und langte in eine enge Nische. »Dies ist eine meiner erst kürzlich erschaffenen Welten«, antwortete er und nahm ein schmales Kästchen aus dem Spalt. Darin war das Verbindungsbuch, das ihnen die Rückkehr nach D'ni ermöglichen würde. Er prüfte kurz, ob das Buch noch so war, wie er es hineingelegt hatte, plazierte es wieder in der Felsnische und sah Atrus an. »Dies ist mein Siebenunddreißigstes Zeitalter.«

»Oh ...«, sagte Atrus; etwas anderes fiel ihm nicht ein. Er selbst hätte sich die Zeit und Mühe gemacht, sich einen Namen für das Zeitalter auszudenken – etwas Mystisches und Romantisches vielleicht – aber Gehn war pragmatisch, wenn es sich um seine Schöpfungen handelte.

Seit drei Jahren begleitete er nun seinen Vater schon in diese Zeitalter, und niemals hatte Gehn daran gedacht, auch nur einem davon einen Namen zu geben. Zahlen. Bei seinem Vater waren es immer Zahlen.

An der Vorderseite der Höhle zweigte ein enger Tunnel nach links ab, der stetig bergauf führte. Atrus schloß seinen Umhang am Hals und folgte Gehn, neugierig darauf, was für eine Welt ihn erwarten würde.

Oben war Nacht. Sie kamen auf einer Lichtung heraus, die

an drei Seiten mit unbewachsenen Hügeln umgeben war. Unter ihnen, von einem dunklen, schwarzblauen Himmel überspannt, in dem zwei kleine Monde ruhten – einer leuchtete weiß, der andere rot –, lag eine Insel. In der Mitte der Insel war ein länglicher See zu sehen.

Atrus stand da, versunken in den Anblick und beeindruckt von dem Kreis niedriger Hügel, der wie schützend um das Gewässer herum angelegt war, so daß er das ganze Tal ausfüllte wie eine Schale. Der See selbst war dunkel und ruhig, die beiden Monde spiegelten sich in ihm und tauchten ihn in schimmernd helles Licht.

Als Atrus dieses Bild auf sich wirken ließ, fragte er sich auch, wie er es immer tat, welche Wörter, welche Sätze sein Vater verwendet haben mochte, um die harmonische Form der Hügel zu schaffen. Oder woraus die Berge bestanden. War es Kalkstein? Oder vielleicht Lehm? Und dann die Bäume dort rechts, waren sie einfach so dagewesen, oder hatte Gehn sie extra ins Buch hineingeschrieben?

Die Luft war süß und kühl, angereichert mit dem Duft pflanzlichen Lebens.

»Einfach wunderschön«, sagte Atrus schließlich und schaute seinen Vater an, aber Gehn knurrte nur unwillig und betrachtete sein Werk mit – wie es schien – hochmütiger Mißachtung.

»Ich hab' schon bessere Welten geschaffen«, antwortete er und stieg auf einen der Felssteine, dann auf der anderen Seite wieder hinunter. »In gewisser Weise ist dies mein erfolglosestes Experiment. Ich wollte alles ganz einfach haben. Vielleicht zu einfach.«

Atrus stieg ebenfalls über den Felsstein und beeilte sich, mit seinem Vater Schritt zu halten. Er hatte in den vergangenen drei Jahren einige der Welten seines Vaters gesehen – ja, er hatte sogar selbst versucht, eine Welt zu schaffen –, aber er hörte nicht auf zu staunen, daß bloße Worte derartig lebendige, faßbare Wirklichkeiten möglich machen konnten.

Zwischen vereinzelten Felssteinen führte ein Pfad hinunter.

LINK TO
CAVE
LAGOON
LOWLANDS
VILLAGE IN
ESTUARY
OCEAN
AGE 37

HIGH
TIDE

Nach einem Dutzend Schritten gelangte man an einen Hang, der mit hüfthohem Gras bewachsen war. Unter ihnen, vielleicht eine Meile entfernt, wie angeschmiegt an den See, lagen verstreut einige niedrige rechteckige Gebäude in bizarren Formen, als wären sie nur halbfertig; es mochten insgesamt vierzig sein. Man sah sie im Licht von Laternen, die über den Türen und an Masten an der Hafenseite hingen. Die Hütten waren durch Gehsteige miteinander verbunden. Unter den Dachvorsprüngen der nächstgelegenen Hütten konnte man einige dunkle menschliche Gestalten erkennen.

Atrus schaute Gehn perplex an. »Ist die Insel bewohnt?«

»Ja, aber erwarte nicht zu viel, Atrus. Die Menschen dieses Zeitalters sind äußerst simpel. Rohmaterial, könnte man fast sagen. Sie fristen ihr dürftiges Leben mit Fischfang und rudimentärer Landwirtschaft, aber wenn es um Kultur geht, na ja …«

Gehns Lachen war geringschätzig. Trotzdem war Atrus seltsam erregt bei dem Gedanken, mit ihnen zusammenzutreffen. Obwohl Gehn gelegentlich Arbeitsgruppen aus dem einen oder anderen seiner Zeitalter mitgebracht hatte, hatte er Atrus nie zu einem belebten Zeitalter mitgenommen. Bis heute.

Sie gingen weiter und stiegen den mit üppigem Gras bestandenen Hang hinunter. Zuerst glaubte Atrus, sie könnten ungesehen zu den Inselbewohnern gelangen, aber als sie noch etwa hundert Meter vom Ende des Dorfes entfernt waren, wurde ein Schrei laut. Jemand hatte sie entdeckt. Sofort setzte ein Summen von Stimmen dort unten ein, und es gab Anzeichen plötzlicher hektischer Aktivität.

Gehn berührte seinen Arm und bedeutete ihm, anzuhalten. Atrus schaute seinen Vater ängstlich an. »Sind wir in Gefahr?«

Gehn schüttelte den Kopf. »Hab Geduld, Atrus. Du bist hier, um zu beobachten, also beobachte.«

Atrus schwieg und sah, wie etwa zwölf große, menschengleiche Gestalten den Hang hinanstiegen, genau auf sie zu, brennende Fackeln in der Hand.

Zehn Schritte vor ihnen hielten sie an, fielen auf die Knie, beugten die Köpfe und warfen sich so vor Gehn nieder. Einer von ihnen – der Größte – blieb in aufrechter Haltung stehen, trat vor, den Kopf gesenkt, in der Hand eine Girlande gelber Blumen, die er Gehn hinhielt; dann sprach er einige Worte in gebrochenem D'ni: »Ihr seid willkommen, Großer Meister. Euer Wohnhaus steht bereit.«

In dem flackernden Licht der Fackeln sah Atrus, was er trug: Es war die ungeschickte, handgewebte Nachbildung eines Umhangs der Gilden!

»Gut«, sagte Gehn und senkte den Kopf, damit der Mann ihm die Girlande überstreifen konnte. Dann nahm er wieder seine gerade Haltung an und befahl dem Mann: »Versammle die Dorfbewohner. Ich werde sogleich zu ihnen sprechen …«

»Meister!« antwortete der Akoluth, dabei glitt sein Blick fragend zu Atrus.

»Nun los«, sagte Gehn mit befehlender Stimme.

Sie gingen hinunter, durch eine schmale Gasse, an der niedrige, aber geräumige Holzhütten mit tief herabreichenden Reetdächern lagen. Über ihnen gab es mit Leisten versehene Holzsteige, die wie Brücken konstruiert waren und leicht schwankten, und als sie am See herauskamen, sah Atrus, daß die Erde dort mit Brettern belegt war, daß Stufen in den Fels geschlagen worden waren, die nach unten führten. Unten lag eine Art Hafen, dessen Befestigung darin bestand, daß man Hunderte von langen Stangen in den See versenkt hatte, um so eine solide Barriere zu schaffen. Dort lag etwa ein Dutzend kleiner, aber stabil gebauter Fischerboote, deren Masten gesenkt und Tuchsegel eingerollt waren.

Von überall her kamen nun Menschen: Männer, Frauen und Kinder. Sie waren hellhäutig, stämmig und deutlich menschlich in ihren dunkelbraunen Kitteln. Die Haare waren bei allen hell und sahen aus wie Stroh.

Weiter hinten war ein Kanal durch den Fels gehauen worden, der den See mit dem offenen Meer verband. Er war nicht sehr breit, gerade genug für ein Boot, und darüber führte eine starke Holzbrücke.

Auf der anderen Seite stieg das Land wieder an, und oben auf einem schmalen Kamm, hinter dem Hang eines Hügels, konnte man ein Gebäude erkennen, das aussah wie eine Hütte, in der Zusammenkünfte stattfinden konnten, denn sie war viel größer als die Hütten, die am Hafen lagen.

Als sie die Brücke überquerten und den Hang hinaufstiegen, sah Atrus, wie überall in größter Eile Laternen angezündet und Girlanden zwischen die Holzpfosten an der Frontseite der großen Hütte aufgehängt wurden.

Ihnen folgten schweigend die Dorfbewohner; ihre Fackeln loderten in der Dunkelheit, die von den Monden nur spärlich erhellt wurde.

Als sie vor dem Versammlungshaus angelangt waren, wandte sich Gehn der Menge zu, die jetzt auf mehrere hundert Dörfler angewachsen war.

»Menschen des Siebenunddreißigsten Zeitalters«, dröhnte seine Stimme, die von den Hügeln als Echo über den See zurückgeworfen wurde. »Dies ist mein Sohn Atrus. Ich habe beschlossen, daß wir einige Zeit bei euch bleiben werden. Während er hier ist, werdet ihr ihn mit demselben Respekt behandeln, den ihr mir erweist.«

Atrus schaute seinen Vater verwundert an, während Gehn fortfuhr und seine Stimme noch stärker erhob: »Was er möchte – ihr werdet es ihm geben. Worum er euch bittet – ihr werdet es tun. Habt ihr verstanden?«

»Wir haben verstanden«, erklang es im Chor von zweihundert Stimmen zurück.

»Gut!« sagte Gehn, dann hob er die linke Hand wie ein wahrhaftiger Imperator und entließ die Menge. Er wandte sich Atrus zu.

»Komm mit herein, Atrus.«

Atrus zögerte; er schaute den Dorfbewohnern nach, die den Hang hinuntergingen. Doch dann zog er seinen Umhang enger um sich und folgte seinem Vater in die große Hütte.

Ihr Inneres war ihm nur allzu vertraut: Es ähnelte den »Kulträumen«, die er in mehreren der großen Häuser in D'ni gesehen hatte. An drei Wänden gab es Behänge voller Symbole: kunstvoll gewirkte Seide in leuchtenden Farben, die, wie Atrus vermutete, von D'ni hierhergebracht worden war. Es gab Teppiche und Wandschirme und auf einem niedrigen Tisch rechts einige goldene Trinkgefäße und Schalen – große, juwelenbesetzte Kultgegenstände, die ebenfalls aussahen, als stammten sie aus D'ni. Der ganze Raum aber wurde beherrscht von einem riesigen Holzschreibtisch, der dem glich, der in Gehns Arbeitszimmer stand.

Er sah fragend seinen Vater an. Gehn sah es amüsiert.

»Du möchtest sicher wissen, warum ich dich hierher mitgenommen habe?«

Atrus nickte zögernd.

Gehn ging zu dem Schreibtisch hinüber und setzte sich in seinen Sessel, dann nahm er ein langes, schmales Buch von einem Stapel auf dem Schreibtisch.

»Die Wahrheit ist, Atrus, daß ich dich aus mehreren Gründen mitgenommen habe, hauptsächlich aber, um einige der Fragen zu beantworten, die du immer wieder über das Erschaffen neuer Zeitalter stellst. Ich möchte deine theoretischen Kenntnisse mit praktischem Wissen anreichern. Zu diesem Zweck wirst du ein Notizbuch führen, während wir hier sind, und du wirst all deine Beobachtungen über dieses Zeitalter hineinschreiben.«

Er hielt Atrus das Buch hin.

»Ich möchte auch, daß du selbst Erfahrungen sammelst, unbeeinflußt von vorgefaßten Meinungen. Ich möchte, daß du mit eigenen Augen die Ehrfurcht siehst, die man uns in den Zeitaltern entgegenbringt.«

»Ehrfurcht, Vater?«

»Ja, Atrus, Ehrfurcht. Und so muß es auch sein, denn sind wir nicht Götter? Verdanken sie nicht uns das Leben, die Luft, die sie atmen? Würde es sie geben, wenn ich sie nicht auf dem unbeschriebenen weißen Papier mit dem Wort geschaffen hätte?«

Gehn schwieg einen Augenblick, dann fuhr er fort: »Ich

möchte, daß du eine Weile hierbleibst und dieses Zeitalter studierst, um zu sehen, was alles möglich ist. Es wird dir bei deinen eigenen Schreibversuchen helfen. Du wirst bei einer der Dorfbewohnerinnen wohnen – einer alten Frau, deren Mann vor einigen Jahren starb. Du wirst höflich zu ihr sein, aber Distanz halten, verstehst du?«

»Ich verstehe.«

Gehn lehnte sich zurück. »Gut. Dann geh jetzt. Mein Gefolgsmann, der Akoluth, wird dich zu deiner Unterkunft führen.«

Der Akoluth ging schweigend vor Atrus her; er hielt die zeremonielle Fackel, deren Schaft winzige D'ni-Symbolgravuren aufwies. Neugierige Dorfbewohner knieten nieder und neigten den Kopf, als sie an ihnen vorübergingen; man hörte leises Tuscheln.

Als sie zu dem Pfad kamen, der durchs Dorf führte, ging der Mann jedoch nicht geradeaus weiter zur Höhle, sondern bog nach links ab und stieg schmale Stufen zwischen zwei der Hütten hinauf, die bis zu den steil abfallenden Dächern führten. Atrus folgte ihm; sie gelangten auf einen Weg, der über dem Dorf lag und nirgendwohin zu führen schien. Vor ihnen war nichts als der dunkle, mondbeschienene Hang des Hügels.

Der Mann schritt fort, langsam, würdevoll, als führte er eine große Prozession an.

Atrus schaute zum Hafen zurück, nahm die Brücke wahr und die Begegnungsstätte in der Dunkelheit. Dahinter – erst jetzt sichtbar, weil darin soeben eine Lampe angezündet wurde – war ein langgestrecktes, niedriges Zelt. Atrus sah, wie sein Vater darauf zuging und sich bückte, um durch die Tuchklappe hineinzugelangen.

Atrus wandte sich wieder nach vorn. Links vor ihm, genau über dem Buckel des Hügels, war ein schwacher Lichtschimmer. Als sie weiterstiegen, wurde er stärker und beleuchtete die Konturen einer Hütte genau über der Bergkuppe. Das Licht fiel aus einer offenen Tür.

Als sie sich näherten, trat jemand in das Licht; man nahm einen kurzen Augenblick lang Konturen wahr, die wieder ins Dunkel zurückglitten.

Die alte Frau.

Als das Licht der Fackel des Akoluth die Frontseite der Hütte erfaßte, konnte man sie deutlich sehen. Wie die meisten ihres Volkes trug sie einen einfachen dunkelbraunen Kittel aus grob gewobenem Tuch. Auch ihr Haar war sehr schlicht frisiert; dicke, wirre graue Strähnen umgaben ihr faltiges Gesicht wie eine Art Lichtschein.

Sie war der älteste Mensch, den Atrus jemals gesehen hatte.

Sie senkte den Blick, verbeugte sich verlegen, dann trat sie zurück und gab den Eingang zur Hütte frei.

Atrus zögerte, schließlich duckte er sich unter den niedrigen Sturz und trat in einen sauberen, warmen Raum, der erfüllt war von starkem, frischem Kräutergeruch. Als er sich umblickte, sah er sie sofort: überall an der Wand zur Rechten, über zwei schmalen Regalen mit Töpfen und Pfannen. Ganze gewundene Sträuße hingen an kleinen Holzhaken.

Der Boden war mit glatten Holzbrettern ausgelegt, das niedrige Dach bestand aus Dachsparren und Reet. Ein einfacher blauer Vorhang verwehrte den Blick auf die restliche Einrichtung der Hütte.

»Wollt Ihr essen?« fragte die alte Frau, die sich sichtlich unbehaglich in seiner Gegenwart fühlte; ihr D'ni war noch rudimentärer als das des Akoluth.

Atrus schüttelte den Kopf. »Danke, ich habe eigentlich keinen Hunger.«

»Aha …« Ihr Kopfnicken war wohl mehr eine Geste der Nervosität als der Zustimmung. Sie schaute ihn fragend an; ihre braunen Augen wandten sich keinen Augenblick lang von seinem Gesicht ab. »Möchtet Ihr schlafen?«

»Ich …« Tatsache war, daß er auch keine Müdigkeit verspürte. In D'ni war noch kaum Abendbrotzeit. Aber er bemerkte, wie unbehaglich sie sich in seiner Gegenwart fühlte, und dadurch fühlte auch er Unbehagen. »Ja«, sagte er nach einer Weile. »Wenn du mir mein Bett zeigen möchtest.«

In ihr Gesicht trat ein Ausdruck, den er nicht verstand. Sie schien … traurig? Dann ging sie entschlossen zu dem Vorhang, schob ihn ein wenig zur Seite und wies auf etwas, das aussah wie eine Art Kabine.

Er ging hinüber und schaute darauf, dann lachte er; ein fröhliches, überraschtes Lachen, denn dort zwischen den dünnen Holzwänden seiner Schlafkoje lag eine einfache Matratze aus Stroh.

»Wie zu Hause«, sagte er leise.

Die alte Frau schaute ihn neugierig an. »Bitte Verzeihung, Herr?«

Er sah sie an und bemerkte, daß seine Augen feucht waren. »Als ich klein war und bei meiner Großmutter lebte, hatte ich so eine Matratze.«

»Ist nicht gut?« fragte sie, als hätte er eine ihr ganz fremde Sprache gesprochen.

»Doch … es ist einfach wunderbar!« Er sah sie an und lächelte, von großer Dankbarkeit erfüllt. Dann erinnerte er sich spontan daran, welche Freude es seiner Großmutter gemacht hatte, ihn mit Essen zu versorgen, und er sagte: »Kann ich es mir noch anders überlegen? Ich meine, mit dem Essen?«

»Natürlich!« sagte die alte Frau, und zum erstenmal stand ein Lächeln in ihrem Gesicht. »Ich bring Euch Suppe und Brot, ja?«

Er lachte über das ganze Gesicht. »Das klingt herrlich!«

»Dann wartet, Herr. Ich bringe.«

Atrus sah ihr nach, dann betrachtete er seine Umgebung. Er fühlte sich plötzlich geborgen und atmete den angenehmen Kräutergeruch ein.

Er kniete sich hin und deponierte seinen Rucksack und das Notizbuch in einer Ecke des kleinen Holzverschlags, dann warf er den Umhang ab und verstaute ihn im Rucksack. Als er sich wieder aufrichtete, kam die alte Frau mit einem Holztablett zurück. Darauf war eine irdene Schale mit Suppe, ein Holzlöffel und die Hälfte eines braunen Brotlaibs. Atrus nahm alles dankbar an, setzte sich und hielt das Tablett auf dem Schoß. Er lächelte ihr zu, brach ein Stück von dem Brot ab und tauchte es in die Schüssel.

Eine Weile aß er schweigend und genoß das einfache Mahl. Als er fertig war, sah er zu der alten Frau auf.

»War gut?« fragte sie mit ängstlichem Gesichtsausdruck.

Atrus strahlte. »Es war wunderbar! Das beste Essen, das ich je bekommen habe.«

Tatsache war, daß er nicht wußte, ob es wirklich so war. Aber es war auch keine Lüge. Es war wirklich gut gewesen. Die beste Suppe, die er je gegessen hatte, außer der von Anna natürlich.

Seine Worte zauberten etwas wie Sonnenlicht in das Gesicht der alten Frau. »Wollt Ihr mehr?«

»Ist noch mehr da?«

Es war, als hätte er ihr mit diesen vier einfachen Worten alle Reichtümer D'nis geschenkt. Sie strahlte, dann eilte sie hinaus und kehrte einen Augenblick später mit einer zweiten Schale und der anderen Hälfte des Brotlaibs zurück.

»Da«, sagte sie und sah ihm beim Essen zu, dabei lachte sie breit. »Ihr noch wachsen. Ihr braucht gut Essen, nicht?«

Atrus wachte noch vor der Morgendämmerung auf und wußte einen Moment lang nicht, wo er war. Der Geruch der Kräuter war in diesem winzigen, geschlossenen Holzverschlag fast zu intensiv.

Er setzte sich auf und lauschte in die Stille, dann stand er auf und schlich sich schnell hinaus.

Beide Monde waren untergegangen, und das Dorf lag in einem so vollkommenen Dunkel, daß der Himmel daneben noch hell wirkte, wie der Wüstenhimmel bei Nacht. Aber als er aufsah, wußte er, daß er nicht auf der Erde war. Wo war Orion jetzt? Wo der Große Bär? Waren sie anderswo an diesem riesigen, sternenübersäten Himmel, oder war er an einem völlig anderen Ort? Vielleicht in einem anderen Universum?

Diesen Gedanken hatte er in den vergangenen Monaten immer wieder gehabt. Ein gefährlicher, unausgesprochener Gedanke.

Aber je mehr ich über das Schreiben herausfinde, desto mehr bezweifele ich die Ansicht meines Vaters, daß wir die Welten schaffen, die wir bereisen.

Vielleicht schufen sie diese Welten gar nicht, sondern traten nur in bereits bestehende ein?

Zuerst hatte er diesen Gedanken als albern zurückgewiesen. – Natürlich schufen sie diese Welten. Es mußte so sein! Wie konnten sie sonst auf eine so genaue, vorhersehbare Weise existent sein? Außerdem war es einfach nicht möglich, daß eine unendliche Menge verschiedener Welten dort draußen vorhanden war, die darauf warteten, »angezapft« zu werden. Und doch – je mehr er darüber nachdachte, desto mehr fing er an, die einfacheren Erklärungen seines Vaters in Frage zu stellen.

Er ging den Hang hinunter, bis er an eine Felsplatte kam, von der aus man den See überblicken konnte. Er setzte sich im Schneidersitz hin und schaute über den dunklen See hinweg.

Nun, da die Monde untergegangen waren, war es beinahe unmöglich zu erkennen, wo der See endete und das Land anfing. Es war, als schaute man in einer mondlosen Nacht in einen Vulkan: Man konnte nichts sehen, aber sich alles Mögliche vorstellen. Das war nun einmal so mit der Dunkelheit: Es war eben mehr als nur die Abwesenheit von Licht. Anders als der Schnee, den er in einer von Gehns anderen Welten gesehen hatte, nahm die Dunkelheit Formen an – Tausende von Formen, denn die Dunkelheit war fließend und mächtig.

Hinter ihm, über dem Kamm des Hügels, erwachte der Tag. Allmählich, ganz, ganz allmählich, fiel Licht ins Tal und warf lange Schatten auf den Hügel, auf den er schaute. Atrus beobachtete es fasziniert, dann sah er den Bogen aus Licht, der über der Hügelkuppe lag.

Als sein Blick zum See zurückwanderte, entdeckte er ›etwas‹. Zunächst dachte er, es sei ein Seetier – ein Seehund vielleicht –, aber dann sah er eine deutliche Silhouette im Zwielicht:

Ein Mädchen. Es war ein Mädchen.

Als er sie beobachtete, bückte sie sich und führte einige ruckartige Bewegungen aus. Er war verwirrt. Was, in Keraths Namen, tat sie da? Dann verstand er plötzlich: Sie wusch! Der kleine Hügel neben ihr war ein Korb mit triefnasser Wäsche!

Er lachte laut und sah plötzlich, wie sich ihr Rücken spannte und wie sie sich umsah wie ein aufgescheuchtes Wild.

Hastig nahm sie ihren Korb auf, stieg den Hügel hinauf und verschwand hinter der Kuppe. Ganz kurz tauchte das winzige Figürchen in den goldenen Bogen, den das Sonnenlicht auf die Bergkuppe warf. Atrus beobachtete sie, überrascht von ihrer Reaktion, dann erhob er sich. Die Sonne war nun zur Hälfte aufgegangen. In ihrem Licht konnte er das Reetdach der Hütte sehen. In ihrer ganzen Länge schmiegte sie sich an den Hang, der noch im Dunkel lag.

Atrus ging im Kreis, die Arme ausgestreckt, und atmete die gute, klare Luft ein. Entschlossen, den Tag früh zu beginnen, eilte er den Hang hinauf, auf die Hütte zu.

12

»Junger Herr?«

Atrus wandte sich zur Seite und wußte einen Moment lang nicht, wo er war. Kräuter. Der Duft von Kräutern. Ach ja – die Hütte der alten Frau. Er war in Gehns Siebenunddreißigstem Zeitalter, und es war Morgen.

Er setzte sich auf, rieb sich die Augen, dann sah er die alte Frau an, die halb gebückt in der Öffnung seines Verschlages stand.

»Verzeiht, junger Herr«, sagte sie atemlos, »aber Herr Gehn will Euch sogleich sehen.«

Atrus dankte ihr mit einem Kopfnicken, stand auf und streckte sich. Wie spät mochte es sein? Und wie lange hatte er geschlafen? Er schien hier länger und tiefer zu schlafen. Vielleicht war die Luft anders.

Er gähnte, dann ging er schnell hinaus, da er wußte, daß sein Vater es haßte, wenn man ihn warten ließ.

Er setzte seine Brille auf und betrachtete seine Umgebung. Der Hang unter ihm war goldbraun, er glich dem Fell eines Tieres. Dahinter erstreckte sich das Land um den See in Braun- und Gelbtönen – so viele Schattierungen, daß es ihm fast den Atem nahm, als er darüber nachdachte, wie sie entstanden sein mochten. Er ging langsam hinaus und trat auf die Brücke. Hohe dunkle Bäume, deren mächtige Kronen tiefschwarze Blätter trugen, säumten die linke Seite des nächsten Hügels, bis sie wie abgeschnitten an einem hellgrünen Grasteppich endeten. Atrus lachte.

»Warum lacht Ihr, Herr?«

Atrus wandte sich um und sah den Akoluth hinter sich. Sein Lachen wich einem erstaunten Gesichtsausdruck. Er hatte ihn nicht herankommen sehen.

»Ich habe über diesen Hügel hier gelacht. Er hat mich an … an ein halbfertig rasiertes Gesicht erinnert. Wie die Bäume so plötzlich aufhören …«

Der Priester trat neben ihn und folgte seinem Blick, dann nickte er, aber es war nicht das geringste Schmunzeln in seinem Ausdruck. Er wandte seine Aufmerksamkeit wieder Atrus zu und sagte mit einer Verbeugung: »Euer Vater erwartet Euch, Herr.«

Atrus seufzte innerlich. Nun war er schon vier Tage auf der Insel, aber der Mann hielt immer noch die gleiche Distanz.

Langsam ging er den Hang hinunter und malte schweigend und gedankenversunken mit seinen Blicken die Konturen der Hügel um den See nach. Als das Dorf in Sicht war, schaute er es einen Augenblick lang an, dann wandte er sich an den Akoluth.

»Wie heißt du?«

»Ich?« Der Mann schien geradezu eingeschüchtert von dieser Frage zu sein.

»Ja, dein Name. Wie heißt du?«

»Ich heiße … Eins.«

»Eins?« Atrus lachte auf. »Du meinst die Nummer Eins?«

Der Mann nickte; er konnte Atrus nicht in die Augen sehen.

»Und war das immer dein Name?«

Er zögerte, dann schüttelte er den Kopf. »Früher hieß ich Koena.«

»Koena«, wiederholte Atrus und schritt weiter; er erfreute sich an den pittoresken Formen der Reetdächer, an den überdachten Passagen, dem reizvollen Kontrast zwischen dem lebhaften Blau des Sees und den hellen Grün- und Rotbrauntönen der Bäume und Wiesen. »Aber den Namen Eins hat dir mein Vater gegeben?«

Koena nickte.

In Atrus' Mundwinkel blitzte ein Lächeln auf. Na klar. Das hätte er sich denken können. Er ließ seinen Blick einen Augenblick lang prüfend über den Mann gleiten. Dessen langes, ziemlich ernstes Gesicht war ihm nicht unsympathisch. In dem gnadenlosen Tageslicht fiel ihm jetzt auf, wie grob das Tuch seines Umhangs tatsächlich gewebt war, wie ungeschickt die Symbole darauf gearbeitet waren.

»Bist du schon lange der Assistent meines Vaters?«

»Tausend Tage.«

Dann war dieses Zeitalter tatsächlich »jung«. Gehn hatte es erst vor höchstens drei Jahren geschaffen. Aber was war davor gewesen? Hatte es in irgendeiner Form vorher schon bestanden? Konnten sich die Menschen an eine Zeit erinnern, bevor ihr Herr Gehn unter ihnen weilte? Und wenn ja, waren das dann wahre Erinnerungen oder welche, die auch nur *in das Buch eingeschrieben waren?*

Atrus wußte aus seinen Studien, daß man solche Dinge eigentlich nicht *schreiben* konnte, nicht direkt jedenfalls. Aber wenn man ein Zeitalter mit all seinen komplexen Zusammenhängen schrieb, dann wurde ein großer Schatten von Ursache und Wirkung geworfen, so daß das Zeitalter – obwohl gerade erst geschaffen – doch eine Art Geschichte hatte. Natürlich keine wirkliche Geschichte. Wie konnte es schließlich eine wirkliche Geschichte geben? Aber in den Erinnerungen der Bewohner würde eine Geschichte existieren. Für sie wäre ihre Vergangenheit Wirklichkeit.

So jedenfalls argumentierte Gehn. Atrus selbst war sich da nicht mehr so sicher.

Ein seltsamer, schriller Schrei irgendwo linker Hand ließ ihn aufhorchen. Er suchte nach der Ursache dieses Schreis. Da war ein seltsames Flügelschlagen in der Luft, dann huschte ein Schatten über ihn hinweg. Als er aufschaute, konnte er gerade noch wahrnehmen, wie ein unbekanntes, plumpes Tier an ihm vorbeischoß, das durch die Luft zu schwimmen schien.

Koena sah ihn verwundert an. »Herr, ist alles in Ordnung?«

»Das da«, sagte Atrus und wies auf das Tier, »dieses … Tier dort … was ist das?«

»Das? Das ist ein Vogel, Herr.«

Atrus verfolgte erstaunt, wie der »Vogel« Kreise über dem See beschrieb; das schlagende Geräusch kam von den langen Federarmen, die er benutzte, um sich in der Luft zu halten. Er beobachtete, wie er zum Sturzflug ansetzte und herabtauchte.

»Erstaunlich«, sagte Atrus, »so etwas habe ich noch nie gesehen.«

Jetzt war es an Koena, ihn erstaunt anzusehen.

In den anderen Zeitaltern hatte es viele Vögel gegeben, aber keine wie diesen. Dieser hier war einfach bizarr. Er glich eher einem kleinen Nagetier als einem Vogel, und er schien auch zu schwer zum Fliegen zu sein, und dann diese seltsamen Flügelarme.

Was mag er da nur geschrieben haben, fragte er sich. *Warum hat Gehn so ein Geschöpf geschaffen? Oder hat er es nicht geschaffen? Was, wenn er es gar nicht schaffen wollte? Wenn es ihm aus Versehen passiert ist?*

Atrus wandte sich wieder Koena zu.

»Komm«, sagte er, fasziniert von dem Gedanken, daß sein Vater absichtlich ein solches Geschöpf geschaffen haben könnte, »laß uns runtergehen. Mein Vater wird böse, wenn man ihn warten läßt.«

Gehn beendete gerade sein Frühstück. Er saß an einem Tisch mit einer dicken roten Tuchdecke mit Goldtroddeln. Er aß aus einer goldenen Schale, daneben stand ein goldener Trinkbecher. Hinter ihm lag auf einem kleinen Podest eine Seidenfahne: Das D'ni-Symbol des Buchs stand in Schwarz vor dem reinen weißen Hintergrund. Atrus trat ins Zelt und registrierte den Luxus, mit dem sich sein Vater hier umgab. Ganz hinten im Zelt stand ein großes Holzbett – das Kopfteil war eindeutig von Inselbewohnern gefertigt worden –, daneben ein D'ni-Wandschirm, der in Gold, Blau und Karminrot gestrichen war.

Atrus trat einen Schritt vor. »Du hast mich rufen lassen, Vater?«

»Ach, Atrus …«, sagte Gehn und wischte sich den Mund mit einer Seidenserviette, die er dann zur Seite warf. »Ich glaube, wir sollten mit deinen Unterrichtsstunden fortfahren, Atrus.«

Er nahm ihn am Arm und führte ihn zu einem niedrigen Tisch in der Ecke, auf dem eine maßstabsgetreue Karte der Insel ausgebreitet war. Atrus blickte darauf. Es dauerte einen Moment, bis es ihm auffiel: Die Zeichnung auf der Karte unterschied sich in einigen Details von den tatsächlichen Gegebenheiten. Er deutete mit dem Zeigefinger in die untere linke Ecke. »Wo ist dieser Teil der Insel?«

»Fort«, sagte Gehn und sah ihn merkwürdig an.

»Und dieser?« fragte Atrus und wies auf ein kleines Inselchen unterhalb des Seezuflusses.

»Fort. Verschwunden.«

Atrus sah seinen Vater ungläubig an. »Aber wie?«

Gehn zuckte mit den Schultern.

»Ich …« Immer noch fassungslos, schüttelte Atrus den Kopf. »Möchtest du, das ich mich darum kümmere? Warum Dinge verschwinden?«

»Nein, Atrus. Ich möchte, daß du nur beobachtest.«

Atrus studierte die Karte eingehender. Soweit er sehen konnte, war ansonsten alles so, wie er es von seinen Ausflügen um die Insel her kannte, bis ins kleinste Detail.

Gehn ging zu seinem Schreibtisch, öffnete den Lederkoffer, den er diesmal aus D'ni mitgebracht hatte, zog ein schmales Notizbuch heraus und reichte es Atrus. »Da.«

Atrus öffnete es und überflog einige Zeilen, dann sah er zu seinem Vater auf. »Was ist das?«

»Was du vor dir hast, sind einige Sätze aus dem Buch für das Siebenunddreißigste Zeitalter. Ich möchte, daß du feststellst, auf welche Aspekte dieses Zeitalters sie sich beziehen und wie und warum sie die Auswirkungen haben, die wir feststellen.«

»Möchtest du, daß ich sie analysiere?«

»Nein, Atrus. Aber ich möchte, daß du anfängst, die Wechselwirkungen zwischen dem geschriebenen Wort und dem komplizierten Gesamtbild zu begreifen, das heißt, mit dem echten Zeitalter, das entsteht. Denn siehst du, während unsere Kunst eine ganz präzise ist, sind ihre Auswirkungen wegen der Komplexität der Interrelationen doch oft ziemlich überraschend. Die Bedeutung eines bestimmten Satzes kann verändert werden, wenn man andere Sätze hinzufügt. Das geht oft so weit, daß die ursprüngliche Beschreibung überhaupt nicht mehr mit der entstehenden Wirklichkeit übereinstimmt. Deshalb waren die D'ni so streng darauf bedacht, daß keine Widersprüche bestanden. Widersprüche können ein Zeitalter zerstören. Nur allzu oft führen sie dazu, daß es auseinanderfällt, wenn man die Widersprüche nachträglich ausmerzen möchte.«

Atrus nickte. »Ja, aber wenn das stimmt, was du sagst, wie kann ich dann feststellen, daß sich meine Beobachtungen direkt auf die Sätze in diesem Buch beziehen? Was ist, wenn andere Sätze das Endergebnis verzerrt haben?«

»Das herauszufinden, ist deine Aufgabe.«

»Aber wenn ich nur diese wenigen Sätze habe ...«

Gehn bedachte ihn mit einem Blick, der zu sagen schien, daß er das schon selbst herausfinden müsse.

»Meinst du, ich soll es erraten?«

»Nicht erraten, Atrus. Ich möchte, daß du Vermutungen anstellst, daß du das Rätsel dieser Welt löst, zwischen den Worten und der Welt vergleichst und zu verstehen versuchst, warum bestimmte Dinge entstanden sind. Du wirst sehen, das ist genauso wichtig, wie die D'ni-Worte und Sätze zu lernen, die diese Dinge beschreiben. Viele meiner Experimente im Laufe der Jahre haben sich so abgespielt. Ich habe viel aus meinen Beobachtungen gelernt, Atrus, und bei dir wird es genauso sein. – Geh jetzt. Und nimm die Karte mit, wenn du willst. Ich brauche sie nicht mehr.«

Atrus saß auf der großen Wiese oberhalb des Sees, die Karte zusammengefaltet im Schoß, das Notizbuch seines Vaters offen daneben. In dem hüfthohen Gras konnte ihn niemand sehen, es sei denn, von den Hängen am anderen Ende des Sees aus. Aber jetzt war Mittag, und die Dorfbewohner waren zum Essen in ihren Hütten.

Er hatte mit dem einfachsten der zwanzig Sätze begonnen, die sein Vater für ihn eingetragen hatte – mit einem Satz, der sich auf die Bodenbeschaffenheit hier bezog. Ein guter, fruchtbarer Boden, reich an Nährstoffen und Mineralien. Ein Boden, der gute Ernten hervorbringen würde, die es den Menschen dieses Zeitalters ermöglichten, weniger Zeit auf die mühselige Plackerei des Anbaus aufwenden zu müssen. Das war von ausschlaggebender Bedeutung, denn ein Volk, das nicht jede Stunde des Tages darauf verwenden mußte, Nahrungsmittel zu beschaffen, war ein Volk, das schnell eine Kultur entwickeln konnte. Kultur, das wußte Atrus, war eine Folge von Übermaß.

Ja, dachte er, und seine Gedanken wanderten zu seiner Zeit in der Kluft zurück. Er verstand das jetzt. Wäre Anna in der Kluft geboren worden und aufgewachsen, hätten sie nicht überlebt. Wäre sie nur eine Bäuerin und nichts weiter gewesen, hätten sie niemals genug zum Leben gehabt, denn es gab nicht ausreichend Anbaufläche, Samen und Wasser. Alles, was sie gehabt hatten, war Annas Begabung als Malerin und Bildhauerin – und ihr Verhandlungsgeschick bei den fahrenden Händlern. Gerade das hatte sie am Leben erhalten, es hatte sie mit dem Salz versorgt, das sie brauchten, mit den Samen, dem Mehl und Brennstoff und mit all den kleinen Luxusgütern, die das Leben dort erträglich gemacht hatten. Ohne all dies wären sie gestorben.

Er war über die Erwartungen jenes trockenen, unbewohnbaren Ortes hinausgewachsen. Der Reichtum von Annas Geist hatte sie ernährt und aus ihm einen starken jungen Mann werden lassen.

Jetzt erst verstand er das. Nachdem er ihr jahrelang insgeheim manchmal Schuldvorwürfe gemacht hatte, sah er es nun wieder ganz deutlich.

Der Boden. Alles hing vom Boden ab. Wachstum begann nicht im Sonnenlicht, sondern im Dunklen, in winzigen Rissen tief unten in der Erde.

Atrus lächelte bei diesem Gedanken, dann studierte er einen der D'ni-Sätze erneut. Der Boden hier müßte reich und fruchtbar sein, aber seine eigenen Beobachtungen zeigten ihm, daß andere Faktoren hineingespielt hatten. Da war eine Übersäuerung des Bodens, die ungesund war.

Er zog die Stirn in Falten und wünschte sich, daß sein Vater ihm das ganze Buch gegeben hätte und nicht nur zufällig zusammengestellte Sätze. Aber er wußte, wie sorgsam sein Vater seine Bücher hütete.

Er wollte sich gerade zurücklehnen und das Problem durchdenken, als er hinter sich einen leisen Schrei hörte. Er legte die Karte zur Seite, stand auf und schaute sich auf der Wiese um.

Nichts. Zumindest konnte er nichts sehen. Er machte einige Schritte und lauschte. Er konnte es sich doch nicht nur eingebildet haben?

Da war es wieder, diesmal ein deutlicher Hilferuf.

Er lief in die Richtung, aus welcher er den Ruf vernommen hatte, dann hielt er überrascht inne. Genau vor ihm hörte das dichte Gras auf. Statt dessen war da eine schmale Erdspalte, etwa zwanzig Meter breit und dreißig oder vierzig Meter lang – diese Erdspalte war vorher nicht dagewesen!

Er trat dicht heran und paßte auf, daß er nicht fiel, dann schaute er in das Dunkel hinunter. Unter ihm war das Mädchen, das er an seinem ersten Morgen auf der Insel gesehen hatte. Sie war hineingefallen und schien nun bis zu den Knien in der dunklen Erde am Grund des Spalts festzustecken, etwa zweieinhalb bis drei Meter tief.

»Bleib ganz ruhig«, sagte er, »hab keine Angst. Ich ziehe dich raus.«

Er sah sich suchend um. Er brauchte ein Seil oder einen Ast oder irgend etwas, das er zu ihr hinunterwerfen konnte, um sie daran heraufzuziehen. Aber dann sah er, wie der Rand des Erdspalts nachgab und wie noch mehr Erde auf sie hinunterbröckelte, was ihre Lage verschlimmerte.

Der nächstgelegene kleine Wald war fünfzig Meter entfernt. Bis er dort war, einen Ast abgebrochen hatte und zurückkam, konnte sie leicht völlig verschüttet sein. Es gab nur eine Möglichkeit:

Er setzte sich an die Kante, prüfte vorsichtig, ob der Boden unter seinem Gewicht nicht nachgab, dann ließ er sich selbst in den Spalt hinunter, wobei er mit den Füßen bei jedem Schritt einen Halt suchte.

»Greif nach oben!« rief er ihr zu. »Greif nach oben und halt dich an meinem rechten Fuß fest!«

Er spürte eine leichte Berührung an der Stiefelspitze. Zu hoch. Er war noch zu hoch. Die Erde, an der er sich festhielt, fühlte sich alles andere als sicher an, aber er konnte das Mädchen nicht seinem Schicksal überlassen. Er tastete sich noch ein wenig tiefer hinunter und fühlte ihre Hand an seinem Fußgelenk.

»Gut«, sagte er, erleichtert, daß sie nur ein kleines, schmächtiges Mädchen war, »jetzt halt dich auch mit der anderen Hand fest.«

Zwei Sekunden vergingen, dann fühlte er ihre zweite Hand am Fußgelenk.

»Gut. Jetzt halt dich ganz fest. Und zieh nicht. Wenn du ziehst, fallen wir beide hinein!«

Langsam, geradezu schmerzhaft langsam, zog er sich hoch und über die Kante, dann drehte er sich um, langte zu ihr hinunter und packte sie an den Handgelenken – so zog er sie die letzten paar Meter nach oben.

Sie saß neben ihm im Gras und zitterte; ihre Brust hob und senkte sich hektisch, als sie versuchte, wieder zu Atem zu kommen. Mit weit geöffneten, ängstlichen Augen schaute sie zu der schwarzen Wunde in der Erde hin, die fast ihr Leben gekostet hätte.

»Geht's dir wieder gut?« fragte er nach einer Weile.

Sie wollte zuerst nicken, dann schüttelte sie den Kopf.

Er sah sie einen Augenblick schweigend an, dann stand er auf, ging zurück, wo er seine Sachen hatte liegenlassen, kehrte mit seinem Umhang zurück und legte ihn um ihre Schultern.

Sie schaute dankbar zu ihm auf, dann ging ihr Blick zurück zu dem Erdspalt. »Was ist das?« flüsterte sie.

»Ich weiß nicht«, antwortete er, plötzlich alarmiert, denn ihm fielen die verschwundenen Inseln auf der Karte ein. *Aber vielleicht weiß es mein Vater.*

Gehn zog den Lederkoffer zu sich heran, dann nahm er den winzigen Schlüssel der Kette, die er um den Hals trug, und schloß den Schnappverschluß auf.

»Ich werde nur einige Stunden weg sein«, sagte er und schaute zu Atrus hinüber, der am anderen Ende des Schreibtisches stand, das Mädchen neben sich. »Sie wird unter der Aufsicht des Akoluth hierbleiben, bis ich zurückkehre. Und du sagst nichts, verstehst du, Atrus? Ich möchte nicht, daß die Inselbewohner durch den Vorfall in Panik geraten. Es gibt eine einfache Erklärung, und ich werde sie finden.«

Atrus neigte leicht den Kopf.

»Gut.« Gehn nickte entschlossen, dann räumte er all seine Bücher und Papiere fort.

»Vater?«

»Ja, Atrus?«

»Ich wollte heute nachmittag eigentlich zum Fischen hinaus. Ich hatte mich mit einem der Fischer abgesprochen. Soll ich das jetzt absagen?«

Gehn dachte einen Moment nach, dann meinte er: »Nein. Du machst am besten so weiter, als wäre gar nichts geschehen. Aber bleib nicht zu lange weg. Ich brauche dich, wenn ich zurückkomme.«

»Natürlich, Vater.«

»Gut. Geh jetzt und hol den Akoluth.« Sein Blick fiel auf das Mädchen. »Du … setz dich da in die Ecke. Und nimm den Umhang ab. Nur echte D'ni dürfen einen solchen Umhang tragen!«

Kaum war sein Vater gegangen, als Atrus auch schon zum Hafen eilte. Das Boot, mit dem er hinausfahren sollte, gehörte einem alten Fischer namens Tarkuk, einem kleinen Hutzelmännchen mit merkwürdig langen Fingern. Sein Sohn Birili war ein kleiner, muskulöser junger Mann, der wenig Worte machte. Er hatte nur einen kurzen Blick für Atrus, als dieser an Bord kam, danach nahm er ihn kaum mehr zur Kenntnis.

Sie ruderten durch den Kanal in die offene See.

Dort draußen, ungeschützt von der Hügelkette, frischte es heftig auf, und das Boot fiel und sank auf der unruhigen Wasserfläche. Während Tarkuk vom Heck aus auf das Meer hinausschaute, eine lange, sonnengebräunte Hand an der Ruderpinne, eine kleine Tonpfeife zwischen den gelben Zähnen, richtete Birili den Mast auf und entrollte das Segel.

Atrus sah fasziniert, wie das Tuchsegel vom Wind erfaßt wurde, anzuschwellen schien und an der Leine in Birilis Hand zog. Das Boot drehte, gewann leicht an Fahrt, es stieg und fiel, als sie um die Insel herumfuhren.

Atrus lehnte sich vor und schaute in das klare Wasser. So nahe an der Insel war der Meeresgrund noch zu erkennen, flach, uneben und von einem Gewirr von Algen überzogen.

Irgendwo hier in der Nähe hatte es jene zweite kleine Insel gegeben, die Atrus auf der Karte entdeckt hatte. Sie war nicht groß gewesen, aber doch immerhin bedeutend genug, daß Gehn sie in seine ursprüngliche Karte eingezeichnet hatte. Jetzt war nichts mehr da.

Was bedeutete das? Was war hier im Siebenunddreißigsten Zeitalter geschehen?

Er atmete tief die stark salzhaltige Luft ein. Auch der See, so hatte er erfahren, führte Salzwasser. Die Dorfbewohner holten ihr Trinkwasser aus den Quellen der umliegenden Hügel und aus dem einzigen Brunnen hinter Gehns Zelt – jedenfalls, wenn Gehn nicht in seiner Residenz weilte.

Die Insel – die immer noch das beherrschende Bild der Szenerie war – wurde langsam kleiner. Atrus wandte sich um, schaute an Birili und dem sich bauschenden Segel vorbei. Das Meer erstreckte sich ins Endlose. Dort, wo der Horizont sein müßte, schien alles dunstig.

»Was ist das?« fragte er und deutete auf den Dunst.

»Was ist was?« fragte Tarkuk, beugte sich vor und versuchte am Segel vorbei zu sehen, als wäre etwas auf dem Wasser.

»Der Nebel …«

Der alte Mann schaute eine Weile hinaus, dann wandte er den Kopf und spuckte über die Bootskante ins Wasser.

»Das ist der Nebel. Da endet das Meer.«

Atrus zog die Stirn in Falten. »Aber da ist doch sicher etwas hinter dem Nebel?«

Aber Tarkuk wandte einfach den Blick ab …

Atrus schaute genauer hin. Nun, da sie näher daran waren, sah er, daß der Nebel wie eine dichte Barriere wirkte, wie ein Wall um die Insel.

Seltsam, dachte er, *es ist, als ob hier wirklich alles endet.*

Als sie die Insel noch weiter umfahren hatten, gerieten andere Boote in ihr Blickfeld, die etwa eine Meile vom Land entfernt ankerten – insgesamt waren es sieben, die eine riesige Ellipse auf dem offenen Meer bildeten; leicht wiegten sie sich in der warmen, angenehmen Brise.

Sie stießen zu diesen Booten, senkten das Segel und ankerten an der Stelle, die eindeutig Tarkuks Platz in dem flachen Kreis war.

Alles hat seinen festen Platz, dachte Atrus, und er wußte, wie sanftmütig, wie zutraulich diese Menschen waren.

Der alte Mann wandte sich um; er hielt ein aufgespultes, feinmaschiges Netz in der Hand. »Möchtet Ihr fischen, Herr?«

»Nein, danke, ich werde zuschauen.«

Tarkuk nickte seinem Sohn zu, dann holte er weit aus und warf sein Netz ins Meer aus, nur das geknotete Ende der Einholleine noch in der Hand haltend. Langsam driftete das Netz nach rechts und beschrieb eine große »8« im Wasser. Als die Leine straff war, begann er, das Netz einzuholen. Währenddessen warf Birili sein eigenes Netz an der anderen Seite des Bootes aus; seine Haltung, seine Bewegungen glichen so sehr denen seines Vaters, daß Atrus unwillkürlich lachen mußte.

Der alte Mann hatte sein Netz über die Bootsseite eingeholt. Jetzt beugte er sich vor und begann mit kleinen, schnellen Bewegungen des Handgelenks, das Netz aus dem Wasser und auf Deck zu ziehen.

Atrus beugte sich erstaunt vor: In den stumpfbraunen Maschen des Netzes glänzte es jetzt silbern auf. Hunderte und Aberhunderte von kleinen Silberfischen, nicht länger als seine Hand, waren ins Netz gegangen. Als Tarkuk die letzte Windung des Netzes an Deck zog, begann auch Birili auf der anderen Bootsseite, seines einzuholen.

So einfach ist das also, dachte Atrus und beobachtete, wie Tarkuk einen der großen viereckigen Körbe heranzog und anfing, die Fische aus dem Netz zu nehmen und hineinzuwerfen.

Atrus tat vorsichtig einige Schritte in dem schlingernden Boot, kniete sich hin und schaute in den Korb. Es war, als schaute man in eine Silbertruhe – aber dieses Silber war lebendig!

Atrus faßte nach einem der sich windenden Fische und versuchte ihn herauszuziehen, aber dann sah er, daß er nichts in der Hand hielt. Der Fisch war seinem Griff einfach entschlüpft.

Atrus hob die Finger an die Nase und roch daran. Der Geruch war ihm unbekannt. Dann rieb er sich mit dem Daumen über die Fingerspitzen. Er hatte nicht gewußt, daß die Fische so schlüpfrig, so ölig waren.

Tarkuk hielt mit seiner Arbeit inne und beobachtete ihn,

Neugier in seinen Augen. Atrus lächelte ihn an, aber der alte Mann war nicht so einfach zu gewinnen. Er verzog nur leicht den Mund, dann fuhr er in seiner Arbeit fort.

Atrus suchte wieder seinen Blick. »Es sieht so aus, als wären genug Fische da, um das ganze Dorf davon zu ernähren!«

»Glaubt Ihr?« Der alte Mann zuckte mit den Achseln. »Wenn man den Kopf abgehackt und die Gräten und Haut entfernt hat, ist nicht mehr viel dran an so einem Fisch. Man braucht schon ein Dutzend für eine anständige Mahlzeit. Außerdem verwenden wir sie auch noch für andere Zwecke. Hauptsächlich das Fett. Wir machen Öl daraus für unsere Lampen.«

Atrus nickte. »Und für eure Kleidung?«

»Die ist aus Leinen.«

»Leinen?«

»Auf der Insel wächst eine Pflanze. Wir ernten sie und trocknen sie, und dann weben wir Tuch daraus.«

Er hatte diese Pflanzen gesehen, aber nicht gewußt, um was es sich handelte. Und in Gedanken fügte Atrus ein weiteres Puzzleteil ins Bild ein. Fische, die öliges Fett für Brennstoff lieferten. Pflanzen, die man zu Tuch verweben konnte. Solche Dinge, richtig beschrieben, ließen an einem Ort wie diesem das Leben gedeihen …

In ihm stieg Bewunderung für Gehn auf. Sicher, es war einfach, aber klug. Sehr klug.

»Können wir noch weiter hinausfahren?«

»Weiter?« Der alte Mann schien seine Frage nicht recht zu verstehen.

»Ja … weit hinaus, dahin, wo der Nebel ist.«

Tarkuk sah ihn an, sein Gesicht wurde hart, seine ganze Haltung war plötzlich völlig verändert. »Warum?«

»Weil ich es gerne sehen würde«, antwortete Atrus, zum ersten Mal leicht irritiert über die Reaktion des alten Mannes.

Ihm fiel auf, daß Birili in seiner Arbeit innehielt und ihn mit demselben Blick anschaute.

»Die Strömung ist da draußen zu stark«, sagte Tarkuk, als sei damit das Thema erledigt.

»Ach was«, gab Atrus zurück, und plötzlich wußte er, was los war: Sie hatten Angst vor dem Nebel. Sie hatten eine ganz unsinnige Angst.

Er sah, daß Tarkuk und sein Sohn sehr schnell weiterarbeiteten. Dann, als die Körbe voll und die Netze unter dem Bugsitz eingerollt waren, lichtete Birili mit unbeweglichem Gesicht den Anker, hißte das Segel und hielt die Leine straff, als sich das Segel mit Wind füllte.

Als sie zwischen den Booten hinausfuhren, bemerkte Atrus die entsetzten Blicke der anderen Fischer.

Atrus ignorierte Tarkuks durchdringenden Blick. Er ließ seine Hand ins Wasser gleiten und bemerkte, wie warm es war. Die Brise war schwächer geworden, aber es herrschte immer noch ziemlich hoher Seegang. Tatsächlich schienen die Wellen immer höher zu werden, je weiter sie sich von der Insel entfernten.

Vor ihnen rückte die Nebelwand näher und näher.

Wieder ließ er seine Hand ins Wasser gleiten und zog sie entsetzt zurück.

Kalt … das Wasser war eiskalt!

Atrus sah ins Wasser. Hier draußen war es dunkel. Man konnte den Meeresgrund nicht mehr sehen. Er hatte plötzlich das Gefühl, daß sie über eine Art Schelf gesegelt waren und daß das Wasser unter ihnen eine Meile tief war – oder noch tiefer. Bei diesem Gedanken krampfte sich ihm der Magen zusammen.

Lächerlich, dachte er und schaute zu Birili hin, der die Leine locker in der Hand hielt. Von dort ging sein Blick zum Segel. Er betrachtete es nachdenklich. Es war völlig windstill. Von daher müßten sie langsamer geworden sein, aber das Boot glitt schneller als vorher dahin.

Die Strömungen, dachte er und begann zu verstehen. Er sah zu dem alten Mann. Er und sein Sohn hatten die Augen geschlossen und knieten im Boot, als beteten sie. Das Boot war sich selbst überlassen, es schien wie unter einer unbekannten Führung dahinzuschnellen.

Die Nebelwand schob sich langsam näher, sie füllte den ganzen Himmel vor ihnen. Es war kalt geworden, bitter kalt, und wie sie dahinglitten, schien das Wasser unter ihnen zu sieden und Blasen zu werfen. Dann waren sie plötzlich an dieser großen, weißen Mauer, glitten parallel zu ihr.

Atrus packte den alten Mann beim Arm. »Tarkuk! Hör zu! Wir müssen etwas tun!«

Tarkuk öffnete die Augen und starrte Atrus an, als würde er ihn nicht erkennen. »Etwas *tun*?«

»Ja!« schrie Atrus. Er sah sich um und entdeckte die Riemen, die im Boot lagen. »Also los! Wenn wir alle rudern, können wir uns befreien!«

Tarkuk schüttelte bedächtig den Kopf, aber Atrus konnte es nicht zulassen, daß er wieder in seine Angst verfiel. Er faßte ihn bei den Schultern und schüttelte ihn kräftig.

»Los jetzt! Ich befehle es! Ruder!«

Tarkuk fand in die Wirklichkeit zurück, sah Atrus an und senkte den Kopf. »Wie mein Herr befiehlt.«

Er stand unsicher auf, dann erhob er die Stimme und rief seinem Sohn Befehle zu. Zuerst schien Birili zu zögern, als hätte er sich schon mit Leib und Seele der Tiefe verschrieben. Dann nahm er wie ein Schlafwandler seinen Riemen und setzte sich.

»Komm«, bot Atrus an und setzte sich neben ihn, »laß mich helfen.«

Er hatte das Boot seines Vaters in der Vergangenheit oft genug gerudert, um die Technik zu beherrschen, und ihm war klar, daß sie nicht weiterkamen, wenn sie sich nicht gemeinsam bemühten.

»Also los«, feuerte er sie an, »rudert, wenn euch euer Leben lieb ist.«

Sie legten sich in die Riemen, ruderten gegen die Strömung an, setzten all ihre Kräfte ein, um das Boot zur Insel zurückzubringen. Eine ganze Weile sah es so aus, als wäre die Strömung zu stark und all ihr Bemühen vergebens – aber dann, plötzlich, kamen sie frei.

Mit angespannten Sehnen erkämpften sie sich ihren Weg, Meter um Meter über die dunkle Wasserfläche; die massive weiße Nebelwand wurde kleiner und kleiner, bis sie schließlich – atemlos von ihren Anstrengungen und ungeheuer erleichtert – die Insel wieder vor sich sahen.

Atrus reckte den Hals und sah zum Himmel hinauf. Jeder Muskel schmerzte, aber er fühlte einen ungeheuren Triumph.

»Gut gemacht!« rief er. Aber Tarkuk und sein Sohn hielten den Blick gesenkt und schwiegen. Es war ein unheimliches Schweigen.

»Was ist?« fragte er und berührte den Arm des alten Mannes. Bei dieser Berührung zuckte Tarkuk zusammen.

Atrus schaute ihn verdutzt an. Was ging hier vor? Was war ihm entgangen? Er hatte einen Fehler gemacht, sicher, aber sie hatten doch überlebt, oder? Er hatte sie zum Überleben gezwungen! Er hatte sie dazu gebracht, zu rudern, als sie aufgegeben hatten.

Er schüttelte den Arm des alten Mannes. »Was ist? Antworte! Ich muß es wissen!«

Tarkuk sah ihn an, dann senkte er wieder den Blick. »Wir haben den Weißen Nebel betrogen.«

»Betrogen?« fragte Atrus erstaunt. »Was meinst du damit?«

Aber der alte Mann sagte nichts weiter. Langsam erhob sich Birili, hißte erneut das Segel und nahm Kurs auf die Insel.

Schweigend segelten sie zurück.

Als sie aus dem Boot und den Hügel hinaufstiegen, wollte Atrus Tarkuk noch etwas fragen, aber der Mann schien durch ihn hindurchzusehen.

Atrus schüttelte verwundert den Kopf. Was war da draußen passiert? Was genau war ihm entgangen?

Er wußte es nicht. Aber er würde es erfahren. Er mußte es herausfinden, bevor sein Vater zurückkehrte.

Atrus rannte über die Brücke; er sah die Wolken, die sich über ihm zusammenbrauten. Eilig lief er den Hang hinauf zum Zelt seines Vaters.

Überrascht von seinem plötzlichen Auftauchen stand Koena, der Akoluth, schnell auf und deutete eine Verbeugung an, immer noch unsicher, wie er sich Gehns Sohn gegenüber verhalten sollte. »Junger Herr? Ist alles in Ordnung?«

Das Mädchen saß am Boden und sah zu Atrus auf.

»Nein«, antwortete Atrus, schritt an Koena vorbei und setzte sich in den Sessel seines Vaters.

»Herr?« Koena kam zum Schreibtisch und stellte sich vor ihn. »Sind noch mehr Erdrisse aufgetaucht?«

»Nein. Aber da ist etwas, für das ich eine Erklärung suche.«

»Ja, Herr?«

Atrus zögerte, dann sagte er: »Es ist etwas passiert.«

»Etwas?«

»Ja, als ich mit dem Boot draußen war. Der alte Mann sagte etwas von ›Betrügen des Weißen Nebels‹.«

Koena hielt den Atem an. »Ihr wart dort draußen?«

»Wo draußen?« fragte Atrus – er wußte, was Koena meinte, aber er wollte es von ihm hören.

»Bei der Nebelwand.«

Atrus nickte. »Wir sind durch die dunkle Strömung gesegelt. Und dann sind wir zurückgerudert.«

Koena starrte ihn an. »Nein«, sagte er leise.

»Was ist da?« fragte Atrus. »Was habe ich nicht verstanden?«

Koena schwieg einen Augenblick. Bittend sah er Atrus an.

»Sag es mir«, beharrte Atrus, »oder ich muß meinen Vater bitten, daß er es aus dir herausquetscht.«

Der Mann seufzte, dann antwortete er ihm zögernd: »Der Weiße Nebel … er war unser Herr. Bevor Euer Vater kam.«

Er schwieg. Von weitem hörte man Donnergrollen.

Auch Atrus schwieg eine Weile, um diese neue Information zu verarbeiten, dann schaute er Koena wieder an. »Und mein Vater weiß nichts davon?«

»Nichts.«

»Der alte Mann und sein Sohn … was wird mit ihnen geschehen?«

Koena senkte den Blick. Es war klar, daß er kein weiteres Wort mehr sagen wollte, aber Atrus mußte es wissen.

Der Akoluth zuckte mit den Schultern, dann sagte er: »Sie werden sterben. Als hättet Ihr sie da draußen gelassen.«

Atrus schüttelte den Kopf. Nun, da ihm die Zusammenhänge klar waren, fühlte er einen dumpfen Zorn über den abergläubischen Unsinn, mit dem man sich so etwas ausmalen konnte. Er stand auf; getrieben von seiner Wut wußte er, was zu tun war.

»Hör zu«, sagte er und ahmte seinen Vater nach. »Geh und ruf die Dorfbewohner zusammen. Sag ihnen, daß sie sich vor der Hütte meines Vaters versammeln sollen. Es ist Zeit, daß ich zu ihnen spreche.«

Der Himmel war dunkel, als Atrus die Stufen zur Versammlungshütte hinaufstieg und sich der wartenden Menge zuwandte. Leichter Regen fiel. Alle waren da: die Männer, Frauen und Kinder der Insel. Nur Tarkuk und Birili fehlten.

Atrus schluckte, dann hob er die Hände, wie er es seinen Vater hatte tun sehen, und begann zu sprechen. Er versuchte, mit so vollem und mächtigem Klang zu sprechen: »Heute nachmittag waren wir bei der Nebelwand. Wir durchsegelten die dunkle Strömung und kehrten zurück …«

Es erhob sich ein starkes Murmeln der Unzufriedenheit. Die Menschen sahen einander besorgt an.

»Ich habe Gerüchte gehört, daß wir den Weißen Nebel in gewisser Weise betrogen hätten, und deshalb habe ich euch hierher beordert.«

Er schwieg, schaute sich um und hoffte, daß das, was er nun sagte, seinem Vater keine Schwierigkeiten bereiten würde.

»Ich verstehe eure Ängste«, fuhr er fort. »Aber ich bin der Beweis dafür, daß die Macht des Weißen Nebels schwindet. Bin ich nicht zur Nebelwand gesegelt und zurückgekehrt? Hat mich der Weiße Nebel verschlungen? Nein. Und er wird es auch nie. Wenn mein Vater, euer Herr Gehn, zurückkehrt, werden er und ich durch die Nebelwand segeln.«

Man hörte ein entsetztes Keuchen – ein Keuchen des Unglaubens, des Schocks.

»Das geht nicht«, nahm Koena für alle Versammelten das Wort.

»Du glaubst es nicht?« fragte Atrus, stieg hinunter und sah dem Diener seines Vaters mutig ins Auge.

Koena senkte schweigend den Kopf. Über ihnen grollte leise der Donner. Große Wolken hatten sich zusammengebraut und warfen dunkle Schatten auf die Hügel.

Atrus schaute zum düsteren Himmel hinauf, dann fuhr er fort: »Alles wird gut ausgehen.«

Ein lauter Donnerschlag. Der Blitz fuhr aus den Wolken, entlud sich in einem grellen, blauweißen Licht und fuhr dann in den Kamm eines Hügels. Atrus schaute dem Naturschauspiel ruhig zu und sah dann, wie alle sich entsetzt zu Boden warfen.

»Das ist nichts«, sagte Atrus und sprach gegen den Donner an, »nur ein Gewitter!«

Ein zweiter, blendend heller Blitz flammte auf und fuhr in einen der Bäume am äußeren Ende des Sees, der plötzlich in hellen Flammen stand.

»Der Weiße Nebel ist zornig!« schrie jemand aus der Menge. »Schaut, wie er Euch sucht!«

Atrus sah sich wütend um; er wußte, daß er dies jetzt gleich unterbinden mußte.

»Unsinn!« rief er. »Es ist nur ein Gewitter!«

Aber niemand hörte ihm zu. Die Inselbewohner rauften sich die Haare und wehklagten, als würde etwas Entsetzliches auf sie herniedergehen.

Dann, als ein dritter Blitz die Luft ionisierte und mit bizarren Formen durch die regendunkle Nacht zischte, sah Atrus in dem grellen Licht seinen Vater, der den Weg zwischen den Hütten nahm und auf die Brücke zuging.

13

Atrus stand mit gesenktem Kopf vor seinem Vater, während der Regen auf die Zeltplane niederprasselte. Die zu Tode erschreckten Inselbewohner waren vor dem Wüten des Sturms in ihre Hütten zurückgeflohen, aber Gehn war nicht in der Stimmung, sie zu beruhigen oder ihnen Vertrauen einzuflößen. Jetzt saß er vorgelehnt in seinem Sessel und schaute seinen Sohn an, die Finger fest an die Schreibtischkante geklammert.

»Es hat Schwierigkeiten gegeben, sagst du. Warum?«

»Ich wollte die Nebelwand sehen. Also bin ich zu ihr hinausgesegelt.«

»Und du hast die dunkle Strömung erlebt?«

Atrus sah auf, überrascht, daß sein Vater davon wußte. Er nickte, dann erzählte er seinem Vater alles, was er in dessen Abwesenheit erfahren hatte. Als er mit seinem Bericht zu Ende war, sah Gehn ihn gedankenverloren an. Er löste seine Finger von der Schreibtischkante und lehnte sich zurück.

»Es ist schade, aber es scheint, daß dieses Experiment hier nicht geklappt hat. Diese Welt ist instabil.«

»Inwiefern?«

»Die Insel liegt auf einer Art Sockel. Ein massiver Sockel aus Fels, der vom Seeboden aus heraufreicht. Sie ist von Meer umgeben – einem tiefen, äußerst kalten Meer.«

Atrus zog die Stirn kraus. »Aber das Wasser hier ist warm. Und es gibt frisches Wasser im See.«

»Das kommt von der Erdkruste, tief unter der Oberfläche. Da ist geothermische Wärme. Diese Wärme ist auch für die

Nebelwand verantwortlich. Das heiße Wasser steigt von unten hoch und trifft auf die kalten Meeresströmungen, und der Nebel ist die Reaktion dieses Zusammentreffens.« Gehn nickte nachdenklich. »Wie du siehst, ist dies wirklich eine Insel im buchstäblichen Sinn. Sie ist von allen Außenverbindungen abgeschnitten und kann trotzdem existieren.«

»Aber jetzt geht irgend etwas schief.«

»Genau. Langsam, aber sicher verfällt dieses Zeitalter. Ich kann nicht herausfinden, warum das so ist. Ich habe alles getan, um Lösungen zu ermitteln, aber ohne ein radikales Umschreiben dieses Zeitalters, so fürchte ich, ist es dazu verurteilt, noch weiter zu verfallen.«

»Und die Erdrisse, Vater? Woher kommen die?«

Gehn schüttelte den Kopf. »Das muß an der Erdstruktur liegen. Vielleicht derselbe Fehler, durch den der Ausläufer und die kleine Insel untergegangen sind.«

»Kannst du das wieder in Ordnung bringen?«

Gehn sah ihn an. »Ich könnte es zweifellos, aber ich möchte es lieber lassen. Schließlich ist es nur ein winziger Erdspalt. Wenn es schlimmer wird, werde ich noch einmal darüber nachdenken. Aber jetzt haben wir andere Probleme, wie diese Sache mit dem sogenannten Weißen Nebel. Laß uns erst das regeln, und dann wenden wir uns anderen Dingen zu.«

Der Regen prasselte immer noch vom Himmel. Gehn kniete mit zusammengekniffenen Augen neben dem Erdspalt auf der Wiese.

Er war stundenlang in D'ni gewesen, um die richtigen Worte in dem alten Buch zu finden, aber aus einem unerklärlichen Grund führte das zu nichts.

Gehn stand auf, kämmte sich mit den Fingern durch sein regenglattes Haar, dann stieß er wütend mit dem Fuß einen Erdklumpen in den Spalt – er mußte die Enttäuschung, die er in diesem Augenblick empfand, irgendwie abreagieren. Es handelte sich um ein ganz einfaches Problem, wie er instinktiv ahnte. Es hatte mit der Erdstruktur zu tun, aber er wußte eben nicht, was es war. Und das Schlimmste dabei: Jedesmal, wenn er glaubte, es endlich gefunden zu haben, trat etwas auf, das zeigte, daß er unrecht gehabt hatte. Etwas, das bewies, daß er weit davon entfernt war, die entscheidenden Prinzipien, die allem zugrunde lagen, zu verstehen.

Wenn er doch nur irgendwo irgendwelche schriftlichen Aufzeichnungen finden könnte. Aber die Gildemeister waren zu klug gewesen, Aufzeichnungen zu hinterlassen. Solche Geheimnisse waren nur mündlich von einer Generation zur nächsten weitergegeben worden. Es gab folglich kein Buch, in dem solche Formeln aufgezeichnet waren. Deshalb mußte er immer wieder in den alten Büchern suchen, ob er irgendwelche Hinweise auf die wunderbaren, kunstfertigen Sätze fand, mit denen diese oder jene Wirkung am präzisesten beschrieben war. Aber nirgendwo gab es eine Erklärung, *warum* sich der eine Satz in die Praxis umsetzen ließ und ein anderer nicht.

Gehn war verärgert; als er sich umwandte, bemerkte er, daß der Akoluth nur zehn Schritte entfernt stand. Sein Umhang war durchnäßt, die Farbe lief heraus, das dunkle Haar klebte ihm am Kopf. »Was ist, Mann?«, fragte Gehn.

»Ich … ich wollte wissen, ob Ihr etwas essen wollt, Herr.«

Essen? Er machte eine ärgerliche Handbewegung. Wie konnte jemand in diesem Augenblick an Essen denken?

Gehn schaute zu den Hügeln hinüber. Wenn er nur die Nebelwand entfernen könnte …

Plötzlich lachte er leise auf. Natürlich! Er hätte es die ganze Zeit über wissen können! Das Meer! Er mußte nur das Meer erwärmen!

»Eins!«

Der Mann wandte sich ihm zu. »Ja, Herr?«

»Sag Atrus, ich bin in einer Stunde zurück. Inzwischen sollen die Dorfbewohner ein Fest am Hafen vorbereiten. Ein Fest, wie sie es nie zuvor erlebt haben!«

Atrus stand an der Brücke und sah zu, wie die Inselbewohner verdrießlich der ihnen aufgetragenen Aufgabe nachgingen. Er ließ sich noch einmal alles durch den Kopf gehen, was sein Vater gesagt hatte.

Gehns Entscheidung, dieses Zeitalter nicht zu stabilisieren, lag Atrus schwer auf der Seele. Er fühlte sich in gewisser Weise verantwortlich für diese Menschen. Es war nicht ihre Schuld, daß Fehler in der Grundstruktur ihres Zeitalters lagen. Und wenn es wirklich einen stetigen Verfall gab, dann war es doch sicher ihre Pflicht als Herren dieses Zeitalters, die Dinge zu korrigieren.

Atrus seufzte, dann überquerte er die Brücke, und er dachte daran, wie vieles sich in den letzten Stunden bei den Inselbewohnern geändert hatte. Zuerst waren alle nett zu ihm gewesen, aber nun, da sie Tische aufbockten und Essen zubereiteten, lag unterdrückter Ärger, ja sogar Feindseligkeit in der Luft, was ihm ein Gefühl des Unbehagens vermittelte.

Er blieb stehen und schaute zu der Hütte der alten Frau hinauf. Ihm war plötzlich eine Idee gekommen, wie er sein Gewissen diesen Menschen gegenüber beruhigen und seine eigenen ersten Versuche mit dem Schreiben in D'ni weiterbringen könnte. Wenn er nun hierbliebe, statt nach K'veer zurückzukehren? Wenn er seinen Vater dazu bringen könnte, daß er ihn diese Welt weiterhin beobachten ließe, nicht nur für ein paar Tage, sondern über Monate, vielleicht sogar Jahre hinweg? Man könnte ihm einen Extraraum an die Hütte anbauen, den er als Labor benutzen konnte.

Ja – aber wäre Gehn damit einverstanden?

Atrus nahm die Karte auf und studierte sie. Mit den Fingerspitzen zeichnete er die Umrisse des Sees nach. Es gab eine Möglichkeit, seinen Vater davon zu überzeugen, daß es eine gute Idee war, aber es barg ein Risiko. Es würde bedeuten, daß er Gehn zeigen müßte, woran er in den vergangenen Monaten gearbeitet hatte.

Er atmete tief ein und aus: *Und wenn mein Vater das nicht*

billigt, was ich getan habe? Wenn er es nur als Beweis ansieht, daß ich noch nicht soweit bin?

Tatsächlich hätte Atrus gerne noch länger gewartet, bevor er Gehn das Zeitalter zeigte, das er in sein Übungsbuch eingeschrieben hatte. Er wollte sicher sein, daß er alles richtig gemacht hatte, bevor er sich an ein wirkliches Buch heranwagte. Aber wenn er das täte, würde es bedeuten, daß er dieses Zeitalter aufgeben mußte: Koena und das Mädchen und die alte Frau, die sich um ihn kümmerte – war es das wert? Er schob die Karte zur Seite und stand auf. Er fuhr sich mit der Zungenspitze über die Oberlippe.

Was hätte Anna getan?

Er wußte die Antwort, ohne nachzudenken. Sie würde bleiben und versuchen zu helfen, selbst wenn es bedeuten würde, ihre eigenen Pläne aufzugeben.

Also gut. Er mußte nur noch seinen Vater für seinen Plan gewinnen.

Gehn kehrte wie versprochen an diesem Abend zurück; gerade bei Sonnenuntergang tauchte er auf dem Hügelkamm auf. In das rote Licht der untergehenden Sonne getaucht, hob er dramatisch den Arm und sprach zum Inselvolk, das sich unten versammelt hatte, und seine Stimme hallte über den stillen See.

»Schaut!« rief er und wies über die Hügel hinweg. »Die Nebelwand ist verschwunden! Der Weiße Nebel existiert nicht mehr!«

Die Inselbewohner wandten sich um und sahen mit eigenen Augen, daß die Nebelwand nicht mehr da war. In dem orangeroten Licht des Sonnenuntergangs sah man nur endloses Meer. Ein Murmeln des Staunens lief durch die Menge, dann fielen sie alle auf die Knie und schauten zum Hang hinauf, von dem aus Gehn zu ihnen hinunterschritt.

Atrus stand auf den Stufen des Tempels. Als sein Vater nach einigen Stunden nicht zurückgekehrt war, hatte er sich gesorgt, aber nun verstand er. Gehn hatte eine neue Eintragung in das Buch ›Zeitalter Siebenunddreißig‹ gemacht, etwas Geheimnisvolles, womit die Nebelwand verschwunden war.

Er ging hinunter zum Hafen zu seinem Vater. Dort war alles für das Fest vorbereitet. Atrus fühlte, wie sich ihm der Magen zusammenzog. Er war entschlossen, noch heute abend zu fragen, ob er hierbleiben könne, um die Sache so schnell wie möglich ins reine zu bringen. Gleichzeitig erinnerte er sich an das letzte Mal, als er seinen Vater um etwas gebeten hatte. Damals hatte er zur Kluft zurückkehren und Anna besuchen wollen, und er fürchtete, daß Gehns Antwort auch diesmal ablehnend ausfallen würde.

Ja, und wenn?

Atrus seufzte und überquerte die Brücke. Wenn Gehn es ablehnte, wäre der Fall erledigt. In einer so wichtigen Angelegenheit konnte er sich seinem Vater nicht widersetzen. Außerdem brauchte ihm Gehn nur den Einblick in das Buch zu verweigern.

Niemand bemerkte ihn, als er den Hafen erreichte. Aller Augen waren auf den Hügel und auf Gehn gerichtet, der prächtig in Samt und Leder gekleidet auf sie zuschritt.

Als Gehn auf den offenen Platz kam, trat sein Akoluth Koena vor und begrüßte ihn. Er machte eine leichte Verbeugung und warf Gehn eine Handvoll gelber Blüten zu Füßen.

Gehn ließ den Blick über die Menge gleiten – es war ein kalter, herrischer Blick –, dann entdeckte er Atrus zwischen den Tischen und winkte ihn zu sich.

»Vater?« fragte er ruhig und bemerkte den ihm fremden Ausdruck in Gehns Augen, aber Gehn ließ sich nicht ablenken. Er wandte sich wieder der Menge zu und hob den Arm.

»Von nun an wird der Weiße Nebel nicht mehr erwähnt. Von nun an sind diese Worte verboten. Doch nun laßt uns essen. Laßt uns diesen Neubeginn feiern!«

Atrus hatte den Blick immer noch auf seinen Vater gerichtet. Er fragte sich, was er meinte und ob es wirklich ein Neubeginn war.

Als die Inselbewohner an ihm vorbeigingen und ihre Plätze an den langen Tischen einnahmen, sah Atrus, wie sie alle Gehn mit ehrfürchtiger Scheu betrachteten, kaum fähig zu begreifen, daß sich ein solches Wunder ereignet hatte.

Es war spät, sehr spät, als das Fest schließlich zu Ende ging. Atrus bereitete sich sein Bett in einer Ecke des Zeltes und hörte, wie sein Vater hinter seinem Wandschirm auf und ab ging. Die brennende Pfeife glomm durch die dicken Seidenpaneele. Sie hatten seit Gehns Ansprache kaum ein Wort miteinander gewechselt, dabei hätte Atrus seinem Vater gern Dutzende von Fragen gestellt. Aber er spürte, daß jetzt nicht der richtige Zeitpunkt dafür war. Außerdem war er müde, und wenn es etwas zu besprechen gab, so konnte es auch bis morgen warten. Sogar seine Idee, hierzubleiben.

Er hatte sich gerade in sein Bett gekuschelt und das Gesicht zur Zeltwand gedreht, als Gehns Pfeifengeruch in seiner Nase kitzelte. Er wandte sich um und sah, daß Gehn neben ihm stand.

»Morgen brechen wir von hier auf.«

»Aufbrechen?«

»Ich habe anderswo wichtige Dinge zu erledigen. Sehr wichtige Dinge.«

Atrus schwieg, dann setzte er sich auf und sah seinen Vater im Halbdunkel an.

»Ich wollte dich um etwas bitten.«

»Nur zu.«

»Ich habe gedacht, ich könnte dir vielleicht helfen … weißt du, ich habe einige Langzeitstudien auf der Insel gemacht. Ich dachte, vielleicht könnten mir die Inselleute eine Hütte bauen. Ich könnte meine Sachen von K'veer hierher schaffen, und vielleicht könnte ich auch einen Extraraum für meine Experimente haben.«

»Nein.«

»Nein? Aber ...«

Gehn wandte sich ab. »Kein Aber, Atrus. Zu wissen, daß du hier allein wärest, ohne Hilfe – das kommt überhaupt nicht in Frage. Es paßt nicht in mein Programm.«

»Aber wenn wir herausfinden könnten, warum hier so vieles schiefgeht ...«

»Du wirst hier nicht weiterarbeiten, Atrus. Ich habe wichtigere Sorgen als dieses unbedeutende Zeitalter.«

»Warum hast du mir dann die D'ni-Sätze in dem Buch gegeben? Warum hast du die Nebelwand entfernt, wenn du dieses Zeitalter einfach aufgeben willst?«

»Du denkst, du kennst meine Gründe, Atrus?«

»Nein, ich habe nur das Gefühl, daß dein erster Impuls richtig war. Wenn wir verstehen, was hier falsch läuft, können wir es anderswo verhindern.«

Er hörte, wie sein Vater tief Luft holte, aber der erwartete Wutausbruch blieb aus. Gehn schwieg.

Atrus beugte sich vor. Er konnte seinen Vater im Dunkeln kaum erkennen. Der weiße Mond stand noch am Himmel, aber sein Licht drang kaum durch die dicke Zeltplane. Die einzige Beleuchtung hier war das leichte Glimmen von Gehns Pfeife, die ihr schwaches blaues Licht auf sein Kinn, seinen Mund und die Nase warf.

»Vater?«

Gehn wandte leicht den Kopf, schwieg aber noch.

Auch Atrus schwieg und wartete. Nach einer Weile wandte sich sein Vater ihm wieder zu.

»Was du gesagt hast, hat etwas für sich, Atrus, und es stimmt auch mit meinen ursprünglichen Absichten überein. Und wenn dieses Zeitalter noch weiter verfällt, könnte es nützlich sein, die Art dieses Verfalls zu studieren. Ebenso ist eine spezielle Hütte hier zu Versuchszwecken eine gute Idee, vorausgesetzt, daß keine Bücher oder Tagebücher hierbleiben, die in die falschen Hände geraten könnten. Aber trotzdem kann ich es nicht zulassen, daß du allein hier bleibst, Atrus. Es ist zu gefährlich. Außerdem müssen wir mit deinem Unterricht weitermachen, und da ich mich noch um andere Zeitalter kümmern muß, kann ich nicht ständig hierherkommen. Nein – du bleibst auf K'veer, aber wir werden dieses Zeitalter von Zeit zu Zeit besuchen, und wenn wir hier sind, kannst du mit deinen Beobachtungen fortfahren.«

Es war weit weniger, als Atrus gehofft hatte, aber es war immerhin etwas. Er wußte nun, daß er richtig vermutet hatte: Gehn war bereit, dieses Zeitalter aufzugeben und es seinem Schicksal zu überlassen. Jetzt hatte er immerhin die Möglichkeit, hier etwas Gutes zu bewirken. Und wenn es ihm gelänge, herauszufinden, was hier falsch lief, dann würde sein Vater vielleicht anfangen, ihm zu vertrauen und ihm größere Freiheit einräumen.

Aber das war Zukunftsmusik. Als er sich wieder hinlegte und der Rauch aus Gehns Pfeife ihn im Dunkeln umwölkte, sah Atrus in Gedanken wieder den Ausdruck von Staunen und Ehrfurcht in den Gesichtern des Inselvolkes, als sie auf das endlose Meer hinausschauten. Und als er in den Schlaf hinabglitt, kam ihm noch ein letzter Gedanke: *Er hat das Meer erwärmt …*

14

Gehn stand einige Schritte entfernt und sah zu, wie Atrus den Spaten tief in die Wiese grub, wobei er mit dem Stiefelabsatz nachhalf. Er drückte den Griff zum Boden hinunter und warf das Rasenstück so herum, daß die dunkle, fruchtbare Erde oben zu liegen kam.

Atrus warf den Spaten beiseite und kniete neben dem Loch nieder. Er breitete ein dunkelblaues Stück Tuch aus der Tasche neben sich aus und begann, die Instrumente, die er brauchte, auszulegen: Spatel und Tropfer, Portionierer und Pipetten, sowie vier Gläser mit Deckeln, in denen Chemikalien in verschiedenen Farben waren – eines nach dem anderen holte er aus dem breiten Ledergürtel, den er um die Taille trug.

Schließlich nahm er ein schmales schwarzes Kästchen aus der Innentasche seiner Tunika, öffnete es und zog vier lange Glasrohre heraus, die er neben die glänzenden Silberinstrumente legte. Als das geschehen war, sah er zu Gehn auf; seine Brille reflektierte die Nachmittagssonne.

»Ich bin soweit, Vater.«

Gehn hob leicht das Kinn an; seine eigene Brille hatte er gegen das Licht abgedunkelt. »Dann wollen wir sehen, was herausgekommen ist, nicht?«

Atrus begann mit der Arbeit. Er benutzte einen der Portionierer, um eine kleine Menge Erde in jedes der Rohre zu füllen. Dann nahm er das erste der Gläser, schraubte es auf und stellte es ab.

Mit einem der Tropfer maß er etwas von einer klaren, bernsteinfarbenen Flüssigkeit ab und ließ sie in eines der Rohre tropfen. Er hob es ins Licht, betrachtete es eine Weile, nickte dann, legte den Tropfer zur Seite und verschloß das Rohr mit einem Korken.

Dies wiederholte er mit einem gehäuften Spatel hellblauen Puders, den er der Erde im zweiten Testrohr beigab und beides gründlich durchmischte.

Noch zweimal wiederholte er den Vorgang, bis alle vier Rohre verkorkt auf dem Tuch lagen. Zufrieden blickte Atrus wieder zu Gehn auf.

»Ich glaube, es hat funktioniert.«

»Du *glaubst* es?«

Atrus senkte den Blick. »Ich bin ziemlich sicher, daß es funktioniert hat. Die Reaktionen bestätigen mich in meiner Erwartung, aber ich möchte gern ganz sicher gehen. Ich werde sie noch einmal in der Hütte überprüfen.«

Gehn nickte, dann wandte er sich um, zog seinen Umhang zu und verabschiedete sich. »Ich sehe dich dort später.«

Atrus sah seinem Vater nach und packte dann seine Instrumente zusammen. Er hatte mehr von Gehn erwartet, ein Lächeln vielleicht oder irgendeine kleine Andeutung in Worten oder Gesten, daß er mit dem zufrieden war, was Atrus erreicht hatte, aber wie immer hatte er keinerlei Reaktion gezeigt.

Atrus sah auf und bemerkte das junge Mädchen, Salar, das ihm vom anderen Ende der Wiese aus zusah, und er mußte lachen. Er mochte sie recht gern auf eine brüderliche Art, aber sie war keine adäquate Gesellschaft. Er konnte nicht mit ihr reden, zumindest nicht so, wie er mit Anna gesprochen hatte.

Er schob den Gedanken beiseite, entschlossen, nicht mißmutig zu sein. Zumindest nicht heute. Denn heute – wenn sich seine weiteren Tests als richtig erwiesen – hatte er etwas Großes erreicht.

Als er den Probenkasten schloß und die Instrumente in den Gürtel zurücksteckte, lächelte er.

Eigentlich hätte Gehn ungeheuer stolz auf ihn sein müssen,

daß er eine so elegante Lösung gefunden hatte, aber Gehn war Gehn; seine Distanz war Teil seiner Intelligenz. Es hatte eine volle Woche gedauert, bis Gehn selbst den kurzen Satz gelesen hatte, den Atrus in das Buch für das Siebenunddreißigste Zeitalter geschrieben hatte. Atrus zuckte mit den Schultern, stand auf und kontrollierte, ob er nichts vergessen hatte. Dann winkte er lächelnd kurz zu Salar hinüber und begab sich auf den Rückweg.

Man hatte ihm eine neue Hütte neben der Hütte der alten Frau gebaut, wie er es vorgeschlagen hatte, so daß er einen separaten Raum hatte, wo sie ihre Experimente durchführen konnten. Dort wartete Gehn auf ihn; seine eigene Laborausstattung war bereits fertig aufgebaut.

»Komm«, bat er Atrus, »gib mir die Proben. Ich werde meine eigenen Tests vornehmen.«

»Vater …« Er schluckte seine Enttäuschung herunter, dann gab er ihm den schmalen Kasten.

Zumindest nahm Gehn ihn ernst. Als er ihm das erstemal diesen Vorschlag unterbreitet hatte, hatte Gehn nur ein verächtliches Lachen für ihn gehabt:

»Ich suche seit fast zwanzig Jahren nach einem solchen Satz! Und du behauptest, du hast einen gefunden, der das Problem löst?«

Das entsprach nicht ganz der Wahrheit. Er hatte diesen Satz nicht in einem Buch gefunden, sondern nach dem Ursache-und-Wirkung-Prinzip selbst konstruiert; dafür hatte er fast acht Monate gebraucht. Aber Gehn hatte kein Ohr für Erklärungen. Gehn interessierte sich nur dafür, ob es funktionierte oder nicht.

Nun war es an ihm, zuzuschauen, wie Gehn ein wenig von jeder Probe entnahm, sie auf einen Objektträger gab und die erste unter dem großen Mikroskop in goldenem Gehäuse, das er von D'ni mitgebracht hatte, untersuchte. Einige Minuten lang saß Gehn fast regungslos, nur seine Finger drehten an den Einstellknöpfen des Instruments, dann hob er den Blick von dem langen Testrohr und sah Atrus an.

»Die Bakterien sind anders.«

»Nicht alle.«

Gehn sah ihn erwartungsvoll an, als erwartete er weitere Erklärungen; als Atrus nichts weiter sagte, nahm er den zweiten Objektträger und schob ihn unter das Mikroskop.

Atrus beobachtete ihn zuversichtlich. Zusätzlich zu den verschiedenen Bakterien gab es nun eine weitere Substanz, der es zu verdanken war, daß es funktionieren würde. Vor Jahren in der Kluft hatte er eine viel einfachere, rein chemische Lösung für das gleiche Problem ausprobiert und keinen Erfolg gehabt. Diesmal hatte er versucht, den großen Zusammenhang zu sehen – in chemischer und bakteriologischer Hinsicht –, und es hatte geklappt.

Es war nicht die Lösung für alles, was falsch war, und er war darauf bedacht gewesen, keinerlei Kritik an dem Zeitalter lautwerden zu lassen, als er sie seinem Vater zum erstenmal gezeigt hatte – aber es war ein hoffnungsvoller Beginn. Und wenn sein Vater ihm später mehr anvertraute, könnte er weitere Veränderungen vornehmen.

Er hätte so gerne das Buch für das Siebenunddreißigste Zeitalter studiert, um seine Hypothesen bestätigt zu sehen und sie mit seinem Vater zu besprechen, aber er wußte, wie empfindlich Gehn war.

Er seufzte tief, als er an die langen Stunden dachte, die er mit Versuchsreihen verbracht hatte. Bevor er die Zusammensetzung des Bodens nicht gründlich studiert hatte, hatte er die ganze Komplexität nicht verstehen können. Aber nun sah er sie deutlich. Welten mußten von Grund auf geschaffen werden, angefangen bei dem, was unter dem Boden war.

Gehn murmelte etwas, dann nickte er Atrus knapp zu.

»Das ist gut. Du mußt mir das Buch zeigen, wo du das gefunden hast. Vielleicht steht noch mehr darin.«

Atrus senkte den Blick. Er konnte nur hoffen, daß Gehn diesen Wunsch wieder vergaß. Vielleicht wurde er ja von etwas anderem abgelenkt. Und wenn das Schlimmste eintrat und er darauf bestand, konnte das Buch ja versehentlich verschwunden sein.

»Also gut«, sagte Gehn, nahm den Objektträger aus dem Mikroskop und begann, das Instrument einzupacken. »Laß uns hier aufräumen und nach D'ni zurückkehren. Ich glaube, wir sind fürs erste fertig.«

»Fertig?«

Gehn nickte und ließ den Deckel des Kastens zuschnappen, in dem das Mikroskop war. »Ich denke, wir sollten dieses Zeitalter für ein oder zwei Wochen sich selbst überlassen und dann sehen, wie sich die Dinge entwickeln. Wenn es irgendwelche Nebenwirkungen gibt, werden wir sie bis dahin finden.«

»Nebenwirkungen?«

Aber Gehn drängte ungeduldig auf die Rückkehr. »Los, Atrus. Pack deine Sachen. Ich möchte in einer Stunde daheim sein.«

Zwei Tage waren nun seit ihrer Rückkehr aus dem Siebenunddreißigsten Zeitalter vergangen, und die ganze Zeit über hatte Atrus seinen Vater nicht gesehen.

Natürlich wußte er, wo Gehn war, denn sie waren kaum zurückgekehrt, als Gehn die Treppen zu seinem Arbeitszimmer hinaufgestürmt war und sich eingeschlossen hatte. Atrus dachte, sein Vater würde zu den Mahlzeiten auftauchen, aber er hatte sich nicht blicken lassen.

Nun senkte sich die Dunkelheit über einen weiteren Tag, und immer noch hatte er keine Ahnung davon, was sein Vater tat.

Atrus ging zum Schreibtisch in der Ecke seines Zimmers hinüber, nahm sein Tagebuch, trat auf den Balkon hinaus und öffnete es bei den ersten Eintragungen aus der Zeit, als er knapp neun Jahre alt gewesen war:

Anna sagt, die Kluft ist ›Umwelt‹ und daß eine ›Umwelt‹ aus vielen unterschiedlichen Elementen besteht. Sie sagt, obwohl vieles, wie die Sonne zum Beispiel, nicht in der Kluft selbst ist, muß es doch berücksichtigt werden, wenn wir erkennen wollen, was die Kluft als Biotop am Leben erhält. Zu viel Sonne, und die Pflanzen sterben. Zu wenig, und sie wachsen nicht. Ich habe Anna gefragt, wie wir es schaffen, überhaupt hier zu leben.

Er saß auf der Balkonbrüstung, schaute zu dem großen Fels und der Stadt, die dahinter lag, und seufzte. Wenn er jetzt an seine Jahre der Kindheit zurückdachte, dann war es wirklich ein Wunder, daß sie überlebt hatten. Erst jetzt verstand er das zur Gänze.

Ich habe viel gelernt, dachte er, *aber ich habe nicht einmal die Hälfte von dem verstanden, was sie weiß.*

Atrus wollte gerade wieder in sein Zimmer zurückgehen, als er Rijus mitten im Raum stehen sah.

Er war seit langem an das Schweigen und das plötzliche Auftauchen des Mannes gewöhnt, aber er fragte sich doch immer wieder, was er wirklich wußte, welche Geheimnisse er verschweigen mochte. Und wie es sein mußte, in einer Welt des Wortes zu leben, zu der man keinen Zugang hatte.

Atrus ging hinein, legte das Tagebuch auf den Schreibtisch und schaute den Mann fragend an.

»Du hast eine Botschaft für mich, Rijus?«

Rijus verbeugte sich und reichte ihm einen Zettel.

Endlich, dachte Atrus und wußte, daß sein Vater ihn damit zu sich bestellte. *Was hat er getan in all der Zeit?*

Er entfaltete den Zettel und ließ den Blick schnell über die kunstvolle Handschrift gleiten. Die Nachricht war knapp gehalten:

In mein Arbeitszimmer. Sofort.

Er nickte Rijus zu und deutete ihm an, daß er gehen könne, dann verschloß er das Tagebuch in dem Kästchen, in dem er es stets verschlossen hielt. Als er sich überzeugt hatte, daß alles in Sicherheit war, eilte er hinaus.

Gehn erwartete ihn an seinem Schreibtisch in seinem Studio. Vor ihm lag ein Stapel Schreibhefte; weitere fünf waren über den Tisch verstreut. Überrascht erkannte sie Atrus. Es waren seine Hefte!

»Ach, Atrus«, sagte Gehn aufschauend, dann schrieb er wieder in dem Buch, das vor ihm lag. »Komm, setz dich.«

Atrus setzte sich seinem Vater gegenüber und verfolgte, wie Gehn einen Satz zu Ende schrieb und den Federhalter zurück ins Tintenfaß steckte.

Gehn wies auf die Hefte. »Wie du siehst, habe ich deine Übungshefte gelesen, und ich habe fünf ausgewählt, die meines Erachtens nicht ganz uninteressant sind.«

Atrus schwieg angespannt.

»Such dir eins aus.«

»Bitte?«

Gehn fuhr mit der Hand über die fünf Hefte. »Bis jetzt sind es nur Worte auf Papier. Aber ich gebe dir nun die Chance, diese Bücher in Wirklichkeit umzusetzen.«

Atrus verstand nicht – oder wagte es vielmehr noch nicht, zu verstehen.

»Ja. Ich gebe dir ein leeres Buch, ein Kortee'nea. Du kannst eins von diesen fünf Übungsheften auswählen und es ordentlich in das Kortee'nea übertragen.«

Da war er, der Augenblick, von dem er geträumt hatte, und er war ganz und gar unvorbereitet.

»Also?« fragte Gehn. »Welches soll es sein?«

Atrus lehnte sich vor, um zu sehen, welche Hefte sein Vater ausgewählt hatte; bei zweien war er überrascht, warum er gerade diese genommen hatte. Aber das Heft, das er für das wichtigste hielt, war auch dabei. Er wies darauf. »Dieses hier.«

Gehn nickte zustimmend. »Eine gute Wahl.« Dann nahm er einen großen, ledergebundenen Band von dem Stapel neben sich und reichte ihn Atrus.

Atrus nahm ihn wie mechanisch; sein Mund war plötzlich wie ausgetrocknet, sein Herz klopfte. Ein Buch! Sein Vater hatte ihm eben ein Buch gegeben!

»Du mußt sehr überlegt ans Werk gehen, Atrus. Wenn du Fehler machst, werden sie sich in das Zeitalter übertragen. Du mußt jedes Wort, jeden Satz prüfen, wenn du ihn abgeschrieben hast. Und dann noch einmal prüfen. Und wenn dir ein Fehler unterläuft, bring mir das Buch.«

Er nickte gehorsam. »Ja, Vater.«

»Gut. Jetzt nimm dein Übungsheft und geh. – Und … Atrus?«

»Ja, Vater?«

»Du könntest auch den Satz hinzufügen, den du kürzlich entdeckt hast. Den Satz über den Erdboden. Er kann deinem Zeitalter bestimmt nicht schaden.«

Gehn legte das große Buch vor Atrus auf den Schreibtisch, dann öffnete er es, so daß das Bild auf der rechten Seite zu sehen war. Bis die Verbindung hergestellt war, würde das Fenster leer sein, oder fast leer, denn zunächst gab es jedesmal ein chaotisches Herumwirbeln der Partikel, ähnlich einem Schneesturm, aber sobald sich das Chaos geordnet hatte, würde wie durch ein Wunder das Bild darin erscheinen.

»Soll ich zuerst hineingehen?« fragte Gehn und sah ihn an. »Oder möchtest du die Ehre haben?«

Obwohl er schon so oft in so viele Zeitalter eingetreten war – so oft, daß es fast schon zur Routine geworden war –, hatte Atrus diesmal Angst, weil *er* dieses Zeitalter geschaffen hatte.

»Nun?« fragte Gehn aufmunternd, als er keine Antwort erhielt.

»Ich gehe«, sagte Atrus, holte tief Luft und legte seine rechte Hand auf die leere Seite.

Es gab ein knisterndes Statikgeräusch, als wäre ein starker elektrischer Strom durch seine Hand gegangen. Er schien mit der Struktur der Seite zu verschmelzen, und dann – mit einem plötzlichen Ruck, der ein kurzes Gefühl der Übelkeit verursachte – fühlte sich Atrus in das sehr schnell größer werdende Weiß der Seite hineingezogen.

Im selben Moment hatte er das ihm schon vertraute jähe Gefühl, daß er »drüben« war. Für diesen kurzen Augenblick fühlte es sich an, als würde er eins werden mit diesem weißglühenden, alles erfassenden »Nichts«. Dann drang mit harter Intensität Schwärze in das brennende Weiß, verkehrte es ins Gegenteil, löschte es völlig aus, bis nur noch Schwarz da war und sonst nichts.

Nachdem er sich auch dieser Finsternis überlassen hatte, befand er sich wieder in seinem Körper – und stand auf der kalten, feuchten Erde in einer niedrigen Höhle.

Atrus schüttelte erleichtert alles ab, was hinter ihm lag, und trat zur Seite, denn er wußte, daß sein Vater nachkommen würde.

So wartete er darauf, daß die Luft diesen seltsamen, flirrenden Charakter annahm, wie jedesmal, wenn eine Verbindung von einer Welt zur anderen hergestellt wurde – es schien, als wäre der Blick durch eine stechende Flüssigkeit getrübt. Er wartete …

Seltsam, wie lange es dauerte. Atrus wollte schon wieder an den Platz treten, an dem er angekommen war, als endlich – wie aus einer Luftblase hervortauchend – sein Vater erschien.

Gehn sah sich um und begutachtete kritisch die Höhlenwände. »Gut«, sagte er dann ruhig und atmete tief ein. »Die Luft ist ganz frisch.«

Atrus sah erwartungsvoll zu seinem Vater auf; er wußte, daß sein Werk einer Prüfung unterzogen wurde.

»Du hast doch das Verbindungsbuch, oder?« erkundigte sich Gehn.

Atrus stand wie erstarrt. Das Verbindungsbuch! In seiner Aufregung hatte er das Verbindungsbuch vergessen! Er war so daran gewöhnt, in Zeitalter zu reisen, wo Verbindungsbücher bereits vorhanden waren, daß er gar nicht daran gedacht hatte!

Er war leichenblaß geworden.

Gehn hielt ihm das Verbindungsbuch vors Gesicht. »Du hast es vergessen. *Ich* zum Glück nicht.«

Atrus schloß die Augen. Der Gedanke, daß sie hier für immer hätten festsitzen können, ließ ihn zittern.

»Es tut mir leid ...«, sagte er kläglich, aber Gehn schnitt ihm mit einer herrischen Handbewegung das Wort ab. Die Augen seines Vaters glühten vor Zorn.

»Sag nicht, wie leid es dir tut, Atrus. Leid tun reicht hier nicht aus. Leid tun ist für Narren und Dummköpfe, die nicht logisch denken können. Ich habe mehr von dir erwartet, aber deine grobe Nachlässigkeit ist ein Zeichen, wie unreif du noch bist. Du mußtest nur an eine einzige, entscheidende Sache denken, und du hast es vergessen!« Gehn schnaufte wütend und schlug Atrus das Buch auf den Kopf. »Was wäre gewesen, wenn ich nicht daran gedacht hätte, dein Verbindungsbuch mitzunehmen? Wie stünden wir dann da?«

Wir würden hier stehen, dachte Atrus beschämt, *und hier müßten wir auch bleiben. Für immer und ewig.*

Gehn drückte ihm das Buch unsanft in die Hand, wandte sich abrupt ab und ging zum Eingang der Höhle. Atrus stand noch wie gelähmt da, dann folgte er langsam seinem Vater.

»Also dann«, sagte Gehn und wartete, bis Atrus ihn eingeholt hatte, aber er bedachte ihn mit keinem Blick. »Du zeigst mir jetzt besser, was du geschrieben hast.«

Er führte seinen Vater hinaus, durch eine enge Steinpassage, die ganz anders aussah, als er sie in Erinnerung hatte – oder als er gedacht hatte, sie beschrieben zu haben –, in eine Mulde, von der aus man das Firmament sehen konnte. Helles Sonnenlicht schien aus einem klaren blauen Himmel in diese Mulde. An einer Seite gab es einen von hellen Felsblöcken umrahmten Teich, an dem Pflanzen auf das prächtigste gediehen, während auf der anderen Seite eine Reihe von übereinander gestapelten Steinquadern die Felswand hinaufführten.

Gehn setzte seine Brille auf und trat ins offene Sonnenlicht hinaus. Er schwieg zunächst, fast als billigte er nicht, was er sah, aber als er dann sprach, klang seine Stimme überrascht:

»Das ist gut, Atrus. Du scheinst die verschiedenen Elemente weise ausgewählt zu haben. Alles paßt perfekt zusammen.« Er wandte sich Atrus zu, der noch im Schatten stand. »Welches Buch hast du dafür verwendet?«

Wie stets dachte Gehn, daß er die verschiedenen Elemente seines Zeitalters aus verschiedenen alten Büchern zusammengestellt hatte, wie Gehn selbst es immer tat. Aber Atrus hatte es nicht so gemacht. All dies hatte er selbst geschaffen – er ganz allein. Die größte Schwierigkeit war gewesen, die richtigen D'ni-Worte zu finden, um seinen Vorstellungen Ausdruck zu verleihen.

Deshalb hatte es so lange gedauert. Deshalb hatte er Geduld haben müssen.

»Ich … ich erinnere mich nicht mehr«, sagte er schließlich. »Es waren so viele.«

»Macht nichts«, meinte Gehn. Er sah Atrus kurz an, dann ging er weiter.

Als sie am Teich angekommen waren, blieb Gehn stehen, um sich umzuschauen. Dann stieg er die Stufen empor, die die Quader bildeten. Atrus setzte ebenfalls seine Brille auf und folgte ihm, verwundert darüber, daß Gehn weiter nichts gesagt hatte. Erinnerte ihn all dies an nichts? Sah Gehn nicht, was er hier versucht hatte?

Es war eine Nachbildung der Kluft. Eine – zugegeben – vereinfachte Version und ohne den Wohnteil des Originals, aber die Form, die physikalischen Gegebenheiten waren, soweit es in seiner Macht gelegen hatte, genauso, wie er sie in Erinnerung hatte.

Als sie die Stufen schon zur Hälfte hinaufgestiegen waren, verhielt Atrus im Schritt, kehrte noch einmal um und untersuchte den Boden der Kluft, um zu sehen, ob ein besonderes Detail, das er geschrieben hatte, zu seiner Zufriedenheit in die Schöpfung eingeflossen war. Zunächst sah er nichts, aber dann entdeckte er sie voller Freude im tiefen Schatten am äußeren Ende der Kluft: Blumen. Winzige, zarte blaue Blumen.

Er strahlte und stieg er die Stufen wieder hinauf. Es hatte ihn viel Zeit und Mühe gekostet, die Erde und die richtige Mischung der Mineralien auszuwählen, aber es hatte geklappt!

Gehn wartete oben auf ihn; er strich sich das Kinn, als er das Panorama auf sich wirken ließ.

Atrus trat hinzu und sah zum erstenmal mit ganzem Bewußtsein das Zeitalter, das er geschaffen hatte.

Es war eine Landschaft mit Hügeln und Tälern, mit fruchtbaren Wiesen und dichten, dunkelgrünen Wäldern. Flüsse bahnten sich wie flüssiges Silber ihren Weg durch dieses grüne Paradies und mündeten hier und da in glänzend blaue Seen. Links, in der Ferne, sah man Berge, schneebedeckt und majestätisch, und darunter erstreckte sich in Blau- und Grüntönen das Meer.

Über alldem wölbte sich ein wolkenloser, tiefblauer Himmel mit einer großen goldenen Sonne, wie die Sonne der Erde. Atrus lauschte ergeben dem friedlichen Gesang der Vögel. Zunächst fiel ihm nichts Ungewöhnliches auf, dann stutzte er.

Vögel? Ich habe doch gar keine Vögel hineingeschrieben!

Sein Vater trat zu ihm. »Du hättest ruhig noch etwas mehr experimentieren sollen.«

Atrus sah seinen Vater überrascht an, denn die Bemerkung widersprach völlig seinem eigenen Stil.

»Du hättest zum Beispiel eine andere Sonne versuchen können«, fuhr Gehn fort und wies zum Himmel, »oder anderes Gestein für die Berge.«

»Aber …«

»Beim nächstenmal solltest du etwas Originelleres versuchen, Atrus. Du solltest deine Welten nicht zu monoton gestalten.«

Atrus war niedergeschmettert von den Worten seines Vaters. Aber diese Aussicht? War die nichts Besonderes? Und die Luft und die Erde hier? War das nicht gut und gesund? – Ja, er wußte, daß dieses Zeitalter einfach war, aber er hatte einen Schritt nach dem anderen tun wollen. *Und diese Welt würde nicht auseinanderbrechen.*

»Nun ja«, fügte Gehn hinzu, »das Zeitalter muß ja nicht so bleiben. Jetzt, wo ich weiß, daß du schreiben kannst, gebe ich dir andere Bücher. Damit kannst du experimentieren. Dann, wenn du erst mal ein Zeitalter geschaffen hast, mit dem ich zufrieden bin, kannst du es dein Erstes Zeitalter nennen.«

»Aber ich habe meinem Zeitalter schon einen Namen gegeben.«

»Einen Namen?« Gehn lachte wegwerfend. »Das war ein bißchen voreilig. Ich könnte es vielleicht verstehen, wenn da Menschen wären, aber so?«

»Ich habe es Urbeginn genannt.«

Gehn sah ihn einen Moment schweigend an, dann wandte er sich ab. Er zupfte ein Blatt von einem Busch, rollte es zwischen seinen Fingern, dann hob er es an die Nase und roch daran, bevor er es fortwarf.

»Nun gut, ich glaube, wir kehren jetzt besser zurück.«

Atrus, der gerade einen Abhang hinuntergehen wollte, fragte fassungslos: »Zurück?«

Gehn sah ihn entschlossen an. »Ja.«

»Aber ich dachte ...« Atrus schluckte. »Ich dachte, wir könnten uns noch etwas in diesem Zeitalter umsehen. Ich wollte ein paar Bodenproben mitnehmen und einen der Vögel zu Studienzwecken. Ich wollte ...«

»Du hast gehört, was ich gesagt habe, Atrus. Komm jetzt! Wenn es sein muß, kannst du ja ein anderes Mal hierher zurückkehren, aber ich muß jetzt nach D'ni. Ich habe noch viel zu erledigen vor dem Korfah V'ja.«

Atrus hatte dieses Wort nie zuvor gehört. »Korfah V'ja?«

»Morgen mittag im Siebenunddreißigsten Zeitalter«, erklärte Gehn, und damit ging er weiter.

Wieder zurück in der Bibliothek von D'ni, schloß Gehn Atrus' Buch und nahm es unter den Arm, dann ging er zu der Treppe, die zu seinem Arbeitszimmer führte.

»Schnell jetzt«, sagte er und wies Atrus mit einer Handbewegung an, ihm zu folgen. »Du mußt noch einiges lernen.«

Der Raum schien unverändert, seit Atrus das letztemal hier gewesen war – bis auf die angewachsene Unordnung. Noch mehr Bücher waren an den Wänden aufgestapelt, und Gehns Umhang lag, achtlos hingeworfen, auf dem Sessel neben dem Kamin, dessen Rost mit der Asche eines erloschenen Feuers bedeckt war.

Atrus stellte sich vor, wie sein Vater hier bis spät in die Nacht hinein arbeitete und wie das flackernde Feuer die Schatten im Raum tanzen ließ.

»Setz dich«, sagte Gehn und wies ihm den Sessel am Schreibtisches zu. »Wir müssen vor morgen noch viel tun.«

Atrus setzte sich und beobachtete erwartungsvoll, wie Gehn sein Buch auf den Stapel auf dem Schreibtisch legte, die Brille abnahm und sie in der Schublade deponierte.

»Vater?«

»Ja, Atrus?«

»Was ist das Korfah V'ja?«

Gehn zeigte kaum eine Reaktion. Er nahm ein Buch vom Stapel und brachte Federhalter und Tintenfaß in Reichweite. »Das ist eine Zeremonie für einen neuen Gott«, antwortete er beiläufig und öffnete das Buch.

Das Buch war nicht leer. Es stand schon etwas darin. Von seinem Platz aus konnte Atrus sehen, daß die beiden letzten Eintragungen erst kürzlich gemacht worden waren.

»Ich weiß nicht …«

Gehn sah ihn an. »Natürlich weißt du.« Er nahm das Tintenfaß und schraubte es auf. »Du bist jetzt ein echter D'ni, Atrus. Ein Schriftgelehrter. Du hast ein Zeitalter geschaffen. Das muß man anerkennen. Außerdem ist es nicht gut, wenn man zu freundschaftlich mit den Menschen unserer Welten umgeht. Sie müssen ab und zu daran erinnert werden, daß wir Götter sind, und wie könnte man das besser als mit einer Zeremonie?«

»Ja, aber …«

»Ich bin dabei, etwas ganz Besonderes für diesen Anlaß vorzubereiten.«

Gehn zögerte einen Augenblick, die Augen halb geschlossen, nachdenklich, dann tauchte er den Federhalter in das Tintenfaß.

»Was tust du, Vater?«

»Ich nehme Veränderungen vor.«

»Veränderungen?«

Gehn nickte. »Kleine Veränderungen. Dinge, die man nicht sehen kann.«

»Dann ist das also …«, Atrus deutete auf das Buch, » … das Buch für das Siebenunddreißigste Zeitalter?«

»Ja.«

Atrus fühlte einen kalten Schauer. Er hatte angenommen, daß Gehn dort alle Veränderungen abgeschlossen hätte. Er dachte, dieses Zeitalter sei stabilisiert.

»Vater?«

Gehn sah kurz auf. »Was ist, Atrus?«

»Als du gesagt hast, ich hätte beim Schreiben mehr experimentieren sollen, was hast du damit gemeint? Hätte ich ein größeres Risiko eingehen sollen?«

Gehn legte den Federhalter zur Seite. »Nicht unbedingt Risiken, aber … laß mich ganz offen zu dir sein, Atrus – bei dir dauert alles zu lange. Viel zu lange. Diese Schreibhefte …« Er wies auf den Stapel auf dem Schreibtisch. »In den meisten steht kaum etwas drin! Als ich dir unter den fünf Heften die Wahl ließ, wußte ich, welches du auswählen würdest, weil es das einzige war, das wenigstens einigermaßen nach einem richtigen Zeitalter aussah!«

Gehn stand auf und beugte sich über den Schreibtisch. »Verdammt noch mal, mein Junge, du könntest schon ein Dutzend, ach was, *zwanzig* Zeitalter fertig haben! Du hättest ein bißchen experimentieren können – ausprobieren, was klappt und was nicht. Am Althergebrachten festzuhalten, das ist ganz in Ordnung für Schreiberlinge, aber nicht für uns, Atrus! Nicht für uns!«

Atrus sah Gehn verständnislos an, verwundert über den offensichtlichen Widerspruch in den Worten seines Vaters.

Wollte er ›Blitzschnell‹-Welten oder stabile Welten? Oder etwas völlig anderes?

Gehn schnaufte ungeduldig: »Du nützt mir nichts, wenn du in diesem Schneckentempo arbeitest. Ich brauche Welten. Dutzende. Hunderte! Das ist unsere Aufgabe, Atrus, verstehst du das nicht? Unsere heilige Aufgabe ist es, Zeitalter zu schaffen und sie zu bevölkern. Das Nichts mit Welten zu füllen. Welten, die uns gehören, die wir führen können, damit D'ni wieder zu alter Größe gelangt. So daß meine Enkel die Herren einer Million von Welten sind!«

Gehn schaute Atrus durchdringend an, dann setzte er sich wieder und schüttelte enttäuscht den Kopf.

»Du gehst jetzt besser in dein Zimmer. Ich werde Rijus zu dir schicken. Er wird dir die Gewänder bringen, die du bei der Zeremonie tragen sollst.«

Irgend etwas stimmte nicht. Sie wußten es sofort, als sie in das wolkenverhangene Siebenunddreißigste Zeitalter hinaustraten. Kaum waren sie im Freien, als ihnen ein warmer, ungesunder Wind ins Gesicht fuhr wie eine Bö aus einem Lüftungsschacht. Der sonst so intensive Salzgehalt der Luft war wie kontaminiert von anderen, übelriechenden Substanzen.

Atrus sah seinen Vater fragend an und bemerkte, wie Gehn sich mit einer Grimasse des Ekels mit der Zunge an den Gaumen fuhr, um den ungesunden Geschmack der Luft genauer bestimmen zu können. »Was ist das?«, fragte er.

Gehn war ganz Konzentration und ignorierte Atrus' Frage; er ging einfach weiter. Aber er hatte kaum ein Dutzend Schritte gemacht, als er wie angewurzelt stehenblieb, sein Gesicht ausdruckslos, die Lippen wie erstarrt.

Atrus trat neben seinen Vater auf den Felsvorsprung und sah auf das Dorf und den See hinab, und was er sah, erfüllte ihn mit Entsetzen:

Der See war völlig ausgetrocknet, sein Grund von dunklen Rissen durchzogen. Zwei Dutzend Fischerboote lagen in dem knochentrockenen Seebett.

Atrus schaute zum Meer. Dort, zwischen den Hügeln, wo der Kanal geendet hatte und ins Meer gemündet war, war jetzt ein fester Felsvorsprung. Trockenes Gestein, verkrustet mit getrocknetem Seetang und angehäuften Krebsen.

Es sieht aus wie in der Wüste, dachte Atrus, und er erinnerte sich daran, daß er diese Assoziation auch bei seiner Fahrt mit Tarkuk und seinem Sohn gehabt hatte.

Hinter dem Felsvorsprung war … nichts. Nur Luft.

Der Wind trug Heulen und Wehklagen zu ihnen hinauf. Atrus schaute zum Dorf, ob es von dort käme, aber das Dorf lag verlassen da. Dann sah er sie auf der anderen Seite der Brücke vor der Versammlungshütte. Sie alle waren da. Ängstlich aneinandergepreßt, sahen sie auf den leeren See oder zum schwarzen, feindlichen Himmel hinauf. Einzig Koena stand aufrecht da, bewegte sich frei unter ihnen, neigte sich diesem im Gespräch zu oder legte jenem tröstend die Hand auf den Arm.

»Was ist hier passiert?« fragte Atrus noch einmal.

Gehn schüttelte langsam den Kopf. Völlige Fassungslosigkeit lag in seinem Gesicht. »Es war alles in Ordnung«, sagte er leise. »Wir haben es in Ordnung gebracht. Die Sätze … es war nichts falsch an diesen Sätzen.«

Und doch stimmte etwas nicht. ›Etwas‹ hatte den See ausgetrocknet und die früher vom Meer umgebene Insel ins Nichts geworfen. ›Etwas‹ hatte all dies verursacht, *mußte* es verursacht haben. Denn so etwas wie hier passierte nicht einfach so.

Ein Gedanke durchfuhr Atrus: *Er hat das Meer erwärmt …*

War das der Grund? Hatte diese scheinbar geringfügige Änderung einen Widerspruch bedeutet? Oder hatte Gehn, um diese Erwärmung zu erreichen, mit anderen entscheidenden Elementen dieses Zeitalters experimentiert? Hatte er vielleicht die Achse des Planeten verlagert, um ihn der Sonne näherzubringen, damit das Wasser sich erwärmte? Oder war es etwas anderes? Was, wenn er mit den Erdplatten unter dem Meer Versuche angestellt hatte? Was, wenn Gehn Risse im Meeresboden erzeugt hatte, so daß er dem großen Druck von oben nicht mehr standhalten konnte und der Meerespegel unter diesem Druck gesunken war? Oder wenn er einfach nur einen Satz aus einem D'ni-Buch kopiert hatte, der sich auf ein warmes Meer bezog, ohne zu wissen, woher oder aus welchem Zusammenhang dieser Satz stammte?

Atrus würde es niemals erfahren. Nicht, ohne das Buch für das Siebenunddreißigste Zeitalter zu studieren, und Gehn war aufs äußerste darauf bedacht, daß er seine Bücher nicht zu lesen bekam.

Über ihnen ballten sich gewaltige Gewitterwolken wie riesige schwarze Fäuste zusammen. Man hörte dumpfes Donnergrollen.

Mit hartem Gesichtsausdruck machte sich Gehn an den Abstieg zum Dorf hinab.

Aber Großer Herr, Ihr müßt uns helfen, bitte!«

»Muß ich das?« Gehn sah verächtlich auf den knienden Mann hinunter. »Wer sagt, daß ich das muß?«

Eine Stunde war vergangen, seit sie angekommen waren, und Gehn saß an seinem Schreibtisch in dem großen Zelt, in der Hand die brennende Pfeife.

Das erste, was Gehn getan hatte, war, die Inselbewohner zu ihren Hütten zurückzuschicken. Er hatte ihnen verboten, auch nur einen Schritt hinaus zu tun. Dann war er hierhergegangen und hatte seine Pfeife angezündet. Seitdem verharrte er regungslos, in Gedanken versunken, die Stirn gerunzelt.

Koena trat ein, um den Herrn um Gnade zu bitten – er hatte Angst, seinem Gebot zuwiderzuhandeln, aber gleichermaßen groß war die Angst, daß alles so chaotisch blieb, wie es war.

Seine Welt starb, und nur einen gab es, der sie retten konnte: Gehn, der Herr.

Atrus, der hinter Koena stand, empfand Respekt und Bewunderung für diesen Mann.

»Verzeiht, Herr«, begann Koena von neuem und erhob mutig den Blick zu Gehn, »aber haben wir Euren Zorn erweckt? Ist dies unsere Strafe? Wenn dem so ist, sagt uns, wie wir Buße tun können. Aber bitte rettet uns. Gebt uns das Meer zurück, füllt uns den See mit Wasser, Herr, ich flehe Euch an!«

Gehn knallte seine Pfeife auf den Schreibtisch und stand brüsk auf. »Genug!«

Er atmete tief ein, dann ging er langsam um den Tisch herum, bis er hoch aufgerichtet über dem knienden Koena stand.

»Du hast recht«, sagte er kalt und herrisch, »dies *ist* eine Strafe. Ein Beweis meiner Allmacht.«

Gehn hielt inne, drehte dem Mann den Rücken zu und ging auf und ab. »Ich hielt es für nötig, euch zu zeigen, was geschehen kann, solltet ihr jemals daran denken, mich zu hintergehen. Ich hielt es für … angemessen.«

In dem Schweigen, das folgte, schaute Atrus seinen Vater fassungslos an. Gehn durchschritt das ganze Zelt und ging an Atrus vorbei, als wäre er gar nicht vorhanden. Dann ergriff er wieder das Wort: »Sind alle Vorbereitungen abgeschlossen?«

»Herr?« Der Mann wagte nur einen schnellen Blick.

»Die Vorbereitungen«, wiederholte Gehn, als spräche er mit einem Kind, »für die Zeremonie.«

Koena nickte, senkte sofort wieder den Kopf und sagte: »Ja, Herr. Alles ist bereit.«

»Dann wird die Zeremonie in einer Stunde stattfinden. Du wirst das Inselvolk auf dem Hang vor dem Tempel zusammenrufen.«

»Der Tempel?« Dann verstand Koena. Gehn meinte die Versammlungshütte. Er verharrte regungslos.

»Nun?« fragte Gehn und schaute seinem Diener ins Gesicht. »Solltest du nicht besser alles vorbereiten?«

»Herr?« Koena verstand nicht. Er war verwirrt, wie unter einem Schock.

»Ich habe gesagt, geh. Ruf das Inselvolk zusammen und bereite die Zeremonie vor. Ich mag es nicht, wenn man mich warten läßt.«

Koena trat einen Schritt zurück. »Aber Herr, wollt Ihr uns nicht helfen? Der See …«

»Geh!« herrschte Gehn ihn an, das Gesicht zornesrot. Er griff zu seinem Gürtel und zog einen langen Degen hervor. »Jetzt! Bevor ich dich aufschlitze wie einen Fisch!«

Koena fuhr erschreckt auf, starrte ängstlich auf die rasiermesserscharfe Klinge, dann machte er eine hastige Verbeugung und rannte aus dem Zelt.

Atrus trat einen Schritt vor. »Vater?«

Aber Gehn hörte ihm nicht zu, er sah nur auf die Zeltklappe, durch die Koena gerade verschwunden war, und verzog den Mund. Er musterte Atrus, wie man etwa ein Buch oder einen anderen Gegenstand mustert, den man schon halb vergessen hat, dann steckte er den Degen wieder in die Scheide und ging zum Schreibtisch zurück.

Dort nahm er die Pfeife wieder auf, inhalierte tief, lehnte den Kopf ans Polster zurück und schloß die Augen.

»Vater?«

Aber Gehn stellte sich taub. Er inhalierte wieder tief und blies den Rauch in die Luft.

In einer Stunde. Das Korfah V'ja – die Zeremonie der Götterkrönung – war in einer Stunde.

Koena hatte das Inselvolk versammelt, alle zweihundert, und ließ sie vor der Versammlungshütte mit gesenkten Köpfen niederknien. Fünf große Fackeln brannten an großen Masten, die zwischen den Menschen und der Hütte in den Boden gerammt waren. Ihre Flammen flackerten im Wind. Tiefe

Schatten tanzten in diesem hypnotisierenden Licht wie ein böser Geist, der in der versammelten Menge eine spezielle Seele suchte, um sie zu quälen.

Sie verharrten in Schweigen, kauerten unter der erdrückenden Masse dunkler, drohender Wolken, aber jedes Grollen des zornigen Himmelschors wurde mit einem klagenden Stöhnen dieser verängstigten Seelen beantwortet.

Auf das verabredete Zeichen hin trat Koena vor und hob die Arme. Er rief den Gott an, herabzusteigen. Gehn trat aus dem Dunkel zwischen den Holzsäulen, eingehüllt in einen glänzenden langen Umhang aus reinem Gold, der mit schwarzer Seide durchwirkt war, sein weißes Haar wie umflossen von einem fünfeckigen Lichtkreis aus Gold, das in dem flackernden Licht der Fackeln hell aufleuchtete.

»Menschen des Siebenunddreißigsten Zeitalters!« rief er, und seine Stimme übertönte den Sturm. »Werft euch eurem neuen Herrn und Meister, dem Großen Herrn Atrus, zu Füßen.«

Innerlich widerstrebend, stieg Atrus die Stufen hinunter, bis er neben seinem Vater stand. Er war wie Gehn ausstaffiert, aber sein Umhang war mit roter Seide durchwirkt und schimmerte, als wäre er aus unendlich vielen kleinen Rubinen gefertigt.

In größter Ehrfurcht berührten die Menschen die Erde mit der Stirn und murmelten die Worte, die der Akoluth mit ihnen einstudiert hatte: »Herr Atrus ist unser Herr und Meister. Er beehrt uns mit seiner Gegenwart.«

Gehn strahlte, dann rief er den beiden Männern, die noch im Tempel waren, zu: »Tempeldiener! Kommt!«

Langsam, mit würdevoller Miene, traten die beiden Diener, die er unter den Fischern ausgewählt hatte, aus dem Tempel und trugen zu zweit ein Samtkissen mit einem Anhänger aus kostbaren Metallen, besetzt mit blutroten Juwelen und kunstvollstem Porzellan.

Koena trat vor und legte die Hände segnend über den gewaltigen Anhänger, wie Gehn es ihm gezeigt hatte. Dann wandte er sich Atrus zu.

»Und nun«, forderte Gehn, und seine Stimme hallte über den schwarzen, leeren See, »seht den Großen Herrn Atrus!«

Und als Koena den Anhänger vom Samtkissen hob und ihn Atrus um den Hals legte, – sorgfältig darauf bedacht, daß der goldene Lichtkranz um seinen Kopf nicht zu Boden fiel – deutete Gehn zum Himmel hinauf.

Donner grollte, Blitze zuckten auf. Atrus sah den Ausdruck des Staunens in Gehns Gesicht und wußte, daß dies eine rein zufällige Naturkulisse darstellte. Aber dann wandelte sich Gehns Ausdruck, man sah Stolz darin, und seine Augen flammten im Feuer der Leidenschaft auf. »Seht – Regen!«

Und als hätte er es wirklich so befohlen, öffnete der Himmel seine Schleusen, und der Regen prasselte so heftig auf die Erde nieder, daß alles im Handumdrehen triefnaß war. Die Erde bebte unter diesem Trommeln.

Atrus sah all dies mit großer Verwunderung. Vor ihm, am Hang, richteten sich die Blicke von zweihundert Menschen gen Himmel.

Koena schaute fragend seinen Herrn an, denn er wußte nicht, ob er in der Zeremonie fortfahren sollte, aber Gehn schien von diesem himmlischen Erguß völlig unberührt. Es sah fast so aus, als hätte er es tatsächlich so geplant.

»Die Zofe … Wo ist die Zofe?«

Koena sah sich suchend um, dann gab er dem Mädchen, Salar, ein Zeichen. Sie hielt eine Blumengirlande ähnlich der, die man Gehn umgelegt hatte, als Atrus dieses Zeitalter zum erstenmal besucht hatte. Aber Salar regte sich nicht. Sie war wie versteinert. Gebannt schaute sie zum Himmel hinauf; ihre Augen waren wie glänzende Perlen.

Als Gehn das sah, schritt er den Hügel hinab, packte sie beim Arm und zerrte sie über den schlammigen Grund zu den zischenden Fackeln und zum Tempel zurück.

Atrus war entsetzt, wie unsanft sein Vater mit dem Mädchen umging. Er trat vor. »Vater! Laß sie los!«

Gehn sah ihn mit brennenden Augen an; Atrus senkte den Blick.

Gehn warf das Mädchen Atrus zu Füßen. »Die Girlande!« knurrte er. »Überreiche deinem Herrn Atrus die Girlande.«

Atrus wollte sich zu dem Mädchen hinabbeugen und ihr aufhelfen, aber der Blick seines Vaters war unerbittlich.

Und immer noch prasselte der Regen nieder.

Langsam erhob sich Salar. Die Girlande, die sie noch hielt, war nun verdorben, voller Schlamm und an verschiedenen Stellen auseinandergefallen. Sie schaute ihn verängstigt mit feuchten Augen an.

»Herr Atrus«, flüsterte sie, ihre Stimme kaum hörbar im Sturm.

»Sprich lauter, Mädchen!« schrie Gehn. »Laß hören, was du zu sagen hast!«

»Herr Atrus«, begann sie noch einmal und versuchte, deutlich zu sprechen.

Ein gewaltiger Blitz. Ein Donnerschlag. Das junge Mädchen schrie auf und ließ die Girlande fallen.

»Möge Kerath uns helfen!« knurrte Gehn ungeduldig, dann trat er nach dem Mädchen, schob sie unsanft beiseite und bückte sich, um die ruinierte Girlande aufzuheben. Er musterte sie, dann warf er sie angewidert fort.

Gehn wandte sich an Koena. »Schick die Leute fort«, befahl er. »Die Zeremonie ist vorüber.«

Aber Koena hörte nicht zu. Er schaute wie gebannt auf den See, dessen rissiger Boden sich mit Wasser füllte. Aber es nützte nichts. Der Regen mochte fallen und fallen und fallen. Er mochte tausend Jahre lang fallen, und der See würde doch nicht voll werden, denn alles Wasser wurde vom Meer aufgesogen, und das lag tief, tief unten, unter dem großen Felsvorsprung, der einst der Meeresgrund gewesen war.

Koena sah Gehn flehend an. »Herr, Ihr müßt uns retten. Bitte, Herr, ich bitte Euch!«

Aber Gehn, der genau dasselbe gesehen hatte wie Koena, wandte sich einfach ab. Er warf seine Krone zu Boden, öffnete seinen Umhang und ließ ihn fallen, dann schritt er zum Zelt, ging hinein und tauchte einen Augenblick später mit seinem

Rucksack wieder auf, in den er schnell noch seine Pfeife gesteckt hatte.

»Komm«, wies er Atrus an. »Die Zeremonie ist beendet.«

Atrus verharrte einen Moment, dann warf er den Anhänger zur Seite, lief Gehn nach, holte ihn ein und ergriff seinen Arm, so daß Gehn gezwungen war, ihn anzuschauen. Dann rief er laut, um sich in dem Sturm Gehör zu verschaffen: »Wir müssen zurückkehren und Veränderungen vornehmen. Jetzt, bevor es zu spät ist!«

»Zu spät? Es ist schon zu spät! Sieh dich doch um! Ich hab' ja gesagt, diese Welt ist nicht stabil!«

»Nein!« schrie Atrus verzweifelt. »Du kannst es noch ändern. Du kannst die Änderungen, die du vorgenommen hast, rückgängig machen und alles wieder in Ordnung bringen. Du kannst es. Du hast selbst gesagt, daß du es kannst. Schließlich bist du doch ein Gott, oder?«

Diese letzte Bemerkung schien Wirkung zu zeigen. Gehn nickte kurz, dann lief er an seinem Sohn vorüber, eilte über die Brücke und bahnte sich seinen Weg den regendurchweichten Hang hinauf zu der Höhle. Atrus folgte ihm.

15

Eine Stunde schon hatte Gehn schweigend an seinem Schreibtisch gesessen. Taub gegenüber allen Bitten von Atrus, schaute er geistesabwesend zur Decke und zog an seiner Pfeife.

»Du mußt etwas tun«, unterbrach Atrus wieder die unheilvolle Stille. »Du *mußt* einfach! Sie sterben dort draußen!«

Keine Reaktion. Nicht einmal das Zucken einer Augenbraue.

Atrus verzog das Gesicht. Er versuchte, nicht an das Leid der Menschen des Siebenunddreißigsten Zeitalters, nicht an die alte Frau und das Mädchen zu denken, aber es gelang ihm nicht.

Wieder wandte er sich an Gehn. Zum erstenmal sah er diese Charaktereigenschaft seines Vaters: seine Unentschlossenheit. Diese schreckliche Gleichgültigkeit.

»Willst du ihnen denn nicht helfen, Vater?«

Nichts.

Atrus stand entschlossen auf, trat zum Schreibtisch und wollte das Buch an sich nehmen.

»Wenn du nichts tust, dann laß mich …«

Gehns Hand lag auf der seinen wie ein Schraubstock. Mit hartem Blick sah er Atrus an. »Du?«

Es war das erste Wort, das Gehn seit langem gesagt hatte.

Atrus zog seine Hand aus dem festen Griff seines Vaters. »Sie sterben«, wiederholte er – zum wievielten Mal schon? »Wir müssen ihnen helfen. Wir könnten Veränderungen vornehmen.«

Gehn lachte düster. »Veränderungen?«

»Um das Zeitalter zu stabilisieren.«

Gehns sah ihn an, dann wandte er den Blick ab.

In Gedanken sah Atrus wieder, wie das Wasser an den Kanten der großen Felsblöcke gestiegen und immer weiter gestiegen war, und darunter – einem Kissen gleich – die glutrote Lava.

»Also das ist es«, sagte er. »Du kannst es gar nicht.«

Gehn richtete sich auf; etwas von der alten Arroganz war in seinem Blick. »Habe ich das gesagt?

Gehn hielt den Blick auf Atrus gerichtet, dann öffnete er das Buch des Siebenunddreißigsten Zeitalters, tauchte den Federhalter ins Tintenfaß und strich die letzten Eintragungen mit dem D'ni-Negativsymbol durch.

»So«, sagte er und reichte Atrus das Buch. »Ich habe es stabilisiert.«

Atrus sah sprachlos in das Buch.

Gehn deutete darauf. »Willst du dich selbst überzeugen?«

Atrus hatte nicht gewagt, darum zu bitten. »Kann ich das?«

»Das ist es doch, was du wolltest, oder?«

Atrus nickte.

»Dann geh, aber bleib nicht zu lange. Ich habe schon viel zuviel Zeit an dieses undankbare Volk verschwendet.«

Die Luft in der Höhle war moderig, aber nicht modriger als bei früheren Gelegenheiten. Atrus fiel auf, daß der stechende Schwefelgeruch verschwunden war, was ihn mit Zuversicht erfüllte.

So, hörte er seinen Vater sagen, *ich habe es stabilisiert*. Jetzt wußte er es.

Atrus trat aus der Höhle heraus, dann stand er auf dem Felsblock über dem Hang und atmete die klare, mit Blütenduft erfüllte Luft ein. Tatsächlich! Gehn hatte dieses Zeitalter stabilisiert! Im See war Wasser, und die Hänge waren dicht mit Gras bewachsen. Er hörte Vögel singen und den Wind, der durch die Bäume strich. Das Dorf lag friedlich da, die Inselbewohner gingen ihrer alltäglichen Arbeit nach.

Er lachte, dann sprang er eilig hinab, wollte unbedingt Salar fragen, was sich in seiner Abwesenheit getan, was sie gesehen hatte – aber plötzlich blieb er wie angewurzelt stehen. Er traute seinen Augen nicht.

Er lief zum Grat; dort stand er und atmete hektisch, als er zum Hafen schaute. Die Boote lagen da, in einem dichten Halbkreis vertäut wie immer, und auch die Brücke war da – aber sonst?

Er hielt die Luft an. Schlagartig bestätigte sich seine Theorie: Die Versammlungshütte war fort, ebenso das Zelt. Statt dessen standen einige Hütten dort, wie auf der anderen Seite der Brücke.

Er hörte ein Rascheln hinter sich und wandte sich um. Koena in der Alltagstracht der Dorfbewohner stand vor ihm.

»Koena?«

Der Mann hob leicht den Kopf und faßte den dicken Holzstock fester. Angst stand in seinem Gesicht.

»Was ist?« fragte Atrus überrascht.

»Usshua umma immuni?« gab Koena mit unmißverständlicher Feindseligkeit zurück.

Atrus war perplex: Was für eine Sprache war das? Dann wurde ihm bewußt, daß er in Gefahr war. Er hob die Hände, um anzuzeigen, daß er in friedlicher Absicht gekommen war. »Ich bin's, Koena – Atrus. Erkennst du mich nicht?«

»Usshua illila umawa?« fragte der verängstigte Eingeborene und schwenkte den Stock.

Atrus schüttelte den Kopf, als wollte er Ordnung in seinen Gehirngängen schaffen. Was stimmte hier nicht? Warum war alles so anders? Instinktiv wandte er sich zur Höhle zurück, dann fiel ihm ein, daß sich dort kein Verbindungsbuch befand. Er griff ängstlich in seine Tasche und atmete erleichtert auf: Da war sein Verbindungsbuch.

Koena beobachtete ihn. Seine Augen waren lauernd wie die einer Katze. Aber natürlich war er nicht Koena, jedenfalls nicht der Koena, den er kannte, denn sein Vater war nie hiergewesen und hatte ihn nie zum Akoluth ernannt.

Nein, dachte Atrus, *und ich war auch nie hier.* Denn dies war nicht das Siebenunddreißigste Zeitalter – jedenfalls nicht das, welches sein Vater geschaffen und in dem er, Atrus, gelebt hatte. Dies war eine völlig andere Welt. Sie glich der ihm bekannten aufs genaueste, aber dennoch war es eine völlig andere Welt!

Ihm war so schwindelig, als verlöre sich der feste Boden unter seinen Füßen. *Ich bin in einem völlig anderen Universum, in einem anderen Zeitalter, eins, mit dem mein Vater herumexperimentiert hat. Nein, das ist falsch. Mein Vater hat dieses Zeitalter nicht geschaffen, es war schon da; es wartete nur darauf, daß wir uns ›hineinschreiben‹.*

Ein Zeitalter, in dem er jeden kannte, aber nicht erkannt wurde. Ihm war klargeworden, was geschehen war: Die Streichungen seines Vaters im Buch hatten sie wieder an den Stamm des großen Baums der Möglichkeiten zurückgeführt und zu einem völlig anderen Zweig gebracht.

Atrus warf einen langen letzten Blick auf diese Welt, und da er wußte, daß er hier nicht willkommen war, wandte er sich um und floh in die Höhle, das Verbindungsbuch fest an sich gedrückt.

In Atrus' Abwesenheit hatte Gehn Feuer im Kamin angezündet und saß in einem Sessel daneben. Dort fand Atrus ihn, zurückgelehnt, den Mund offen. Die Pfeife war zu Boden gefallen.

Gehn schlief nicht, und wenn er schlief, war es ein unruhiger Schlaf, denn seine Augenlider bewegten sich, und von Zeit zu Zeit murmelte er etwas und stöhnte dann.

Atrus war wütend und fühlte sich hintergangen. Gehn hatte gesagt, er würde alles in Ordnung bringen, aber er hatte nichts in Ordnung gebracht. Die andere Welt, das *wirkliche* Siebenunddreißigste Zeitalter, war ausgelöscht, oder zumindest die Verbindung dorthin. Und das war allein Gehns Schuld, weil Atrus nicht gewußt hatte, was er tat.

Verächtlich beugte sich Artus zu seinem Vater hinunter.

»Wach auf!« rief er und schüttelte ihn. »Ich muß mit dir reden.«

Einen Augenblick lang dachte er, er würde Gehn nicht wachbekommen. Aber als er ihn noch einmal schüttelte, schob Gehn seine Hand weg.

»Laß mich!« knurrte er. »Geh ... geh in dein Zimmer, Junge, und laß mich in Ruhe!«

»Nein«, widersprach Atrus, »ich gehe nicht. Nicht, bis dies hier in Ordnung gebracht ist.«

Gehns linkes Auge öffnete sich ein wenig. Ein leichtes Lächeln huschte über seine Mundwinkel. »In Ordnung?«

»Wir müssen miteinander reden«, sagte Atrus mit fester Stimme, entschlossen, sich diesmal von seinem Vater nicht ins Bockshorn jagen zu lassen.

»*Reden?*« Gehn lachte nun höhnisch. »Worüber könnten wir beide schon zu reden haben?«

»Ich möchte mit dir über die Kunst reden. Was dahintersteckt. Was *wirklich* dahintersteckt.«

Gehn sah ihn verächtlich an, dann setzte er sich auf und griff nach seiner Pfeife.

»Leg dich schlafen, mein Junge, und hör auf, solchen Unsinn zu reden. Was verstehst du denn schon von der Kunst?«

»Genug, um zu wissen, daß du unrecht hattest, Vater. Daß deine Zeitalter instabil sind, weil du nicht weißt, was du überhaupt tust.«

Atrus hatte eigentlich nur vermutet, daß die meisten von Gehns Welten instabil sein müßten, aber er schien den Nagel auf den Kopf getroffen zu haben, denn Gehn lehnte sich vor, sein ohnehin schon blasses Gesicht plötzlich kreidebleich.

»Du hast unrecht!« zischte Gehn. »Du bist doch nur ein dummer Junge. Was weißt du denn schon?«

»Ich weiß, daß du den Großen Zusammenhang nicht verstehst!«

Gehn lachte dröhnend. »Und du denkst, du hast alle Antworten, was, mein Junge?«

Atrus sah seinem Vater gerade in die Augen, entschlossen, seinem Blick standzuhalten. »Einige. Aber das sind die Antworten, die dir nicht passen. Du willst ja lieber so weitermachen wie bisher und wie blind durch die Zeitalter stolpern. Hier einen Satz aus einem Buch – da einen Satz aus einem anderen – als könntest du so weiterkommen.«

Gehn hielt die Sessellehne umklammert; jetzt stand er brüsk auf und schrie ihm ins Gesicht: »Wie kannst du es wagen, Kritik an mir zu üben? Ich habe dich alles gelehrt, was du weißt! Ich habe dich aus diesem gottverdammten Erdspalt herausgeholt und einen Menschen aus dir gemacht! Wie kannst du es wagen, auch nur im entferntesten zu denken, daß du die Antworten hast?«

Er bohrte Atrus den Zeigefinger in die Brust. »Wie lange hast du bisher die D'ni-Kunst studiert? Drei Jahre? Dreieinhalb Jahre? Und wie lange habe ich studiert? Dreißig Jahre! Dreißig Jahre!!«

Gehn schnalzte verächtlich mit der Zunge. »Du denkst, weil du ein mickriges Zeitalter geschaffen hast, kannst du große Töne spucken, aber du weißt gar nichts, mein Junge! Du hast nicht einmal Grundkenntnisse. Hier ...«

Gehn ging zum Schreibtisch hinüber. Zu Atrus' Bestürzung nahm er eins von Atrus' Büchern zur Hand und blätterte es auf. Er las einen Moment schweigend, dann sagte er: »Dieser Satz hier ... schau nur, wie unnötig der ausgeschmückt ist! So schreibt ein Anfänger, mein Junge! Es steckt keine Kraft darin. Er ist stilistisch ungeschickt.« Dann nahm er den Federhalter und tauchte ihn ins Tintenfaß.

Atrus sah es mit Entsetzen. Er wußte, was nun kommen würde, aber er konnte es immer noch nicht glauben, daß sein

Vater es tatsächlich wagen würde, mit *seinem* Zeitalter herumzuexperimentieren.

Aber Gehn schien die Gegenwart seines Sohnes völlig vergessen zu haben. Er setzte sich an den Schreibtisch, zog das Buch zu sich heran und begann, hier und da Symbole mit dem D'ni-Negativzeichen auszustreichen und so die Sätze zu vereinfachen, für die Atrus so lange gebraucht hatte. Sätze, die – wie Atrus aus seinen Studien der alten D'ni-Texte wußte – genau richtig waren, um die Dinge zu beschreiben, die er in seiner Welt haben wollte.

»Bitte …«, sagte Atrus. »Es hat seinen Grund, daß all diese Worte da stehen. Sie *müssen* da stehen!«

»In welchem Buch hast du das hier gefunden?« fragte Gehn und klopfte auf einen anderen Satz, »diesen Unsinn über die blauen Blumen?«

»Das war in keinem Buch …«

»Unfug!« sagte Gehn geringschätzig. »Ausgemachter Unfug ist das! Das ist alles stilistisch überfrachtet! Da sind viel zu viele unnötige Einzelheiten!«

Und ohne ein weiteres Wort machte sich Gehn daran, den Satz über die Blumen zu streichen.

»Nein!« schrie Atrus und trat näher an den Schreibtisch heran.

Gehn sagte streng: »Sei ruhig, Junge, damit ich mich konzentrieren kann.«

Atrus stöhnte verzweifelt, aber Gehn hatte kein Gespür für den Schmerz seines Sohnes. Er blätterte die Seite um und lachte leise, als hätte er etwas so Dummes, so Lächerliches gefunden, daß man es einfach albern finden mußte.

»Und das hier …«, fuhr er fort, tauchte wieder den Federhalter ins Tintenfaß und strich die sorgfältig geschriebenen Symbole aus. »Das taugt nichts, mein Junge. Diese Beschreibung … ganz überflüssig.«

»Bitte«, Atrus machte noch einen Schritt auf ihn zu, »laß es jetzt. Bitte, Vater, ich flehe dich an.«

Aber Gehn war nicht mehr zu bremsen. »O nein, und das

hier, das geht auch nicht. Das muß auch gestrichen werden. Ich meine ...«

Plötzlich blickte Gehn auf; das Lachen verschwand von seinem Gesicht. »Du verstehst mich doch jetzt?« fragte er.

Atrus schluckte. »Vater?«

Gehns Augen waren eiskalt, kälter als Atrus sie jemals gesehen hatte. »Du mußt eines begreifen, Atrus, nämlich, daß du *nichts* begreifst! Jedenfalls jetzt noch nicht. Und du hast keine Antworten. Du denkst vielleicht, daß du sie hast, aber da irrst du dich. Du kannst nicht alle D'ni-Geheimnisse über Nacht lernen. Das ist einfach nicht möglich.«

Atrus schwieg unter dem harten Blick seines Vaters.

Gehn seufzte, dann sprach er weiter: »Ich habe dich falsch eingeschätzt, Atrus, nicht? Du hast etwas von deiner Großmutter ... diese Dickköpfigkeit, diesen Widerspruchsgeist.«

Atrus wollte etwas sagen, aber Gehn hob die Hand. »Laß mich ausreden.«

Atrus schluckte, aber dann sagte er, was er die ganze Zeit über hatte sagen wollen, ganz gleich, ob Gehn wütend würde. Er mußte es einfach sagen, um nicht daran zu ersticken.

»Du hast gesagt, daß du das Siebenunddreißigste Zeitalter stabilisiert hättest.«

Gehn lächelte. »Das habe ich auch.«

Atrus schüttelte den Kopf.

Gehn sah ihn fragend an. »Ja?«

»Ich meine, es ist nicht dasselbe. Nun gut, der See ist noch da und das Dorf, sogar die Menschen. Aber es nicht dasselbe. Sie haben mich nicht erkannt.«

Gehn schüttelte den Kopf. »Es *ist* stabilisiert.«

»Aber meine Freunde. Salar, Koena ...«

Gehn sah eine Weile auf den Einband, dann nahm er das Buch auf und wandte sich zum Feuer.

Atrus trat einen Schritt auf ihn zu. »Laß mich das in Ordnung bringen. Erlaube mir, daß ich ihnen helfe.«

Gehn sah ihn geringschätzig an, dann trat er näher an das flackernde Feuer heran.

»Vater?«

Der Muskel unter Gehns rechtem Auge zuckte. »Dieses Buch ist unbrauchbar.«

»Nein!« Atrus wollte ihm, wenn nötig, das Buch aus der Hand reißen, aber der Schreibtisch stand zwischen ihnen. Außerdem war es bereits zu spät. Mit einer leichten Bewegung warf Gehn das Buch in die Flammen, dann sah er zu, wie die Seiten leise knisterten, sich an den Kanten wellten und schwarz wurden, und wie sich ein Symbol nach dem anderen in Asche verwandelte – in Nichts.

Atrus stand da wie versteinert. Aber es war zu spät. Die Brücke zwischen den Zeitaltern war zerstört.

Im blauen Licht der Laterne schien jeder Gegenstand in der stillen Kammer wie in Eis getaucht – jeder Sessel und Schrank, das massive Holzbett, der Schreibtisch. Die Schatten im Raum waren nicht einfach schwarz – dies war das allertiefste Schwarz, das Schwarz des Nichts.

Dem flüchtigen Blick hätte es scheinen können, als wäre nichts wirklich, als wäre kein Gegenstand in diesem kalten, gefühllosen Licht wirklich vorhanden, sondern lediglich die Projektion einer dunklen, bösen Gottheit, die jederzeit die Seiten aus dem Buch, in dem all dies aufgezeichnet war, herausreißen und es mit der Gleichgültigkeit eines Gottes ins Schattenreich verbannen konnte.

Aber der junge Mann, der mitten im Raum im Sessel saß, sah es anders.

Langsam fand Atrus in die Wirklichkeit zurück, dann schaute er sich um. Er hatte keinerlei Erinnerung an die letzten Stunden. Er wußte nur, daß er wieder in seinem Zimmer saß. Die Laterne brannte, sein Tagebuch lag offen auf seinem Schreibtisch. Er schaute auf das, was er auf die linke Seite geschrieben hatte:

Mein Vater ist verrückt.

Dann kehrte die Erinnerung zurück. Er schauderte, immer noch unfähig zu glauben, was sein Vater getan hatte. Aber die Erinnerung stand ihm jetzt wieder klar vor Augen. Wenn er die Augen schloß, konnte er wieder sehen, wie die Seiten langsam verkohlten, wie jede einzelne von den Flammen erfaßt wurde, als hätte das Feuer jeden Satz gelesen, bevor es sich ihn einverleibte.

Es sei denn, daß meine Erinnerungen falsch sind und auch ich nur eine Schöpfung meines Vaters bin …

Aber er wußte, daß es nicht so war. Die Erfahrung mit dem Siebenunddreißigsten Zeitalter hatte ihm das völlig klar gezeigt. Gehn war kein Gott. Nein. Er war nur ein Mensch – ein schwacher, dummer Mensch ohne jedes Verantwortungsgefühl und voller Eitelkeit. Ja, und bei all seinem Prahlen darüber, wie er D'ni wieder in seiner Größe erstehen lassen wollte, hatte er gerade das vergessen, was die D'ni so außergewöhnlich hatte werden lassen. Warum ihr Reich so lange bestanden hatte. Es war nicht die Macht und auch nicht die Tatsache, daß sie einst eine Million Welten beherrscht hatten. Es war ihre Zurückhaltung, ihre erstaunliche Bescheidenheit.

Gehn behauptete, daß sein Sohn nichts wußte, aber das stimmte nicht. Atrus hatte die Geschichte von D'ni studiert, und er hatte auf diesen Seiten den langen Kampf erlebt, mit dem die D'ni-Weisen an den niedrigen Aspekten ihrer Natur gearbeitet, wie sie dem Volk die Tugenden der Geduld, des Dienens und der Bescheidenheit vermittelt hatten. Fast sechzigtausend Jahre lang waren sie damit erfolgreich gewesen. Bis Veovis kam.

Welche Bedeutung hatte das für ihn? Welche Möglichkeiten hatte er? Sollte er versuchen, zu Anna und zur Kluft zurückzukehren? Oder sollte er sich lieber irgendwo in der Stadt verbergen?

Wie auch immer seine Entscheidung ausfiel – er mußte noch einmal zu Gehn gehen und sich verabschieden. Und ihm ehrlich sagen, warum er gehen mußte.

Dieser Gedanke beunruhigte ihn. Er war im letzten Jahr ein gutes Stück gewachsen und nun fast genauso stark wie sein Vater, dennoch schüchterte Gehn ihn ein.

Aber es mußte sein. Er konnte nicht einfach mit hängenden Ohren davonlaufen. Denn wenn er das tat, würde er für immer im Schatten seines Vaters stehen.

Er ging hinaus, stieg die verschiedenen Etagen des verwinkelten Hauses hinauf, bis er in der Bibliothek war, an der Treppe, die zum Arbeitszimmer seines Vaters führte. Oben auf dem Treppenabsatz brannte die Laterne noch und die Tür stand offen – alles so, wie er es verlassen hatte.

Er stieg die Stufen empor und wappnete sich gegen die Wut seines Vaters, gegen sein höhnisches Lachen, bei dem er sich wieder wie ein kleiner Junge fühlte.

Aber er war kein Junge mehr. Er war diesem Alter längst entwachsen. Und diese Tatsache mußte Gehn endlich akzeptieren – er mußte dazu gezwungen werden, noch bevor Atrus dieses Haus verließ.

Er blieb im Türrahmen stehen, überrascht, daß es so dunkel im Raum war. Das Feuer war ausgegangen, und die Laterne auf dem Tisch brannte nur noch schwach. Von Gehn fehlte jede Spur.

Er wandte sich um, nahm die Laterne vom Haken und ging in den Raum hinein.

Bücher lagen überall herum, als hätte sie jemand in einem Wutanfall wahllos durch den Raum geschleudert. Und der Schreibtisch …

Atrus ging hinüber, setzte seine Lampe neben die auf dem Schreibtisch und durchsuchte den Bücherstapel, aber von seinem eigenen Buch fehlte jede Spur. Er fuhr herum, schaute ängstlich zum Feuer, insgeheim das Schlimmste fürchtend – und wäre fast über seinen Vater gestolpert.

Gehn lag auf dem Fußboden hinter dem Schreibtisch, gleich vor dem flackernden Feuer.

Einen Augenblick lang dachte Atrus, sein Vater sei tot, so regungslos lag er da. Doch dann sah er, wie sich seine rechte

Hand leicht bewegte, und wußte, daß es nicht der Tod war, sondern dessen Bruder, der Schlaf – Gehn lag in einer Art Starre, die von zu intensivem Pfeifengenuß herrührte.

Die Pfeife selbst lag neben ihm, die Feuerkugel glomm noch leicht in ihrer Vertiefung. Atrus nahm sie auf, roch am Pfeifenschaft und rümpfte angewidert die Nase.

Er wollte schon gehen, als er in der ausgestreckten Hand seines Vaters das Notizbuch mit dem gegerbten Ledereinband bemerkte, das er stets zu Rate zog.

Ein oder zwei Sekunden lang hielt er inne, von dem Gefühl ergriffen, etwas Unrechtes zu tun –, aber dann überkam es ihn wie ein Zwang, zu erfahren, was in dem Buch stand. Er nahm es an sich und trat damit in das Licht der Laterne.

Er atmete tief ein, öffnete es auf der ersten Seite und las, was dort stand.

Das Buch Atrus.

Er zog die Stirn in Falten. Das war doch sicher falsch! Mußte es nicht … ? Aber dann verstand er: Nicht er war gemeint. Es war weder seine Handschrift noch die Gehns. Nein, es war das Buch seines Großvaters. Nicht Atrus, Gehns Sohn, sondern Atrus, Gehns Vater.

Er las weiter, dann sah er auf – die letzte Verbindung, die noch zu seinem Vater bestanden hatte, löste sich in diesem Augenblick in Nichts auf. Er setzte sich in Gehns Sessel, nickte gedankenverloren und lachte bitter.

Wie sehr hatte er seinen Vater bewundert, ihn fast angebetet, weil er so mutig war, sich so hartnäckig seinen Weg durch die Dunkelheit der Tunnel nach D'ni erkämpft hatte. Aber der Weg war im Notizbuch seines Großvaters klar aufgezeichnet gewesen. Es war nicht Gehn, der die Risiken auf sich genommen hatte, sondern Gehns Vater!

Atrus schloß das Buch und schob es zur Seite, dann musterte er seinen Vater, dessen Schatten sich auf dem Fußboden abzeichnete.

»Warum warst du nicht der Vater, den ich gerne gehabt hätte?« fragte er leise, und die Enttäuschung lastete in diesem

Moment schwer auf ihm. »Warum mußtest du so … so erbärmlich *klein* sein?«

Gehn stöhnte und bewegte sich leicht, aber er wachte nicht auf.

Atrus lehnte sich zurück und seufzte tief. Noch immer schaute er Gehn an, wie er so ausgestreckt dalag, dann wanderte sein Blick zur Laterne, und er nahm das Notizbuch erneut auf.

16

Gehn wachte mit hämmerndem Kopf und solchen Schmerzen auf, daß er sich kurz fragte, ob er bewußtlos geworden und gefallen war. Es wäre nicht das erstemal gewesen. Aber es war das erstemal, seit Atrus auf K'veer weilte, daß er sich diesen Rausch erlaubt hatte, und er verwünschte sich selbst dafür, daß er die Tür nicht abgeschlossen hatte, bevor er sich an den Genuß der zweiten Pfeife machte.

Er erhob sich und stöhnte leise. Er hatte Schmerzen, das wohl, aber nichts war gebrochen.

»Alles in bester Ordnung«, sagte er und ging langsam zur Tür. Er lehnte sich ans Treppengeländer und sah hinunter; seine Augen schmerzten im Licht.

»Atrus? Atrus, wo bist du?«

Aber die Bibliothek war leer. Er ging hinab und durch die ebenfalls leere Kammer und fühlte ein unerklärliches Unbehagen.

Irgend etwas war passiert. Irgend etwas.

Dann fiel es ihm ein: der Junge. Er hatte Streit mit dem Jungen gehabt.

Er durchquerte die Bibliothek und den darüber gelegenen Raum, riß die Tür auf und hastete durch die dunkle kleine Kammer, bis er bei der Öffnung am jenseitigen Ende angekommen war.

»Atrus?« Er wartete einen Augenblick, dann rief er wieder: *»Atrus?!«*

Nichts. Das große Gebäude war leer.

Wenn der Junge nicht schläft …

Er eilte nach unten und stürmte, ohne anzuklopfen, in Atrus' Zimmer.

»Atrus?«

Das Bett war leer. Er ging zu dem großen, geschnitzten Schrank in der Ecke und zog ihn auf. Nein, Atrus war nicht da – und auch nichts mehr von seinen Sachen.

Die Erkenntnis ließ Gehn taumeln.

Er hastete in sein Arbeitszimmer zurück und suchte auf dem unordentlichen Schreibtisch nach seinem Notizbuch – auch das war fort! Er zog die zweite Schublade auf, holte einen Metallkasten heraus und stellte ihn auf den Schreibtisch. Dann nahm er einen kleinen Schlüssel, den er um den Hals trug, und schloß den Kasten auf. Er nahm ein einzelnes Blatt heraus, faltete es in der Mitte und steckte es in die Tasche.

Er ließ den Kasten, wo er war, ging zur Tür und rief hinunter: »Rijus! Rijus! Wo bist du, Mann?«

Er wartete nicht erst auf den Stummen, sondern durcheilte das Haus. Als er am letzten Treppenabsatz angekommen war, blieb er wie angewurzelt stehen – seine Befürchtungen bewahrheiteten sich: Die Mole war leer, das Boot vom Anlegeplatz verschwunden.

Gehn sprang die Mauer hinunter. »Verdammter Bengel! So eine verdammte Undankbarkeit!«

Er legte den Kopf in den Nacken; der pochende Schmerz in seinen Schläfen war so stark, daß er nicht mehr klar sehen konnte. Dann riß er sich zusammen und bemerkte, daß Rijus über ihm auf der Treppe stand.

»Der Junge ist verschwunden«, sagte Gehn. »Er hat das Boot genommen. Wir müssen ihm nach.«

Der große stumme Mann stand einen Augenblick ganz still da; es schien, als nähme er die Worte in sich auf, die sein Herr gesprochen hatte. Schließlich stieg er die Stufen herunter und ging an Gehn vorbei zum äußeren Ende der Kaverne. Dort standen im Schatten einige Kisten an die Wand gelehnt. Rijus räumte sie beiseite und wies auf eine alte, verwitterte Tür. Er nahm einen alten Bootshaken von der Wand, schob ihn unter der Tür durch und hob ihn an. Die Tür splitterte und polterte zu Boden. Gehn trat zu ihm.

Drinnen, in modriger Dunkelheit, zog Rijus eine alte Leinwandplane von etwas herunter. Gehn sah ihm erstaunt zu, dann wußte er, was es war. Es war ein Boot. Ein altes D'ni-Fahrzeug.

Woher wußte er das? fragte er sich und schaute den Stummen nachdenklich an. Er beachtete den stechenden Kopfschmerz nicht, sondern ging hinein und half Rijus, das alte Boot auf die Mole zu ziehen.

Es war ein eigenartiges, langes und beinahe elegantes Fahrzeug, mehr ein Kanu als ein Boot, und während er es bugsierte, stellte Gehn fest, daß es aus haltbarem, aber seltsam leichtem Stein war.

Er schüttelte staunend den Kopf und fragte sich, warum er nie etwas von der Existenz dieses Bootes gewußt hatte. Er fragte sich auch, was es sonst noch alles in seinem eigenen Hause gab, von dem er nichts wußte.

Er beobachtete Rijus, wie dieser Leinen an dem alten Boot befestigte und es dann über das Wasser winschte.

Atrus hielt die Laterne hoch und studierte noch einmal die Seite des Notizbuches, dann schloß er es wieder und steckte es in die Tasche seines Umhangs.

Links. Er mußte an der nächsten Gabelung nach links abbiegen. Von dort aus führte ein enger Tunnel durch eine kleine rautenförmige Höhle mit einem niedrigen Steinsims nach rechts. Am äußeren Ende dieser Höhle gab es einige Kalksteinvorsprünge, die zu Treppen führten.

Er ging weiter, die Laterne vorgereckt, und folgte dem leicht gewundenen Tunnel. Seine Schritte hallten in dem engen Tunnel wider.

Wie oft schon hatte er angehalten und gelauscht, in der Angst, verfolgt zu werden? Und wie oft hatte er nichts gehört – nur die Stille des Felsens umgab ihn.

Voraus öffnete sich der Tunnel und endete in einer Art Grat im Fels. Dort teilte sich der Gang in zwei Passagen. Zumindest den Diagrammen im Notizbuch nach. Atrus wandte sich nach links; er ging jetzt schnell, und sein Herz klopfte wieder laut.

Wenn er erst in der rautenförmigen Höhle angelangt war, würde er sich dort eine Weile ausruhen, um wieder zu Atem zu kommen.

Und wenn er nicht hinkam?

Schon zweimal hatte er ein Stück zurückgehen müssen, aber diesmal würde es eine lange Strecke zurück durch die Tunnel bedeuten, und das gefiel ihm überhaupt nicht.

Das Dumme war, daß man hier unten zuviel Zeit zum Nachdenken hatte. Wenn er gedankenlos hätte vor sich hinmarschieren können, wie eine Maschine, wäre es vielleicht in Ordnung gewesen, aber da er das nicht konnte, gingen ihm eine Menge Dinge durch den Kopf.

Das schlimmste Bild, das vor sein inneres Auge trat, war die Kluft, verlassen, mit Sand zugeweht.

Fast vier Jahre war es her, daß er sie zuletzt gesehen hatte. Vier Jahre, seit er zum letztenmal Annas Stimme gehört hatte. Er hörte sie jetzt.

Was siehst du, Atrus?

Ich sehe Felsen, Großmutter. Und Tunnel. Und Dunkelheit. Wohin ich auch schaue, ist Dunkelheit.

Aber ihre Stimme kehrte nicht mehr zurück. Da war nur der Klang seiner eigenen Schritte, bald vor ihm, bald hinter ihm, der die Dunkelheit jenseits des Lichts seiner Laterne erfüllte.

Atrus blickte wieder in das Notizbuch, blätterte die Seite um, dann wieder zurück, und erschauderte. Was war das? Dann, mit leisem Schrecken, ließ er einen Finger *zwischen* die Seiten gleiten und ertastete den unregelmäßigen Rand eines herausgerissenen Blattes! Er stöhnte.

Er sah sich um, versuchte sich zu erinnern, welchen Weg sie vor vier Jahren gegangen waren. Waren sie in die Höhle hinuntergestiegen oder hinauf?

Wenn er jetzt den falschen Weg nahm, war er verloren.

Und wenn er den richtigen fand?

Wenn diese Seite des Notizbuches so beschrieben gewesen war wie die übrigen, würde er noch fünf- oder sechsmal vor derselben Entscheidung stehen, bevor er sicher sein konnte, den richtigen Weg gefunden zu haben. Bevor er die Sicherheit der nächsten Seite erreichte.

Er schluckte bitter und fragte sich, wann sein Vater die Seite aus dem Buch herausgerissen hatte.

»Du hast dir also gedacht, du gehst auf Reisen, was?«

Atrus erstarrte, dann drehte er sich langsam um – und sah sich seinem Vater gegenüber. Er hatte seine Stiefel mit Tuch umwickelt, um seine Schritte zu dämpfen.

»Ich habe mir gedacht, es sei an der Zeit, das Versprechen zu halten, das ich meiner Großmutter gegeben habe.«

»Dein Versprechen?« Gehn lachte laut. »Und was ist mit dem Versprechen, das du mir gegeben hast? Außerdem hast du da etwas, das mir gehört, und das möchte ich wiederhaben.«

»Dann mußt du es mir wegnehmen.«

»Aha.« Gehn wandte sich zu Rijus um, der aus dem Schatten hinter ihm trat.

Als Atrus den Stummen erblickte, wußte er, daß er keine Chance hatte. Wenn es nur sein Vater gewesen wäre, hätte er ihn vielleicht – aber nur vielleicht – überwältigen können, aber er wußte, wie stark der Stumme war. Er hatte gesehen, wie er schwere Felsblöcke aufhob und aus dem Weg räumte – Felsblöcke, die er selbst nicht einen Millimeter hatte von der Stelle bringen können.

Atrus reagierte blitzschnell. Er nahm das Notizbuch aus der Tasche, warf es hoch in die Luft, schleuderte auch die Laterne beiseite und wandte sich um, rannte und kletterte wie ein kleiner Affe den Fels hinauf, bevor er im Tunnel verschwand.

Er hörte, wie sein Vater vor Wut und Enttäuschung aufschrie, und da war ihm klar, daß Gehn damit nicht gerechnet hatte. Gehn hatte gedacht, er würde sich schweigend fügen, wie er es bisher immer getan hatte. Aber das war vorbei. Atrus wußte jetzt, daß er bei diesem Mann nicht bleiben konnte, selbst wenn es bedeutete, daß er sich hier in der Tiefe der Erde verlor.

Er schritt schnell aus, tastete sich mit der rechten Hand an der Tunnelwand entlang. Dann hörte plötzlich der Tunnel auf. Er verlor die Balance und stolperte mit einem Aufschrei gegen eine Wand.

Er fiel zu Boden, verharrte so und hörte die Rufe seines Vaters: »Atrus! Atrus! Komm zurück, Junge!«

Atrus stöhnte und setzte sich auf. Er starrte in die Dunkelheit und fragte sich, wie er weitergehen sollte, dann sah er – entfernt zwar, aber doch deutlich – den Schein einer Laterne rechts über ihm, am Tunneleingang.

Er mußte weiter. Durch die Dunkelheit hindurch.

Er zog sich hoch und stolperte weiter, so schnell er es wagte, abwärts nun, fort von dem sich nähernden Licht.

Und seltsam, jetzt fiel es ihm ein. Er erinnerte sich, wo er war. Wenn er die Augen schloß, konnte er es ganz deutlich sehen. Gerade vor ihm bog der Weg nach rechts ab und stieg dann an. Er führte zu einem breiten Felsvorsprung, und dahinter war ein Spalt, ein winziger Erdspalt, über den eine schmale Seilbrücke führte. Wenn es ihm gelang, sie zu erreichen, hatte er vielleicht eine Chance. Vielleicht konnte er die Verfolger irgendwie aufhalten oder eine Möglichkeit finden, die Brücke zu zerstören, so daß sie ihm nicht weiter nachsetzen konnten.

Atrus spürte einen leichten Luftzug von rechts, hielt an und tastete mit beiden Händen nach dem Ausgang. Wie er gedacht hatte, führte der Tunnel steil bergauf, und er war gezwungen, auf Händen und Knien zu kriechen. Ein schwacher Lichtschein kam von oben, und als er aus dem schmalen Tunnel herauskroch, stellte er fest, daß er sich genau dort befand, wo er seiner Meinung nach sein mußte.

Aber – der Felsvorsprung war hell erleuchtet, eine Laterne stand an einer Seite, während weiter vorn …

Atrus war verzweifelt. Wieder einmal hatte sein Vater ihn ausgetrickst. Wieder einmal war er derjenige, der zuletzt lachte.

Die Seilbrücke war verschwunden, nur die vier großen Metallbolzen ragten kahl aus dem Fels hervor.

Atrus schaute in den Erdspalt hinein. Er war zu tief, und zu breit, um ihn im Sprung zu überwinden. Oder?

Atrus hörte etwas im Tunnel hinter sich. Licht flackerte auf und rückte näher. Gleich würden sie ihn haben …

Wieder schaute er in den Erdspalt. Jetzt oder nie! Er trat einige Schritte zurück, atmete tief ein, nahm Anlauf – und sprang …

»Atrus!«

Mit dem Brustkorb schlug er auf dem Fels auf und rutschte ab. Doch noch im Fallen griff er mit seiner rechten Hand nach einem der Metallbolzen. Sein Körper drehte sich, die Schulter schlug gegen den Fels, der rechte Arm fühlte sich an, als würde er aus dem Gelenk gekugelt, aber Atrus hielt sich fest – es ging um sein Leben. Aber er fühlte, wie die Kraft in seinen Fingern nachließ, wie sie sich allmählich lösten; der Schweiß brach ihm in den Handflächen aus, und er spürte, wie das Metall des Bolzens feucht wurde in seiner Hand.

Dann fiel ein Schatten über ihn. Er hörte einen tiefen, stöhnenden Laut, dann wurde er bei den Armen gepackt und langsam nach oben gezogen.

Überrascht von der Kraft, mit der er emporgezogen wurde, hob Atrus den Blick. Er erwartete, Rijus zu sehen, aber er blickte in Gehns Gesicht. Wut stand in dessen hellen Augen.

»Ach, Junge«, sagte er, und seine Finger bohrten sich

gnadenlos in Atrus' Arme, als er ihn – Zentimeter um Zentimeter – in die Sicherheit nach oben zog. »Hast du wirklich geglaubt, du könntest mich überlisten?«

17

Noch lange nachdem sein Vater gegangen war, stand Atrus wie benommen da und starrte auf die Schatten an der Tür.

Dann wanderte sein Blick zur hohen Decke hinauf und von dort zum Schreibtisch, wo das Buch für das Fünfte Zeitalter lag.

Eine Falle, dachte er. *Wieder eine Tür, und auch hier hofft er, daß ich hindurchgehe. Und wenn ich tatsächlich gehe …*

Noch immer hörte Atrus in Gedanken, wie die Tür hinter seinem Vater ins Schloß gefallen war. Er trat hinaus unter den großen Torbogen. Das rötliche Licht der Lampe verlieh seinem blassen Gesicht ein gesundes Aussehen. Er schritt über eine lange Reihe schwarzweißer Fliesen zu einem großen Mosaik in der Mitte, das Ri'Neref darstellte, den berühmtesten aller Großmeister der Gilde; das Gesicht mit dem grauen Bart hatte einen düsteren, fast melancholischen Ausdruck, als wäre sein Blick schon damals in künftige dunkle Zeitalter gegangen …

Die Steine, die früher glänzend poliert und wunderschön gewesen sein mochten, waren von winzigen Rissen durchzogen, verwittert.

Ein Gefängnis, dachte Atrus bitter und ohne jede Illusion.

Die Steine hier waren nicht wie die anderen im Haus aus schwarzem Lavagestein, sondern zeigten einen stumpfen, metallischen Grauton, in den kunstvolle filigrane Motive eingearbeitet waren. Der massive Torbogen ruhte auf mächtigen

Säulen. Atrus hatte diese Gesteinsart in den meisten der alten Gebäude in der Stadt gesehen und schloß daraus, daß dies wahrscheinlich der älteste Teil des Hauses sein mußte.

Wie alt? fragte er sich. *Zehn- oder zwanzigtausend Jahre? Oder sogar noch älter?* Schwer zu sagen. Die D'ni hatten für die Ewigkeit gebaut; sie hatten nicht gewußt, daß ihre Tage gezählt waren.

An der Nordseite der Kammer, unter einem der massiven Torbögen, war die verschlossene Tür, die aus dem Gefängnis hinausführte. Blutrote Säulen standen wie Wachtposten an beiden Seiten.

Atrus erinnerte sich an die Worte seines Vater, die D'ni hätten eine Vorliebe für Geheimwege gehabt, für Geheimtüren in festen Wänden und für Tunnel durch den Fels. Er begann seine Suche.

Langsam und geduldig ging er von Torbogen zu Torbogen und untersuchte jeden einzelnen der massiven Alkoven sorgfältig. Mit den Fingern tastete er jeden Zentimeter des Steins ab, so hoch wie er vom Boden aus hinaufreichen konnte.

Er brauchte mehr als zwei Stunden für diese Exkursion, und obwohl er keine Geheimtüren oder -gänge fand, war es doch der Mühe wert. Im Fußboden einer der im Schatten liegenden Nischen fand er einen D'ni-Steinschneider, der noch halb in einem unvollendeten Stein steckte. Es war eine große alte Maschine, die aussah wie eine Riesenspinne, und wenn auch die Energiequelle längst erschöpft war, war doch eine der Schneidklingen noch so gut wie neu.

Zunächst dachte Atrus, er müsse sie dort lassen, denn sie steckte fest im Gestein, aber nachdem er eine halbe Stunde daran geruckelt hatte, gelang es ihm, sie herauszuziehen.

Er hob die schwere Schneidemaschine an und prüfte, ob er sie tragen konnte, dann nickte er zufrieden. Die Tür war aus solidem Metall, und es gab keine Stelle, an der er sie aufbrechen konnte, auch nicht mit dem Steinschneider, aber er konnte an beiden Seiten neben der Tür den Stein damit aufschneiden!

Er wußte, daß er keine Zeit zu verlieren hatte, und machte sich gleich an die Arbeit. Er nahm seine Schutzhaube ab, wickelte ihr Tuch um die Maschine, kniete sich in den tiefen Schatten neben der Tür und begann ganz unten links, den Stein mit der Maschine zu bearbeiten.

Es war zu dunkel, um zu sehen, was er erreichte, deshalb hörte er nach zehn Minuten auf, stellte den Steinschneider zur Seite und prüfte das Ergebnis mit den Fingern.

Es war keine große Kerbe, die er geschafft hatte – tatsächlich hatte er kaum mehr von dem harten Gestein heruntergeschliffen als ein paar Splitter, aber an einer Stelle über einer Unebenheit war der Stein fühlbar geborsten.

Er fuhr mit dem Zeigefinger über die Bruchstelle und strahlte innerlich. Sie war mehr als dreißig Zentimeter lang.

Atrus sah zum Schreibtisch. Dort stand eine Lampe, und es gab auch Feuerkugeln hier. Er holte die Lampe und stellte sie so auf, daß ihr Licht auf die Tür fiel, dann machte er sich wieder an die Arbeit. Er konzentrierte sich jetzt ganz auf diese eine Bruchstelle, um sie zu vergrößern und so den Stein zu brechen.

Die ersten Versuche bewirkten gar nichts. Aber dann ertönte ein scharfes Krachen, und die Bruchstelle war sichtlich größer geworden.

Atrus lachte zufrieden und setzte den Steinschneider wieder an, um einen tieferen Bruch zu bewirken, und noch während er sein Werkzeug hochhielt, hörte er, wie der Fels von oben her knarrte und zu brechen begann.

Er hob den Blick. Im Licht der Laterne konnte er sehen, daß die Decke direkt über ihm große Bruchstellen aufwies. Und noch während er hochschaute, fielen winzige Splitter des Gesteins herunter. Die Risse wurden größer.

Schnell nahm Atrus die Laterne und trat zurück – keine Sekunde zu spät! Mit einem Geräusch, als würde der Fels seufzen, barsten die beiden Säulen, und ein großer Abschnitt des Daches stürzte ein.

Atrus lag auf seinem Rücken, etwa zwölf Schritt entfernt, und schaute auf die riesigen Brocken, die herabgefallen waren.

Der Gesteinsstaub in der Luft war so intensiv, daß er einen heftigen Hustenanfall erlitt. Als sich der Staub langsam setzte, sah er, daß die Tür vom Schutt vollständig blockiert war. Er erhob sich, nieste und rieb sich die Augen. Das war ja eine schöne Bescherung! Jetzt hatte er sich selbst eine Falle bereitet.

Wieder hustete er, räusperte sich, dann trat er einige Schritte zurück. Seine Augen tränten.

Ja, er saß in der Falle! Aber das hatte doch wenigstens einen Vorteil: Wenn er nicht hinauskonnte, gelangte Gehn auch nicht herein.

Atrus' Blick fiel auf das Buch für das Fünfte Zeitalter. Er dachte angestrengt nach.

Was wollte Gehn? Warum, *wenn* dies ein Gefängnis war, hatte er ihm das Buch als Fluchtmöglichkeit dagelassen? Warum hatte er ihm Federhalter und Tintenfaß hingestellt? Und warum hatte er ein Verbindungsbuch vom Fünften Zeitalter in dieser Kammer deponiert?

Eine Falle, dachte er wieder. Aber jetzt war er sich dessen nicht mehr so sicher. Vielleicht hatte ihm sein Vater das Buch nur deshalb dagelassen, damit er nicht verhungerte.

Dieser Gedanke belebte Atrus. Er ging zum Schreibtisch hinüber und betrachtete das Buch des Fünften Zeitalters nachdenklich. In der Mitte des Einbandes befand sich ein rundes Metallmedaillon, das mit fünf winzigen Nägeln auf dem Ledereinband befestigt war. Die D'ni-Zahl fünf – ein Quadrat, durch einen schmalen Strich in zwei Hälften geteilt – war in Metall auf einem Basrelief aus Porzellan mit kunstvoll eingravierten Blumenmustern aufgebracht worden.

Atrus öffnete das Buch und vertiefte sich in das Bildfenster. Aus der Ferne betrachtet schien es eine schöne, friedliche Insel zu sein, mit sehr viel Wald.

Ja, aber wo ist der Haken?

Sicher war ein Haken dabei, soweit kannte er Gehn inzwischen. Was auch immer er tat, er tat es nie – *niemals* – ohne egoistische Hintergedanken.

Erst viele Stunden später entschloß sich Atrus, in Gehns Fünftes Zeitalter zu reisen. Bevor er diesen Entschluß faßte, hatte er sich gesagt, er müsse zuvor das Buch lesen, denn wenn es wirklich ein Gefängnis war, wollte er zumindest vorher wissen, in was für einem Zeitalter er sein Leben beschließen würde.

Und so saß er einige Stunden lang da und ging langsam das Buch durch. Er bemerkte alle Fehler, all die möglichen Widersprüche, die durch Gehns typischen Schreibstil entstanden waren. Deutlicher als je zuvor sah er auf jeder Seite, wie eng das Gesichtsfeld seines Vaters war. Das Ganze wirkte wie ein scheußliches Wandbild, das aus teuren Seidenresten zusammengestückelt war. Es bewies wenig Weitblick; die einzelnen Teile paßten nicht zusammen – aber auf irgendeine Art war es dennoch klug ausgetüftelt, so paradox das auch klingen mochte. Erstaunlich klug.

Aber da war etwas – ein einziges Detail –, das Atrus' Phantasie ansprach und ihn dazu bewog, wirklich in das Zeitalter hineinzugehen: der Baum.

Atrus war fasziniert von seiner Eleganz, vom knappen, aber eleganten Stil der D'ni-Sätze für diesen Baum. Er lehnte sich weiter vor und zeichnete mit dem Finger jedes einzelne Symbol nach – wie berauscht von der Wortgewalt und Schönheit.

Ein Baum. Ein riesiger Baum, dessen oberste Äste bis in den Himmel zu reichen schienen!

Atrus mußte bei diesem Gedanken lächeln, dann las er weiter und prägte sich diese Welt in allen Einzelheiten ein, wie die Symbole einer Karte.

Und wenn es *doch* eine Falle war?

Er blickte sich in der riesigen, finsteren Kammer um. Selbst wenn es eine Falle war – zumindest würde er die Sonne wieder sehen, würde den Wind im Gesicht spüren und den Regen, würde die Vögel wieder singen hören.

Salar fiel ihm ein und die alte Frau. Er dachte wieder an das, was in ihrer Welt geschehen war, und der Gedanke schmerzte ihn.

Nie wieder, schwor er sich, dann nahm er das Verbindungsbuch und öffnete das Buch zum Fünften Zeitalter auf der Bildseite.

Ohne Zögern legte Atrus seine Hand auf das Bildfenster. Sogleich spürte er, wie die Seite sich auszudehnen begann …

Atrus kam auf einer Wiese heraus, wo dichtes, hohes Gras einen kreisrunden Teich umrahmte, dessen Oberfläche seltsam gewölbt war. Er blickte staunend darauf, fasziniert, wie sich das Wasser scheinbar nach oben hin ausdehnte. Dann hörte er Stimmen und beeilte sich, hinter einem mit nur wenigen Bäumen bestandenen Hügel Deckung zu suchen. Von dort eilte er weiter über einen schmalen, schlammigen Weg, der steil bergab zu einem Kliff führte, das in einem Felsen über einem steinigen Strand endete. Azurblaue Meereswellen rollten leise an den Strand und über spitze Steine, die aussahen wie die Zähne eines riesigen Seeungeheuers.

Dort hielt Atrus inne, um zu verschnaufen, und lauschte dem sanften Meeresrauschen.

Er sah sich suchend um – wo konnte er sein Verbindungsbuch sicher verstecken? Fast sofort fiel sein Blick auf ein Sandsteinkliff unter dem vorspringenden Fels, in dem Hunderte von kleinen Öffnungen klafften. Atrus wog ab, welche dieser Öffnungen am geeignetsten war. Seine Wahl fiel auf eine der größeren, die nach seiner Meinung über Fluthöhe lag. Er sah sich um, ob ihn niemand beobachtete, kletterte dann hinauf, wobei er die anderen Öffnungen als Halt für seine Füße benutzte. Er zwängte sich in die schmale Öffnung, kroch ein wenig tiefer hinein und legte das Verbindungsbuch auf einem trockenen Sims ab. Darüber deponierte er einen losen Stein, damit es nicht verrutschen konnte.

Zufrieden trat Atrus den Rückweg an, sprang in den Sand hinunter und wischte sich die Hände an seinem Umhang ab.

Zu seiner Linken hatte er einen Pfad entdeckt, der sich um die Bucht herumwand; dorthin wandte er sich nun und stieg vorsichtig über Geröll hinweg. Eine Weile blieb er im Schatten, denn der Felsvorsprung blockierte den Blick zum Himmel, dann bog der Weg leicht ab und führte in einen Felsbruch hinein – und von dort auf eine hügelige Wiese.

Es war sehr windig. Unter den scharfen Böen neigte sich das Gras fast bis zum Boden; der Wind zerrte und riß an Atrus' Umhang. Er zog ihn fest zu, senkte den Kopf und ging weiter. Als ein bizarr geformter Schatten über den Weg fiel, blickte er auf – und sah den Baum vor sich!

Er schien aus einer Felshalbinsel herauszuwachsen. Seine Wurzeln glichen den Säulen eines riesigen Steintempels; sie reichten bis zum Kliff und von dort zum Felsstrand hinunter – gewaltige Wurzeln, die wie die Höcker vieler riesiger Seeschlangen aussahen. Und sie reichten noch weiter, weit ins Meer hinein.

Ebenso gewaltig war der Stamm des Baumes. Er war keineswegs so hoch, wie Atrus angenommen hatte, aber sein Umfang war so überwältigend, daß man sich daneben wie ein bedeutungsloser Winzling fühlen mußte.

Gewaltig wie die Zeit selbst, dachte Atrus. Sein Blick wanderte langsam die Äste hinauf. Dann fiel ihm ein, daß er offen im Blickfeld eines möglichen Beobachters stand, und er ging schnell weiter. Sein Ziel war der Fels vor ihm.

Dort waren Treppenstufen eingeschlagen worden, die zwischen den Baumreihen eines kleinen Waldes hindurch zu einer Lichtung führten. Im gefilterten Sonnenlicht, das durch die Wipfel fiel, erkannte Atrus in einiger Entfernung eine große Holzhütte.

Er ging darauf zu; sein Herz hämmerte laut. Er erkannte sie sofort: die Versammlungshütte – Gehns Tempel –, genau wie im Siebenunddreißigsten Zeitalter. Das heißt, *fast* genauso. Als Atrus sie sah, wußte er gleich, wo auf der Insel er sich befand; es war wie eine innere Landkarte.

Er stieg die Stufen hinauf und trat ins kühle Innere der

Hütte, vorbei an bemalten Holzträgern. Er gelangte in einen Raum, der mit allem nur denkbaren Luxus ausgestattet war: mit herrlichen Wandbehängen, Statuen und Fahnen in silbernen Ständern an den Wänden.

Am anderen Ende des schattigen Raums stand ein Thron – ein gewaltiger Thron, der aussah, als wäre er aus einem einzigen Stück glänzenden Goldes geschmiedet. Im Näherkommen bemerkte Atrus jedoch, daß es kein Gold war, sondern ein herrlicher goldbrauner Stein, wie er noch nie einen schöneren gesehen hatte, nicht einmal in D'ni. Atrus betrachtete ihn genau und fuhr prüfend mit den Fingerspitzen über die glatte, kühle Fläche der Armlehnen, und er fragte sich, in welchem alten Buch Gehn ein so kostbares Material gefunden hatte.

Hinter dem Thron stand ein großer Wandschirm, dessen hellgelbe Seide mit dem Abbild eines Mannes bestickt war. Die Gestalt mit dem hohen, gewölbten Kopf und der Brille war unverwechselbar – es war Gehn.

Atrus war sich der Omnipräsenz von Gehn bewußt. In wie vielen anderen Welten hatte er noch solche Tempel erbaut? In wie vielen Zeitaltern war dieser Mann ein »Gott«?

Atrus wußte aus dem Buch für das Fünfte Zeitalter, was er hinter dem Schirm finden würde: eine in den Schatten verborgene Stiege, wo schmale Stufen nach unten führten.

Er folgte ihnen hinunter in die Dunkelheit.

Eine niedrige Tür, ziemlich roh in den Fels eingemeißelt, führte in eine langgestreckte, schmale Höhle. Von dem, was er gelesen hatte, wußte er, daß die Wände weiter hinten von Tausenden winziger Löcher zernarbt waren, ähnlich dem Kliff.

Es ist hier! erkannte er und spähte ins Halbdunkel. *Gehns Verbindungsbuch ist hier!*

Er wollte sich schon umwendenund zurückkehren, als ihm einfiel, daß die Höhle irgendwohin führte. Er konnte sich nicht genau erinnern, wohin – es gab viele Stellen im Buch für das Fünfte Zeitalter, wo Gehns Sätze unklar waren, und dies war eine davon –, aber er hatte das deutliche Gefühl, daß es aus irgendeinem Grund wichtig war.

So ging er weiter. Die stickige Luft in der Höhle brachte ihn ins Schwitzen, aber er spürte doch, daß der Weg weiterging. Vielleicht bildete er es sich nur ein, aber während die Luft ständig wärmer wurde, schien es gleichzeitig heller zu werden. Er nahm jetzt ein schwaches blaues Licht wahr, hell genug, um einige Meter weit sehen zu können. Als er weiterging, wurde auch das Licht intensiver, bis er sich in einer zweiten, kleineren Höhle befand, die angefüllt war mit diesem schimmernden blauen Licht.

Es war heiß hier, unerträglich heiß. Dampf stieg von einem großen Loch im Boden auf, und oben, an der Decke der Höhle, bot sich Atrus ein seltsamer Anblick: Der flache graue Fels wurde dort von einer fast kreisrunden Öffnung durchbrochen, etwa zweieinhalb bis drei Meter im Durchmesser. Und in dieser Öffnung – frei schwebend *über* der Höhle – befand sich ein Teich im Fels, zu dem eine Metalleiter führte.

Atrus stand mit offenem Mund da. Es war eine optische Täuschung. Es *mußte* eine sein. Aber wenn es keine war – welche Kräfte hielten den Teich dort oben fest? Dies ging über sein Fassungsvermögen hinaus. Er durchquerte, nach oben starrend, die Höhle.

Sonnenlicht fiel durch das Wasser, dessen gebogenes Bett wie ein Brunnen aussah. Atrus kniff die Augen zusammen und versuchte, die Wassertiefe abzuschätzen, aber das erwies sich als schwierig. Aus seinen Studien wußte er um die brechende Qualität von Flüssigkeiten und daß Dinge entsprechend verzerrt wirkten. Außerdem – wer wußte, ob dies überhaupt Wasser war? Wo hatte er schon Wasser gesehen, das sich so wider alle Naturgesetze verhielt? Aber darüber mußte noch etwas sein – wozu sonst die Leiter?

Atrus ging zur Leiter und legte entschlossen seine Hand um das Metall. Wie weit reichte sie wohl? Er kletterte hinauf, bis sein Kopf nur noch wenige Zentimeter von dieser seltsam bewegten Oberfläche entfernt war. Wie tief mochte das Wasser sein – fünfzig Meter? Hundert? Er hob die Hand und tauchte sie in den Teich.

»Es« war sehr warm und fühlte sich wie Wasser an – aber als er die Hand herauszog, tropfte das Wasser nach oben und ging in der klaren Fläche des Teiches auf.

Atrus schloß die Augen, dann gab er sich einen Ruck und tauchte mit Kopf und Schultern in die Oberfläche hinein. Fünf Sekunden lang hielt er das aus, dann tauchte er prustend wieder nach unten.

So weit, so gut, sagte er bei sich, riß die Augen weit auf und fuhr sich erleichtert mit einer Hand durch das triefnasse Haar.

Dann schloß er wieder die Augen, zählte und atmete dabei tief ein und aus, um sein inneres Gleichgewicht wiederzugewinnen. Bei »zwanzig« stemmte er sich nach oben und zog sich mit den Händen weiter an der Leiter hoch. Und dann war er mitten drin!

Er öffnete die Augen, ließ die Leiter los und trat mit den Füßen; dabei bewegte er sich wie instinktiv nach oben.

Langsam kam die Oberfläche auf ihn zu; die Höhle blieb unter ihm zurück. Seine Lungen schmerzten, aber er hatte es fast geschafft. Plötzlich bemerkte er einen Schatten auf der sonnenhellen Wasserfläche genau über sich – den Schatten eines Menschen! Er versuchte, untergetaucht zu bleiben, spreizte die Arme, um die Aufwärtsdrift zu verlangsamen, darum bemüht, auf der jetzigen Höhe zu bleiben, aber es war unmöglich – die Natur war stärker.

Der plötzliche Schmerz, einem Erstickungsanfall gleich, war entsetzlich. Es war, als schluckte er heißen Teer. Seine Lungen schienen zu brennen, in seinem Kopf explodierte ein Feuerwerk des Schmerzes. Er verkrampfte sich, riß mühsam die Arme nach oben und versuchte, die Kante dieses seltsamen, unnatürlichen Brunnens zu fassen, aber dann setzte die Dunkelheit über ihm ein, und er verlor die Besinnung.

Mit ausgestreckten Armen trieb er langsam an die Oberfläche.

Nach dem hellen Sonnenlicht in der Bucht empfand Katran die Hütte als ungewöhnlich dunkel. Sie hatte sich in einer Ecke niedergelassen, um ihren beiden Cousins nicht im Weg zu sein, die sich um den Fremden bemühten. Es dauerte lange, bis sich ihre Augen an die Schatten gewöhnten.

Zuerst hatten sie befürchtet, daß der Fremde tot sei. Er bot den seltsamsten Anblick, der ihnen je begegnet war.

Nur zögernd hatten sie ihn aus dem Wasser gezogen. Seine Haut war so bleich wie die einer Leiche, und sie hatten an seinem Hals keinen Puls gespürt. Der alte Mann, Hrea, hatte dafür plädiert, ihn ins Wasser zurückzuwerfen, aber ihr ältester Cousin, Carel, war beharrlich geblieben; er hatte sich bemüht, alles Wasser aus den Lungen des Fremden zu pumpen, und ihn so lange beatmet, bis ein Schwall Wasser hervorgebrochen war und die schon blau angelaufene ›Leiche‹ wieder zu atmen begonnen hatte. Sie hatten den Fremden in eine Decke gewickelt und ihn zur Hütte getragen.

Das war an diesem Morgen gewesen. Die Stunden danach hatte der Fremde geschlafen, leicht, fiebrig zuerst, aber dann ruhig und tief. Seit einiger Zeit nun warteten Carel und sein jüngerer Bruder Erlar darauf, daß der Fremde aufwachen würde.

»Wie lange noch?« fragte das Mädchen ungeduldig. Sie sprach ein sehr viel klareres D'ni als ihre Cousins, fast akzentfrei.

Carel, der neben dem Bett stand, sah zu ihr hin und zuckte nur mit den Schultern, aber Erlar, der am Herd in einem Topf mit Suppe rührte, lächelte und sagte leise: »Nicht mehr lange, Katran. Laß ihn noch ein bißchen schlafen. Wenn er dann nicht aufwacht, wecken wir ihn.«

»Wird er wieder ganz gesund?«

Erlar und Carel sahen sich an.

»Das ist schwer zu sagen«, meinte Carel.

»Wer ist er?« fragte sie und sprach damit die Frage aus, die sie alle bewegte. »Glaubt ihr, er hat irgend etwas mit Gehn zu tun?«

»Einer seiner Diener, meinst du?« Carel seufzte, dann zuckte er mit den Achseln. »Keine Ahnung. Er hat dieselben Augengläser wie Gehn.«

»Augengläser?« Sie beugte sich leicht vor. »Ich habe keine gesehen.«

»Sie waren in der Tasche seines Umhangs.« Carel nahm die Brille von dem Tischchen neben dem Bett. »Hier.«

Katran griff danach und betrachtete sie prüfend, dabei rief sie sich in Erinnerung zurück, was Erlar über den Fremden gesagt hatte, als dieser aufgetaucht war – unnatürlich weiß, die Arme ausgebreitet, als wollte er sie umarmen, als sie niederknieten und zu ihm hinabgesehen hatten.

Katran begutachtete die Brille noch einen Moment, dann gab sie sie zurück. »Ist er markiert?«

Carel schüttelte den Kopf. »An seinem Hals ist nichts.«

Fast unbewußt fuhr sie sich mit der Hand an den eigenen Hals und zeichnete mit den Fingern das viereckige Symbol nach, das in ihre Haut eingebrannt war.

»Dann vielleicht …«

Beide Cousins sahen sie an und warteten darauf, daß sie weitersprach, aber sie schüttelte nur den Kopf.

Erlar lächelte, dann konzentrierte er sich wieder auf den Topf, in dem er rührte. »Er hat vorhin im Schlaf gesprochen …«

»Gesprochen?« Katran schaute ihren Cousin erstaunt an; ihre grünen Augen blitzten auf.

»Er hat etwas von Blumen gemurmelt.«

Forschend schaute sie zu dem Holzbett, wo der Fremde auf dem Rücken lag.

Sie hörte ein leichtes Stöhnen, sah eine Bewegung. Katran wollte spontan aufstehen, ließ es dann aber. Carel, der neben dem Fremden stand, tauchte ein Flanelltuch in den Eimer neben sich, wrang es aus und wischte dem Fremden die Stirn, wie er es schon so viele Male getan hatte. Plötzlich spürte er die Hand des jungen Mannes, die sich mit festem Griff um sein Handgelenk legte.

Carel schluckte aufgeregt. Der junge Mann öffnete die Augen. Erstaunen stand in seinen klaren, hellen Augen. Erstaunen und Neugierde.

»Wo bin ich?«

Carel unternahm keinen Versuch, seine Hand aus dem Griff zu winden. »Du bist auf Riven. Im Dorf.«

»Riven?«

»Ja, Riven«, wiederholte Carel. Dieses eine D'ni-Wort sprach er akzentfrei. »Wir haben dich im Teich gefunden. Du warst in schlechter Verfassung. Du hattest viel Wasser geschluckt.«

Der junge Mann erinnerte sich plötzlich. »Der Teich …«

»Hast du Hunger?«

»Hunger?« Der Fremde nickte. »Furchtbaren Hunger!«

»Gut …« Carel schaute zu seinem jüngeren Bruder hinüber und gab ihm ein Zeichen. Sogleich füllte Erlar Suppe in eine große Holzschüssel, streute ein dunkles Pulver hinein und brachte sie ans Bett.

»Hier«, sagte Erlar und hielt sie ihm hin, während Carel dem jungen Mann half, sich aufzusetzen. Er legte ihm zwei Kissen hinter den Rücken an die hölzerne Kopfstütze.

»Danke«, sagte der Fremde und nahm die Schüssel. Er roch daran, dann aß er, langsam zunächst, dann mit einem solchen Appetit, daß die beiden Brüder sich zunickten und lächelten.

»Möchtest du noch etwas?« fragte Erlar und nahm ihm die leere Schüssel ab.

»Ja, bitte.«

Sie sahen erstaunt zu, wie er eine zweite Schüssel, dann eine dritte leer aß. Dann überkam ihn wieder der Schlaf – die Anstrengung war wohl zuviel für ihn gewesen.

Und die ganze Zeit über saß Katran in ihrer Ecke und beobachtete alles mit ihren grünen Katzenaugen.

Atrus wachte mit einem Ruck auf, als wäre er gefallen. Ein fremder, aber keineswegs unangenehmer Geruch stieg in seine Nase. Er drehte sich zur Seite, streckte sich, dann lag er still, denn er hörte Stimmen von draußen. Jetzt erinnerte er sich: an die beiden jungen Männer, die neben ihm gesessen hatten, als er gegessen hatte, und die ihm zugelächelt hatten. Er mußte bei der Erinnerung daran selbst lächeln. Wie hatten sie diesen Ort genannt? Riven, ja, so hieß er. Gehns Fünftes Zeitalter.

Atrus gähnte, dann lag er wieder still und sah zur Wand. Es war eine Hütte aus einfachem Lehm, denen im Siebenunddreißigsten Zeitalter nicht unähnlich, aber größer und mit Wänden, die von einem hohen Niveau technischer Fertigkeit zeugten. Sie hatten auch Herde – Gußeisenherde, auf denen sie kochten. Das sprach für eine Intelligenzstufe, die das Siebenunddreißigste Zeitalter nicht erreicht hatte. Sie mußten Metall zur Verfügung haben – und wissen, wie man es bearbeitete.

Sein Blick wanderte zum Herd; er stellte fest, daß er ganz und gar naturbelassen war, nicht wie all die D'ni-Haushaltsgeräte, an die er gewöhnt war. Diese Einfachheit gefiel ihm.

Sein Blick glitt weiter zu den Schatten unter der Decke. Es interessierte ihn, aus was sie bestand, welches Material hier verwendet wurde. So vieles hatte nicht in dem Buch für dieses Zeitalter gestanden.

Nur die Bausteine waren in Gehns Beschreibung angegeben, die Grundelemente, aus denen sie diese Komplexität geschaffen hatten. Der Gedanke faszinierte ihn. Er dachte darüber nach, wie er selbst zu Werke gegangen wäre, welche Faktoren er in die Gleichung dieses Zeitalters integriert hätte.

Er bemerkte, daß das Fenster ein einfaches, herausgeschnittenes Viereck war, daß die Wand nur schlicht weiß gestrichen war. Dann wurde ihm bewußt, daß ihn jemand beobachtete – eine junge Frau, deren Blick auf ihn gerichtet war.

Grüne Augen. Auffallend grüne Augen.

Er erwiderte ihren Blick, betrachtete lange die fremdartige, fast übernatürliche Schönheit ihres Gesichts, bis ihm klar wurde, wie befremdlich sein Blick auf sie wirken mußte, und er schaute rasch in eine andere Richtung.

Wie lange ist sie schon hier? fragte er sich. *Wie lange beobachtet sie mich schon?*

Er hörte ihre leichten Tritte auf dem nackten Erdboden.

»Du wärest fast gestorben«, sagte sie. »Was hast du am Teich gemacht?«

Sie kniete neben dem Bett nieder, ihr Gesicht war fast auf gleicher Höhe mit dem seinen. Er empfand das als seltsam beunruhigend, so als wäre sie eine Bedrohung für ihn. Ganz anders als die beiden jungen Männer, die ihn gepflegt hatten, war ihr Gesicht ernst; es wirkte sehr verschlossen.

»Ich weiß es nicht«, antwortete er.

Sie wandte den Blick ab und ermöglichte es Atrus so, sie eingehender zu betrachten. Die anderen waren braungebrannt – das war sie zwar auch, aber er bemerkte helle Streifen auf ihren Unterarmen, als hätte sie dort Kleidungsstücke getragen. Jetzt trug sie ein einfaches dunkelgrünes Kleid. In ihr Haar waren kleine weiße Federn geflochten, und um ihren Hals lag ein breites, besticktes Halsband. Wieder kehrte sein Blick zu ihren Augen zurück, die so tief und geheimnisvoll waren, so tief und unergründlich …

»Woher kommst du?« fragte sie.

»Von weit her«, entgegnete er, darum bemüht, kein Mißtrauen zu erwecken, aber er bemerkte, daß sie mit seiner Antwort nicht zufrieden war. In ihren Augen blitzte Verwirrung auf.

Sie erhob sich und stand irgendwie verkrampft da, den Kopf leicht nach vorn geneigt, die Hände an den Mund gelegt. Sie drehte sich um und bedachte ihn wieder mit einem dieser dunklen Blicke. »Wie heißt du?«

»Atrus. Und du?«

»Katran.«

Er nickte. »Katharina. Das ist …«

»*Ka-tran*«, wiederholte sie und betonte die letzte Silbe. »Ich habe von dir geträumt.«

»Von mir geträumt?«

Ohne ein weiteres Wort drehte sie sich um und verließ schnell die Hütte. Die Tür ließ sie weit offen; Sonnenlicht fiel wie ein Barren reinen Goldes in die Hütte und erhellte die Wand am anderen Ende.

Atrus hob den Kopf, schaute zur offenen Tür und fragte sich, was hinter ihrem hastigen Aufbruch steckte, dann schluckte er; die Kehle war ihm so sonderbar trocken. Er ließ sich zurück in die Kissen fallen.

18

Atrus saß mit gekreuzten Beinen neben der flachen Schüssel. Er hielt die Augen geschlossen, die Hände zu Fäusten geballt, und zählte.

»Atrus?«

Er wandte sich zu ihr um. »Ja, Katharina?«

Ihr Gesicht hatte wieder diesen verärgerten Ausdruck, als er ihren Namen falsch aussprach, aber sie hatte es längst aufgegeben, ihn zu korrigieren.

»Was tust du?«

Bei ›sechzig‹ streckte er die Hand aus und öffnete die Finger. Eine kleine Wasserblase, glatt und das Licht reflektierend wie Quecksilber, glitt aus seiner Handfläche – nach oben.

Atrus sah Katharina an – ein fragender Ausdruck stand auf ihrem Gesicht.

»Wasser sollte nicht so reagieren, wenn es sich erhitzt«, sagte er.

»Nein? Wie denn sonst?«

Atrus zuckte mit den Schultern. »Na, es sollte eben nicht frei in der Luft schweben und mir Kopfzerbrechen bereiten.«

Sie lachte, dann wurde sie wieder ernst.

Atrus sah sie überrascht an. Es war das erstemal, seit er sie kennengelernt hatte, daß sie gelacht hatte, und diese Veränderung in ihrem Gesicht war erstaunlich.

»Ich hole dir etwas Pulver.«

»Pulver?«

Katharina nickte einmal kurz. Für einen Moment starrte sie

ihn an, schien ihn auszuloten, dann zuckte sie mit den Schultern und gab ihr Vorhaben auf. Zwar ruhte ihr Blick immer noch auf ihm, aber sie sah ihn nicht mehr bewußt an. Es war, als sei sie in tiefe Trance gefallen.

Atrus nahm den Messingkochtopf auf, den er schon bei einer früheren Gelegenheit begutachtet hatte. Ihm gefiel seine Symmetrie, ähnlich den Doppelpfannen, deren oberer und unterer Teil mit vier starken Drehspindeln aus Metall zusammengehalten wurden, so daß sie – wie alle Kochtöpfe des Fünften Zeitalters – der Eigenschaft des Wassers angepaßt waren, das beim Erhitzen in die Höhe stieg. Alles hier war mit Spezialdeckeln und Tüllen mit winzigen Ventilen ausgestattet, die sich nur öffneten, wenn man das Kochgeschirr in einem bestimmten Winkel hielt.

Nach einer Weile bemerkte er, daß Katharina noch immer in Gedanken versunken war.

»Woran denkst du?«

Sie wandte ihm das Gesicht zu. »Ich will dir sagen, woran ich denke. Du hast die gleichen hellen Augen und trägst auch diese komischen Augengläser. Was hast du mit Herrn Gehn zu tun?«

»Ich bin Atrus, sein Sohn.«

Ein kurzer Triumph blitzte in ihren Augen auf. Dann, als käme ihr plötzlich die Bedeutung seiner Worte voll zu Bewußtsein, tat sie einen Schritt zurück. »Und was willst du?«

Er dachte einen Augenblick über die Frage nach; innerlich schob er Gehn und alles, was er in den letzten Jahren erlebt hatte, von sich.

»Was ich will? Ich will nach Hause«, sagte er leise.

»Nach Hause?«

»Zur Kluft.«

»Die Kluft?«

»Da bin ich geboren«, sagte er, »und aufgewachsen. Es war einfach ein Erdspalt, ein Loch in der Erde, von Wüste umgeben«, fügte er hinzu und dachte daran, wie Gehn es definiert hatte. »Aber für mich war es … es war wie das Paradies.«

»Und dein Vater hat da mit dir gelebt?«

Atrus schüttelte den Kopf und blickte in weite Ferne, als er weitersprach: »Nein, da kannte ich meinen Vater noch nicht. Ich lernte ihn kennen, als ich vierzehn war. Ich bin bei meiner Großmutter aufgewachsen, bei Anna. Sie hat für mich gesorgt, hat sich um meine Kleidung, um meine Bildung gekümmert. Sie hat mir alles gegeben.«

»Und dann ist dein Vater gekommen?«

Atrus nickte. Er stand auf, strich seinen Umhang glatt und blickte den grasbewachsenen Abhang hinunter. Das Dorf lag im Krater hinter ihm, auf der anderen Seite des Abhangs – tatsächlich *im* Krater, denn die Lehmhütten waren mit großen Holzstangen an der Kraterwand befestigt, wie die Räume in der Kluft.

Er lächelte bei dieser Erinnerung. Das erstemal, als er das hier gesehen hatte, wäre gleichzeitig beinahe das letztemal gewesen. Er hatte so getan, als schliefe er, und gewartet, bis der ältere der beiden Brüder, Carel, die Hütte verließ. Dann war er aus dem Bett geschlüpft und wollte sich umsehen. Es war reiner Instinkt gewesen, der ihn davor bewahrt hatte, in die Bucht hundertfünfzig Meter tief zu stürzen.

Das hatte auch erklärt, warum sich das Meeresrauschen abends änderte. Er hatte angenommen, daß der Strand dicht bei der Hütte lag; er hatte nicht geahnt, daß das Meer *unter* der Hütte war und durch eine Tunnelöffnung links vom Kliff und dem Dorf floß.

Er sah sich um. Linker Hand, weniger als eine halbe Meile entfernt, lag der Wald, dessen eigenartige Bäume mit ihren goldfarbenen Blättern die Aussicht dominierten. Die schweren Äste waren flach, als drückte der Himmel darauf nieder.

Im Süden, auf einem Kap, lag das Wäldchen mit dem Tempel, während rechts – von jedem Ort der Insel aus sichtbar – der Baum stand.

Katharina trat neben ihn; sie schaute ihn an, als würde sie ihn schon seit langem kennen. Ihre Stimme klang jetzt anders, bestimmter.

»Ich habe von dir geträumt.«

Er wandte sich ihr zu und erinnerte sich an das erstemal, als sie das zu ihm gesagt hatte, in der Hütte. »Von mir geträumt?«

»Ja«, erwiderte sie und ging vor ihm den Hang hinunter. Ihr grünes Kleid bauschte sich um ihre Beine, ihre nackten Füße schienen förmlich über das Gras zu schweben. »Ich habe von einem toten Mann geträumt, der im Teich lag, und nun bist du hier.«

»Nun?« fragte Gehn und setzte sich der jungen Frau gegenüber. »Hat sich irgend etwas … Ungewöhnliches ereignet?«

Katran blickte vom Schreibbuch auf und sah ihren Herrn unschuldig an. »Nichts Ungewöhnliches.«

»Gut«, sagte er und sog an seiner Pfeife. »Sollen wir da weitermachen, wo wir aufgehört haben?«

Wie immer, kamen sie auch in dieser Unterrichtsstunde gut voran. Katran war eine gelehrige Schülerin – seine beste –, und er mußte ihr nie etwas zweimal sagen. Einige der anderen Gildemitglieder waren gut im Kopieren, aber niemand – außer Katran – hatte die wahre Bedeutung der Symbole begriffen, die sie kopierten. Sie hingegen hatte sie sofort verstanden. Und nun, nach erst zwei Jahren des Studiums, beherrschte sie die Sprache fast fließend. *Fast*, dachte er, und ihm fielen all die Schlüsselwörter ein, die er ihr vorenthalten hatte; bestimmte Garo-hertee-Worte, ohne die man nicht schreiben konnte. Aber bald würde er ihr auch diese Schlüsselwörter anvertrauen. Ein Schritt nach dem anderen. Wenn sie gut war …

Er hatte seinen Plan gefaßt, lange bevor er Atrus eingesperrt hatte. Wütend auf seinen Sohn, aber entschlossen, seinen Traum von einem wiedererstehenden großen D'ni in die Tat umzusetzen hatte er sich gefragt, ob es nicht möglich wäre, anders an die Dinge heranzugehen. Er brauchte Atrus immer noch, daran bestand kein Zweifel, denn ein solches Talent durfte nicht vernachlässigt werden, aber es schien unmöglich zu sein, mit ihm zu arbeiten.

Aber mußte es denn Atrus sein? Käme nicht jemand anderes genauso in Frage? Jemand, der vielleicht ebenso begabt, aber leichter zu lenken war als sein Sohn? Jemand, den er viel leichter als Atrus dirigieren konnte?

Und gleich war ihm Katran in den Sinn gekommen.

Gehn lächelte und schaute sie an; die Pfeife legte er auf den Schreibtisch.

»Es gibt da etwas, das ich dir sagen muß, Katran, etwas Wichtiges.«

»Herr?« Sie erwiderte seinen Blick, aufmerksam und gehorsam zugleich. Ihre Haltung war die des perfekten Akoluth, des vollkommenen Dieners.

»Ich möchte, daß du vorbereitet bist. Es gibt bald eine Hochzeit. In dreißig Tagen, von heute an gerechnet. Ich werde den anderen Teilnehmern Anweisungen für die Zeremonie erteilen, aber du mußt besondere Vorbereitungen treffen.«

»Ihr werdet freien, Herr?«

»Ja, Katran«, antwortete er und schaute sie voller Zuneigung an, »und du wirst meine Frau. Du wirst zu meiner Rechten sitzen und gemeinsam mit mir tausend Welten regieren.«

»Aber Herr«, sagte sie und senkte den Kopf, »ich verdiene diese Ehre nicht.«

Gehn lachte leise, erfreut über ihre Bescheidenheit. »Vielleicht nicht, aber ich habe dich auserwählt, Katran, und du wirst deine Vorbereitungen treffen. Dreißig Tage hast du Zeit. Dreißig Tage – dann findet die Feier statt.«

Er hatte Katharina überall auf der Hauptinsel gesucht, erstaunt, daß niemand wußte, wohin sie gegangen war. Dann tauchte sie plötzlich wieder auf und stand unter den Bäumen am Waldesrand.

Er wollte sie schon rufen, ihren Namen aussprechen, aber etwas an ihrer Haltung, in der sie wie geistesabwesend dastand, ließ ihn innehalten und in den Wald zurücktreten. Er schlich sich hinter sie und nahm unter einem der knorrigen Baumstämme Deckung.

In den gesprenkelten Schatten der mächtigen Äste schien ihre schlanke Figur fast unwirklich – Erde und Gras, ihr grüner Umhang, die tiefschwarzen Haare – alles wurde wie eins mit den Schatten.

Als sie sich kurz umwandte, konnte Atrus selbst von seinem jetzigen Standort aus sehen, daß etwas sie erschreckt hatte. Ihre Augen, die sonst so hell und strahlend in die Welt schauten, waren unbeweglich in die Ferne gerichtet, während sie die Hände eng an den Leib gepreßt hielt.

Was hat sie nur? fragte er sich und fühlte Mitleid mit ihr. Langsam ging er über den dicken Teppich herabgefallener Blätter auf sie zu, bis er weniger als vierzig Meter von ihr entfernt stand.

»Katharina?«

Sie wandte sich nicht um, sondern sah nur auf.

»Katharina … ist alles in Ordnung?«

Sie nickte.

»Soll ich mit dir ins Dorf zurückgehen?«

»Ja, gut«, sagte sie leise und ging neben ihm her, unter den herabhängenden Zweigen hindurch und dann die Hangwiese hinab.

Atrus fand sein Verbindungsbuch dort, wo er es im Kliff deponiert hatte, und kehrte nach K'veer zurück.

Die Kammer war, wie er sie verlassen hatte; das Buch für das Fünfte Zeitalter lag offen auf dem Schreibtisch, Tintenfässer und Federhalter lagen da, wie er sie zurückgelassen hatte.

Atrus setzte sich an den Schreibtisch und zog das Buch nahe

zu sich heran. Dann begann er zu lesen, diesmal viel langsamer; er registrierte, wie jeder Satz, jede kleine Beschreibung zum Großen Ganzen beitrug, wie er es gesehen hatte.

Nun, da er dort gewesen war, verstand er, wie gut es tatsächlich war. Das Fünfte Zeitalter von Gehn war absolut bemerkenswert. Aber es gab einige deutliche Fehler in der Art und Weise, wie das Buch zusammengestellt war, insbesondere in der Stilstruktur. Elegante Passagen standen irgendwie unverbunden nebeneinander, jede für sich war wunderbar, aber keine paßte so recht zur anderen. Das war typisch für den Stil seines Vaters. Wie Gehn mutig Stilfigur an Stilfigur gereiht hatte, jeweils aus verschiedenen Quellen geschöpft, das war wirklich erstaunlich, fast genial.

Hätte Gehn seine Zeitalter systematisch geschaffen, wären sie vielleicht anders ausgefallen, denn dann hätte er vorhandene Lücken schließen können. So wie es war, war seine Methode nur Stückwerk, und die Fehler, die daraus resultierten, ergaben sehr schnell ein komplexes Netzwerk von Fehlerverknüpfungen – Fehler, die mit einfachen Lösungen nicht zu beheben waren.

Atrus blätterte die letzte Seite um und nickte bestätigend, als er die letzten Eintragungen fand und die ungeschickten Versuche seines Vaters bemerkte, kleine Änderungen am Fünften Zeitalter vorzunehmen, um die dort verankerten Fehlerquellen zu beseitigen, die Welt zu stabilisieren.

»Alles falsch«, sagte er leise und wünschte, er könnte diese letzten Eintragungen rückgängig machen. Aber er dachte daran, was im Siebenunddreißigsten Zeitalter passiert war, und unterließ es. Nein, wenn er Änderungen vornehmen sollte, dann würde er es nur mit äußerster Behutsamkeit und nach langem, geduldigem Abwägen tun. Man konnte nicht mit Welten herumspielen. Zumindest nicht mit Welten, die so komplex waren wie Gehns Fünftes Zeitalter.

Riven, dachte er. *Sie hat gesagt, es heißt Riven.* Und als er aufblickte, stand Katharina vor ihm, schaute ihn an und hielt ein Buch an die Brust gedrückt.

19

Atrus starrte Katharina ungläubig an – woher war sie so plötzlich gekommen?

Nachdem sie sich hastig umgeblickt hatte, legte sie das Buch auf den Tisch. »Ich bin dir gefolgt«, kam sie seinen Fragen zuvor. »Ich habe gesehen, wo du dein Verbindungsbuch versteckt hast.«

Sein Blick fiel auf das große Buch mit dem blauen Einband, das auf dem Tisch zwischen ihnen lag, und er wies darauf.

»Das«, sagte sie, »habe ich von deinem Vater.«

»Von meinem Vater? Wie? Er erlaubt doch nicht, daß man Bücher aus seiner Bibliothek mitnimmt.«

Sie sah ihm gerade in die Augen. »Ich habe es aus seinem Arbeitszimmer gestohlen, als er schlief.«

Er starrte sie mit offenem Mund an. »Aber warum?«

Hier geschahen Dinge, denen er nicht folgen konnte. Er stand auf und machte eine beschwichtigende Geste. »Nun mal ganz langsam. Was hast du denn im Arbeitszimmer meines Vaters gemacht?«

»Er nimmt uns dorthin mit.«

»Wen?«

»Die Gilde. Er läßt uns Texte aus Büchern abschreiben. Er sagt, das spart Zeit.«

»Die Gilde?« Atrus lachte. Das zeigte ihm deutlich, wie verrückt sein Vater war, wenn er versuchte, die D'ni-Gilden neu erstehen zu lassen.

Katharina trat um den Schreibtisch herum und lupfte leicht

das Halsband, das sie trug. Darunter, eingebrannt in die Haut, war das Siegel seines Vaters.

Ihre Blicke trafen sich. »Wann hat er das getan?«

Ihr Gesicht verzog sich in schmerzlicher Erinnerung. »Er hat mir das Zeichen vor vier Jahren eingebrannt. Ich war die vierte, die es erhielt. Seitdem ist unsere Anzahl auf zehn angestiegen. Wir sind eine Elite. Die anderen Inselbewohner müssen tun, was wir sagen, darauf besteht dein Vater.«

»Und warum kommst du mit dem Buch zu mir?« fragte er und legte die Hand auf den blaugefleckten Einband.

»Du kannst schreiben. Ich möchte, daß du unsere Welt stabilisierst.«

Atrus sah sie einen Augenblick schweigend an, setzte er sich wieder an den Schreibtisch, wandte sich dem Buch zu und öffnete es. Es war leer. Sie hatte ein leeres Buch gestohlen. Er schaute zu ihr hoch. »Warum sollte ich das tun?«

»Du mußt es einfach!«

»Ich *muß*? Wer sagt, ich muß?«

»Verstehst du denn nicht? Unsere Welt bricht auseinander. Ich bitte dich um Hilfe.«

Atrus lehnte sich zurück. »Sprich weiter.«

»Das geht schon eine ganze Weile so. Erst gab es leichte Erdbeben und Erdspalten, und ganze Schwärme toter Fische sind in die Bucht getrieben. Und dann der Baum …«

Er wartete. Seine Bauchmuskeln verkrampften sich; er dachte an das Siebenunddreißigste Zeitalter. Auch dort hatte es mit kleinen Unregelmäßigkeiten angefangen. Instabilität: In allen Welten seines Vaters herrschte Instabilität.

»Der große Baum stirbt«, sagte sie.

»Warum hast du mir das nicht früher gesagt?«

»Weil ich mir nicht sicher war, ob ich dir trauen konnte.«

»Warum?« fragte er lachend.

»Wegen deiner Macht. Die Macht, die dein Vater hat. Die Macht, Welten zu schaffen und zu zerstören.«

»Du glaubst, daß ich diese Macht habe?«

»Hast du sie nicht?«

Er schwieg eine Weile, dann nickte er. »Ich kann schreiben.«

»Dann hilf uns, Atrus.«

Er seufzte. Was, wenn dies eine neue Falle war? Denn wie groß war die Wahrscheinlichkeit, daß es ihr gelungen war, Bücher aus dem Arbeitszimmer seines Vaters zu stehlen? Dann erinnerte er sich an die Stimme, die er einmal gehört hatte, als er unten am Treppenabsatz zu Gehns Arbeitszimmer stand. Er hätte es sich damals doch eigentlich schon denken können, daß Gehn Menschen aus seinen Zeitaltern mitnahm.

»Gut«, sagte er entschlossen, »ich werde euch helfen. Aber …«, er hielt kurz inne, »aber ich brauche mehr Bücher. Weitere leere Bücher.«

»Warum?«

Er sah sie schweigend an. Dann sagte er: »Es gibt Dinge, die ich ausprobieren muß. Experimente.«

»Ich habe mehr Bücher auf Riven. Du mußt mir helfen, sie zu tragen.«

»Du hast …« Er lachte auf. »Willst du sagen, daß du mehr als ein Buch gestohlen hast?«

»Ja. Dein Vater vertraut mir. Er …«

»Ja?«

»Nichts weiter. Nur, daß wir jetzt besser zurückgehen, um die Bücher zu holen. Je schneller du an die Arbeit gehst …«

Er schüttelte den Kopf. »Warum hast du es so eilig?« So etwas kann man nicht auf die Schnelle machen. Um ein Zeitalter zu stabilisieren …«

Sie beugte sich vor. »Wir haben nur dreißig Tage Zeit.«

Atrus lehnte sich zurück. »Das verstehe ich nicht. Was passiert in dreißig Tagen?«

Aber Katharina antwortete nicht. Statt dessen legte sie die Hand auf das Bild des Fünften Zeitalters … und Atrus war allein und schaute ins Nichts, in das sie sich aufgelöst hatte. Sein Herz klopfte.

Er kam auf dem grünen Plateau neben dem Teich an. Dort wartete Katharina auf ihn. Sie nahm ihn bei der Hand, und sie liefen durch den kleinen Wald und am Kliff entlang. Dreihundert Meter unter ihnen schlugen die Meereswellen leise an die Felssteine. Als Atrus zu den Baum hinübersah, konnte er nicht erkennen, was damit nicht stimmen sollte. Aus dieser Entfernung erschien er ihm wie der Inbegriff blühenden Lebens, ein Symbol der Fruchtbarkeit der Natur. Aber er hatte keinen Grund, an Katharinas Worten zu zweifeln.

»Es ist besser, wenn man uns nicht sieht«, sagte sie und stieg schnell einen schmalen Pfad am Kliff hinunter, dann eine gewundene Holztreppe zwischen den steilen Grashängen wieder hinauf.

Er wußte nicht, was sie vorhatte, hielt aber weiterhin mit ihr mit, bis sie zu einer kleinen Grasfläche zwischen zwei Gabelungen des massiven Baumstammes kamen.

»Hier«, sagte Katharina und bedeutete ihm, ihr zu folgen.

Er trat neben sie und sah sofort, was sie meinte: Dort, wo sie stand, war die Borke tief gespalten; ein immenser Riß ging bis ins Innere, bis in die Mitochondrien hinein, von wo aus der Baum mit Nährstoffen versorgt wurde. So tief war der Riß, daß Harz beständig heraustropfte – so tief, daß Atrus selbst hätte hineinkriechen können.

»Siehst du's jetzt?« fragte Katharina leise, und ihre grünen Augen waren voller Traurigkeit. »Damit hat er uns bestraft.«

»*Bestraft?* Wofür?«

Sie setzte sich ins Gras und schaute über das Wasser zum nahen Wäldchen, wo der weiße Steintempel in dem üppigen, dunklen Grün der Bäume kaum zu sehen war.

»Jemand aus der Gilde hat sich erdreistet, etwas, das der Meister zu ihm gesagt hat, in Frage zu stellen. Dein Vater wurde wütend. Ich habe ihn nie so wütend gesehen. Wir mußten den Mann opfern.«

Atrus setzte sich ihr gegenüber. »Was meinst du damit?«

»Wir mußten ihn dem Meer opfern.«

»Das verstehe ich nicht …«

Sie hielt ihm die Hand an den Mund, um ihn am Weitersprechen zu hindern. »Das macht nichts. Entscheidend ist, daß er uns gedroht hat. Uns allen. Er hat uns eine Warnung gegeben. ›Zweifelt noch einmal an mir‹, hat er gesagt, ›und ich werde eure Welt zerstören. Denn so, wie ich sie geschaffen habe, kann ich sie wieder entschaffen! Schaut den großen Baum an‹, hat er gesagt, ›ich werde ihn zeichnen.‹«

Wieder so eine Fissur, ging es Atrus durch den Kopf, und er dachte erneut an das Siebenunddreißigste Zeitalter. *Ja, wohin er auch geht, er setzt seine Marke, wie ein Siegel seiner Unfähigkeit. Bin ich deshalb hier? Hat er mich deshalb mit dem Buch für das Fünfte Zeitalter eingesperrt? Damit ich seine Dreckarbeit mache? Damit ich das bereinige, was er erbärmlich schlecht hinterlassen hat?*

Sein Blick ging wieder zu Katharina zurück. »Und die anderen Gildemitglieder … wissen sie, was du vorhast?«

Sie schüttelte den Kopf. »Sie würden mich umbringen, wenn sie es wüßten. Sie haben Angst vor deinem Vater, Atrus. Sie zittern vor jedem Wort, das er spricht.«

»Und doch gab es ein Gildemitglied, das sich ihm widersetzt hat.«

Katharina sah beschämt zu Boden.

»Warst du dafür verantwortlich?« fragte er und fügte dann hinzu: »Hast du … hast du ihn dazu verleitet?«

Sie sah ihn flehentlich an. »Ich wollte das nicht. Ich hatte nur gedacht …« Sie atmete hastig, dann – ruhiger geworden – fuhr sie fort: »Ich hatte nur gedacht, daß der Herr auf ihn hören würde. Ich dachte, dein Vater wäre vernünftig.«

»Mein Vater? Nein«, sagte Atrus und fügte hinzu, als wäre das die natürlichste Aussage der Welt: »Mein Vater ist verrückt.«

Er blickte wieder zum Tempel hinüber; dahinter sah er ein weiteres Kap.

»Was ist da hinten?« fragte er und versuchte sich zu erinnern, was Gehn darüber geschrieben hatte.

»Dort leben die Gildemitglieder. Dort haben wir unser eigenes Gebiet, unsere Enklave.«

Er wußte nicht warum – aber der Gedanke, daß sie allein mit neun Männern dort lebte, störte ihn. »Sind sie … wie du?«

Sie lachte und strich mit der Hand durch das Gras. »Wie meinst du das: wie ich? Jung?«

Er wollte eigentlich den Kopf schütteln, nickte dann aber.

»Nein«, sagte sie, »die meisten sind alt … sogar älter als mein Vater. Gehn scheint das lieber zu mögen. Ältere Menschen sind folgsamer, vermute ich. Außer Eavan.«

»Eavan?«

Sie nickte und biß sich auf die Lippen. »Mein Freund. Der, den Gehn geopfert hat.«

Atrus starrte intensiv zu dem Baum hinüber; seine Augen wurden wie magnetisch angezogen von dem Riß in dem sonst so massiven Stamm. »Hast du ihn geliebt?«

»Geliebt?« Sie nickte. »Er war für mich wie ein Bruder. Ich habe ihn so geliebt wie Carel und Erlar. Als die anderen Gildemitglieder ihn ergriffen …«

»Es tut mir leid«, sagte er, als sie nicht weitersprach. »Ich fühle mich … irgendwie verantwortlich.«

»Das mußt du nicht«, entgegnete sie und sah ihn prüfend an. »Schließlich war er nicht besonders nett zu dir, oder? Welcher Vater sperrt schon seinen Sohn ein?«

»Woher weißt du das?« fragte er verblüfft.

Sie wich seinem Blick aus. »Weil dein Vater es mir gesagt hat. Oh, manchmal weiß er gar nicht, daß er mir etwas sagt. Er führt Selbstgespräche und vergißt, daß ich da bin. Manchmal bin ich in seinem Arbeitszimmer und schreibe Texte ab, und …«

»Moment mal«, unterbrach Atrus sie. »Warum läßt er dich Texte kopieren?«

Sie blinzelte und sagte: »Es ist, wie ich es dir gesagt habe. Er kommt dann schneller mit seiner Arbeit voran.«

»Ja, aber … was *will* er?«

Sie wich seinem Blick aus und lächelte.

»Ich vermute«, begann sie, straffte den Rücken und sah ihm nun direkt in die Augen, »er möchte uns schreiben lehren.«

»Hat er das gesagt?«

Sie nickte.

»Aber das ist unmöglich. Nur ein D'ni kann schreiben. Bei anderen funktioniert es nicht.«

Sie sah ihn interessiert an. »Bist du da sicher?«

Er nickte. »Das war das erste, was er mich über die Kunst des Schreibens gelehrt hat. Und die Bücher – die Geschichtsbücher – bestätigen das.«

Katharina schien eigenartigerweise erleichtert zu sein.

»Und was hast du noch auf dem Herzen?« fragte er, irritiert von ihrer Reaktion.

»Ich habe nur gedacht … also, in meinem Buch …«

»In *deinem Buch*?«

Sie nickte. »Möchtest du es sehen?«

»Ja, gern.«

»Dann komm«, bat sie, nahm seine Hand und zog ihn fort. »Ich zeige es dir.«

Katran hatte sich immer ein wenig unbehaglich bei dem Gedanken gefühlt, ein Buch zu schreiben. Irgendwie machte ihr das, was sie anfangs so fasziniert hatte, jetzt angst, denn wenn sie selbst ihre Träume mittels Tinte und Papier in Wirklichkeit umsetzen konnte, was war dann sie selbst? Eine bloße Einbildung. Auch nur das Produkt von Gehns unbeständiger Vorstellungskraft!

Sie sah zu der schattigen Hütte hinüber, wo sein Sohn Atrus mit überkreuzten Beinen auf dem schmalen Bett saß und ihr Buch las. Er war so ganz anders als sein Vater, so …

… so *wahrhaftig*.

Es war schon seltsam, wie seine Gegenwart sie aus der Ruhe brachte. Es war …

Atrus sah von dem Buch auf, und ihre Blicke trafen sich. Dann wußte sie mit einemmal, was es war. Es war seine Güte. Seine einfache, natürliche Güte.

»Das ist wunderschön«, sagte er. »So etwas habe ich noch nie gelesen. Es ist wie … als wenn es Nacht in der Wüste wird oder … wie die Kluft, wenn sie mit dem Glanz der Sterne erfüllt war.«

Sie setzte sich neben ihn.

»Der Stil … wie gesagt, der Stil ist wunderschön. Es ist Poesie. Aber für das praktische Leben … es wimmelt nur so von Widersprüchen, fürchte ich. Es bricht jedes einzelne D'ni-Gesetz des Schreibens. Da ist keine Struktur, keine Architektur. Und einige dieser Symbole habe ich nie zuvor gesehen. Ich bin mir nicht einmal sicher, ob sie eine Bedeutung haben. Wo hast du sie gelernt? Gehn hat sie mir nie beigebracht.«

Katharina zuckte mit den Schultern.

»Damit eine solche Welt bestehen könnte …« Atrus seufzte, dann schloß er das Buch und gab es ihr zurück. »Ich fürchte, es würde nicht funktionieren, aber in meinem Geist sind wunderschöne Bilder entstanden.«

Sie strich über die hellgelbe Bettdecke. Die grünen und hellblauen Tupfen darauf erinnerten sie immer an Gras und Wasser, das vorherrschende Gelb an die Sonne. Voller Leben, wie die Welt um sie herum, aber dahinter …

»Das ist gut«, meinte sie. »Es soll auch sein wie ein Traum.«

Er sah sie verständnislos an.

»Wenn ich dahin gehe …«

Er schüttelte den Kopf. »Aber das kannst du nicht …«

»Es ist wie meine Träume«, sagte sie und wandte ihm wieder das Gesicht zu.

»Nein«, erklärte er bestimmt und nahm ihr das Buch aus der Hand. »So geht das eben nicht. Schreiben ist nicht so. Es ist eine Wissenschaft. Eine präzise, strukturierte Gleichung von Worten.«

Sie öffnete das Buch und deutete auf das Bild auf der rechten Seite. Es war dunkel, so dunkel, daß er dachte, es sei leeres Nichts. Aber dann sah er etwas darin. Er sah sie fragend an.

»Ich möchte, daß du es siehst.«

»Es ist …«, flüsterte er. Sie nahm einfach seine Hand und legte sie auf das Bild. Dabei lächelte sie ihn an, und ihr Lächeln verlor sich im Raum, als sie in eine andere Dimension verschwanden.

20

Unmöglich.«

Atrus trat aus dem Nichts heraus in so etwas wie eine riesige Kugel aus Dunkelheit. In der Mitte dieser Kugel, genau in der Mitte, war eine Öffnung von etwa einer Meile, aus der eine mächtige Wassersäule, breit wie ein Strom, nach oben strebte und sich im Dunkel verlor. Aus der Mitte dieser Wassersäule stieg glühend helles, kristallklares Licht wie eine ungezügelte Flamme empor.

Atrus sah es mit fassungslosem Staunen.

Ein Schwarm großer, libellengleicher Insekten schwebte vorüber. Sie waren transparent golden und rot, und ihre Bewegungen glichen mehr denen von Fischen als dem pfeilähnlichen Insektenflug. Atrus sah an sich hinunter, er wollte eines dieser Insekten mit einer Handbewegung verscheuchen – und sah mit Staunen, daß es einfach durch sein rechtes Bein hindurchflog und auf der anderen Seite wie eine Seifenblase wieder auftauchte. Andere Lebewesen in nicht weniger phantastischen Formen, mit langen, glänzenden Federn und fächerförmigem Gefieder, mit extravaganten Hauben oder Schwänzen wie Goldketten, flatterten und schwebten durch diese mitternächtliche Landschaft. Ihre Formen zerflossen in der Bewegung und bildeten sich ständig neu – alles schien in fortwährender Bewegung zu sein.

»Das muß ein Traum sein, nicht?« fragte Katharina und trat neben ihn.

In der Luft lagen Zitronenduft und ein leichtes Aroma von Pinien und Zimt.

Atrus nickte geistesabwesend; sein Blick folgte dem Flug einer der Libellen, die ihn wie magisch anzog. Er beobachtete, wie sie mit einem Fels zu verschmelzen schien und wieder daraus hervorkam – zurück blieb ihre helle Farbe in der glänzenden schwarzen Oberfläche des Steins, der einen Moment lang pulsierte und dann wieder zur Ruhe gelangte.

Natürlich war der Stein kein wirklicher Fels, dazu sah er zu transparent aus, als sei er aus Gelatine gemacht, aber wenn man ihn anfaßte, fühlte er sich an wie warmes Holz. Und was am erstaunlichsten war: Er hatte einen Duft … Atrus sog ihn tief ein, dann schüttelte er perplex den Kopf … Rosen und Kampfer.

Wohin er auch schaute, waren Formen im Werden begriffen und lösten sich auf. Die scharfe Trennung von Gegenständen der materiellen Welt war hier aufgehoben, wie in einem Traum.

Ihn fröstelte leicht, und er wies auf die mächtige Wasserfontäne, die in einer beständigen Kaskade zum Nachthimmel strebte.

»Wohin fließt das Wasser?«

Sie lachte. Es war das sanfteste, netteste Lachen, das er je gehört hatte. »Hast du dich nie gefragt, wie es wäre, zwischen den Sternen herumzuschwimmen?«

»Schwimmen?« Für einen Moment dachte er an Anna und die Kluft, an dem Abend nach dem Wüstenregen.

»Ja«, sagte sie wehmütig. »Wenn es mein Traum wäre, könnten wir uns in die Nacht hineinfallen lassen und uns in den Sternen wiegen und dann dorthin zurückkehren, woher wir gekommen sind.«

Atrus sah sie erstaunt an. Was meinte sie? Manchmal war sie wie ihr Buch – wunderschön und poetisch, ja, aber auch unergründlich.

»Ich habe nicht viel Glück mit Wasser«, sagte er. Sie lachte. »Aber dies hier … ich meine dein Zeitalter …« Er drehte sich um, hob die Arme und blickte sie fragend an. »Ich verstehe nicht, wie das funktionieren kann.«

Wieder sah er sich in der fremden Welt um, irritiert über ein blaues, schlangenartiges Tier, das sich teilte, als es gegen seinen Arm flog, sich dann wieder und wieder teilte, bis eine ganze Formation winziger Schlangen da waren, die sich mit völlig gleichen Bewegungen durch die Luft schlängelten.

»Hast du dir das alles *ausgedacht*?«

»Das meiste«, antwortete sie und ging hinter ihm her. Dann bückte sie sich, um etwas aufzuheben. »Bei einigen Dingen kann ich mich nicht mehr erinnern, daß ich sie geschrieben habe. Es ist fast, als würde ich aufhören zu denken, und einfach nur … *schreiben*.«

Sie wandte sich ihm zu und drückte ihm etwas in die Hand. Es war eine Blume. Aber nicht einfach nur eine Blume. Als sie sie ihm gab, schien sie sich wie von selbst in seine Hand zu legen und sich an ihn zu kuscheln wie ein Kätzchen, das sich an die Beine seines Herrchens oder Frauchens schmust.

Atrus trat einen Schritt zurück.

»Was ist das?« fragte er.

»Ich weiß nicht.« Sie lächelte ein wenig unbeholfen. »Es ist halt seltsam, das ist alles.«

Katharina beugte sich nieder und legte die Blume vorsichtig zu Boden, dann sah sie ihn an und lächelte. »Hier muß man vor nichts Angst haben. Du bist hier in völliger Sicherheit, Atrus. Das verspreche ich dir.«

Das war alles gut und schön, aber er fühlte sich unbehaglich. Nichts hier verhielt sich so, wie es den Naturgesetzen entsprach, die er kannte. Wohin er auch schaute – alle Regeln der vertrauten Normalität schienen hier nicht zu gelten.

Dies war ein Zeitalter, wo alles Gesetzmäßige förmlich auf dem Kopf stand. Normalerweise durfte nichts hier existieren, aber es war da. Was bedeutete das? War es, wie Katharina gesagt hatte? Herrschten hier andere Gesetze – Gesetze, die die D'ni nicht gekannt hatten? Oder war dies einfach nur eine Anomalie?

Katharina richtete sich auf und legte ihm eine Hand auf die Schulter. »Komm. Ich möchte dir etwas zeigen.«

Er ging mit ihr einen Hang hinunter, bis sie zu einem Abgrund kamen. Unter ihnen war nichts. Nichts als ein helles Licht und das Wasser, das aus der Mitte dieses Lichts aufzusteigen schien.

»Hier«, sagte sie und legte etwas Kleines, Glattes, Flaches in seine Hand. Atrus schaute es an. Es war ein polierter Stein, der genau in seine Hand paßte.

»Was ist?« fragte sie. »Hast du noch nie einen Stein übers Wasser springen lassen?«

Er sah sie kurz an, schwang den Arm nach hinten und schleuderte den Stein in die Dunkelheit, so als würde er ihn flach über die Oberfläche eines Teiches werfen. Der Stein sauste durch die Luft, dann, als sei er plötzlich auf einen Fels aufgeschlagen, schnellte er steil nach oben und verschwand schließlich in der mächtigen Wassersäule.

Atrus sah mit Staunen, wie sich der Stein in dem gewaltigen Strom verlor, und hörte, wie Katharina leise lachte.

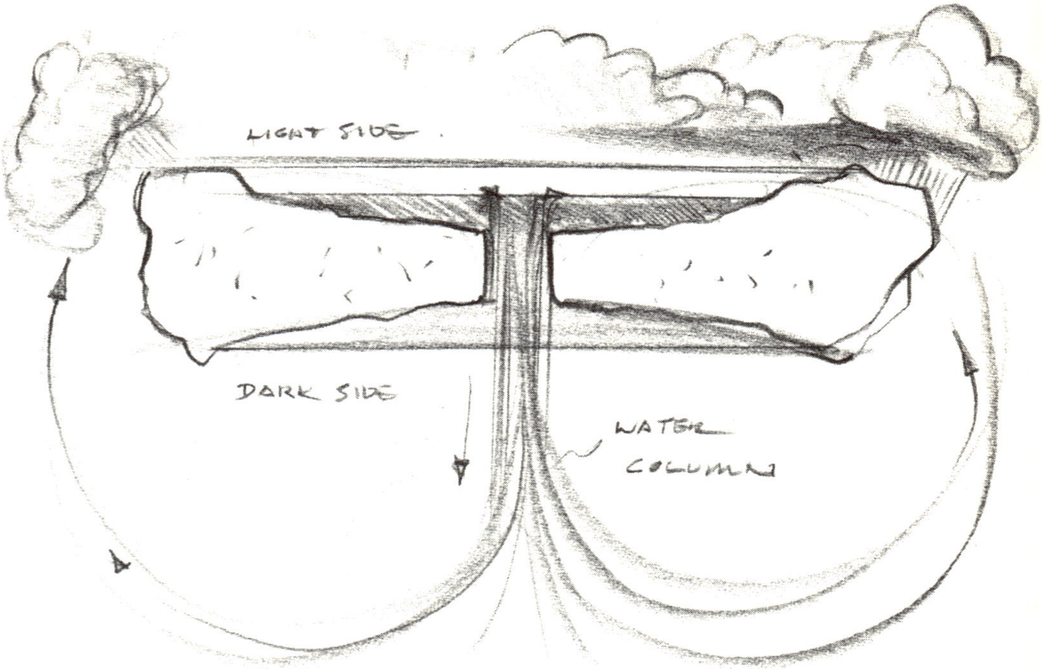
LIGHT SIDE
DARK SIDE
WATER
COLUMN

»Du machst ein Gesicht ...!«

Atrus machte den Mund zu. Er wollte gern einen weiteren Stein springen lassen, sehen, wie er über das Nichts glitt und dann nach oben schnellte.

»Wohin verschwindet er?«

»Komm«, sagte sie und nahm ihn wieder bei der Hand, »ich zeig's dir.«

Der Tunnel, in den sie eindrangen, war klein, gerade groß genug, daß sie aufrecht hindurchgehen konnten, und er war ganz rund, wie ein Wurmloch in einem riesigen Apfel. Er war erleuchtet, und es schien, als wäre der Fels selbst die Lichtquelle. In endlos vielen Windungen führte der Tunnel nach unten, bis sie schließlich das Gefühl hatten, als gingen sie an der Decke entlang. Dann traten sie ans Licht. An helles Tageslicht. In eine Landschaft, die ebenso erstaunlich war wie die, die sie am anderen Ende des Tunnels verlassen hatten.

Atrus schloß, von dem hellen Licht geblendet, die Augen, dann setzte er seine Brille auf.

So, wie die dunkle Seite seltsam gewesen war, war auch diese helle Seite von Katharinas Natur – soweit er sie sah – wundervoll. Sie standen oben auf einem großen Hang – einem gewaltigen, felsigen Hügel mitten im Ozean. Es gab mehrere solcher Hügel, die kreisförmig angeordnet waren, und über jedem war ein Teppich herrlich duftender, farbenprächtiger Blumen ausgebreitet, über dem Schmetterlinge tanzten.

Die Mitte dieses Hügelkreises beherrschte ein großer, ringförmiger Wasserfall, der sich in regelmäßigem Winkel in einen anderen Mittelpunkt weiter darunter ergoß. Über diesem gewaltigen Wasserstrudel schoben sich schlängelnde Wolkenschleifen ins Blickfeld und lösten sich wieder auf; Wolken, die bald hoch oben in der Luft zu schweben und dann in dem großen Wasserfall zu verschwinden schienen.

Mit einemmal verstand Atrus. »Wir sind auf der anderen Seite! Es ist die Quelle des großen Stroms … Er fällt hindurch und …«

Er verstummte, sprachlos vor Staunen.

Aber wie war das möglich? Welche physikalischen Gesetzmäßigkeiten galten hier? Denn er wußte – *wußte* es mit plötzlicher, absoluter Sicherheit – daß, wenn dies alles existierte, es auch ein physikalisches Gesetz geben mußte, das es ermöglichte. Dies hob die D'ni-Naturgesetze nicht auf, es veränderte sie nur und zeigte ihre Grenzen auf.

Er sah Katharina an, Bewunderung lag in seinem Blick.

Sie nahm ihn bei der Hand. »Es gibt noch mehr zu sehen. Möchtest du?«

»Ja.«

»Da hinten«, sagte sie und wies zum Horizont.

Riesige Gewitterwolken ballten sich dort zusammen und stiegen wie Dampf aus einem Kochtopf nach oben. Gewaltiges Donnergrollen klang aus der Ferne leise zu ihnen herüber. Der ganze Horizont war, soweit sie sehen konnten, von zuckenden Blitzen erfüllt.

Das geht um die komplette Ringfläche – den Torus – herum, stellte er fest und schaute zu der großen Öffnung im Ozean, und er erinnerte sich an die Wasserkaskade auf der anderen Seite der gewaltigen Öffnung. Hier schienen zwei Naturkräfte zu herrschen – da war einmal die Kraft, die das Wasser nach oben trieb, und zum zweiten eine ringförmige Sogkraft, von der das Wasser angezogen wurde.

Atrus wandte sich fragend an Katharina. »Du hast das größte Gewicht des Torus an das äußere Ende gelegt, stimmt's?«

Sie zuckte mit den Schultern. »Ich weiß es nicht.«

»Damit die Schwerkraft …«, Atrus hielt inne und dachte angestrengt nach, » … dieser Ring der Schwerkraft *zwingt* das Wasser förmlich durch die Öffnung in der Mitte, dann saugt es eine andere Kraft oben am Himmel ein, wo es sich verteilt, aber immer noch gehalten wird vom Magnetfeld des Torus, und es kommt am unteren Bereich dieses Magnetfeldes heraus, richtig?«

Sie lächelte nur.

»Und während das Wasser langsam nach unten fällt, bildet es Wolken, und die Wolken verursachen die Gewitterstürme und ...«

Es war gewaltig. Jetzt, als er es teilweise verstand, fand er es sogar noch beeindruckender.

Er schaute sich weiter um, dann war seine ganze Aufmerksamkeit auf etwas Bestimmtes konzentriert ... Blumen. Da waren Blumen in dem saftigen Gras. Er ging den Hang hinauf, bis er mitten in den Blumen stand.

Blumen. Blaue Blumen. Tausende winziger, zarter blauer Blumen, mit niedlichen, sternförmigen Blütenblättern und samtigen Stengeln.

Spontan bückte er sich, pflückte eine und hielt sie sich an die Nase, dann schaute er Katharina an.

»Wie konntest du das wissen?«

»Wissen?« Katharina hob die Augenbrauen. »Was wissen?«

»Ich habe gedacht ... ach, ist ja egal.« Er wechselte das Thema: »Was bedeutest du meinem Vater?«

Sie senkte den Blick. »Ich bin seine Dienerin. Eines seiner Gildemitglieder ...«

Er betrachtete sie eindringlich, ahnend, daß mehr dahintersteckte, aber er hatte Angst zu fragen.

Kurz darauf ergriff sie wieder das Wort: »Ich soll ihn heiraten.«

»*Heiraten?*«

Sie nickte, aber sie sah ihn nicht an.

Atrus ließ sich ins Gras fallen, mitten unter die Blumen. Er umschloß eine von ihnen mit den Fingern, zog sie aus der Erde und ließ sie fallen. Er hielt den Kopf gesenkt; in seine Augen war ein Ausdruck größter Verzweiflung getreten.

»Er hat es mir befohlen«, sagte sie und trat dichter an ihn heran. »Er hat gesagt, in dreißig Tagen. Dann soll es eine große Zeremonie auf Riven geben ... im Fünften Zeitalter.«

Er schaute auf. Bittere Enttäuschung war in seinen Augen zu lesen.

Ihr Blick fand den seinen. »Ich würde lieber sterben.«

Langsam, ganz langsam verstand er, was sie da eben gesagt hatte. »Dann …«

»Dann mußt du mir helfen, Atrus. Wir haben dreißig Tage Zeit. Dreißig Tage, um die Dinge zu ändern.«

»Und wenn ich das nicht kann?«

Katharina ließ ihren Blick über das Zeitalter gleiten, das sie geschrieben hatte, dann sah sie zu Atrus zurück. In ihren grünen Augen loderte die Leidenschaft.

Diese Leidenschaft war so intensiv, daß er sich wie hypnotisiert fühlte, wie erstarrt, völlig überwältigt von der Macht dieser eigenartigen Frau und den Kräften, die ihr zu Gebote standen. Während sie ihn mit ihren Blicken in ihrem Bann hielt, nahm sie seine Hand fest in die ihre und sprach, und in ihrer Stimme lag eine ganz spontane Zuversicht: »Wir können Wunder bewirken, du und ich. Wahre Wunder.«

21

Als die Sonne allmählich am Horizont verschwand, stand Atrus auf einem kleinen Plateau. Die Brille hatte er über die Augen gezogen; er hielt sein Tagebuch offen in der Hand und ließ seinen Blick über das Zeitalter schweifen, das er geschrieben hatte. Unter ihm lag ein gewaltiges dunkles Meer, dessen Oberfläche glatt war wie Öl – oder wie ein Spiegel, der im Laufe der Jahre fast schwarz geworden war. Das tote Wasser reichte bis zu den blutroten Sandsteinkliffs.

Das Land, das an diesem großen Meer lag, war wüst und leer, sogar noch deprimierender als die Wüste, in der er als Kind gelebt hatte. Gewaltige Steilhänge aus Sandstein, von Wind und Sonne geformt, erstreckten sich auf beiden Seiten bis zum Horizont; zwischen dem Rot dieser Hänge sah man gezackte, tiefschwarze Erdspalten.

Bisher hatte er nur die allerelementarsten Symbole niedergeschrieben. Genug, um sein Experiment durchzuführen, und nicht ein Wort mehr. Genug, um festzustellen, ob seine Theorien über die Fehler in Buch Fünf richtig oder falsch waren.

Er hatte in den vergangenen Wochen zehn solcher Zeitalter geschaffen. Zwei für jedes Experiment. In diesem und einem weiteren untersuchte er, ob die Veränderungen, die er in der Achse des Planeten und seiner Umlaufbahn im Fünften Zeitalter vornehmen wollte, die erhofften Auswirkungen haben würden, während er in anderen mit der Struktur der tektonischen Platten unter der Erdkruste der Planeten experimentierte, mit der Art und Stärke von Meeresströmungen, mit

Schwankungen in Gravitationsfeldern und mit der Zusammensetzung der Erdkruste selbst.

Was er hier und in anderen Zeitaltern versucht hatte, war, dieselben Grundstrukturen zu schaffen, die er im Buch für das Fünfte Zeitalter angetroffen hatte, wobei er nur geringfügige Änderungen – hauptsächlich Zusätze – an den aufgezeichneten Satzstrukturen vornahm. Wenn die neuen Sätze richtig waren, hatte er dieses Zeitalter nun stabilisiert. Und wenn das der Fall war, würde es auch für das Fünfte Zeitalter möglich sein, sobald er die entsprechenden Änderungen ins Buch eintrug.

Atrus sah sich immer wieder prüfend um, schrieb seine Beobachtungen nieder, schloß das Tagebuch und steckte es in seinen Rucksack.

Bisher hatten seine Versuchsreihen eines schlüssig bewiesen: Das Fünfte Zeitalter war zum Untergang verurteilt. Innerhalb einer Generation würde es immer weiter verfallen und zerstört werden – wenn er die lebenswichtigen Veränderungen in dem Buch nicht vornahm!

Er hob die Brille, blinzelte und rieb sich die Augen. Er war müde; so müde, wie er seit Jahren nicht gewesen war – aber er durfte jetzt nicht auf halbem Wege stehenbleiben. Bis zu der Hochzeitszeremonie waren es nur noch zehn Tage, und alles – *alles* – mußte bis dahin fertig sein.

Atrus zog sich die Brille wieder auf und wartete. Bald würde der Mond aufgehen, und dann würde er es wissen.

Wenn er richtig vermutete, hatte Gehn den einzigen Mond des Fünften Zeitalters in eine Umlaufbahn verlegt, die parallel zum Planeten verlief. Dies hatte extreme Gezeiten auf dem Planeten zur Folge und mußte schließlich darauf hinauslaufen, daß der Mond in niedrigere Umlaufbahnen gezogen würde, bis er schließlich auf den Planeten stürzte. Diese endgültige Katastrophe würde sich erst viele Generationen später ereignen, aber lange vorher würde die immer niedrigere Umlaufbahn des Mondes Flutkatastrophen bewirken, und die große Insel würde im Meer versinken.

Er mußte den Mond des Fünften Zeitalters in eine stabile, parallele Umlaufbahn zurückbringen, eine Umlaufbahn, deren Rotationsgeschwindigkeit der des Planeten entsprach. Was diese Aufgabe erschwerte, war, daß der Erfolg nicht sofort nachprüfbar sein würde.

Als es dunkler wurde, zog Atrus seinen Umhang fester um sich. Die Luft hier war dünn und kalt, und es würde guttun, nach D'ni zurückzukehren, um etwas zu schlafen.

Er wartete, sah, wie die Sonne ihre letzten Strahlen auf den Planeten fallen ließ und dann am Horizont versank. Er nahm die Brille ab und wartete auf den Mondaufgang. Bald darauf erschien er direkt hinter ihm am Himmel, eine silberblaue Kugel tief unten am Horizont, riesengroß und unheilverkündend.

Da stimmt etwas nicht, dachte Atrus und fröstelte bei dem Anblick. *Er ist viel zu nahe.*

Die Beben setzten augenblicklich ein. Das kleine Plateau vibrierte leicht, als hätte eine unbekannte Macht im Fels es in Schwingungen versetzt.

Das Meer geriet in Bewegung, wirkte jetzt wie eine riesige Scheibe aus schwarzem, getriebenem Metall.

Atrus beobachtete immer noch den Mond. Was war schiefgegangen? Hatte er irgendeinen Widerspruch geschrieben oder die falschen Maßnahmen getroffen?

Oder hatte er in seiner Müdigkeit die beiden Bücher verwechselt? War er im falschen Zeitalter – in jenem Zeitalter, wo er die ständig kleiner werdende Umlaufbahn bewußt noch verringert hatte?

Aus dem kleinen Beben wurde ein gewaltiges. Tief aus dem Erdinneren hörte man dumpfe Laute, tiefe Risse bildeten sich, man hörte, wie Felsen ins Meer stürzten, während das Meer in einem riesigen Kessel zu sieden schien.

Das ganze Land war in Glut getaucht – das silberblaue Mondlicht hatte sich in ein flammendes Orangerot verwandelt.

Über das Plateau fuhr ein eiskalter Wind.

Atrus trat einen Schritt vor und stellte seine Brille auf »Vergrößern«.

Was von hier aus wie rote Glut wirkte, war flüssige Lava, die aus dem Erdinneren trat. Unter dem viel zu niedrig stehenden Mond öffnete sich die Erdkruste weit.

All das ging mit ohrenbetäubendem Tosen vor sich. Die Erschütterung war so gewaltig, daß Atrus kaum mehr frei stehen konnte. Es war höchste Zeit zur Umkehr.

Atrus wollte gerade den Rucksack von der Schulter nehmen und das Verbindungsbuch herausholen, als es plötzlich einen heftigen Erdstoß gab.

Atrus geriet aus dem Gleichgewicht, fiel, griff haltsuchend blind um sich, aber obwohl sein Abrutschen vom Plateau zunächst aufgehalten wurde, nutzte es nichts, denn das ganze Plateau drohte zu kippen – jeden Augenblick konnte es in die See stürzen.

Und was noch schlimmer war: Sein Rucksack war ein gutes Stück tiefer gerutscht, und als Atrus versuchte, ihn heraufzuziehen, verlor er den letzten Halt.

Für einen Moment gelang es ihm noch, seine Finger in den unebenen Fels zu krallen, dann fiel er ins Leere …

»Nein!«

Sein Schrei erstickte, als er in das eiskalte Wasser tauchte. Er geriet in Panik, wußte nicht, wohin er schwimmen sollte; das Wasser war in Aufruhr, wohin er sich auch wandte. Sein Kopf durchbrach die Oberfläche, und er schnappte nach Luft.

Das Wasser war überall, füllte seinen Mund, seine Nase. Verzweifelt kämpfte er, um kein Wasser zu schlucken, immer noch verzweifelt bemüht, an seinen Rucksack heranzukommen, um sich mit dem Buch in Sicherheit zu bringen.

Dann sah er es.

Direkt vor ihm war eine Welle, ihr donnernder Kamm fast dämonisch von dem obszön großen Mond beleuchtet, der auf ihr zu reiten schien. Eine riesige schwarze Welle, die weit über die Felsspitzen hinausragte und sie wie nichts zersprengte, zermalmte.

Für einen Augenblick vergaß Atrus alles um sich her, starrte wie hypnotisiert auf dieses Schauspiel des Untergangs.

Dann riß er sich in die Wirklichkeit zurück, tastete mit vor Kälte starren Fingern nach dem Rucksack, zerrte das Verbindungsbuch heraus und schlug es mit letzter Kraft auf.

Nach Hause …

Gerade als Atrus die Hand auf die Seite legte, wurde der Mond hinter der tiefschwarzen Meereswoge wieder sichtbar, und das ganze Meer schien zu einer undurchdringlichen schwarzen Wand zu werden. Das Tosen war so laut, daß ihm der Schädel dröhnte, als würde er jeden Augenblick platzen.

Als Atrus wieder zu sich kam, lag er mit tropfnassen, zerknitterten Sachen inmitten von Wasserlachen auf dem Boden der Kammer in D'ni.

Die Luft war kalt, und die Stille erschien ihm nach dem schrecklichen, destruktiven Getöse wie die schönste Musik.

Er atmete tief und erinnerte sich, wie die Welle so bedrohlich nahe an ihn herangekommen war, daß sie ihn in ihren Sog hineingezogen hatte – aber schließlich doch freigeben mußte.

Er nahm die Brille von den Augen und sah zum Schreibtisch. Katharina saß in seinem Sessel. Sie hatte nicht bemerkt, daß er zurück war, sosehr war sie in das Buch vertieft.

»Katharina?«

Sie blickte auf, schloß das Buch und legte es zur Seite. Dann wurde ihr bewußt, in welch klagenswertem Zustand er war. Schnell ging sie zu ihm hin. »Atrus? Ist alles in Ordnung?«

Er stand auf und wehrte sie ab. »Alles in Ordnung. Ich hatte nur ein paar Probleme mit dem Mond.«

»Mit dem Mond?«

Er ignorierte ihre Frage und sagte leise: »Warum bist du hier? Ich denke, wir hätten vereinbart, daß du am besten auf Riven bleibst.«

»Ich weiß, aber …« Sie schwieg, dann ging sie zum Schreibtisch hinüber und schlug das Buch auf. »Ich will nicht zurück.«

»Aber du mußt. Du kannst nicht hierbleiben.«

»Ich habe etwas ausgetüftelt«, sagte Katharina, ohne auf seinen Vorwurf einzugehen. »Ich wollte dich überraschen.«

Sie reichte ihm das Buch.

Atrus sah sie abwartend an. Als sie nichts weiter sagte, trug er das Buch zum Schreibtisch hinüber, setzte sich und schlug es auf. Lange war es völlig still; man hörte nur das Umblättern der Seiten. Schließlich löste er sich von dem Buch.

»Was ist das?«

Sie trat neben ihn und blickte auf die aufgeschlagenen Seiten. »Ich habe uns ein Zeitalter geschrieben. Eins, wohin wir gehen können. Ich habe es Myst genannt.«

»Aber dieses Zeitalter unterscheidet sich so von deinem anderen.«

»Gefällt es dir nicht?«

»Das … so hätte ich es gemacht, wenn ich Zeit hätte. Du …« Er lachte plötzlich und legte seine Hand auf die ihre. »Du bist schon erstaunlich.«

»Ich habe gründlich studiert.«

Atrus las erneut in dem Buch. Ihm fiel auf, wie sehr sich Katharina stilistisch zurückgehalten hatte, wie tief ihr Verständnis der D'ni-Grundsätze war, ein Verständnis, das noch über das seine hinausging. Er schwieg lange.

»Es sind noch ein paar letzte Kleinigkeiten«, unterbrach sie das Schweigen, »aber wenn die fertig sind …«

»Nimmst du mich mit dorthin?«

Katharina lächelte. »Natürlich. Aber jetzt geh mir aus dem Weg. Ich muß arbeiten.«

Atrus saß tief in Gedanken versunken da, als Katharina gegangen war.

Was sie auch füreinander empfinden mochten – es gab etwas, das jetzt noch wichtiger war: Wenn sein Vater die Macht über das Fünfte Zeitalter behielt, würde er überall triumphieren, denn Gehns Ehrgeiz war grenzenlos. Nachdem Atrus gesehen hatte, was Katharina – ob zufällig oder ganz bewußt – in ihren beiden Zeitaltern geschaffen hatte, wußte er, daß es Gehn durchaus gelingen konnte, seinen Traum zu verwirklichen und das D'ni-Reich – zumindest teilweise – neu erstehen zu lassen. Er könnte endlos viele Sklavenwelten schaffen, in denen er selbst der absolute Herrscher war, mit Millionen von Untertanen, die ihm zu Diensten standen.

Es gab nur eine Lösung: Man mußte Gehn im Fünften Zeitalter festhalten und alle Verbindungsbücher zerstören, die hinausführten. Um dies zu tun, mußte Atrus das Risiko eingehen, daß auch er dort festsitzen würde. Aber nun, da Katharina die Insel Myst als Refugium vor Gehn geschaffen hatte, schien der Gedanke an einen Mißerfolg plötzlich weniger schrecklich.

Natürlich müßten sie ein weiteres Zeitalter schaffen, eine einfache, unbewohnte Welt, die sie von Myst aus erreichen könnten, eine, wo es Früchte und Kräuter in reichlichem Maße gab, damit sie mit Nahrungsmitteln versorgt waren, denn in Katharinas neuem Zeitalter fehlte all dies.

Er überdachte noch einmal, was er in Katharinas neuem Buch gelesen hatte, und fragte sich, ob sie es wirklich selbst geschrieben oder – wie sein Vater – in Elementen aus anderen Büchern kopiert hatte. Denn es war ganz anders als ihre erste Welt.

War er fair in seinem Urteil? Schließlich hatte sie sich an ein gründliches Studium gemacht.

Er versuchte, Ordnung in seine Gedanken zu bringen, sich ganz auf das zu konzentrieren, was er nun tun mußte.

Vorrangig war immer noch die Aufgabe, die Insel zu stabilisieren. War das getan, mußte er in Erfahrung bringen, wo

Gehn sein Verbindungsbuch verborgen hatte, denn wenn er das nicht wußte, konnte er ihn nicht dort festhalten. Am wahrscheinlichsten als Versteck erschien ihm die Höhle hinter dem Tempel.

Aber jetzt gab es noch andere Dinge zu tun. Atrus gähnte, nahm das Verbindungsbuch zum Fünften Zeitalter aus der Tasche, dann öffnete er sein Tagebuch auf der Seite, wo er die Änderungen für das Buch des Fünften Zeitalters notiert hatte, und begann zu schreiben.

»Atrus! Atrus!«

Er schrak hoch. Was war passiert? Über ihn gebeugt stand Katharina, schüttelte ihn bei den Schultern und rief wieder und wieder seinen Namen.

»Atrus! Komm, wach auf! Du mußt mir zuhören!«

Er setzte sich schlaftrunken auf, kaum fähig, die Augen zu öffnen. »Was ist los?«

»Es geht um Gehn … er hat den Termin vorverlegt!«

»Den Termin?« Mit einem Schlag war Atrus hellwach. »Für wann?«

»In drei Tagen. Wir haben nur noch drei Tage.«

Er stöhnte. Das war unmöglich! Es mußten noch eine Reihe von Tests durchgeführt werden, bevor er das Fünfte Zeitalter stabilisieren konnte. Und dann war da die Sache mit Gehns Verbindungsbuch. Wenn er das nicht fände …

»Katharina … weißt du, wo Gehn sein Verbindungsbuch versteckt hat?«

Sie nickte.

»Könntest du mit mir nach Riven zurückkehren und es mir zeigen?«

Sie schwieg eine Weile, dann fragte sie: »Was hast du vor?«

»Will mein Vater dich noch vor der Hochzeitszeremonie sehen?«

Katharina schüttelte den Kopf.

»Gut.« Er sah auf den unordentlichen Schreibtisch. »Dann nehmen wir all dies mit nach Myst. Alles, außer dem Buch Myst und dem für das Fünfte Zeitalter. Und dann bleibst du dort, Katharina. Ich möchte, daß du weder in D'ni noch auf Riven bist.«

»Aber du wirst Hilfe brauchen.«

Atrus sah sie ernst an. »Die größte Hilfe für mich ist zu wissen, daß du in Sicherheit bist.«

»Aber was hast du vor?«

Er stand auf und legte ihr leicht die Hand auf die Schulter. »Vertraust du mir, Katharina?«

Sie lächelte und nickte dann.

»Dann warte auf mich. Sobald ich mit meinem Vater fertig bin, komme ich zu dir auf die Insel Myst.«

In ihrem Gesicht blitzte ganz kurz etwas wie Protest auf, aber dann nickte sie.

»Gut. Dann laß uns zurück nach Riven gehen. Es ist höchste Zeit, daß du mir zeigst, wo mein Vater sein Verbindungsbuch versteckt hat.«

22

Sie sahen sich vorsichtig um, ob niemand sie bemerkte, und huschten dann die Stufen des Tempels hinauf und ins schattige Innere. Seit Atrus das letztemal hiergewesen war, war der Tempel mit großen goldenen und roten Transparenten für die Hochzeitszeremonie ausgeschmückt worden.

Mein Vater mit Katharina … nein, niemals!

Er folgte Katharina hinter den großen goldenen Seidenschirm, auf dem Gehns Gestalt aufgestickt war, und eine schmale Treppe hinunter in die Höhle. Es war, wie er es sich gedacht hatte.

»Hierher hat er uns immer mitgenommen«, flüsterte Katharina. »Es gab jedesmal eine sogenannte ›Verbindungs-Zeremonie‹. Wen er dazu ausersehen hatte, von einer Welt in die andere zu gehen, mußte etwas aus einem der goldenen Kelche trinken. Es schmeckte leicht nach Anis. Und später konnte man sich dann an nichts mehr erinnern. Aber seit kurzem …«, sie senkte den Kopf, »seit kurzem traut er mir. Er hat mich hierher mitgenommen und mir gezeigt, wo das Buch versteckt ist.«

Atrus sah, wie sie an eine der Felswände trat, sich auf die Zehenspitzen reckte, in eine der Öffnungen im rauhen Stein dicht unter der Decke griff und dort einen Augenblick herumtastete, bis sie den kleinen Kasten in der Hand hielt, in dem Gehns Verbindungsbuch war.

Er ging hinüber, blickte auf den Boden, dann machte er kehrt und merkte sich so in Gedanken genau die Position, ganz wie es Anna ihn gelehrt hatte. Schließlich nickte er Katharina zu und gab ihr ein Zeichen, das Buch in das Versteck zurückzulegen.

»Komm«, sagte er und nahm sie bei der Hand, »laß uns zu deiner Hütte gehen und dein Verbindungsbuch holen.«

Sie entzog ihm die Hand, verlangsamte den Schritt und blieb genau vor ihm stehen, so daß er sie anschauen mußte. »Atrus?«

»Ja?«

Sie schmiegte sich leicht an ihn und küßte ihn auf die Wange – nur ein einziger, ganz flüchtiger Kuß –; dann zog sie ihn weiter. Sie hatten es nun eilig, denn sie wußten, daß ein Tag kaum ausreichen würde, all das zu erledigen, was vor der Zeremonie noch getan werden mußte.

Atrus blinzelte; nach der Dunkelheit seines Gefängnisses blendete ihn das helle Sonnenlicht. Rasch setzte er seine Schutzbrille auf.

Er stand auf einer Holzmole; der Rucksack mit den Büchern drückte hart in seinen Rücken. Das Wasser unter der Mole klatschte gegen die Felsen, und von irgendwo in der Ferne hörte man die einsamen, heiseren Schreie der Möwen. Die See war ruhig und wie in grünes Licht getaucht, ganz leicht nur bewegt von einer sanften Brise aus Nordwest. In seiner Blickrichtung – Osten – war ein kahler Felsen, etwa sechs Meter hoch und zehn bis zwölf Meter breit, der aus dem Meer emporragte wie der abgesägte Stamm eines Baumes. Links davon stieg das Land bis zu einer Höhe von etwa dreißig Metern an, darunter lag ein schmales Felsschelf, und im Westen, am Ende der Insel, sah man hohe Pinien.

Atrus lächelte zufrieden. Die Luft war rein und klar, der Duft der Pinien intensiv. Über der Landschaft wölbte sich ein hellblauer Himmel mit feinen Wolkenschleiern.

— MYST —

Er wandte sich um und wartete, bis Katharina neben ihm auf den Holzplanken erschien, ebenfalls mit einem schweren Rucksack auf dem Rücken.

»Es ist wunderschön hier …«

»Das ist dein Werk«, sagte er. »Wenn man bedenkt, wie wenig Zeit du hattest, finde ich, daß du es ganz großartig gemacht hast.«

Atrus sah sich wieder um und atmete die wunderbar reine Luft ein. »Und wie es duftet …«

Dann fiel ihm plötzlich etwas auf – es duftete hier wie im Siebenunddreißigsten Zeitalter, bevor Gehn es zerstört hatte.

»Was ist?« forschte sie, als sie die Veränderung in seinem Gesichtsausdruck bemerkte.

»Ach, nichts«, wich er aus und schob den Gedanken beiseite.

»Dann komm. Ich möchte dir die Hütte zeigen.«

»Eine Hütte? Du hast schon eine Hütte gebaut?«

Sie nahm seine Hand und führte ihn einen schmalen Pfad am Felshang hinauf. Oben war ein großer Platz. Sie standen nun auf einer Grasfläche. Der Wind sang hier lauter. Es war ein eigenartig klagender Ton, durchbrochen von heiterem Vogelgezwitscher.

»Ja«, meinte er nach einer Weile, »hier könnte ich leben.«

Katharina lächelte und drückte seine Hand, dann zeigte sie auf einen breiten Pfad im Gras zwischen den Bäumen. »Dort unten«, sagte sie. »Da drüben links.«

Sie schritten den leicht abfallenden Hang hinunter, bis sie vor der Hütte standen. Atrus betrachtete sie eine Weile und bemerkte, wie sorgfältig die Baumstämme zusammengefügt, wie exakt die Holzplanken des Türrahmens eingepaßt waren, und wieder mußte er sich über Katharina wundern. Diese sorgfältige Detailarbeit hätte er ihr niemals zugetraut.

»Das ist ein vielversprechender Anfang«, sagte er leise.

»Es freut mich, daß du das denkst.«

Er schaute zum Gipfel der Insel hinauf. »Wir könnten weitere Hütten bauen. Vielleicht auch eine Bibliothek.«

»Pst ...«, wehrte sie ab, amüsiert über seinen Feuereifer. »Jetzt nicht – später. Wenn wir das Problem Gehn gelöst haben.«

»Ja ...«, stimmte er ihr zu. Die Erinnerung an Gehn brachte ihn wieder in die Wirklichkeit zurück. »Jetzt müssen wir zusehen, daß du hier gut untergebracht bist, dann gehe ich zurück. In zwei Tagen dürfte dann alles erledigt sein.«

»Atrus?«

»Ja?«

»Bist du sicher, daß ich dir nicht helfen kann?«

Er stand einen Moment ganz still da, dann zog er sie an sich und küßte sie zärtlich, und diesmal war es ein richtiger Kuß – ihr erster!

»Nein«, sagte er und sah in die Tiefe ihrer grünen Augen, »Du wartest hier auf mich, ja?«

»Na gut«, antwortete sie und küßte seine Nasenspitze.

»Versprochen?«

»Versprochen.«

»Dann komm. Ich deponiere die Bücher und gehe zurück.«

Aber auch nachdem das letzte Buch sicher in einer Ecke der Hütte verstaut war, konnte Atrus sich noch nicht von der Insel Myst trennen.

Katharina hatte Decken von Riven mitgebracht und eine provisorische Schlafpritsche in der Ecke gegenüber den Büchern eingerichtet. Der Rucksack war ihr Kopfkissen. Atrus stellte sich vor, wie sie hier ohne ihn leben würde, und zum erstenmal kam ihm der Gedanke, wie einsam sie sein würde, wenn er nicht zurückkäme.

Sie stand in der Tür. »Also dann?« fragte sie. Irgend etwas in ihrem Gesichtsausdruck beunruhigte ihn.

Er lachte. »Du machst mir angst.«

»Ich? Hast du etwa Angst vor mir, Atrus?« Sie kam näher.

Sie streichelte seine Wange, und er lachte. »Nein, ich könnte nie Angst vor dir haben. Du überraschst mich, meine ich.«

»Dann werde ich immer für Überraschungen sorgen.«

Sie ging zu ihrer Schlafpritsche hinüber und steckte eine kleine weiße Blume, die sie unterwegs gepflückt hatte, in eine Ritze zwischen den zusammengefügten Baumstämmen über ihrem Schlafplatz.

Atrus sah die Blume an, dann Katharina. »Warum … ?«

»Sie wird mich an dich erinnern, wenn du fort bist.« Dann stand sie auf und gab ihm die Hand. »Laufen wir noch ein Stück, Atrus? Am Meer entlang?«

Ihm war durchaus klar, daß er schon viel zu lange hier war, aber ein Spaziergang mit ihr erschien ihm plötzlich wichtiger als alles andere.

Er nahm ihre Hand und trat in die Spätnachmittagssonne hinaus. Der Wind hatte nachgelassen, und es war jetzt viel wärmer. Der Himmel über ihnen war wolkenlos. Er schaute auf und dachte, daß dies eine wunderbare Nacht wäre, um die Sterne zu beobachten, und dann fragte er sich, wie wohl die Sterne über Myst sein würden.

Wenn ich doch bleiben könnte …

Aber er durfte nicht bleiben. Das war ihm nicht vergönnt. Er mußte Gehn aufhalten, ganz gleich, wie es ausgehen würde.

Katharina sah ihn an. »Warum hast du geseufzt?«

»Weil das hier alles so vollkommen ist.«

Sie gingen weiter, bis sie zu den Bäumen und zu dem grünen Hang kamen. Unter ihnen lag nun die See, die sich bis weit, weit zum Horizont hin erstreckte und sich dort wie in einem Nebeldunst im Unendlichen verlor. Ganz in ihrer Nähe war eine winzige Insel, die durch einen schmalen Kanal vom Festland getrennt war.

»Komm«, sagte er und führte sie weiter den Weg hinab, bis sie direkt am Meer waren. »Komm, wir setzen uns hier einen Augenblick hin und besprechen alles.«

»Was – alles?«

»Die Zukunft.«

»Ob du von Riven zurückkehrst, meinst du?«

Atrus sah sie überrascht an.

»Denkst du, ich weiß nicht, was du vorhast?« fuhr sie fort.

Er lachte. »Kann man mich so leicht durchschauen?«

Sie legte ihre Hand leicht an seine Wange. »Nein. Aber ich weiß, daß du das tun wirst, was du für richtig hältst, selbst wenn du dich selbst dafür opfern mußt.«

Er legte seine Hand auf die ihre. »Ich komme zurück.«

»Aber es ist ein Risiko dabei?«

Er nickte.

»Und du willst, daß ich hierbleibe, ganz gleich, was geschieht?«

Wieder nickte er.

»Und das Verbindungsbuch nach D'ni?«

»Zerstöre es, sobald ich fort bin.«

»Wenn Gehn aber hierher fliehen sollte, wäre er mit mir gefangen und hätte jede Menge noch ungeschriebener Bücher zur Verfügung.«

Atrus sah zu Boden. Das war der einzige Fehler in seiner Planung. Um vor Gehn sicher zu sein, müßte er sein eigenes Verbindungsbuch von Riven nach D'ni in dem Moment vernichten, in dem er ins Fünfte Zeitalter zurückkehrte, aber das würde ihn ebenfalls dort festhalten, und er wollte doch zurückkehren. Mehr als das: Er *mußte* zurückkehren. Zu ihr …

»Ich passe schon auf«, versprach er. »Ich weiß, wohin er geht. Ich nehme sein Verbindungsbuch aus dem Versteck und warte, bis er dort auftaucht. Sowie er auf Riven ist, verbrenne ich sein Verbindungsbuch. Dann muß ich nur noch mein eigenes vernichten.«

In ihren Augen stand ein Lächeln. Sie küßte ihn auf die Nasenspitze. »Soviel zu den Plänen. Und was ist mit dir?«

»Mit mir?« Er hob leicht die Schultern. »Aber du kennst mich doch.«

»Ich weiß fast nichts über dich. Deine Großmutter, Anna, zum Beispiel. Erinnerst du dich an sie?«

Sie war wie du, hätte er fast gesagt, aber er schwieg. Statt dessen nahm er den nun fast leeren Rucksack ab, holte sein Tagebuch heraus und gab es ihr.

Sie hielt das kleine graue Buch so behutsam, als wäre es etwas Lebendiges.

»Ich … ich möchte, daß du es liest, während ich fort bin. Es könnte … vielleicht verstehst du mich dann.«

»Falls du nicht zurückkehrst?«

Er schwieg, dann nickte er.

Ihm wurde plötzlich klar, was er sich von Katharina erhoffte: Er suchte eine Gefährtin. Einen Menschen, der ihn verstand. Jemand, der all seine Abenteuer und Experimente mit ihm teilte. Jemand, der an seiner Seite war, so wie Anna früher an seiner Seite gewesen war – nur daß er jetzt keine Lehrerin oder Pflegemutter brauchte, sondern eine wirkliche Partnerin.

Er legte die Hand an ihre Wange. Für einen kurzen Augenblick schien die Zeit stillzustehen: sie beide im Sonnenschein am Meer. Katharina hatte die Augen geschlossen und sich an ihn geschmiegt, Atrus' Tagebuch im Schoß. Er betrachtete sie fasziniert, wie ein Zeitalter, das er zum erstenmal auf der Bildseite eines Buches sah, aber nie besuchen würde.

Dann öffnete sie die Augen. »Du mußt jetzt gehen, Atrus.«

In diesem Augenblick schien ihm der Gedanke an Abschied genauso schrecklich wie der Tod. Denn alles, was er sich vom Leben erhoffte, war hier, hier auf der Insel Myst:

»Katharina …«

»Mach dir um mich keine Sorgen. Und jetzt geh.«

Atrus saß an seinem Schreibtisch auf D'ni und sah wie meditierend in das geöffnete Buch für das Fünfte Zeitalter. Das Herz war ihm schwer; er fühlte sich seinem Schicksal ausgeliefert.

Es gab eine Möglichkeit – und nur diese eine –, wie er ganz

sicher sein konnte, Katharina wiederzusehen, und das war, seinen Vater zu töten. Er hätte sich in Gehns Arbeitszimmer schleichen und ihn töten müssen. Aber das war ausgeschlossen, denn es widersprach seinem Charakter, jemandem Schaden zuzufügen, selbst wenn es dafür die besten Gründe gab.

Aus Bösem kann nie Gutes entstehen, dachte er, und er wußte, daß Anna ihm zugestimmt hätte, wäre sie hier gewesen. *Wenn ich meinen Vater töte, würde die Schuld mein Leben mit Katharina für immer überschatten.*

Das wußte er mit Sicherheit. Und deshalb stand sein Schicksal fest. Er mußte das Risiko eingehen, sie für immer zu verlieren.

Wenn ich sie nicht haben kann, habe ich etwas, das die Erinnerung an sie wachhält …

Er seufzte. Er wünschte, er hätte Anna mehr Fragen über seine Mutter gestellt. Erst jetzt wurde ihm klar, daß er nicht einmal wußte, wie sie aussah.

Sie sah aus wie du, Atrus, sprach eine vertraute Stimme in seinem Inneren, so deutlich, daß er überrascht aufsah.

»Ja«, sagte er laut und lachte glücklich.

Atrus zog das Buch für das Fünfte Zeitalter näher heran und öffnete die letzte Seite. Dann nahm er den Federhalter und schrieb …

Atrus wechselte in die andere Welt … Im Nu war er seinem D'ni-Gefängnis entrückt. Dort, wo er eben noch am Schreibtisch gesessen hatte, war die Luft eigenartig hell wie die Wasserfläche eines klaren Flusses. Aus dem Nichts heraus tauchte plötzlich eine andere Figur auf.

Es war Katharina.

Sie legte das Verbindungsbuch auf den Schreibtisch, schloß das Myst-Buch und steckte es in ihren Rucksack. Gerade als sie den Rucksack schloß, tauchte eine weitere Gestalt aus dem

Nichts auf. Aus einem schwachen Lichtschein formten sich Konturen, bis die Erscheinung völlig materialisiert war und zusah, wie sie das Buch für das Fünfte Zeitalter auf der letzten Seite aufschlug. Ein Finger wies auf den noch freien Platz auf der letzten Seite, ein zustimmendes Nicken folgte, und Katharina nahm Atrus' Federhalter, tauchte ihn ins Tintenfaß und begann zu schreiben.

Die Höhle hinter dem Tempel war in Dunkelheit getaucht. In der Luft lag der intensive Geruch von Weihrauch, der von den großen Räuchergefäßen an der Tempeldecke strömte. Atrus hielt einen Augenblick inne, im tiefen Schatten verborgen, und lauschte. Dann huschte er weiter.

Er kauerte nieder, nahm die Zunderbüchse seines Großvaters aus der Tasche, machte Licht und bewegte sich langsam am Boden der Höhle entlang, bis er den geheimen Markierungsstein fand. Von dort aus tastete er sich an die Öffnung heran, in der Gehn sein Verbindungsbuch versteckt hatte.

Er stellte sich auf die Zehenspitzen, griff in die schmale Öffnung hinein und tastete über das kalte Felsgestein. Einen Augenblick lang fürchtete er, er habe etwas falsch gemacht, aber dann fühlte er mit den Fingerspitzen die Kante des schmalen Kastens. Er zog ihn heraus und öffnete ihn im Licht der Zunderbüchse. Das Verbindungsbuch war darin!

Er holte es heraus, legte den Kasten wieder an seinen Platz zurück, während er das Buch in den Rucksack gleiten ließ, dann löschte er sein Licht und trat den Rückweg durch den Tempel an.

Er duckte sich unter den niedrigen Sturz und stieg schnell die Stufen hinauf. Aber als er um den Wandschirm herumgehen wollte, verharrte er in der Bewegung. Er hörte Stimmen und verbarg sich im Schatten des großen Sessels, der sich auf dem goldenen Wandschirm abzeichnete.

»Er wird bald hier sein«, sagte eine der Stimmen, die eines alten Mannes. »Du versammelst dann die Dorfleute auf dem Hang unter dem Tempel. Dort können sie nach der Zeremonie ihre Opfergaben überreichen.«

»So soll es geschehen«, klang eine zweite Stimme auf, die eines etwas jüngeren Mannes. Und leise, fast in verschwörerischem Ton, fügte er hinzu: »Hast du bemerkt, wie sie den Herrn Gehn bei der Generalprobe angelächelt hat? Das war echte Liebe, oder? Also das wird mal eine Ehe sein, die im Himmel geschlossen und auch da gelebt wird!«

Atrus fühlte, wie es ihn eiskalt überlief. Generalprobe? Mit keinem Wort hatte Katharina eine Generalprobe erwähnt. Das beunruhigte ihn.

Ach, Unsinn, sagte er zu sich selbst. Andererseits … warum sollten sie etwas sagen, was nicht der Wahrheit entsprach? Schließlich konnten sie ja nicht wissen, daß er hinter dem Wandschirm lauschte.

Er schluckte, plötzlich unsicher geworden, dann kroch er langsam um den Schirm herum und lugte vorsichtig über die Sessellehne.

Die beiden Männer standen mit dem Rücken zu ihm. Ihre Umhänge – Nachbildungen von D'ni-Gewändern – trugen die Geheimsymbole der Gilde. Sie hatten graue Bärte, und er sah, wie sie sich voreinander verbeugten und dann hinausgingen.

Er wagte sich nun ganz heraus, um zu sehen, was sie gebracht hatten. Auf einem Marmorpodium mitten im Raum stand eine flache Schale aus einem besonderen D'ni-Stein, und darin lagen zwei herrliche goldene Armbänder, eines deutlich massiver als das zweite.

Bei diesem Anblick krampfte sich ihm der Magen zusammen.

Hast du bemerkt, wie sie den Herrn Gehn angelächelt hat? Hast du gesehen, wie sie gelächelt hat?

Am liebsten hätte er die Schale genommen und durch den Raum geschleudert, aber er mußte diesen Wutausbruch unterdrücken. Gehn durfte keinen Verdacht schöpfen. Er mußte in dem Glauben bleiben, daß seine Braut kommen würde. Er mußte glauben …

Atrus schob innerlich alle Zweifel beiseite – die nicht enden wollende Flut von Fragen, in denen er zu ertrinken drohte.

Katharina ist auf der Insel Myst. Ich selbst habe sie dorthin gebracht. Sie ist sicher. Das heißt, sie wird dort sicher sein, sobald ich Gehn hier auf Riven festgesetzt habe.

Er durchquerte mit schnellen Schritten den Raum und spähte um eine der Säulen. Von den beiden Gildemitgliedern war nichts mehr zu sehen. Langsam, Schritt für Schritt, wagte er sich die Stufen hinunter und hinaus auf den offenen Platz vor dem Tempel. Er schlich zwischen den Bäumen hindurch und nahm den Pfad zum Strand. Bevor er zum Kliff kam, blieb er stehen und suchte hastig zwischen den Bäumen alle losen kleinen Zweige und Äste, die er finden konnte. Als er genug für sein Vorhaben hatte, eilte er weiter den steilen Pfad am Kliff hinunter.

Als er unter dem Felsvorsprung ankam, blieb er stehen und sah über den felsigen Strand. Zwei der eigenartigen Felsen, die aussahen wie Zähne, waren abgebrochen – es schien, als wären sie glatt abgesägt worden. Er registrierte die einsetzende Flut, wie sie die vorher glatte Wasserfläche bewegte, Wellen aufwarf und klatschend niedergehen ließ. Die Spätnachmittagssonne erwärmte den Strand und die Wellen, die sich an den Steinen brachen und Blasen formten, Hunderte winziger Blasen, die vor der Flut hereilten, bevor sie von ihr eingeholt wurden und mit ihr verschmolzen. Es stimmte ihn traurig, daß er diese Welt verlassen mußte. Traurig, weil er gar keine Möglichkeit gehabt hatte, sie besser kennenzulernen.

Er ging weiter, stapelte auf freier Fläche Holz auf, um das er kreisförmig große Steine anordnete, so daß eine richtige Feuerstelle entstand. Dann nahm er die Zunderbüchse seines Großvaters aus der Tasche und legte sie auf einen großen, flachen Stein. Den schweren Rucksack stellte er neben die Feuerstelle, kniete sich hin und zog Gehns Verbindungsbuch hervor, das er ebenfalls neben die Feuerstelle legte.

Immer noch kniend, strich er den Zunder zwischen den Händen, bis das Feuer entfacht war, dann hielt er ihn an die kleinen Zweige, die sofort Feuer fingen, und blies, so daß alles Holz brannte. Er sah, wie die Flammen gierig nach dem Verbindungsbuch leckten.

Atrus lehnte sich zufrieden zurück. Das war erledigt! Und nun sein eigenes Verbindungsbuch!

Alles, was er tun mußte, war, sein Verbindungsbuch über das Feuer zu halten und die Bildseite des Buches mit der Hand zu berühren, um den Übergang in die andere Welt zu schaffen. Wenn er verschwand, würde das Buch in die Flammen fallen, und Gehn wäre für immer hier gefangen.

Er näherte sich der rauhen Felswand, bis er an die Nische kam, wo sein Buch versteckt lag. Es war sehr weit zurückgeschoben, so daß er sich über die Öffnung hieven und hineinzwängen mußte, bis er es schließlich mit den Fingerspitzen hervorziehen konnte.

23

Als Atrus zu sich kam, stand er im Freien in der Nähe des Tempels, seine Arme waren ihm auf den Rücken gebunden, und auch seine Handgelenke waren gefesselt. Am Hals, an der Taille und den Fußgelenken war er an einen dicken Pfahl gebunden, der fest in die Erde gerammt war. Das Blut klopfte in seinem Kopf, und als er versuchte, die Augen zu öffnen, spürte er einen stechenden Schmerz.

Langsam gewöhnten sich seine Augen ans Licht. Er sah sich um, soweit er mit seinen Fesseln überhaupt den Kopf drehen konnte. Ganz dicht neben ihm stand ein kleiner Tisch, auf dem die beiden Verbindungsbücher lagen, so nahe, daß er ungefesselt danach hätte greifen können.

Er stöhnte, als ihm alles wieder einfiel. Gleichzeitig fühlte er, wie sich eine Hand auf seine Schulter legte, und spürte den Atem seines Vaters auf der Wange.

»Da bist du ja wieder, Atrus«, sagte Gehn ruhig zu ihm. »Ich hatte schon eine Zeitlang geglaubt, daß ich dich verloren hätte. Manchmal scheint es mir, daß ich meine eigene Stärke nicht richtig einschätzen kann.«

Atrus senkte den Kopf. Der Gedanke an Katharina schmerzte. Sie war dort, auf Myst, und wartete auf ihn. Und nun hatte er versagt.

»Ja, ja, Katharina, die kluge Katharina«, sagte Gehn, als könnte er Atrus' Gedanken lesen. »Du hast doch wohl nicht im Ernst angenommen, daß sie ihre eigene Hochzeit versäumen würde?«

Und damit wandte sich Gehn von ihm ab und jemandem im Schatten der Bäume zu. Atrus war wieder einer Ohnmacht nahe, als die Gestalt ins Sonnenlicht hinaustrat. Es war … Katharina!

Atrus schloß die Augen und stöhnte unwillkürlich. Er dachte an die Worte der alten Männer, an die beiden goldenen Armbänder in der flachen, rot-schwarzen Schale.

Sie heiratet meinen Vater …

Der Gedanke war unerträglich. Er stellte sich vor, wie sie über ihn lachten. Aber als er die Augen wieder öffnete, sah er nur Gehn, der mit theatralisch erhobenen Händen allein vor dem Inselvolk des Fünften Zeitalters stand und sich ganz das Aussehen eines Königs unter seinen Untertanen gab.

»Menschen des Fünften Zeitalters«, begann Gehn, und seine Stimme war mächtig, befehlend. »Es ist mir zu Ohren gekommen, daß einige von euch …«, hier wies Gehn auf eine kleine Gruppe, die Atrus zuvor nicht bemerkt hatte und die mit gefesselten Hände nunterwürfig zu Gehns Füßen kniete, unter ihnen auch die beiden Brüder Carel und Erlar, » … ja, daß einige von euch sich erkühnt haben, meinen Feinden zu helfen. Sie haben diesen Betrüger gepflegt«, er deutete nun auf Atrus, »der es wagt, sich mein Sohn zu nennen!«

Gehn wandte sich wieder seinem Volk zu und hob erneut dramatisch die Hände. »Ein derartiges Verhalten kann nicht so einfach hingenommen werden. Diese Auflehnung gegen die Obrigkeit muß bestraft werden.«

Durch die Reihen des Inselvolkes ging ein lautes Murmeln der Angst.

»Ja«, fuhr Gehn fort, »ihr seid gewarnt worden, aber ihr habt nicht gehört. Deshalb wird es große Fluten geben. Das Strafgericht …«

»Nein …«, brachte Atrus mühsam heraus.

»… und die Sonne wird ihren Schein verlieren …«

»Nein …«

»Und die Erde … die Erde wird beben, und der große Baum wird fallen!«

»Nein!« rief Atrus zum dritten Mal, diesmal laut genug, daß einige in der Menge ihn hören konnten. »Nein! Glaubt ihm nicht! Ich habe das in Ordnung gebracht. Alles … all die Schwachstellen im Buch. Ich habe das in Ordnung gebracht. Ich habe …«

Atrus schwieg plötzlich, denn er sah das häßliche Grinsen des Triumphs im Gesicht seines Vaters, als dieser neben ihn trat.

»Gut gemacht, Atrus … Ich wußte, daß ich auf dich zählen konnte.« Plötzlich wurde Gehns Lächeln hart und zynisch. »Ich bin äußerst interessiert daran, die Änderungen zu lesen, die du so gnädig für mich vorgenommen hast.« Dann trat er zur Seite, schnippte mit den Fingern und rief das nächststehende Gildemitglied zu sich. »Binde ihn los!«

Er wandte sich wieder dem Volk zu und hob die Hände. »Menschen des Fünften Zeitalters! Euch widerfährt eine große Gnade. Ich habe meinen Diener hier mit Aufgaben betraut, die er meinen Wünschen entsprechend ausgeführt hat. Eure Welt ist sicher – für diesmal! Solltet ihr aber noch einmal Gebote übertreten, sollte ich noch einmal feststellen müssen, daß es Verräter unter euch gibt, die meinen Feinden helfen, wird euch mein ganzer Zorn treffen. Ich werde eure Welt so zerstören, wie ich sie geschaffen habe!« Er atmete tief ein, »aber nicht dabei wollen wir verweilen. Jetzt ist die Stunde, nach vorn zu schauen und zu feiern, denn noch heute, bei Sonnenuntergang, werde ich eine Tochter eures Volkes zur Frau nehmen, die tausend Welten mit mir regieren wird!«

Hurrarufe wurden laut. Gehn sah triumphierend zu Atrus hinüber.

Atrus wandte den Kopf, denn dieser triumphierende Blick durchfuhr ihn wie ein Stich. Wo war sein Kampfgeist geblieben? Er war überlistet. Von beiden ausgenutzt. Verraten.

Er preßte die Hände zusammen. Der Schmerz war plötzlich unerträglich. Stöhnend strich er über die Handgelenke, die wundgescheuert waren von den Fesseln. Er war geschlagen. Er konnte nichts mehr tun.

Aber Gehn war noch nicht fertig mit ihm. Er trat so nahe heran, daß nur Atrus hören konnte, was er ihm zu sagen hatte:

»Glaub nur ja nicht, daß ich mit dir fertig bin, mein Junge. Du hast mir unvorstellbare Schwierigkeiten gemacht, und das werde ich nie vergessen. Was mich betrifft, so bist du nicht mehr mein Sohn. Verstehst du? Ich brauche dich nicht mehr. Du hast deinen Zweck erfüllt.« Gehn sah zu Katharina hinüber und lächelte, ein häßliches, prahlerisches Lächeln. »Siehst du, mein Junge? Katharina und ich …« Er lachte. »Sie ist eine starke junge Frau. Vielleicht wird mein nächster Sohn mich nicht enttäuschen!«

Atrus stöhnte verzweifelt. Es war ein Alptraum. Er kam sich noch immer wie gefesselt vor. Nichts konnte er tun.

Katharina … meine geliebte Katharina …

Er sah überrascht auf. Die Erde bebte.

Nein … das bildete er sich doch nur ein.

Aber dann gab es einen heftigen Erdstoß, als wäre ein großer Felsbrocken aufgeschlagen. Aus dem Tempelinneren hörte man, wie das Marmorpodium kippte. Die Schale mit den beiden Armbändern fiel scheppernd auf den Marmorboden.

»Nein!« rief Gehn, und sein Blick irrte bestürzt über die Szenerie. »Nein!«

Aber gerade in diesem Moment tat sich die Erde vor der Tempeltreppe auf.

Der Himmel verfinsterte sich. Die Sonne, die noch vor wenigen Minuten aus einem heiteren Nachmittagshimmel geschienen hatte, wurde vom Dunkel verschlungen – es schien, als führe ein scharfes schwarzes Schwert durch den Himmel und schneide Stück für Stück von der Sonne fort.

Ein Stern nach dem anderen blitzte auf in diesem plötzlichen Nachteinbruch.

Ein gewaltiges tiefes Grollen, ein Stöhnen, ein Zittern – es war, als erwachte ein gewaltiges Untier aus einem langen Schlaf und erschütterte die Erde. Diesmal war das Beben sehr viel stärker, und es hielt an. Das Tempeldach fiel. Viele Gildemitglieder verloren das Gleichgewicht und sackten zu Boden. Dabei stießen sie den Tisch um, auf dem die Verbindungsbücher lagen.

Atrus sah sich fassungslos um. Er sah breite schwarze Risse, die in scharfen Zickzacklinien über die Wiese liefen. Dann fiel sein Blick auf die heruntergefallenen Bücher. Er sprang vor, um sie aufzuheben, aber im selben Moment stand Gehn vor ihm und schwang drohend einen gewaltigen Zeremonienspeer, den er einem Gildemitglied entrissen hatte. Am Schaft des Speers wehte immer noch der in Gold- und Rottönen gehaltene Wimpel.

»Liegenlassen!« befahl Gehn.

»Zur Seite!« schrie Atrus zurück und duckte sich. Ihm war schlagartig klar geworden, daß es nur einen Ausweg gab: Er mußte gegen seinen Vater kämpfen. Denn Riven war dem Untergang geweiht, und wenn er auch Katharina verloren hatte, so mußte er wenigstens Gehn Einhalt gebieten.

Aber Gehn hatte eine andere Strategie. Er lachte aufreizend. »Wenn du die Bücher willst, mußt du an mir vorbei!«

»Wenn es so sein soll!« schrie Atrus zurück und warf sich blitzschnell auf Gehn in der Hoffnung, ihn mit diesem Überraschungsangriff aus dem Gleichgewicht zu bringen. Fast hätte er damit auch Erfolg gehabt – Gehn taumelte zurück. Eine Weile kämpften sie miteinander. Atrus hielt den Schaft des Speers, so daß Gehn ihn nicht gegen ihn erheben konnte. Dann ließ Gehn ihn plötzlich los, und Atrus verlor das Gleichgewicht und ging zu Boden. Der Speerschaft entglitt ihm.

Um sie herum brach die Erde weiter auf. Wohin man auch schaute, bildeten sich Risse. Die Luft wurde zunehmend heißer. Überall dort, wo die Erde aufbrach, glühte das brennende Rot und Orange des Erdinneren auf.

Atrus kämpfte sich hoch und wollte sich erneut auf seinen Vater werfen, aber diesmal war er nicht schnell genug. Als er noch sein Gewicht für den Angriff verlagerte, trat Gehn rasch zur Seite und stellte ihm ein Bein. Einem Moment später stand er über ihn gebeugt da und bohrte ihm die Speerspitze in die Brust.

»Du bist nutzlos. Ich hätte dich schon vor langer Zeit töten sollen.«

»Dann töte mich doch«, sagte Atrus herausfordernd.

Gehn hob den Speer, seine Muskeln spannten sich, aber plötzlich kam ein Ruf: »Gehn!«

Gehn wandte sich um und sah Katharina, die mit wehendem schwarzen Haar und erhobenen Händen genau über einer großen Erdspalte stand, aus der rote Flammen züngelten. In jeder Hand hielt sie ein Verbindungsbuch.

»Krümm ihm nur ein einziges Haar, und ich werfe die Bücher hinein!«

Gehn lachte auf; er nahm ihre Drohung nicht ernst. »Aber Katharina, meine Liebe …«

»Gib ihn frei«, befahl sie. Ihre Stimme klang jetzt unnachgiebig. »Laß ihn los, oder ich lasse die Bücher fallen.«

Wieder lachte er wild, dann sah er Atrus an. »Nein … nein, ich …«

Entgeistert sah er, daß sie das Verbindungsbuch aus ihrer rechten Hand fallen ließ. Die Flammen züngelten auf, dann war es verschwunden. Für immer verschwunden.

Gehn und Atrus hielten die Luft an.

»Nein!« schrie Gehn auf – und fuhr dann mit weicherer, beschwichtigender Stimme fort: »Komm, Katharina, laß uns darüber reden. Laß uns vernünftig miteinander reden.«

Er warf den Speer beiseite und trat mit ausgestreckten Händen, die Handflächen nach oben, auf sie zu. »Denk an unsere Pläne, Katharina. Denk daran, was wir vorhaben. Wir wollen über tausend Welten herrschen. Denk daran. Alles, was du dir wünschst … ich kann es für dich schreiben. Du könntest ein Zeitalter ganz für dich allein haben. Du kannst dort leben, wenn du willst, aber … wenn du das zweite Buch zerstörst, sind wir hier gefangen. Gefangen in einer sterbenden Welt.«

Gehn trat einen weiteren Schritt vor.

»Du willst das Verbindungsbuch?« fragte Katharina, und zum erstenmal huschte ein leichtes Lächeln über ihr Gesicht.

Gehn nickte. Langsam streckte er die Hand aus, und auch in seine Mundwinkeln kerbte sich ein Lächeln.

»Dann nimm es dir – da!« rief sie und warf das Verbindungsbuch in die Luft, weit über den schwelenden Erdspalt hinweg.

Mit einem Schreckensschrei streckte Gehn die Hände nach dem Buch aus, aber zu spät ... Sein Griff ging ins Leere. Mit einem Aufflackern des Feuers war es schon in der roten Glut verschwunden.

Gehn stand wie erstarrt, fassungslos. Als er sich nach Atrus und Katharina umdrehte, stand helle Wut in seinem Blick. Aber Atrus und Katharina waren verschwunden.

Der Orkan heulte, mächtige Böen fuhren in die Baumkronen und knickten sie um, Erdbrocken fegte er den Hang hinauf, als wären die Gesetze der Schwerkraft aufgehoben.

Und noch während Gehn all dies sah, hob sich dröhnend der Tempel und krachte in sich zusammen. Stein rieb sich knirschend an Stein. Es klang wie das Stöhnen eines sterbenden Riesen. Einen Augenblick lang dachte Gehn, er sähe die bizarre Form eines gewaltigen Degens aus den Ruinen auftauchen. Dem folgte mit gewaltigem Zischen ein blendend heller Blitz, der in den gewaltigen Baum einschlug, keine zweihundert Meter von dem Platz entfernt, an dem er kniete. Die oberen Äste standen sofort in hellen Flammen; ein gewaltiger Feuerball stieg zum Himmel auf.

In diesem plötzlich aufzuckenden Licht sah Gehn die beiden in dem kleinen Wald unter den Bäumen verschwinden. Sie hatten ihm den Rücken gekehrt und rannten um ihr Leben. Als das Licht langsam erstarb, verschmolzen ihre Konturen wieder mit der Dunkelheit der Bäume. Aber er wußte nun, in welche Richtung sie liefen. Er sprang auf und hetzte ihnen hinterher, und der tosende Orkan schien ihn zu tragen.

Warte! Warte doch!« rief Atrus und zog Katharina zurück. In dem Getöse des Sturms konnte er kaum seine eigene Stimme hören. »Du mußt mir sagen, was hier los ist!«

»Bleib ganz ruhig!« schrie sie zu ihm zurück und schob sich das Haar aus dem Gesicht. »Alles läuft, wie wir es geplant haben!«

Er sah sie skeptisch an. »Wer ist *wir*?«

»Anna und ich.«

Sein Mund klaffte auf. *»Anna?«*

Über ihnen schlugen die Äste der Bäume wild im Orkan. Gerade als sie ihm Näheres erklären wollte, mußten sie beide unter dem krachenden Fall eines Baumes zur Seite springen.

Anna? Das ist unmöglich …

Atrus' Blick war immer noch starr auf Katharina gerichtet, als er sich von ihr willenlos zwischen den Bäumen hindurch führen ließ.

Sie folgten einem schmalen Erdriß. Zuerst dachte er, der Spalt sei wie all die anderen, die sich aufgetan hatten, aber dann fiel ihm etwas Seltsames an diesem einen auf. Auch er glühte, aber nicht rot, sondern blau … ein intensives, eiskaltes Blau.

Links und rechts von ihnen wurden Schmutz und Blätter, abgebrochene Äste und kleine Steine aufgewirbelt und weitergetrieben. Es war, als bliese der Wind sie nicht vor sich her, sondern zöge sie. Und dort, wo all diese kleinen Partikel auf dem Spalt auftrafen, verschwanden sie einfach, wie eingesaugt in diese eisblaue Fissur.

Sie rannten weiter zwischen den Bäumen her, und der Erdspalt neben ihnen wurde immer größer. Und dann plötzlich, dort, wo die Bäume aufhörten, öffnete sich der Erdriß weit und bildete eine Art Kluft, deren Konturen man in dem kalten blauen Licht klar erkennen konnte. Innen aber war es dunkel, eine tiefe, schwindelerregende Dunkelheit, die erfüllt war mit … mit Sternen!

Atrus blieb wie gebannt stehen. Der Wind zerrte immer noch an seinem Umhang, aber er war hier nicht mehr so stark wie unter den Bäumen. Dennoch mußte Atrus alle Kraft aufwenden, um sich auf den Beinen zu halten. Mit der rechten Hand umklammerte er Katharinas Hand ganz fest; zu groß war die Angst, daß auch sie in diese seltsame, mit Sternenlicht erfüllte Öffnung gezogen würde.

Aber Katharina war ganz ruhig, und um ihre Mundwinkel und ihre schönen grünen Augen spielte ein glückseliges Lächeln.

»Was ist das?« fragte er und spähte wieder in die tiefe Öffnung hinein, in die alles eingesaugt wurde; er sah, wie Blätter und Erdklumpen und Felsstücke über die scharfen Kanten gezogen wurden und spurlos in der Tiefe verschwanden.

Und er sah noch mehr …

Atrus riß erstaunt die Augen auf, denn er entdeckte einige von Katharinas Libellen, die dahinschmolzen und zu neuem Leben erwachten und in leuchtenden Farben aufglänzten, als sie in dieser traumhaften Welt dahinglitten.

Katharina entzog ihm die Hand, nahm den Rucksack ab und öffnete ihn.

»Hier«, sagte sie und gab ihm ein Buch.

Atrus sah es an und verstand nicht: Es war das Buch für Myst.

»Aber was … ?«

Sie legte ihm einen Finger auf den Mund und stoppte seine Worte.

»Hast du dich nie gefragt, wie es wäre, zwischen den Sternen dahinzuschwimmen?«

Katharina lächelte, öffnete das Verbindungsbuch und legte ihre Hand auf die Bildseite. »Wir könnten in die Nacht hineinfallen, uns in den Sternen wiegen und trotzdem dorthin zurückkehren, wo alles begann …«

Die letzten Worte klangen nur noch wie ein Echo aus der Welt, in die sie verschwand.

»Aber was soll ich tun?!« rief Atrus und hielt das Buch hoch.

Die Antwort kam unerwartet: »Oh, das ist ganz einfach, Atrus. Du gibst mir das Buch!«

Atrus fuhr herum und sah sich seinem Vater gegenüber.

Gehn stand vor ihm, ein großes herausgebrochenes Felsstück in der Hand. Er hatte seine Brille verloren, und sein aschweißes Haar war zerzaust, aber er wirkte dennoch immer noch mächtig, königlich erhaben.

Atrus sah auf das Buch Myst, das er noch in der Hand hielt. Sein erster Impuls war gewesen, es zu benutzen, um zur Insel zurückzukehren. Aber darin lag ein offensichtlicher Denkfehler. Denn wenn er es zur Rückkehr benutzte, würde das Buch selbst hierbleiben und in die Hände seines Vaters fallen. Und Gehn würde ihm mit Sicherheit folgen. Sein zweiter Impuls war gewesen, das Buch in den Erdspalt zu werfen, aber irgend etwas hielt ihn davon ab. Etwas, das Katharina gesagt hatte …

Dann lächelte er.

Er hob das Buch hoch über seinen Kopf, streckte es aus und trat einen Schritt zurück, genau an die Kante des Erdspalts. Der Wind zerrte nun an seinen Stiefeln, und im Rücken spürte er plötzlich Eiseskälte.

Unter Gehns linkem Auge zuckte ein Muskel. »Wenn du das Buch in diesen Erdspalt wirfst, stoße ich dich hinterher!« drohte er. »Gib es mir! Gib es mir *sofort*!«

Atrus schüttelte verächtlich den Kopf.

Gehn machte einen Schritt rückwärts und ließ den Stein fallen. Er lächelte. »Wenn du nicht …«

Atrus sah ihn mißtrauisch an. Das Buch so krampfhaft hochzuhalten, wurde immer schwerer, aber das war jetzt egal. Alles war jetzt egal, auch der dumpfe, pochende Kopfschmerz.

»Wenn ich *was* nicht … ? Sag mir nur einen Grund, warum ich dir vertrauen sollte.«

»Du bist mein *Sohn*.«

Atrus lachte bitter. »Ich dachte, du hättest mich verstoßen? Oder habe ich das etwa auch falsch verstanden?«

»Verzeih mir, Atrus. Ich war wütend. Ich habe gedacht …«

»Was? Daß ich alles von deinem Standpunkt aus sehen würde? Daß ich dir in allem recht geben würde? Daß ich mich auch als Gott ansehen würde?«

Gehn wich seinem Blick aus. »Aber du brauchst mich doch,

Atrus. Ich weiß so vieles. Dinge, die du sonst nie erfahren wirst. Denk an die Erfahrung, die ich habe. Das Wissen. Es wäre eine Schande, wenn du von alldem keinen Gebrauch machen würdest, oder?« Gehn schüttelte bedauernd den Kopf. »Du warst ein so gelehriger Schüler, Atrus. So schnell in deiner Auffassungsgabe. So wendig. Es wäre doch schade, wenn du deine Studien nicht fortsetzen könntest.«

Atrus sah ihn nur schweigend an.

»Was ist?« fragte Gehn, verwirrt, daß Atrus so gar keine Reaktion zeigte. Er zog die Hand zurück, die er Atrus hingestreckt hatte.

»*Du* bist der Grund«, sagte Atrus und hob das Buch noch ein wenig höher. »Alles, was du mich gelehrt hast ... das waren doch nur leere Worte, nicht? Leere Phrasen. Genauso leer wie all deine Versprechen.« Bei der Erinnerung an die vergangenen Jahre stand Schmerz in Atrus' Blick. »Ich habe mir so viel von dir erhofft. So viel. Aber du hast mich enttäuscht.«

»Aber ich habe dich doch alles gelehrt, Atrus. Ohne mich ...«

Atrus schüttelte den Kopf. »Nein, Vater. Alles, was ich jemals gelernt habe und was für mich wichtig und wertvoll war, habe ich von Anna gelernt, lange vor dir. Du ... du hast mich gar nichts gelehrt!«

Der Himmel wurde heller, der Wind legte sich.

»Ich hätte dich niemals bei ihr lassen sollen«, sagte Gehn nach einer Weile. »Sie hat dich verzogen. Du warst wie ein leeres Buch, das darauf wartete, beschrieben zu werden.«

»Du hättest mich zerstört, genauso wie du alles zerstört hast, was du jemals angefaßt hast. Und dann hättest du dich meiner entledigt.«

»Nein! Ich habe dich doch geliebt, Atrus!«

»Liebe? Was ist das für eine Liebe, die einen Menschen mit Seilen an sich bindet und ihn in eine Gefängniszelle sperrt?«

»Das war nie als Gefängnis gedacht. Es war nur eine Prüfung. Alles war eine Prüfung.«

Atrus sah ihn nur an und schwieg. Der Erdspalt hinter ihm

war dunkel und kalt, aber erfüllt von Sternenlicht. Dieses seltsame blaue Licht fiel auch auf das Buch Myst.

Gehn maß Atrus prüfend und wägte die Lage ab, dann machte er einen Schritt auf ihn zu und streckte flehend die Hand aus. »Bitte, Atrus. Wir haben noch eine Chance.«

»Nein, Vater. Was auch immer uns einmal verbunden haben mag, ist zerstört. Du hast es genauso verbrannt wie die Bücher. Du hast es so ausgelöscht wie die Sätze in meinem eigenen Buch. Nach und nach hast du alles vernichtet. Siehst du das nicht selbst? Jetzt hast du die Gerechtigkeit, die du verdienst. Du kannst hier in diesem Refugium bleiben, das du dir selbst geschaffen hast. Hier in deinem kleinen Insel-Universum kannst du mit deinen Schöpfungen Gott spielen.«

Mehr hatte Atrus seinem Vater nicht zu sagen. Er trat an den Erdspalt heran und ließ sich einfach fallen. Und er fiel, fiel, flog, schwamm hinunter, tief hinunter in dieses riesige Sternenmeer. Seine Hand umklammerte das Buch, und er öffnete es, während er weiter ins Dunkel hinabfiel.

Was siehst du, Atrus?

Ich sehe Sterne, Großmutter. Einen gewaltigen Ozean voller Sterne …

EPILOG

Sonnenlicht schimmerte durch die hohen Pinien und warf lange Schatten auf den Rasen vor der Bibliothek. Es war schon spät, aber die Jungen waren noch draußen und spielten in den Wäldern am Südende der Insel. Katharina stand auf der Veranda, lauschte einen Augenblick ihren Rufen, die von weither zu ihnen hallten, und schirmte die Augen mit der Hand vor dem hellen Sonnenschein ab.

»Siehst du sie?« fragte Atrus und trat aus der Bibliothek. Das helle Sonnenlicht blendete auch ihn.

Sie wandte sich zu ihm. Der Saum ihres dunkelgrünen Kleides rauschte bei der Bewegung über die blankpolierten Fliesen.

»Mach dir doch nicht immer solche Sorgen«, meinte sie, und in ihren grünen Augen stand ein Lächeln. »Anna ist bei ihnen. Vor dem Dunkelwerden sind sie sicher zurück.«

Er erwiderte ihr Lächeln und legte den Arm um sie.

»Bist du schon fertig?« fragte sie zärtlich und schmiegte sich an ihn.

»Nein …«, Atrus seufzte müde, »aber bald.«

»Gut.«

Er küßte sie leicht, dann gab er sie frei und ging wieder hinein. Er setzte sich an den Schreibtisch, den er selbst gemacht hatte. Einige Minuten lang sah er durch die offene, von Sonnenlicht durchflutete Tür zu Katharina hinaus; wie immer war er fasziniert von ihrer Schönheit. Dann nahm er den Federhalter. Er zwang den Blick auf sein Tagebuch zurück und fuhr fort zu schreiben:

Wenn ich jetzt zurückdenke, ist es seltsam, daß ich jemals auch nur eine Sekunde an ihr zweifeln konnte, aber als mich mein Vater damals in der Höhle überraschte, stand es für mich einwandfrei fest, daß sie mich hintergangen hatte. Ich war mir ganz sicher, und gleichzeitig war ich unsagbar traurig, denn ich hatte ihr all die Liebe, all die Zuneigung entgegengebracht, die mein Vater so brüsk von sich gewiesen hatte. Ich hatte ihr meine Liebe gegeben ohne jede Berechnung, ohne den Gedanken, wiedergeliebt zu werden. Aber wie hätte ich auch wissen können, wie gut – ja, und auch wie listig – meine Katharina sein konnte? Meine Retterin, meine Partnerin – ja, und jetzt meine Frau.

Atrus hielt inne und dachte wieder an den Schock zurück, der ihn überfallen hatte, als sie ihm gestand, daß Anna hinter allem steckte. Und er erinnerte sich an das Gefühl, das überwältigende Gefühl, das er gehabt hatte, als er eine von Katharinas Traumwelten betrat. Aber es war die Wahrheit gewesen. Ohne Annas Voraussicht wäre er jetzt noch auf Riven gefangen. Das heißt, wenn Gehn ihn nach allem, was er gegen ihn unternommen hatte, überhaupt am Leben gelassen hätte.

Er tauchte den Federhalter wieder ein und schrieb weiter:

Nur eine so bemerkenswerte Frau wie Anna konnte so handeln – uns durch das Labyrinth von Tunneln und unterbrochenen Wegen nach D'ni zu folgen. Sie hat natürlich gewußt, daß Gehn sein Wort nicht halten würde. Sie hat gewußt, daß ich in meiner Unerfahrenheit gar nicht auf den Gedanken gekommen wäre, daß mein Vater nicht nur unzuverlässig war, sondern verrückt. In all den Jahren, die ich auf K'veer war, hat sie von weitem meine Entwicklung verfolgt, hat dafür gesorgt, daß mir von meinem Vater nichts Böses zugefügt wurde, hat darauf gewartet, daß ich ihn durchschauen würde.

Atrus sah auf und erlebte diesen Augenblick aufs neue, und wieder bedrückte ihn der Gedanke an seinen Vater, wie er sich in ihm getäuscht hatte. So etwas, das wußte er nun, konnte man nicht wie das rein verstandesmäßige Denken weitergeben, das mußte man selbst erleben. Eltern, wirklich gute Eltern mußten irgendwann loslassen können, mußten es zulassen, daß ihre Kinder ihre eigenen Fehler machten, denn die Freiheit – auch die Freiheit, Fehler zu begehen – gehörte nun einmal zum Schöpfungsplan, genau wie alles andere auch. Er tauchte die Feder wieder ins Tintenfaß und schrieb weiter, schneller jetzt; die Worte flossen ihm nur so aus der Feder.

Anna sah, wie ich von D'veer floh, und versuchte, mich in den Tunneln zu erreichen, aber Gehn war vor ihr zur Stelle. Und auch dann hätte sie noch dazwischentreten können, wenn der Stumme nicht gewesen wäre. Als sie sah, wie sie mich ohnmächtig nach K'veer zurücktrugen, wußte sie, daß sie handeln mußte. Noch am selben Abend war sie nach K'veer zurückgekehrt und hatte alles auf eine Karte gesetzt. Sie ging ins Arbeitszimmer meines Vaters, um ihn zur Rede zu stellen. Aber Gehn war nicht da. Statt dessen traf sie Katharina an. Und Katharina beschloß – nach dem ersten Schrecken –, Anna zu vertrauen und ihr beizustehen.

So kam es, daß Katharina von mir wußte, noch bevor sie mich in der Hütte auf Riven antraf. Ich war für sie wie ein offenes Buch. Wie ein Buch über ein Zeitalter, das sie erst gelesen und dann besucht hatte.
Ich hätte mir eigentlich gleich denken können, daß Myst nicht Katharinas Werk war. Aber wie hätte ich die Wahrheit ahnen sollen? Ich hatte Anna verloren geglaubt, hatte gedacht, sie niemals wiederzusehen.
Wie hätte ich wissen können, daß die beiden – genau wie ich – ihre Vorbereitungen trafen und dabei ihre beachtlichen Talente nutzten, Anna ihre Erfahrung und Katharina ihre intuitive Begabung. So hatten sie beide diese scheinbar so verheerenden Ereignisse im Fünften Zeitalter inszeniert, die sie später rückgängig machten, um Katharinas frühere Heimat – jetzt Gehns Gefängnis – wieder zu stabilisieren.

... Und das Buch Myst?

Atrus sah sich wohlgefällig in seiner Bibliothek um; alles, was er geschaffen hatte, gefiel ihm. Dann nahm er den Federhalter wieder auf und schrieb sein Buch zu Ende. Aber noch während er schrieb, wußte er, daß dies keineswegs das Ende bedeuten mußte:

In dem Moment, als ich in die Spalte stürzte, erkannte ich, daß das Buch nicht wie geplant zerstört werden würde. Es fiel immer weiter in diese sternenklare Weite, von der ich nur einen flüchtigen Blick erhaschen konnte. Ich versuchte mir vorzustellen, wo es wohl landen würde, aber solche Mutmaßungen sind natürlich vergeblich. Dennoch ist der Gedanke, daß andere Hände eines Tages mein Myst-Buch halten könnten, äußerst beunruhigend. Meine Befürchtungen lassen sich vielleicht nie ganz zerstreuen, und ich schließe mit der Erkenntnis, daß das Ende noch nicht geschrieben wurde ...

ENDE

RAND und ROBYN MILLER sind ein ausgesprochen kreatives Bruderpaar, das eines der ungewöhnlichsten CD-ROM-Spiele entwickelte. 1991, als das MYST-Projekt gestartet wurde, glaubte niemand der Beteiligten an einen Erfolg. Aber dennoch: MYST wurde mit einem ungewöhnlich komplexen Hintergrund ausgestattet, der niemals in Buchform veröffentlicht worden wäre, wenn das Spiel nicht so lange auf dem ersten Platz der Bestsellerlisten gestanden hätte. Das Team, das mit Rand und Robyn zusammenarbeitete, legte sehr großen Wert auf Details, und mit Sicherheit erklärt dies zum Teil den Erfolg von MYST.

Sowohl Robyn als auch Rand führen ein vergleichsweise ruhiges Leben mit ihren Familien an der pazifischen Küste im Nordwesten der USA. Rand wohnt mit seiner Frau Debbie und seinen drei Töchtern am Fuße des Mount Spokane. Robyn lebt mit seiner Frau Beth und seinem Sohn Alex ein paar Meilen außerhalb von Peone Prairie.

DAVID WINGROVE ist ein erfolgreicher Autor, unter anderem der *CHUNG KUO-Serie*, die mehrere Romane umfaßt. Zusammen mit Brian Aldiss veröffentlichte er auch ein Buch mit dem Titel: *Trillion Year Spree: The History of Science*, das den begehrten HUGO und den LOCUS-AWARD als bestes Sachbuch des Jahres im Bereich Science-fiction gewann.

David lebt mit sener Frau und seinen drei Töchtern in North London.